Lo que habita en los sueños

Nagore Suárez

Lo que habita en los sueños

Nagore Suárez

Ediciones Destino
Colección Áncora y Delfín
Volumen 1675

Ediciones Destino, un sello editorial de Editorial Planeta, S. A.
Avda. Diagonal, 662-664, 08034 Barcelona (España)
www.planetadelibros.com
www.edestino.es

Primera edición: enero de 2025
ISBN: 978-84-233-6670-5
Depósito legal: B. 21.945-2024
Composición: Realización Planeta
Impresión y encuadernación: Rotoprint by Domingo, S. L.
Printed in Spain - Impreso en España

A mi madre, por los milagros:
el de la lectura, el de la magia, el de la vida

En la escala de lo cósmico solo lo fantástico tiene posibilidades de ser verdadero.

Pierre Teilhard de Chardin

Aquí, allí, un poco en todos los sitios: un pasadizo entre lo visible y lo invisible. Una ventana mal cerrada, una puerta entreabierta por la que llega un poco de luz. Sin lo invisible no veríamos nada, estaríamos en total oscuridad.

Christian Bobin,
Autorretrato con radiador

Florencia, 1938

Ava evoca una y otra vez las imágenes del sueño mientras juguetea distraída con la carne de res del plato. No le gusta su sabor metálico, pero le resulta tranquilizador el aroma a guiso que invade el comedor. Sus compañeras charlan en voz baja, conversaciones intrascendentes de las que tan solo capta retazos. Vuelve a pensar en la mujer vestida de blanco, en sus ojos ocultos tras las sombras y en el lejano vaivén del mar. Prueba un bocado y echa un vistazo al reloj que reposa sobre la chimenea: la noche de otoño se cierne sobre la ciudad y ella contiene el impulso de saltar de la mesa y regresar a la habitación para reencontrarse con su visión, con su pintura.

Cuando terminan con la carne, la cocinera deja sobre la mesa una fuente de dulces y Ava aprovecha el alboroto del resto de alumnas para escabullirse en silencio hasta el cuarto. Está sola y enciende con decisión la lamparita de lectura, cuya tenue luz le permite perderse por unos instantes en el mundo onírico, deshilachar la frontera entre su realidad y la del cuadro.

Bajo la cama guarda el baúl que contiene los viejos tubos de óleo, los pinceles de pelo de marta y la trementina. Prepara los utensilios con rapidez, mezcla los colores hasta obtener el tono justo de azul para su cielo estrellado; a veces cierra los ojos y busca en su mente las imágenes del sueño, pues teme que se desvanezcan antes de que pueda acabar la obra, que se vayan debilitando con los días. La pintura la desafía, aún inacabada, y ella la enfrenta con los dedos manchados de añil y la inocencia de una niña. No es la primera que pinta, pero siente que es diferente a todas las demás, que por algún motivo que todavía no comprende, es imprescindible que la termine. Midiendo cada pincelada, se entrega a ella en un trance que le hace perder el control sobre las horas. A veces escucha el tictac del despertador de la mesita de noche, pero le parece lejano, señales de un mundo donde el tiempo aún tiene sentido. Quisiera poder traspasar el lienzo y fundirse con la figura espectral, que parece suspendida en el centro, visitarla en ese acantilado de olas furiosas y luna creciente, bañarse entre los caballos de espuma y preguntarle quién es y por qué la ha visitado en sueños. Está convencida de que algún día se verán, y entonces descubrirá el origen de su obsesión y obtendrá esa claridad que solo se disfruta en unos breves momentos de la vida.

—Nos encontraremos —asegura mientras se afana en perfilar las extrañas estrellas que pueblan el cielo oscuro.

I

San Sebastián, 1952

Bajo esa luz violácea que augura que el atardecer está listo para morir, Manuela Duarte observaba la bahía que se abría frente a ella. Parecía mucho más pequeña de lo que recordaba, y se dijo que debería haber aprendido ya que la memoria era poco fiable, un cúmulo de mentiras y deseos envueltos en niebla. Tal vez aquellos meses de nostalgia y anhelo por volver a la ciudad hubieran ayudado a convertir la playa de la Concha en un vasto territorio idealizado de arena y sal, pero aunque la realidad fuera más mesurada que su recuerdo, conservaba intacta la belleza que había evocado en sus sueños. En el paseo marítimo, gabardinas, sombreros de fieltro, vestidos de lino, sandalias y botas convivían en extraña armonía en aquellos días de clima incierto de comienzos de septiembre, cuando el jaleo y el alborozo de agosto quedaban atrás, los tristes elefantes engalanados de oro de los circos abandonaban la ciudad, se apagaban los brillantes fuegos artificiales y San Sebastián, tras la partida de la mayoría de sus visitantes, se cubría de cierto halo de melancolía.

Manuela se inclinó un poco más sobre la barandilla del hotel Continental y sintió cómo se le erizaba el vello de los brazos desnudos al contacto con el hierro húmedo por la llovizna. Desde que unas horas antes hubiera puesto un pie fuera del tren procedente de Madrid, había sentido la suave capa de rocío adhiriéndose a su piel y rizándole la espesa melena negra.

—Te vas a congelar —dijo una voz a su espalda.

Se giró y vio que Pedrito Ortiz se acercaba con un chal en la mano y un ejemplar de *El Diario Vasco* bajo el brazo. Manuela cogió la prenda con rapidez y se arrebujó bajo el escaso consuelo de la seda. Si hubiera sabido que haría aquel frío hubiese guardado en el equipaje sus bufandas de lana.

—Pasará —dijo él, como si le hubiera leído la mente—. Seguro que en unos días hará un sol espléndido.

A pesar del desapacible color del cielo, Manuela no se atrevió a contradecir a Pedrito, su mejor amigo desde la infancia y a quien debía agradecer, en parte, su regreso a San Sebastián, donde había veraneado desde niña. En aquellos años, se alojaba junto a sus padres y su hermano en las villas de los múltiples amigos de la familia, y nunca faltaron el vino en las copas, los helados para los niños ni la música sonando a todas horas. Los recordaba a todos siempre en movimiento: en la playa, en los bailes, al atardecer.

Pero aquello se había acabado al llegar la guerra. Mientras su padre se ocupaba en Madrid de la empresa familiar, ella, su madre y su hermano, Hernán, habían dejado el país, para refugiarse con su tía en Portugal.

Más tarde, vino todo lo demás. Tras la muerte de sus padres, la vida de Manuela pasaría a las manos suaves pero firmes de su hermano. Y se impusieron el Caudillo y los crucifijos en el comedor, el «arriba España» y el yugo y las flechas en la solapa del traje hecho a medida en la calle Arenal.

Con los años, las ambiciones de su hermano destruyeron las suyas, y las posibilidades de acudir a la universidad se desvanecieron mientras Hernán repetía con insistencia que debía buscar marido. Un marido adecuado. A Manuela no le gustaba el significado que una palabra tan inocua como *adecuado* adquiría en sus labios. Por suerte, una noche de abril, Hernán había conocido a Mari Tere Osorio en Chicote y seis meses después se casaban en Sevilla, bajo un sol de justicia y ante cuatrocientos invitados, de los cuales más de trescientos venían por parte de la flamante esposa. Toda una concesión en la habitual austeridad de Hernán. Pronto llegaron los niños, y la paternidad y el manejo de la empresa que un día regentara su padre le mantuvieron lo bastante ocupado como para olvidar casi por completo la molesta existencia de su hermana.

Y así, Manuela había conseguido recuperar San Sebastián. Una conquista nada trivial, una bandera clavada en el campo de la libertad. Años atrás, le había dicho a Hernán con voz temblorosa que quería volver a veranear allí con las amigas que en junio cambiaban Velázquez por la Concha para hacer la temporada de bailes, quitarse las penas entre los vapores del balneario La Perla y llenarse los pulmones de brisa de mar. Su hermano, que pasaba los veranos entre Madrid y Sevilla y solo visitaba la capital guipuzcoana de vez en cuando, había aceptado con la esperanza de que encontrara allí algún heredero rico que la salvara de convertirse en una solterona que perdía la vista tejiendo calcetines frente a la chimenea. Y con la ayuda de Pedrito, que había prometido solemnemente que cuidaría de ella, Manuela había regresado a la ciudad.

—¿Estabas haciendo el crucigrama? —le preguntó a Pedrito señalando el periódico.

—No, leía el «Ecos de Sociedad».

—¿Y qué cuenta?

No es que le interesara demasiado, pues en realidad nunca le habían atraído los bailes ni las muchachas cuajadas de perlas a las que llamaba amigas. Lo que más le gustaba de todo aquello era estar lejos de Hernán, alojarse en el Continental, desayunar temprano y pasear por la orilla con los pies descalzos. Por esa misma razón, con el tiempo —y alguna que otra decepción amorosa—, había preferido evitar los meses de máxima actividad social, así que pasaba julio y agosto en Xeixo, con su tía Casandra, en el mismo caserón sombrío con las paredes cubiertas de santos donde se habían refugiado durante la guerra civil. Casandra practicaba una vida casi monacal entre rezos, comida frugal y una extraña aversión a la luz solar que le hacía mantener los gruesos cortinajes de terciopelo siempre corridos. Pero a Manuela no le importaba, durante esos dos meses apenas salía de la casa. Se movía por los pasillos con una lamparilla de aceite bajo el brazo para hacer frente a la oscuridad, y allí donde había un hueco se sentaba con un libro entre las manos. «Niña, vaya sustos me das cada vez que te veo pasar —le decía Josefa, la criada gallega que trabajaba con su tía—. Siempre vagando con ese candil, pareces de la Santa Compaña.» Manuela y su tía compartían apenas mesa y conversaciones fugaces antes de retirarse, cada una entregada a su obsesión. Una convivencia apacible, como si fueran dos fantasmas que embrujaban la misma casa.

En San Sebastián quedaba atrás aquella tranquilidad, porque incluso el final de temporada, a pesar de que los veraneantes ya habían comenzado a marcharse, estaba marcado por el bullicio y por las fiestas, una aburrida repetición de sonrisas frívolas y canapés de salmón. Pero Pedrito, que conocía muchos más detalles sórdidos de aquellos acontecimientos que el propio columnista de «Ecos de Sociedad», siempre lograba divertirla con sus historias. Barones a quienes habían encontrado entregados a la pasión en el baño, o afamados actores que los camareros habían tenido que sacar por la puerta de atrás después de un exceso de champán.

—Mencionan tu llegada, entre otras cosas —respondió Pedrito.

Manuela le quitó el diario y lo abrió con curiosidad.

—Supongo que aún no te has enterado del último chisme que corre por la ciudad —continuó él.

—Pero tú sí.

Pedrito sonrió orgulloso y se apoyó en la barandilla, de espaldas al paseo.

—Villa Allur... —contestó simplemente mientras se colocaba con cuidado uno de los gemelos de plata que sujetaban los puños de la camisa blanca.

Manuela esperó en silencio a que decidiera romper el suspense, pues aquel era parte del encanto de escuchar sus historias. A Pedrito le gustaba tener una audiencia entregada, incluso para relatar las anécdotas más intrascendentes.

—Parece que, después de tantos años, alguien la ha comprado —continuó—. Un duque francés a quien nadie ha visto y de quien nadie sabe nada. Aunque yo he investigado algo más, claro. Parece que se trata de un filántropo, heredero de un ducado diminuto cerca de la Borgoña.

Ella se inclinó aún más sobre el balcón y contempló el monte Igueldo, al final de la playa de Ondarreta y la bahía. Allí, entre la vegetación de la ladera, distinguió la silueta de Villa Allur, una mansión abandonada que, según decían, estaba maldita. Gregorio Allur, un rico industrial, había mandado construirla a finales del siglo XIX, pero poco después había perdido toda su fortuna y había terminado quitándose la vida. Así, recién estrenada y amueblada, la casa fue pasando de un heredero a otro sin que nadie se animara nunca a vivir allí. Al final, la villa había caído en el olvido. El jardín francés se había convertido en algo más salvaje y oscuro, mientras que la casa había pasado a ser la morada de gatos silvestres que se lamían ufanos las patitas sobre las sillas de tapicería Aubusson.

—Un francés que viene hasta aquí para comprar una casa en ruinas —comentó Manuela.

—Lleva desde principios de verano arreglándola, y se rumorea que habrá una gran fiesta de inauguración a la que todos quieren asistir.

—¿Crees que de verdad está encantada?

—Sin duda —sentenció Pedrito—. Las casas que no se habitan se llenan de fantasmas. Es como una invitación. ¿No es divertida esta ciudad? Espectros y fiestas, no se me ocurre nada mejor.

—Quizá el duque no tarde mucho en volver corriendo a Borgoña.

—Supongo que lo descubriremos pronto.

Manuela sonrió y le dedicó una última mirada a la enorme casa, que parecía observarlos también desde el monte.

2

San Sebastián, 1952

Los primeros días de Manuela en San Sebastián pasaron entre los dulces almibarados de las pastelerías y el olor al perfume de vetiver de Pedrito, quien se empeñaba en arrastrarla en un viaje frenético por todas las tiendas y cafés de la ciudad. Una peregrinación agotadora, llena de sonrientes vendedores que sabían reconocer al cliente reincidente y algo descerebrado. Aquella tarde gris, habían ido a parar a la sastrería Derby. Sentada en una de las sillas de madera de caoba, Manuela esperaba impaciente mientras a Pedrito le tomaban las medidas para un traje de tela parisina. Tras los elegantes escaparates distinguía los rostros de quienes se paraban a contemplar los maniquíes: algunos anhelantes, otros con desaprobación, tan solo unos pocos realmente con posibles para entrar y adquirir alguna camisa o una chaqueta Teba de lana fría.

Pero su mente estaba en realidad lejos de la tienda, en Villa Allur. Por las noches, en la cama del Continental, imaginaba la mansión por dentro, y se preguntaba qué harían sus fantasmas, a qué olerían las flores que hubieran sobrevivido en el maltrecho jardín y qué aspecto tendría aquel duque francés que jugaba con todos al escondite. No obstante, no había compartido su obsesión con Pedrito: se avergonzaba de comportarse así, le atormentaba la posibilidad de convertirse en una de esas frívolas damas que tanto detestaba, acostumbradas a sobrevivir a base de cócteles y pecados ajenos.

—¿No desea ver nada, señorita? Tengo unas camisas de seda preciosas.

Una dependienta rubia de mirada ávida se había acercado a su silla.

—Muchas gracias, pero lo cierto es que debo marcharme —respondió mientras se levantaba—. ¿Podría decirle a mi acompañante que he tenido que salir?

—¿Al señor Ortiz? Sí, claro.

Ella abandonó la tienda pasando sobre el logotipo de la sastrería, inscrito en el suelo. La avenida de España, donde se arremolinaban, una tras otra, la mayor parte de tiendas de postín, la recibió con sus muchachas de alegres tocados y sus hombres con sombreros panamá. El sencillo vestido de algodón de Manuela era insuficiente para protegerla del frío tiempo, que parecía empeñado en sumir a la ciudad en un otoño prematuro. Se proponía volver al confortable regazo de su habitación en el Continental cuando vio a lo lejos dos figuras familiares: Cristina Altuna y Teté Chapman. Caminaban del brazo y sumaban entre las dos una cantidad de perlas que debía de haber requerido una pequeña aniquilación de ostras. Le recordaron por un momento a las siamesas que aparecían en los folletos de aquellos circos sin escrúpulos que iban de ciudad en ciudad anunciando también gigantes y mujeres barbudas. Sin embargo, apenas se parecían. Cristina Altuna era una viuda de hombros anchos y cabellera teñida de un negro azulado poco natural. Su marido había sido un tipo anodino que le había legado una enorme fortuna y la libertad de no tener que entretenerse nunca más con los deberes maritales. Así, se había convertido en la madrina de la alta sociedad donostiarra, y sus pequeños ojos porcinos parecían estar en todas partes, pues ningún escarceo amoroso ni disputa escapaba a su vista. Su capacidad de obtener y difundir información era tan solo superada por la de su acompañante, Teté Chapman. De padre británico y madre española, Teté era veinte años más joven que Cristina y veraneaba en la ciudad desde su infancia. Era pequeña y pálida, pero parecía poseer la cualidad de la ubicuidad, pues Manuela recordaba haberla visto en todas y cada una de las veladas a las que había asistido a lo largo de los años. Con su moño rubio, cuajada de lazos y joyas y siempre con una copa en la mano, Teté Chapman era tan imprescindible en una fiesta como los canapés.

Si aquellas dos mujeres la interceptaban le esperaba al menos media hora de preguntas aparentemente inocentes y charla intrascendente. Además, no era un secreto que Teté estaba enamorada de Hernán desde hacía años y su entusiasmo no parecía haber menguado por el hecho de que él se hubiera casado.

—¿Qué haces aquí pasmada? —dijo Pedrito.

Había salido de Derby y la miraba con las manos en los bolsillos de la chaqueta. Manuela se limitó a hacer un gesto hacia delante, por donde Cristina y Teté avanzaban charlando sin dar señales de haberlos visto aún. Pedrito soltó un suspiro mientras sacaba un cigarro de la pitillera de plata.

—*A ze parea, karakola eta barea...*[1] Muy bien, huye. Yo me encargo.

1. En euskera, «vaya par de dos». *(N. de la a.)*

—Gracias.

—De *gracias* nada, ya me lo pagarás.

Con rapidez, Manuela avanzó unos metros y giró por la calle Fuenterrabía. Oyó a Teté llamar a Pedrito y siguió andando en busca de un local donde refugiarse. Se fijó en una diminuta puerta de madera sobre la cual había un letrero que rezaba LIBRERÍA FORTUNA. Aquella sería la guarida perfecta.

Una vez dentro, se hizo la oscuridad, como si se hubiera precipitado al interior de una cueva enterrada en las entrañas de una montaña ancestral. Olía a cuero y a cola, a barniz de madera e incienso. Parpadeó un par de veces, hasta que sus ojos se acostumbraron a la discreta luz que emitía una lámpara de techo cubierta de polvo. La librería era poco más que un pequeño cuadrado, y tenía tan solo un escaparate que estaba oculto por cientos de volúmenes amontonados. De alguna manera, los libros parecían ser los dueños de la tienda, como si hubieran elegido su lugar en cada estantería sin ordenarse por color, temática o idioma. El suelo estaba cubierto por una gruesa alfombra con estampado oriental y al fondo había un pequeño mostrador plagado de cuadernos de cuentas abiertos sobre el que languidecía una taza de café.

—¿Buenas tardes...? —dijo Manuela sin saber muy bien a qué o a quién.

Una voz masculina le llegó desde las alturas:

—¡Ya bajo!

Ella levantó la cabeza, casi temiendo descubrir un ángel exterminador, un centinela monstruoso que protegía aquel lugar detenido en el tiempo. Pero en vez de eso se encontró con una escalera de mano y una entreplanta donde había aún más libros apilados de una forma que no parecía muy segura. Dio un paso hacia atrás, preocupada porque llovieran sobre su cabeza Odiseas o Anas Kareninas. Sobre la barandilla apareció entonces un hombre sonriente de cabello castaño que parecía tener más bien poco de guardián sobrenatural y que se apresuró a bajar por la escalera.

—Disculpe la espera, a veces pierdo la noción del tiempo cuando estoy en el cielo —se disculpó al llegar al suelo.

—¿El cielo?

—Así es como me gusta llamar al piso superior.

Manuela le escudriñó, pero no detectó en él trazas de antiguo seminarista ni de hombre temeroso de Dios.

—Y si hay un cielo, deduzco que habrá un infierno...

—Eso es demasiada información para su primera visita —respondió sin perder la sonrisa.

Ella notó entonces que tenía un acento extraño, quizá británico.

—Soy Roger Foss, dueño de la tienda —se presentó él con una ligera reverencia.

—Manuela Duarte.

—Encantado. Dígame cómo puedo ayudarla, señora Duarte.

—Señorita. Y busco un libro.

—Un objetivo bastante común entre todos los que vienen aquí.

Manuela contuvo una sonrisa. El librero debía de estar cerca de los cuarenta años, tenía los ojos claros e iba vestido con una camisa blanca arrugada y remangada hasta los codos. Todo en él desprendía un aire de despreocupación y desorden, como si acabara de bajar de un carguero procedente de las Indias Orientales, un tanto pirata, un tanto profesor chiflado. Y, no obstante, extrañamente encantador.

—Quizá pueda recomendarme algo de su compatriota, Agatha Christie. Tengo un amigo que devora todas sus novelas.

—*Sure*. Aunque debo aclararle que Mrs. Christie y yo nacimos en lugares opuestos del océano, soy americano —respondió Roger mientras buscaba en una de las estanterías.

—Si no es demasiada indiscreción, ¿puedo preguntar qué trae a un americano a San Sebastián?

—El clima, sin duda —respondió—. Eso, y el trabajo. Vine a España durante la guerra, como periodista.

Unos segundos después, le tendió una novelita en cuya portada aparecía una mujer rubia sujetando un revólver frente al templo de Abu Simbel.

—*Poirot en Egipto* —explicó—. Una de mis favoritas.

—Muy bien, me la llevo.

Roger se acercó entonces al destartalado mostrador y, mientras Manuela sacaba de su monedero las cinco pesetas que costaba el libro, le dio un trago a la taza abandonada de café.

—Espero volver a verla pronto, miss Duarte.

—Por supuesto. Me extraña no haber conocido antes esta librería.

—Eso es porque la Fortuna solo se revela a los viandantes en el momento oportuno. Es una librería mágica.

Manuela no pudo evitar reír.

—¿Mágica?

—Bueno, eso y que tenemos una puerta muy pequeña.

—Que tenga un buen día, mister Foss —se despidió mientras se giraba para acercarse a la puerta. Estaba a punto de salir cuando Roger la llamó de nuevo.

—Señorita Duarte, tenía usted razón.

Ella se dio la vuelta extrañada.

—¿En qué?

—Hay un infierno.

—Entonces, tendré que volver. Siempre he pensado que el infierno sería mucho más divertido que el cielo —dijo antes de cruzar la puerta.

Se dirigió al Continental dando un paseo y ojeando el libro que acababa de adquirir. Quizá un misterio ficticio fuera lo que necesitaba para distraer sus pensamientos de la maldita Villa Allur y saciar sus pequeñas ansias de aventura. Cuando llegó al hotel, el sol caía ya sobre el mar. Tenía el tiempo justo para darse un baño y prepararse para la cena en el comedor. En el mostrador de la entrada se encontró a José, un tipo enjuto con bigotillo de persa y ojos saltones. Llevaba tantos años ejerciendo de *concierge* que Manuela se preguntaba si ya estaría allí en 1884, cuando se inauguró el hotel.

—Buenas tardes, señorita Duarte —la saludó.

—Buenas tardes, José. ¿Cómo está hoy?

—Aburrido y agradecido de estarlo, doña Manuela. Un día tranquilito. Me alegro de verla porque ha llegado algo para usted. Iba a mandárselo a la habitación, pero ya que está aquí...

—¿Para mí?

—Una invitación, diría. Deme un segundo.

José se agachó tras el mostrador, y poco después reapareció con una bandejita plateada en la que había depositado un sobre de color hueso fabricado con papel de buen grosor. Manuela lo cogió con cuidado, alguien había escrito su nombre en tinta roja, pero no había remite.

—Gracias, José.

—De nada, señorita. No se pierda la cena, han traído un salmón del Bidasoa que huele desde aquí.

Manuela se despidió con una sonrisa y mostró una fría indiferencia hacia el sobre hasta llegar a su habitación. Una vez allí, cerró la puerta y lo desgarró con impaciencia, sin utilizar siquiera el abrecartas que reposaba sobre la mesita, ansiosa por desvelar el misterio que escondían aquellas letras escarlatas. Como el conserje había vaticinado, se trataba de una invitación.

> A la estimada señorita doña Manuela Duarte:
>
> El duque Julien Leroy-Benoit tiene el gusto de invitarla a Ud. a una encantadora velada para celebrar la inauguración de Villa Allur el próximo viernes 5 de septiembre a las 20 horas.
>
> Atentamente:
>
> JLB

Apretó el sobre contra el pecho, el corazón acelerado de manera inexplicable, y acarició el papel con suavidad. Era la primera vez en su vida que tenía ganas de asistir a una fiesta.

3

San Sebastián, 1952

Como un amante veterano, el vestido de seda verde acariciaba su piel con delicadeza, la tela bailando silenciosa con cada paso que daba sobre la moqueta del hotel. La tarde era inesperadamente calurosa, como si por fin el verano hubiera despertado de su letargo, y Manuela sentía el cuerpo ardiente y húmedo bajo el corpiño de flores bordadas. Pero hubiera sido absurdo atribuir aquel estado febril al clima. Era la perspectiva de aquella velada misteriosa lo que le había quitado el sueño desde que dos días atrás recibiera la invitación de caligrafía roja firmada por un duque del que no sabía más que su nombre. Le había imaginado un rostro a juego: tal vez fuera un anciano de bigote poblado y cejas espesas con anteojos de oro; o un joven de manos temblorosas y ojos de ardilla; quizá, incluso, se tratara de una mujer, que vestida de montería se reía de todos tras una copa de coñac.

Atravesó la puerta del hotel y respiró el aire salado y cálido, dejando que entrara en su cuerpo como un bálsamo que la ayudara a recobrar la calma. Frente a ella, esperaba un brillante Ford negro en cuyo asiento trasero, vestido de esmoquin y con un cigarro en la mano, se hallaba Pedrito Ortiz.

—Precioso vestido. ¿Pedro Rodríguez? —preguntó cuando Manuela subió al coche.

Ella asintió mientras el chófer ponía rumbo a Villa Allur.

—Estás muy callada —dijo Pedrito mientras el coche, que había salido de la carretera principal, atravesaba ahora un camino rodeado de vegetación que se dirigía hacia la entrada de la villa—. Si no te conociera, diría que estás nerviosa.

Manuela evitó su mirada. Se conocían desde pequeños, pues Rosa, la madre de Pedrito, había sido amiga de sus padres, una mujer cuya belleza de ojos violetas había encandilado años atrás a toda la alta sociedad, que había tenido propuestas de matrimonio de príncipes austriacos y comerciantes venecianos. Pero ella, en un alarde de practicidad, se había decidido por un españolito de lo más ordinario, que no era ni guapo ni alto, pero sí rico y de sonrisa perenne. Sin embargo, hacía años que nadie la había vuelto a ver: desde que contrajo una neumonía, poco antes de la guerra, vivía permanentemente aquejada de enfermedades imaginarias, en su casa de Biarritz, ajena a los sucesos del mundo, buscando la curación entre médicos, charlatanes y tés de flores exóticas. Pedrito había nacido en Bilbao, y le debía el nombre a su difunto padre, que había muerto cuando su hijo tenía tan solo cinco años, obligando a Rosa a criarlo sola, y el diminutivo, a su corta estatura, que compensaba, no obstante, con una constitución rotunda. Tenía maneras de vendedor de alfombras mágicas, y cuando el negocio de su padre se había hundido tras la guerra civil, había sabido mantenerse a flote. Nadie le preguntaba de forma directa de dónde salía el dinero para los farias, las noches de bailes y las botellas de burdeos, pero tampoco era un secreto que manejaba exportaciones de dudosa legalidad en la frontera con Francia. Pedrito era conocido en todo el País Vasco: desde los limpiabotas hasta los embajadores, todos le saludaban, todos parecían deberle algo. Era un confesor, un contrabandista disfrazado de *bon vivant* que escondía detrás de la alegre fachada de vividor una mente ágil e inteligente.

—Tengo curiosidad por ver la casa, eso es todo —respondió Manuela.

Al final del camino se alzaba una verja abierta de hierro forjado. Tras cruzarla, se internaron en un sendero de gravilla alrededor del cual se extendían los restos salvajes de lo que otrora fuera un jardín de ensueño. Fuentes con querubines de mármol ennegrecido cuyos rostros estaban detenidos para siempre en una expresión de misericordia; dianas y afroditas de brazos cercenados y coronas de musgo, impasibles sobre sus pedestales, jueces de un tiempo que pasaba para ellas demasiado lento; árboles de tierras lejanas, sauces llorones junto a un estanque de aguas negras, una capilla ruinosa que se erigía entre la espesura como un tótem en medio de una selva primigenia.

—Dicen que la capilla está conectada a la casa por un túnel —apuntó Pedrito.

—¿Para qué?

Se encogió de hombros.

—Tal vez para escapar si era necesario, tal vez para contrabando o para no mojarse los domingos si llovía a la hora de misa. Quién sabe.

Una vez recorrido el sendero, la casa emergió entre las sombras del atardecer como un castillo encantado.

—Muy bien, aquí estamos —dijo Pedrito cuando el coche se detuvo frente a la entrada principal.

Manuela bajó despacio, con precaución, al encontrarse por fin en el lugar que había poblado sus recientes sueños y desvelos.

Villa Allur combinaba de manera casi imposible estilos y elementos, como si el arquitecto que la diseñó hubiera sufrido durante el proceso un ataque de locura. A primera vista, podía parecer una mansión de estilo francés ordinaria: paredes blancas, tejado en mansarda de pizarra oscura. Pero a ambos lados se alzaban sendas torres coronadas por agujas, una de ellas se asemejaba a una reproducción a pequeña escala del campanario de San Marcos, en Venecia, mientras que la otra recordaba a los torreones de los palacios de fantasía donde dulces princesas languidecían durante eternidades esperando que algún príncipe vanidoso las rescatara. En un lateral, un enorme invernadero de cristal reflejaba los últimos rayos de sol, y, frente a ellos, un pórtico sostenido por dos columnas jónicas rodeadas de enredaderas cobijaba una puerta abierta de par en par. Sin embargo, no se escuchaba más que el silencio. Nadie hubiera dicho que allí había una fiesta: la casa, en su quietud de piedra, aparecía como un estrafalario mausoleo.

—Buenas noches, señores. Vengan conmigo —les indicó un mayordomo atildado y vestido con chaqué, que acompañó sus palabras con un gesto.

Manuela se agarró al brazo de Pedrito y juntos entraron a la villa.

Primero pasaron a un recibidor, desde el cual una sinuosa escalera de caoba conducía al piso superior. Los suelos estaban cubiertos de alfombras persas, los muebles eran pesados y en las paredes colgaban sin mucho orden bodegones y paisajes, en una miscelánea de estilos que abarcaba desde el Renacimiento hasta el impresionismo.

Manuela le tendió el bolso de mano y el chal de faya a una doncella solícita, ataviada con delantal y cofia, y siguió al mayordomo hacia la siguiente sala, que resultó ser un comedor que continuaba con el estilo oscuro y recargado del hall. Sin embargo, al ojo entrenado, no pasaban desapercibidas las grietas en el papel pintado tras las pinturas, el parqué desgastado bajo las densas alfombras, la decadencia que se escondía tras el lujo, enmascarada por la luz vacilante de las velas y los jarrones chinos a rebosar de azaleas.

—Parece como si nuestro duque tuviera mucha prisa por inaugurar su casa... —murmuró Pedrito.

Finalmente, llegaron al salón de baile. Allí, bajo los techos decorados con pan de oro, se concentraba todo el bullicio. La música sonaba en un tocadiscos y los invitados reían entre conversaciones melifluas y copas de champán.

—No falta nadie —observó Manuela.

Distinguió entre la multitud a embajadores, estraperlistas, condesas y actores. Una mezcolanza que se producía tan solo en fiestas como aquellas, donde todos dejaban atrás sus diferencias para dar paso a la bebida y el baile. Flotaba en toda la sala, no obstante, un aire de expectación. En pequeños grupos, se señalaba de vez en cuando a un hombre desconocido con la esperanza de que resultara ser el aristócrata francés, hasta que alguien disipaba la ilusión aclarando que se trataba en realidad de un comerciante de pescado.

—He oído que el duque es muy peculiar —dijo Pedrito mientras atrapaba al vuelo una copa de vino de la bandeja de uno de los camareros.

—¿Qué quieres decir?

—Corren sobre él varias historias. Algunos dicen que es ocultista y que fue amigo y consejero del propio Hitler, otros que se trata en realidad de un vampiro.

—Preferiría que fuera un vampiro antes que un nazi.

—Quién sabe, quizá no anden tan desencaminados. ¿Ves a aquella mujer de allí? —Pedrito señaló a una dama entre la multitud con el cabello cobrizo entreverado de canas y un vestido negro y sobrio—. Pues es Dafne Vasileiou —continuó—, una de las médiums más famosas de Europa.

—Así que nuestro duque cree en espectros.

—¿Y quién no? Ahora, si me disculpas, acabo de ver al embajador de Portugal.

Antes de que pudiera detenerle, Pedrito desapareció entre la multitud y Manuela se encontró sola junto a la mesa de los canapés. Buceó con la mirada entre la gente, buscando un rostro amigo, pero finalmente decidió entretenerse con el caviar y el paté.

Fue entonces, mientras observaba la sala con una tajada de pavo frío en la mano, cuando vio a Diego Monterreal. Se movía con la confianza de un prestidigitador y expulsaba el humo del cigarro con insolencia, igual que hablaba, encantador y mordaz a partes iguales. Tenía el aspecto de una estrella de Hollywood, cabello oscuro peinado con brillantina, ojos verdes hambrientos y sonrisa de zorro. Siempre insaciable, era, desde pequeño, adicto a la atención de los demás, uno solo de tantos vicios que irían empeorando con la edad. Había crecido en Cantabria bajo la tutela de su tío Rodrigo, recién nombrado gobernador de Guipúzcoa y al que precedía una reputación salpicada de crímenes de guerra, que, no obstante, había malcriado a su sobrino.

Manuela sintió el golpe brutal de los recuerdos en el pecho. Como pájaros desorientados, invadieron su mente los momentos que Diego y ella habían pasado juntos. Las tardes escondidos en el cementerio de los Ingleses, los besos húmedos entre los fresnos y las promesas sin cumplir. Aturdida, deseó desaparecer antes de que él la divisara, obligándola a una conversación cordial en la que tendría que preguntarle por su reciente matrimonio, por su regreso a la ciudad después de años de ausencia.

Como un gólem manejado por alguna fuerza superior, se dio la vuelta y comenzó a caminar sin destino. Cruzó primero el salón de baile, y después el comedor, hasta darse de bruces con una puerta de madera que abrió con un gesto automático.

Se encontró de pronto en una estancia circular rodeada de grandes cristaleras que daban al exterior. La noche había caído ya y la habitación estaba tan solo iluminada por unos candelabros cubiertos de cera que parecía que nadie se hubiera molestado en limpiar en meses. Cuando consiguió recuperarse, se dio cuenta de que estaba en una biblioteca. Frente a las ventanas había varias estanterías repletas de libros, y en el centro un globo terráqueo de enormes dimensiones. Reinaba allí cierto desorden, cierta dejadez que el anfitrión se había encargado de esconder en el resto de la casa. Flotaba en el aire un olor penetrante a humedad y sobre los sofás de terciopelo rojo reposaban varios libros abiertos, historias detenidas a la mitad que esperaban, ávidas, el regreso de algún buen lector.

Al fondo, Manuela divisó un pequeño despacho donde brillaba una lamparita de pantalla verde que alguien debía de haber olvidado apagar. Atraída por la luz, aún con la mente nublada, avanzó presa de la curiosidad.

El despacho le pareció, en un primer vistazo, de lo más común: un escritorio oscuro, un sillón de cuero, un pesado pisapapeles con forma de galápago. Pero fue al levantar la vista hacia la pared cuando divisó algo particular: un cuadro. Era el único en toda la estancia y no tenía nada que ver con los bodegones o los paisajes de la entrada.

Manuela se quedó paralizada, sin fuerzas para correr o para gritar que lo que estaba viendo era imposible. Muda, se dejó atrapar por el magnetismo de la pintura: un acantilado, una figura femenina flotando sobre la superficie de un mar embravecido... Se convenció de que al cruzar la puerta de aquella biblioteca había entrado a algún reino de pesadilla. La última vez que había visto aquel cuadro, trece años atrás, colgaba de la habitación que había compartido con Ava Braud, su mejor amiga, quien, poco después de terminarlo, se había esfumado de la escuela dejando tras de sí un rastro de desastre y llevándose aquella pintura, que ahora colgaba, inocente, en el despacho del duque Leroy-Benoit.

4

Florencia, 1938

Con un gesto tantas veces antes repetido, Ava se retiró del rostro un mechón rebelde de cabello trigueño que amenazaba con interponerse entre ella y el pequeño bloc de dibujo sobre el que se inclinaba, lápiz en mano, con la devoción de un copista benedictino.

Junto a ella, Manuela ojeaba un ejemplar de tapas raídas de la *Odisea* que había rescatado del fondo de una de las librerías de la biblioteca, donde le costaba encontrar buenas lecturas entre los tratados de cocina y costura. Pero en realidad no estaba prestando atención a las andanzas de Ulises, sino que seguía sin perder detalle los fluidos movimientos de las manos blancas de Ava; los trazos que recorrían el papel revelando poco a poco el contorno de una criatura tan hipnótica y desafiante como su creadora.

—¿Es un hada? —preguntó por fin.

Ava no levantó los ojos del dibujo, el gesto contraído en aquella concentración que, tan propensa a divagar como solía ser, adquiría tan solo cuando pintaba.

—No lo sé —confesó—. Es como pensaba que serían las criaturas de los cuentos que me contaba mi abuela.

Manuela no esperaba una respuesta mucho más concreta, ya había aprendido que Ava prefería el pincel a la lengua y que su verdadero idioma eran los cuadros que día y noche pintaba en la habitación. Las palabras la perdían, porque se enfangaba con ellas y se enredaba en monólogos incansables, con las mejillas arreboladas y los ojos perdidos en mundos a los que únicamente ella podía acceder. «Mi madre siempre me dice que quiero decir muchas cosas y al final no digo ninguna», se excusaba después.

—¿Y qué cuentos te contaba tu abuela?

—Muchos. Sobre las lamias y los dragones y sobre los demonios que hacen tratos con los campesinos para robarles su alma.

—La mía no contaba ninguno —se lamentó Manuela.

Su abuela había sido una mujer austera, de cabello y maneras almidonadas, con los labios siempre pintados y pocas veces contraídos en una sonrisa.

—Mi abuela era de Bretaña, creo que para ella ni siquiera eran cuentos. Eran verdades que se han olvidado, nada más —respondió Ava.

Manuela cerró el libro y lo dejó en la mesa del comedor. Estaban solas en la estancia, presidida por el reluciente piano de cola negro en el que miss Robinson tocaba a veces, acompañando la melodía con su desagradable voz nasal.

La academia para señoritas de miss Robinson se hallaba en el corazón de Florencia. Se trataba de una villa del siglo XVIII con muebles de madera oscura, algunos cuadros que representaban a muchachas lozanas y sonrojadas y flores frescas sobre el aparador de la entrada. La cursilería que cabía esperar de un lugar así quedaba contrarrestada por el espíritu británico y práctico de su directora. Las habitaciones eran dobles, con camas estrechas de pino y almohadas de plumas, y el único lujo eran los marcos dorados de los espejos que aparecían aquí y allá y que Manuela sospechaba que habían pertenecido a los dueños originales de la villa.

Ella había llegado allí al principio del curso, tras uno de los frecuentes ataques de inactividad de su madre en la casa de Xeixo. Abrumada por la huida tras la guerra, la ausencia de su marido, que seguía en Madrid, y el carácter monacal de su hermana, que le prohibía celebrar recepciones en la casa, se obsesionaba con el resto de los aspectos que podía controlar, lo cual atañía especialmente a sus hijos. Y decidió que si bien ella estaba condenada a la oscuridad de la mente de su hermana Casandra y del caserón que el difunto esposo de esta le había dejado en herencia, ellos debían salir y ver mundo. Así, ignorando las quejas de los afectados y sin muchos más trámites que unas cuantas llamadas y otros tantos billetes, había enviado a Hernán a un internado suizo y a Manuela a esa elegante escuela para señoritas.

«Lo llaman *finishing school* —había dicho su madre—. Algo así como... escuela de refinamiento. Siempre me han gustado los ingleses, son poco imaginativos pero tienen palabras para todo.»

Manuela pasó noches y noches en vela temiendo el momento de la partida. Se acurrucaba bajo las sábanas y las mantas de lana y cuando, ya de madrugada, era incapaz de dormir, se levantaba y vagaba por la casa, explorando cada rincón como si nunca fuera a volver. Se grababa en la memoria el aparador lleno de botellas viejas de oporto de la biblioteca, las manos inertes de los santos que custodiaban la cocina, el olor de la cera de las velas de la estrecha capilla.

Pero, al contrario de lo que había previsto, sobrellevó el viaje con calma y una dosis notable de curiosidad. Y en cuanto llegó a Italia supo que no iba a echar de menos la casa, ni los lamentos afligidos de su madre, ni las diatribas políticas de su hermano a favor de los sublevados o los rezos en voz tenue de su tía. Florencia era un sueño. Una ciudad antigua que guardaba en su corazón el fulgor de todos los artistas, los nobles y los desdichados que habían dado su vida por ella; se enamoró de los ojos pétreos de las estatuas que acechaban altivas en sus palacios, de los jardines decrépitos habitados por espíritus melancólicos, de las casas destartaladas que colgaban sobre el Arno y los elegantes escaparates de las sombrererías. Tan solo había echado de menos, al principio, alguien con quien compartir aquella fascinación.

Pero eso duró poco, pues Ava no tardó en llegar.

Se presentó en la escuela en mitad de la noche, como una aparición, con la melena mojada por la lluvia y un baúl lleno de pinturas; recién llegada de París en primera clase del Orient Express. Con su aspecto de Venus renacentista y aquella irreverencia innata que no podía, ni quería, controlar, no había tardado en confesarle que había sido expulsada de varias escuelas y que sus profesoras y sus padres la consideraban imposible de educar. En un último intento de encarrilarla, la habían mandado a Florencia concediéndole el capricho de pagarle clases de dibujo a cambio de su docilidad. Y aun así, sin poder evitarlo, Manuela se había sentido fascinada por ella, atrapada por su mirada llena de chispas, unas chispas que no había visto nunca antes en los ojos de una mujer. Ava hablaba del arte como Hernán lo hacía de política: con devoción, con una pasión que ella no había conocido hasta entonces. Así, en tan solo unas pocas semanas, se habían vuelto inseparables.

—¿Hoy no tienes clase de dibujo? —le preguntó Manuela a Ava, que permanecía concentrada en su creación.

Ella negó despacio.

—No, Andrea no puede, está muy ocupado, tiene una exposición.

Andrea era el profesor de dibujo de Ava, que le daba clases fuera de la escuela, en un estudio que Ava describía como «pintoresco» y que Manuela imaginaba más bien diminuto y sucio.

—¿Y qué dibujas con él? —insistió.

—Bodegones sobre todo. Frutas, jarrones, estatuas... Andrea dice que la técnica es imprescindible. Tiene razón, supongo. Aunque a mí me gusta más pintar otras cosas.

Manuela conocía de memoria los cuadernos de su amiga: entre sus páginas había pocas o ninguna piezas de fruta y muchos paisajes oníricos y extrañas criaturas de ojos ausentes.

—Prefiero pintar lo que no se ve —continuó Ava.

—Si no se ve, ¿cómo puedes pintarlo? —respondió Manuela divertida.

Ava levantó por fin los ojos del papel, como si se tomara la pregunta muy en serio.

—Porque yo sí puedo verlo. En mi cabeza.

—¿Ves todas esas criaturas?

—Sí. Porque... forman parte de mí. Como los recuerdos y los sueños.

—Yo casi nunca consigo recordar lo que he soñado.

En ese momento, entró en la sala Rebecca White, otra de las alumnas de la escuela, una muchacha silenciosa y de rostro somnoliento que arrastraba las palabras. Al verlas, las saludó con un gesto tímido y se sentó en la otra punta de la mesa con una de las novelas románticas que leía a todas horas, siempre a escondidas de la directora. Ava escudriñó a Rebecca con cierta desconfianza. Manuela era su única amiga allí, y con el resto de las muchachas solía mostrarse indiferente, algo que, secretamente, agradaba a Manuela, orgullosa de ser la única que atesoraba su amistad. En cuanto a las otras alumnas, tampoco buscaban su compañía, pues reconocían en Ava el mismo peligro que había intuido Manuela aquella noche de mediados de septiembre en que apareció. Y ellas eran jóvenes de buena familia que querían aprender a bordar y a cantar para matar las horas cuando su futuro marido saliera de casa. Sin embargo, al contrario de lo que Ava pensaba, no eran desgraciadas ni estaban llenas de tristeza, sino que aceptaban felices una vida de sencillez planeada, una existencia de pequeños lujos y sueños domésticos. Una vida en la que la rebelión no tenía cabida.

—Verás —prosiguió Ava en voz más baja—, esto es un secreto entre nosotras, pero ayer soñé algo que...

—¿El qué? —respondió Manuela en el mismo tono.

En realidad las precauciones eran innecesarias, Rebecca White era incapaz de entender ni una palabra de lo que decían, pues ellas eran las únicas en la escuela que hablaban castellano.

—No puedo contártelo porque no sabría explicarlo, y ni siquiera sé qué significa todavía. Solo sé que es importante y que debo pintarlo. He encontrado el lienzo perfecto. Será grande, por supuesto, porque tiene que ser así. Las cosas importantes deben pintarse a buen tamaño para no perderse los detalles. Cada vez que cierro los ojos lo veo, sé qué colores debo mezclar, azul de Prusia y gris sombra en el cielo, oro pálido para las estrellas, blanco de zinc para la silueta de la mujer...

Manuela cerró también los ojos y siguió escuchando la descripción de colores y formas que se entrelazaban y bailaban mientras se esforzaba por descifrar qué imagen reveladora terminarían mostrando.

—No consigo... imaginarlo —dijo por fin, frustrada.

—No pasa nada. Por eso he decidido pintarlo.

Manuela abrió los ojos y sonrió, contagiada por la ilusión de su amiga por aquel cuadro que, aunque aún no existiera, ya parecía llamado a cambiar sus vidas.

5

San Sebastián, 1952

Manuela continuaba paralizada frente al cuadro, víctima del embrujo que Ava tejiera cuando lo pintó entre sueños e incertidumbres tanto tiempo atrás. La pintura de estilo surrealista representaba un acantilado junto al mar, en el vacío flotaba una figura femenina vestida de blanco. La superficie del agua estaba plagada de caballos encabritados de espuma y en el cielo refulgía un manto de estrellas irregulares y una media luna árabe. Trataba, sin éxito, de encontrar una explicación racional para su presencia en aquella casa, tal vez fuera una maldición, un castigo divino o una prueba de fe; tal vez tenían razón quienes aseguraban que en los rincones de la villa habitaban sedientos demonios, ansiosos de jugar con quienes ponían un pie allí.

Sentía el pecho resquebrajado, desbordado por los recuerdos que tanto se había esforzado por dejar atrás. Después de su repentina desaparición, había luchado para deshacerse del recuerdo de Ava y de sus pinturas plagadas de fantasía, pero de nada había servido.

—¿Le gusta mi colección de arte, señorita Duarte?

Una voz le llegó desde la puerta del estudio. No le

hizo falta girarse para saber que se trataba del duque Leroy-Benoit.

Se esforzó por recobrar la compostura y la sonrisa desenfadada, por barrer las sombras que le habían llenado los ojos. Decidió que era mejor ser prudente.

—Sin duda tiene usted un gusto exquisito —respondió.

—Permítame que me presente. Julien Leroy-Benoit —dijo el duque, que estaba apoyado en el marco de la puerta del estudio.

Alto y de piernas largas, tenía las mejillas hundidas y los ojos del color del ámbar. Era de una palidez delicada y el cabello dorado le caía con gracia hasta la clavícula. Su atuendo, que en otro lugar hubiera resultado un tanto anticuado, era acorde con el barroquismo oscuro de la casa: chaqué de terciopelo, pañuelo estampado en el cuello, un reloj de cadena que asomaba del bolsillo superior. Manuela empezó a comprender por qué se rumoreaba que era un vampiro.

—Haría lo mismo, pero veo que ya me conoce —dijo Manuela.

—Me gusta saber a quién invito a mi casa —contestó él.

—Ha organizado una velada encantadora.

—Y sin embargo, está usted aquí, en mi biblioteca, lejos de la música y el vino que tan cuidadosamente he elegido.

—Me he perdido buscando el baño —disimuló ella con tono desenfadado—. Ya sabe, demasiado champán.

—No se preocupe, todos nos perdemos en ocasiones. Me ha parecido que estaba embelesada por el cuadro. ¿Le gusta el surrealismo?

El duque había hablado con un tono en apariencia inocente, pero Manuela percibía en él la esencia de los depredadores. Cuando era pequeña, su abuelo le había contado historias sobre su viaje a la remota selva de Brasil, un lugar de dioses antiguos con fauces voraces. Allí, en las oscuras aguas del Amazonas, vivían los caimanes negros, cazadores nocturnos que se deslizaban casi ocultos bajo la superficie. Maestros del silencio, atrapaban a su presa en unos segundos, con elegancia y rapidez, para desaparecer después de nuevo en las turbias aguas del río. Manuela había tenido pesadillas con aquellos relatos de niños desaparecidos, arrastrados para siempre a las profundidades por los caimanes. Y ahora sentía los músculos de su cuerpo tensarse igual que entonces, como si esperara que el duque, con su voz meliflua y sus ojos de gato, se abalanzara sobre ella en cualquier momento, con los blancos colmillos preparados para desgarrar su cuello.

—Me ha llamado la atención el cuadro, es diferente a lo que he visto en el resto de la casa —respondió con cautela.

—Es una pintura curiosa, es cierto. La encontré hace años por casualidad, gracias a un marchante de Génova. No es perfecta, pero el mejor arte tiene siempre algo de imperfección.

Manuela buscó entre sus palabras señales que indicaran que estaba mintiendo, que sabía más de lo que decía, pero no encontró nada en su tono que la hiciera dudar. Quizá había dejado volar su imaginación demasiado pronto y aquello no era más que una absurda casualidad.

—¿Puedo preguntarle por qué huye de su propia fiesta? Todos le están esperando.

—A veces lo más interesante de las fiestas pasa fuera de ellas.

Julien se acercó con pasos largos y se apoyó en el

escritorio de madera, que era lo único que se interponía ahora entre ellos. De cerca, su rostro sin edad, de ojos de cárabe y piel cristalina, resultaba fascinante. Manuela se fijó en que en el dedo meñique de la mano izquierda llevaba un anillo con forma de serpiente.

—Quizá podamos continuar esta charla con una copa de coñac, ¿no cree? —dijo él.

—Es muy amable, duque, pero me esperan fuera —respondió con la mejor de sus sonrisas.

—Entonces nos veremos en otra ocasión, es bienvenida siempre que quiera, señorita Duarte. Seguro que tenemos mucho de lo que hablar.

La frase no sonó como una invitación, sino como una amenaza.

Manuela le dedicó una leve reverencia y, sin perder la sonrisa, salió del despacho. Sintió los ojos del duque clavados en la espalda mientras se alejaba por la biblioteca, amparada por los claroscuros de la luz de las velas.

Cuando llegó al vestíbulo le temblaban las piernas y tuvo que agarrarse a la barandilla de caoba de la escalera para no desplomarse. Le costaba tanto trabajo respirar que se concentró en que sus pulmones se llenaran de aire a la par que intentaba ahuyentar de su mente la imagen del cuadro, la mirada del duque, el espectro de Ava.

—¿Se encuentra bien, señorita? —preguntó uno de los camareros.

La miraba con una mezcla de preocupación y condescendencia, y Manuela se dio cuenta de que debía de tener un aspecto terrible.

—Estoy bien, gracias.

—¿Quiere que busque a su marido?

Ella contuvo una risa sarcástica.

—No es necesario —respondió.

El camarero se alejó sin demasiada convicción y Manuela se tomó unos segundos más para recobrar el color en el rostro y la serenidad en los pensamientos. Una vez que estuvo más calmada, decidió que la mejor decisión era volver al Continental: se sentía demasiado débil y confusa para quedarse en aquella casa plagada de fantasmas del pasado. Regresó a la fiesta con la esperanza de hallar allí a Pedrito, pero no consiguió encontrarle entre los tocados de flores y el humo de los puros. La preocupación por la ausencia del duque parecía haberse disipado con el vino y la música, y ahora nadie giraba la cabeza cuando alguien entraba por la puerta. Tras unos minutos de búsqueda infructuosa se dirigió a la salida, pero sintió, de pronto, de esa manera inexplicable en la que se sienten las cosas que no se ven, que alguien la miraba. Se dio la vuelta y comprobó que estaba en lo cierto. Detenida en el centro de la sala, aquella médium a quien Pedrito se había referido como Dafne Vasileiou la observaba con expresión serena. Pensó al principio que tal vez la confundía con alguien, pero la mujer mantenía la mirada fija, como si fuera capaz de ver a través de su piel y estuviera contándole las costillas, escudriñando los latidos angustiados de su corazón. Sin recoger siquiera el chal de faya, Manuela salió precipitadamente al exterior.

La noche parecía haberse contagiado también de la locura que irradiaba la casa y había desplegado un aire tropical y una llovizna cálida que convertían el jardín en una selva encantada. La humedad le dificultaba aún más la respiración a Manuela, que no conseguía sacarse de la cabeza el cuadro de Ava, aquella figura blanca de la que no podía saberse si caía o ascendía de las aguas. Y con la pintura habían vuelto, incontenibles, los recuerdos. Qué fácilmente se había desmoronado el muro tras el cual los contenía; había bastado la visión de esa etérea mujer suspendida sobre el mar para poner fin a tantos años de olvido.

Escuchó unos pasos sobre el mármol frío de la entrada y se dio la vuelta, esperando que fuera el mayordomo, pero en su lugar se encontró con Diego Monterreal, que la miró entre divertido y sorprendido.

—¿Manuela? ¿Qué haces aquí tan sola? —dijo mientras encendía un cigarrillo.

Ella tardó unos instantes en reaccionar.

—Ya me iba... —fue todo lo que pudo decir, las mejillas encendidas por la falta de aire, la mente confusa y las manos temblorosas como en aquellas lejanas noches de la infancia plagadas de sueños de cocodrilos.

—¿Tan pronto? Hace mucho que no nos vemos.

Diego y ella se habían conocido muchos veranos atrás, en una puesta de largo. Él había decidido que Manuela sería su presa y ella se había rendido con una facilidad de la que ahora se avergonzaba. Diego se presentaba entonces como poeta y novelista, aunque nunca había escrito más de dos poemas en el cuadernillo de piel que su tío le había traído de África y que llevaba siempre encima. Le gustaba más llamarse escritor que escribir, pero a Manuela le había parecido arrebatadora su supuesta faceta artística. En su inocencia, atribuyó a la vida bohemia su afición por el whisky, la prisa por acariciar sus caderas y los encuentros clandestinos. Por suerte, la decisión de mantener el romance en secreto hizo que Hernán nunca se enterara, y cuando Diego decidió dedicar sus atenciones y sus poemas de baratillo a otras muchachas, Manuela pudo llorar en silencio su ingenuidad, sin tener que soportar letanías sobre su deshonra.

—Estoy esperando un coche —respondió mientras evitaba la mirada impetuosa de sus ojos verdes.

—De momento no veo ninguno, pero puedes venir conmigo, pensaba volver ya a la ciudad. Me aburre este caserón desangelado y tanta pantomima por un duque gabacho.

—No... En realidad he pedido un taxi y... —Cada vez le costaba más hablar, las mentiras apenas se sostenían.

Diego esbozó una de sus sonrisas de estrella cinematográfica y se acercó más a ella. Sus ojos verdes brillaban de manera tétrica, la piel perlada por la humedad de la llovizna, el olor a perfume de sándalo y sudor.

—Vamos, Manuela, a mí puedes decirme la verdad. Somos amigos, ¿no es cierto?

Aquella situación le divertía, disfrutaba del poder que aún ejercía sobre ella. Sin embargo, Manuela veía ahora con claridad que no era más que un crío consentido por su tío, un hijo perfecto del régimen disfrazado de intelectual.

—¿No te espera tu mujer? —respondió.

Él se rio y lanzó al suelo la colilla, que pisoteó con el tacón de los brillantes zapatos negros. Después se acercó aún más y le puso la mano sobre el brazo; un contacto ardiente, como si tuviera fiebre, un calor cruel y áspero.

—Tranquila, he venido solo a la ciudad —dijo.

—No me toques...

Él sonrió.

—¡Manuela! Por fin te encuentro, te estábamos esperando —dijo entonces la vocecita aguda de Teté Chapman.

Diego retiró la mano de su brazo y se giró con fingida indiferencia.

—Ya voy —respondió Manuela alejándose de él.

Teté aguardaba bajo la lluvia con una estola de piel poco apropiada para aquel tiempo sofocante, fumando tranquila en una boquilla de plata. Manuela le agradeció con la mirada que la hubiese salvado; quizá la hubiera juzgado con excesiva severidad aquellos años. Sin esperar más, se montó en el coche negro que las esperaba y, mientras se alejaban por el camino de grava, no se atrevió a girarse para contemplar de nuevo la silueta de la casa.

6

San Sebastián, 1920

Frédéric Bauer se movía con cuidado entre los estrechos pasillos de la bodega polvorienta, evitando rozar con los hombros las telas de araña que pendían de las paredes. Apartó un par de ellas que habían llegado hasta sus preciadas botellas de Château Lafite, y tras colocarse las gafas de montura dorada sobre el puente de la nariz, se dispuso a elegir una bebida a la altura de su visita.

—Barolo... —murmuró.

Retiró la botella de tinto italiano del casillero y asintió satisfecho. Un vino con fuerza que, no obstante, llevaba ya bastantes años puliéndose allí abajo. Cabía esperar que fuera elegante, refinado, quizá con aromas a cerezas y a hierba seca. Sí, aquel sería perfecto.

Cerró la puerta de la bodega con la única copia de la llave que existía. Entró en el salón, que ocupaba el resto del sótano de la casa, y depositó la vieja botella sobre la robusta mesa de madera.

—Bien, ahora sí que podemos charlar —dijo complacido en francés.

—Por eso me gusta venir a verte, conoces muy bien mis gustos.

Su interlocutor era un hombre seco, de cabello rubio y ojos hundidos, que movía las manos delicadas al compás de sus palabras, entre las que dejaba estudiadas pausas. Cada pocos minutos, sacaba un pañuelo bordado del bolsillo del traje de lino y se secaba la frente a toquecitos.

—Podrías apagar todas esas velas —protestó.

—No te olvides de dónde estamos, Gérard —respondió Bauer mientras servía el vino en dos copas de cristal labrado.

La sala estaba rodeada de estanterías que iban desde el techo hasta el suelo y en cuyas baldas convivían, sin ningún orden aparente, miles de volúmenes que Bauer había ido acumulando a lo largo de los años. La mayoría habían viajado con él desde su antigua casa en Lyon en un sinfín de baúles cargados de historias que había arrastrado de ferrocarril en ferrocarril, como si se tratara de un bibliotecario errante. «Un hombre puede abandonar su patria, pero no sus libros», respondía si alguien preguntaba por el contenido de aquellos enormes fardos. El resto lo había ido adquiriendo desde que vivía en San Sebastián. El resultado era aquel revoltijo de papel y cuero, de poesía erótica, tratados existencialistas y catálogos de fauna y flora que se apretaban unos contra otros en las librerías combadas por el peso.

Las velas que el invitado de Bauer sugería que apagara se arremolinaban como luciérnagas curiosas alrededor de una estatua, de aspecto egipcio, que representaba a un niño desnudo que llevaba una coleta lateral y la doble corona del Alto y Bajo Egipto. La figura levantaba el índice derecho hacia su boca y tenía una sonrisa contenida que aparecía y desaparecía entre las luces caprichosas de los cirios de cera virgen, cuyo asfixiante aroma se diluía en la humedad del sótano, convirtiendo la habitación en una suerte de catedral subterránea.

—Es un vino estupendo —sentenció Bauer, que acababa de probar el líquido que reposaba en la copa.

Gérard, por su parte, movía el vino por la boca como si fuera un colutorio, haciendo un ruido desagradable del que no parecía ser consciente.

—No está mal —dijo por fin.

—Eres demasiado exigente.

El aludido se encogió de hombros.

—No he venido hasta aquí para hablar de vino, de todas formas.

—Lo sé.

—¿Por qué sigues viviendo en esta ciudad? No entiendo tu fijación por esta capital de provincias.

Bauer chasqueó la lengua. Había esperado que, con el tiempo, Gérard abandonara su cruzada para que regresara a Francia, pero su amigo, que se mostraba firme en sus costumbres y sus vicios, lo era también en sus insistencias. Pálido por el encierro continuado tras los gruesos muros del palacete borgoñón donde residía entre reliquias y retazos de tiempos mejores, defendía con un empeño enfermizo su título de duque en un país que hacía ya largos años que no tenía reyes. Como él, miles de nobles por toda Francia atesoraban en su corazón la esperanza del regreso de sus días de gloria. Muchos de ellos no tenían más tierras que un apartamento diminuto donde sobrevivían llenos de deudas, pero se negaban a vender los retratos familiares con marcos de pan de oro que apenas cabían en el salón. Gérard había conocido una vez a un barón que guardaba una armadura medieval en el cuarto de baño, junto a una bañera roñosa y un pequeño inodoro. Pero incluso para todos ellos, el duque era un excéntrico. Consumido por la melancolía desde la muerte de su mujer, abandonaba a su hijo a los cuidados de las institutrices y caminaba durante horas con sus zapatos italianos entre los viñedos de Vosne-Romanée, dilapidando una fortuna en botellas de vino y extraños artefactos a los que atribuía propiedades mágicas.

Bauer y él se habían conocido muchos años atrás, cuando coincidieron en una subasta clandestina celebrada en las catacumbas de París. Allí se dieron cita todos los amantes del ocultismo del país: banqueros, nobles, escritores y bellas damas de ojos cristalinos que pujaron en silencio por talismanes, dagas malditas y colgantes de huesos humanos. Gérard vivía atrapado en ensoñaciones del pasado y tenía demasiado tiempo y dinero que gastar; Bauer, por su parte, presumía de ser uno de los últimos alquimistas, y esgrimía conocimientos que aseguraba que habían sido olvidados por el hombre. No habían tardado en congeniar bebiendo brandy sobre una antigua tablilla sumeria. Una amistad motivada por un interés común que se había ido reforzando con el tiempo.

—Podemos llevar La Serpiente a Francia —continuó Gérard, que a pesar de su aparente reticencia respecto al vino, había vaciado ya la copa.

—No. La Serpiente se queda aquí, ya lo hemos hablado más veces. Este es ahora mi hogar, y todo está marchando bien... En Europa todavía se sienten los estragos de la guerra.

—Mi casa sería un lugar más apropiado, Francia es segura.

Bauer soltó un largo suspiro.

—Lo hablaremos esta noche —concedió por fin—.

No es una decisión que podamos tomar solo nosotros dos.

—Pensaba que tú estabas al mando.

—Sabes que no es exactamente así.

Gérard sacó del bolsillo de la chaqueta una pipa de brezo y una pequeña lata de tabaco.

—Muy bien, lo someteremos a votación, entonces —aceptó mientras comenzaba a cargar la pipa.

Frédéric no se molestó en discutir más con su viejo amigo. Al fin y al cabo, ambos estaban en el mismo bando y Gérard era, además, extremadamente generoso en materia económica. Bauer poseía una pequeña fortuna familiar, que, no obstante, había ido mermando con el paso de los años y su incapacidad para adaptarse a cualquier trabajo remunerado y mantenerse alejado del juego. No le convenía perder el apoyo de Gérard, pero tampoco añoraba su Francia natal. Desde que había llegado a San Sebastián en un viaje de verano, se había dejado envolver por aquella ciudad, que le recordaba a una versión reducida y marítima de París. Y se había quedado atrapado entre las veladas en el Gran Casino, los paseos por la Concha y las vistas del monte Urgull. Además, había encontrado con quien compartir sus pasiones, pues la capital donostiarra se convertía en los meses estivales en un hervidero de veraneantes llegados de toda España y gran parte de Europa. Había terminado por vender la casa que sus padres le dejaran en Lyon para comprar una villa destartalada cerca de la playa de Ondarreta. Una villa que ahora era un santuario, uno nada barato de mantener.

Iba a coger de nuevo la botella de vino para servirse cuando vio que la puerta que llevaba al piso superior de la casa estaba ligeramente entreabierta. Le pareció percibir un brillo a través de la rendija y, al fijarse bien, distinguió unos ojos que observaban con atención.

—Parece que tenemos visita —murmuró sonriendo.

Gérard se giró hacia la puerta y tuvo una reacción menos benevolente al observar la nariz de su hijo asomando en el sótano.

—¡Te dije que no bajaras aquí!

Bauer posó una mano sobre el hombro de su amigo.

—Quizá no sea tan mala idea, tal vez es el momento de que conozca todo esto.

—Muy bien... Ven aquí, Julien —refunfuñó de mala gana Gérard.

El niño esperó unos segundos, como si temiera que la invitación fuera una trampa. Después, empujó la puerta suavemente, el rostro detenido en una expresión de asombro que Bauer no pudo evitar equiparar a la de un explorador que descubre por primera vez un reino perdido, un lugar que ni siquiera concebía que pudiera existir.

Se movía cauteloso, como si caminara sobre los suelos de oro de un palacio salido de los cuentos de Scheherezade, desplazando con lentitud sus huesos de jilguero. A sus ojos, la estatua de piedra egipcia alcanzaba las dimensiones de un coloso, y la luz de las velas se tornaba ardiente como el fuego que dormía en la garganta de un dragón. Los libros, aparentemente apacibles en sus estantes, amenazaban con liberar a deidades olvidadas de bocas hambrientas, a poetas locos y a feroces guerreros hunos.

—Ven, Julien —repitió Gérard.

Tembloroso, el muchacho se acercó a su padre, que, con un gesto rápido, lo colocó sobre sus rodillas. La piel le brillaba, perlada de gotas de transpiración.

—¿Te gusta este sitio? —preguntó Bauer.

Julien asintió, los ojos ambarinos aún descomunalmente abiertos ante las maravillas de la sala.

—Dentro de no mucho tú también podrás bajar aquí —continuó Bauer.

—Tú serás quien herede La Serpiente Escarlata; ¿no es cierto, querido Frédéric?

Julien escudriñó la sala angustiado, esperando que en cualquier momento una enorme víbora roja, sedienta de sangre, apareciera siseando con las fauces abiertas. Pero la única que encontró fue la que colgaba de la lámpara del techo. Una enorme serpiente dorada que rodeaba con su cuerpo una bola luminosa.

—¿Es esa la serpiente? —preguntó con un hilo de voz.

Su padre y Bauer compartieron una risa cómplice.

—No, Julien. Aún eres demasiado pequeño, pero todo llegará en su debido momento —respondió Bauer.

El niño tenía el corazón acelerado, la mente bullendo entre las revelaciones y las maravillas de aquel lugar.

—No me dan miedo las serpientes —dijo en un alarde de valentía.

Pero, mientras lo decía, buscó cobijo entre el pecho y el humo de la pipa de su padre, temeroso de encontrarse dos ojos amarillos brillando en la oscuridad.

7

San Sebastián, 1952

La madrugada dejaba paso a los primeros rayos tímidos de sol cuando Manuela arrojó las sábanas de algodón egipcio al suelo y, desesperada por las horas de insomnio, se levantó de la cama. Tenía el camisón pegado al cuerpo por el sudor, el cabello enredado y los ojos llorosos. Se acercó al balcón y lo abrió de golpe, dejando que entrara el aire de la incipiente mañana con la esperanza de que se llevara con él sus temores. Desde que dos días antes descubriera el cuadro de Ava en Villa Allur, había sido incapaz de conciliar el sueño. Sus noches se habían plagado de apariciones y remordimientos. Veía a Ava constantemente, recordaba, con esa pátina de irrealidad que otorgan a los recuerdos los años, el día en que descubrió que se había marchado del internado, que había desaparecido con el mismo dramatismo que había demostrado siempre: llevándose su cuadro favorito, sin dejar una nota de despedida, borrando cualquier rastro de su paso por la escuela hasta transformarse en un fantasma. Y pensaba en lo que había pasado entre ellas poco antes de aquello, en cómo su amistad se había resquebrajado sin remedio.

Agotada, se dio un baño, se esforzó en amansar la melena negra en un recogido y se enfundó un traje azul marino algo viejo; no era el más elegante, pero su tela ligeramente gastada la reconfortaba. Animada por el efecto del agua caliente y la luz del nuevo día, que disipa siempre las sombras nocturnas, bajó a desayunar.

—Buenos días, qué madrugadora estás hoy.

Sentado en una de las mesas del comedor del Continental, Pedrito Ortiz, con el periódico dominical en la mano, daba cuenta de unos huevos pasados por agua, una montaña de grasientos churros y un café.

—No he podido dormir bien —se limitó a responder ella mientras tomaba asiento.

Pedrito soltó el periódico y clavó en ella sus ojillos verdosos.

—¿Qué pasó la noche de la fiesta? —dijo sin preámbulos—. Te fuiste sin avisar, y desde entonces has estado actuando de una forma un poco extraña.

—No pasó nada.

Se negaba a admitir en voz alta lo que había visto. Si algo había aprendido de su madre y de su abuela era el poder de los secretos: algunas palabras, como si se trataran de oscuros conjuros, no deben decirse nunca.

—Incluso te perdiste la aparición del famoso duque... —continuó Pedrito—. Atractivo y vampiresco, sin duda.

Manuela asintió, concentrada en que su rostro no la delatara.

—¿Es por Diego Monterreal? —insistió Pedrito.

—Sí —mintió ella, que vio la oportunidad perfecta para desviar la conversación.

—Ese canalla... Ya sabes que no te conviene, deberías estarle agradecida de que te liberara y no tuvieras que casarte con él. No sé ni cómo se atreve a volver aquí.

—No importa, está olvidado. Es solo que no esperaba verle.

—Por no hablar de su familia —continuó Pedrito, que se había ido envalentonando—. Tú imagínate las comidas de Navidad. Con esta gente no hay quien se coma una gamba a gusto, siempre con Dios y con la patria en la boca. Su tío Rodrigo, por ejemplo, es más franquista que Franco. Uno de esos camisas viejas que llevan tantas medallas como muertos a las espaldas. Y ahora, encima, lo hacen gobernador... Por eso habrá vuelto a San Sebastián el sobrinito de marras.

Se contaban historias terroríficas sobre Rodrigo Monterreal. Manuela había oído a Hernán referirse a él con orgullo como «el terror de los rojos», y no era un secreto que disfrutaba con el olor de la sangre. Nacido en una buena familia de Santander, hijo de militar, había estudiado Derecho y se había afiliado a la Falange antes de la guerra. Cuando comenzó el alzamiento, se sumó sin dudar a la contienda del lado de los sublevados, donde llegó a alférez provisional. Como reconocimiento a sus incuestionables méritos, acababa de ser nombrado gobernador civil de Guipúzcoa.

—De verdad, no tienes que preocuparte, Diego está en el pasado —aseguró.

Antes de que Pedrito tuviera tiempo a rebatir su respuesta, un camarero joven y flaco, al que el uniforme negro le quedaba grande como un saco, se acercó solícito.

—Buenos días, ¿desea algo la señorita? —preguntó con voz lánguida.

—Un té con leche, gracias.

El muchacho asintió complacido y se marchó serpenteando entre las mesas decoradas con flores frescas. El comedor se había ido llenando y el bullicio y el ruido de los cubiertos sonaban de fondo como una letanía.

—¿No vas a tomar nada más que esa agua sucia? —dijo Pedrito—. Ni siquiera entiendo por qué te gusta.

Había adquirido el hábito de tomarlo en el internado de Florencia, donde la directora, miss Robinson, presa de la nostalgia por su Inglaterra natal, había impuesto la hora del té. Cada día, a las cinco en punto, las alumnas degustaban galletitas de mantequilla importadas y té negro de Darjeeling, que la directora recibía desde la India en pequeños fardos envueltos en telas de estampados imposibles, y se susurraban secretos inocentes al oído mientras daban sorbitos al líquido pardusco, sintiéndose como auténticas damas de sociedad. Por aquel entonces a Manuela le parecía una ceremonia exótica, como todo lo que veía en Florencia.

—Es una vieja costumbre —respondió sin entrar en detalles.

—Pues ya es hora de decirles adiós a las cosas del pasado, sobre todo a los amantes mediocres como Monterreal.

Manuela sonrió al tiempo que el camarero depositaba sobre la mesa una tacita de porcelana y una pequeña tetera a juego.

—Te olvidarás de Diego en la próxima fiesta, sin duda —continuó Pedrito—. Nos han invitado a un cóctel después de las regatas, en el club de tenis.

—¡Las regatas!

Por eso el comedor del hotel estaba tan lleno, había olvidado que aquella mañana se celebraba la primera jornada. La tradición de que aquellas antiguas embarcaciones de pescadores se batieran en duelo en la bahía había comenzado hacía casi setenta y cinco años, y cada vez atraía a un mayor número de aficionados y curiosos que buscaban cualquier rincón disponible para contemplar la carrera, beber vino del porrón y jalear a sus naves predilectas. Aquel día se enfrentaban las traineras de Orio, Pasajes de San Juan, Sestao, Zumaia, Zarautz y San Sebastián.

—Vamos a ver si se cumplen las predicciones y Orio sale ganadora —dijo Pedrito.

—Quizá me quede en el hotel —dijo ella mientras removía con lentitud el té—. No tengo demasiadas ganas de salir.

—Ni hablar. Nada de encerrarte como una viuda apolillada, no me iré de aquí sin ti.

Pedrito cumplió su amenaza, y cuando terminaron el desayuno ambos salieron al paseo de la Concha, que empezaba a abarrotarse ya y donde en unas horas no cabría ni un alma. A la bahía empezaban a llegar también los primeros vaporcitos con matrícula francesa, en los que se extendían mesas llenas de *reblochon*, uvas y nueces.

—Te llevaré a ver la regata a una buena terraza —dijo Pedrito—. Con aperitivos y champán, porque no hay nada en este mundo que no arregle un buen champán.

Aunque Manuela no estaba tan convencida de ello, no quiso agraviar la bebida predilecta de su amigo. Caminaron con calma por el paseo, bajo la luz grisácea de aquel domingo con tintes de otoño en el que soplaba un fuerte viento. Lejos quedaba la tórrida noche de la fiesta en Villa Allur, que parecía casi un sueño.

—¡Manuela! —gritó entonces una aguda voz de mujer a sus espaldas.

Los dos se giraron para encontrarse de frente con

Teté Chapman, toda encajes y sonrisas, que caminaba junto a Lucía Font, la hija de un conde catalán que, antes de los veinticinco, ya iba camino de convertirse en una de esas sufridas mujeres que se confesaban tres veces en semana y donaban la fortuna familiar a las clarisas. Sus padres la mandaban de veraneo a San Sebastián con la esperanza de que algún comerciante venido a más que deseara obtener un título obviara la simpleza de la muchacha para convertirla en su mujer y darle un heredero que salvara el patrimonio familiar de las garras de la Iglesia.

—Querida, justo estábamos hablando de ti —dijo Teté—. Le contaba a Lucía que eres la mejor jugadora de tenis de todo San Sebastián. Deberías venir a jugar un día con nosotras.

—Muchas gracias, aunque hace bastante tiempo que no practico. ¿Vais a ver las regatas? —preguntó para que Teté no insistiera en su invitación.

—Ah, sí. Aunque después de lo que ha pasado...

Teté bajó la mirada al suelo, creando una pausa dramática.

—¿Qué ha pasado? —preguntó Pedrito con impaciencia.

Ella miró alrededor, como si comprobara que nadie estaba escuchando, y después se inclinó junto a ellos, obligando al resto a acercarse y formar un pequeño conciliábulo.

—Han encontrado un muerto en el Igueldo —contestó al fin.

—¿Un muerto? —preguntó Manuela.

—Creen que se trata de Ramón Ortigosa. Llevaba desaparecido desde el viernes por la noche, pero su familia pensaba que estaría en cualquier tugurio. No sería la primera vez.

—Ortigosa... —susurró Pedrito—. Al pobre diablo le gustaban mucho el whisky y el juego y estaba ahogado en deudas.

—¿El viernes? —preguntó Manuela—. ¿Estuvo también en Villa Allur?

Lucía asintió con pesar.

—Fue a la fiesta y luego no llegó a casa.

—¿Y qué pasó? —insistió Manuela.

Ella desvió la mirada, incómoda.

—Quizá un accidente, estaba en el monte y era de noche...

—Pues ya tenía que estar oscuro para que se tropezara y terminara colgado de un árbol con su propio cinturón —contestó Teté con menos diplomacia—. Se quitó la vida.

—Teresa, no digas eso, que el suicidio es un pecado mortal —replicó Lucía—. Menuda vergüenza para la familia...

—Me parece que ahora mismo ese es el menor de sus problemas —respondió Pedrito.

—Sea como sea, es una desgracia, tenía dos crías pequeñas —sentenció Teté.

Horas más tarde, cuando la regata hubo finalizado y el ambiente de júbilo invadió la ciudad, Manuela seguía rememorando las palabras de Teté. Le crecía en el pecho una angustia inconmensurable, que se alimentaba de los recuerdos del cuadro de Ava y de la muerte de aquel hombre que había decidido quitarse la vida tras pasar sus últimas horas entre las paredes de Villa Allur.

8

San Sebastián, 1952

Manuela había aceptado ya sin resistencia la falta de sueño que la asolaba. La última noche, en lugar de perder los nervios y contar las horas en el reloj, había encendido la lamparita y había comenzado a leer la novela de Agatha Christie que comprara días atrás. Había comprobado que, en aquellos momentos de incertidumbre, los libros seguían siendo sus mejores aliados, fuente de consuelo y medicina contra las manías de insomne. Leía desde niña, primero cuentos infantiles, después los libros que encontraba en la casa familiar. Su madre nunca fue aficionada a la lectura, aunque guardaba como un tesoro una pequeña colección de ejemplares de *Vogue* traídos de Francia que Manuela hojeaba con avidez. Sin embargo, prefería los recetarios de la vieja aya, plagados de pollos rellenos de hierbas y de hígados, de carne de res macerada en vino tinto, de tartas de melocotones con mantequilla y salvia. Cuando fue creciendo, se colaba en el despacho de su padre, donde se escondía la auténtica literatura de la casa, y se llevaba a hurtadillas los tratados de historia napoleónica o las novelas de Dumas. Un día su padre la descubrió, y aunque Manuela temía ser reprendida —su madre decía que leer demasiado dejaba a las mujeres con ojos de topo—, él se alegró de su afición y no volvieron a faltarle libros nunca más.

Quizá por eso, aquella mañana, sus pasos la habían llevado otra vez hasta la puertecita destartalada de la librería Fortuna, buscando un nuevo consuelo para las largas noches en vela. Se contempló en el reflejo del cristal antes de entrar: se notaba la piel más pálida de lo habitual, los ojos más hundidos y el cuerpo frágil e inestable, como si hubiera contraído una rara fiebre tropical. Una enfermedad que fuera consumiendo con lentitud los huesos y la cordura hasta sumirla en un mundo de insomnio y locura permanentes.

—¿Va a entrar? —dijo una voz desde dentro de la librería.

Manuela observó avergonzada que, al otro lado del cristal, Roger Foss la contemplaba desconcertado; debía de parecerle terriblemente vanidosa, detenida tanto tiempo ante su propia imagen. Le saludó con timidez y empujó la puerta de entrada.

—Buenos días, señor Foss.

—Me pareció que era usted, miss Duarte. Si le preocupaba el aspecto de su vestido, le diré que está impecable.

Roger la observaba con una media sonrisa y los brazos cruzados sobre el pecho, con aquel aspecto desaliñado de saqueador de pirámides.

—He venido a visitarle porque me gustó la novela que me recomendó el otro día —respondió ella.

Estaban solos en la pequeña librería, que le pareció, si era posible, aún más abarrotada de cachivaches que el día anterior: un catalejo dorado reposaba sobre una montaña de enciclopedias, había un reloj de cuco desmontado junto al mostrador, y una pila de revistas viejas se alzaba en precario equilibrio junto a un par de butacas verdes de terciopelo.

—Me pilla haciendo limpieza —explicó Roger—, pero es muy bienvenida.

Manuela pensó que aquello parecía de todo menos una limpieza.

—¿Qué le apetecería leer ahora? ¿Puedo sugerirle otro título de Mrs. Christie, quizá algo de Conan Doyle?

—Son muy buenas sugerencias, pero... estaba buscando algo diferente —respondió ella, que avanzó y, sin preguntar, se sentó en una de las butacas verdes, que inmediatamente liberó una nube de polvo milenario.

—¿A qué se refiere con algo diferente? —preguntó Foss mientras se sentaba en la otra butaca.

Ella le miró con detenimiento, intentando descubrir entre los resquicios de sus ojos azules si el americano era de fiar. Manuela tendía a concederles a los extranjeros cualidades benévolas y progresistas, porque creía que, al haberse criado lejos de las restricciones de la dictadura, serían capaces de ver la realidad del país. Para ella América era una tierra fértil, de oportunidades, de mujeres rubias y saludables, de actores de sonrisa perlada y fuentes inagotables de petróleo.

—Quiero ver el infierno —respondió por fin con cautela.

Se dio cuenta de que ahora era él quien la evaluaba, midiendo el largo puritano del vestido verde agua, el precio del bolso de piel, su aspecto de buena muchacha y el alcance de su apellido.

—Verá, lo que le decía el otro día no era más que una broma, señorita Duarte. Me temo que tan solo tengo un almacén polvoriento lleno de ejemplares descatalogados y compendios de setas silvestres.

Manuela sabía que mentía, pero pensó que podía ganarse su confianza.

—¿Fuma, señor Foss? —preguntó señalando un mugriento cenicero de cobre que reposaba en la mesita de té árabe que había entre ambas butacas.

Como toda respuesta, Roger sacó una pitillera grabada del bolsillo y le tendió un cigarro. Ella lo cogió con delicadeza y esperó a que él lo encendiera con una cerilla.

—Yo no fumo muy a menudo, pero creo que hoy lo necesito. Además, aquí nadie puede vernos —dijo Manuela mientras exhalaba el humo de la primera calada—. Entiendo que no confíe en mí; yo, en su lugar, tampoco lo haría. Al fin y al cabo, no me conoce de nada y puedo parecerle poco más que una muchacha medio solterona de buena familia, pero le prometo que no soy lo que está pensando.

Roger se revolvió en la butaca y se colocó las mangas de la camisa de lino, calibrando si Manuela decía la verdad. De lo contrario, tal vez tuviera que enfrentarse, unos días más tarde, a una visita sorpresa de la Brigada Político-Social. Sin embargo, nunca había sido un hombre que no tomara riesgos.

—Supongo que un par de tratados de setas no hacen daño a nadie —dijo por fin.

Manuela sonrió satisfecha.

—No se arrepentirá, señor Foss.

Él se levantó y se dirigió al mostrador.

—Sígame —dijo.

—¿A dónde? —preguntó Manuela extrañada, pues tras el mueble no había más que un par de robustas librerías.

Roger llevó entonces una mano bajo el tablero y accionó una pequeña palanca que hizo que una de las estanterías se desplazara hacia atrás con un sonoro crujido, revelando una puerta secreta.

—¡Vaya! —exclamó Manuela.

—Una excentricidad del anterior dueño.

Ella apagó el cigarrillo y le siguió con curiosidad infantil a través de la recién aparecida puerta. Al otro lado se encontró con una sala pequeña y con olor a moho donde no había estanterías, sino montoneras de libros, papeles arrugados y calendarios lunares de años pasados. Si la librería era ya de por sí destartalada, en la trastienda imperaba el más absoluto caos, como si un pirata olvidadizo hubiera ido reuniendo allí durante lustros tesoros de los siete mares.

—Bienvenida al infierno —dijo Roger en voz baja.

—No pensaba que fuera a ser... así.

Había esperado una especie de Biblioteca de Alejandría de libros perdidos, y no aquel cuartillo mohoso.

—Sus encantos pasan desapercibidos en un primer vistazo —contestó Roger mientras se inclinaba entre las montañas de libros.

Por un momento desapareció tras la marabunta de historias, como si alguna de ellas se lo hubiera tragado, convirtiéndole en un personaje más a merced de los ríos de tinta. Cuando reapareció, unos segundos después, le tendió satisfecho una caja de cartón.

—Creo que esto es lo que buscaba, señorita Duarte.

Manuela sonrió complacida al comprobar que la caja, en apariencia ordinaria, contenía una selección de ejemplares prohibidos. Como lectora experta, había visitado ya más infiernos, donde los bibliotecarios y libreros escondían los libros prohibidos por el régimen. En Madrid solía entrar a hurtadillas en el almacén de Pérgamo o en la librería del señor Torcuato Domínguez, que guardaba en unos armarios antediluvianos una colección de volúmenes que había salvado de la quema o conseguido de contrabando. En la caja que Roger le había ofrecido había una buena muestra de ese tipo de libros. Algunos eran demasiado sexuales, otros demasiado rojos, y otros, simplemente, rusos.

—*For Whom the Bell Tolls* —dijo Manuela mientras sacaba de la caja un ejemplar en inglés.

—Me lo han traído hace poco, una novela de Hemingway inédita en España.

—Me lo llevo.

—¿Habla usted inglés?

—Bueno... Lo hablaba mejor antes. Estudié un tiempo en una academia británica en Florencia. ¿Cuánto le debo?

—Se lo regalo.

Manuela le miró con desconfianza, porque había aprendido que los regalos de los hombres pocas veces lo eran realmente, y no le gustaba estar en deuda con nadie.

—Le doy diez pesetas y estamos en paz —insistió.

—Es una tradición. Al infierno solo dejo entrar a mis clientes más especiales, y siempre les regalo el primer libro... A cambio de que vuelvan a visitarme.

—Está bien, lo acepto. Pero entonces véndame otro de Agatha Christie.

Unos minutos después, ya fuera de la trastienda, Manuela tenía a buen recaudo, dentro del bolso, el libro de Hemingway, y entre las manos un ejemplar de *Tragedia en tres actos*. Consideraba que así su deuda estaba en parte saldada.

—¿Quiere otro cigarro antes de irse? —preguntó

Roger, que estaba apoyado sobre el pequeño mostrador.

Ella se fijó en que tenía la piel bronceada, como un marinero. Y se preguntó de dónde habría salido aquel yanqui y cómo habría ido a dar con sus huesos en aquel diminuto establecimiento del que nunca antes había oído hablar.

—Creo que estoy bien por hoy —respondió.

—¿Ya no lo necesita?

Durante el rato que había compartido con él, Manuela se había olvidado de la imagen de Ramón Ortigosa colgado de un árbol en el Igueldo, del fantasmagórico cuadro de Ava, de la mirada del duque y de las tragedias que parecía atraer Villa Allur con su maldición.

—No hay habano en el mundo que resuelva mis problemas, señor Foss.

—Quién sabe, quizá yo pueda ayudarla —respondió él inclinándose más sobre el mostrador—. Soy más que un librero, ofrezco un servicio de consulta personalizado para todos mis buenos clientes —bromeó.

—¿Puede viajar en el tiempo?

Roger esbozó una sonrisa que hizo que Manuela dudara por unos instantes de si poseía, en realidad, una máquina del tiempo hecha de hojalata oculta en algún rincón de la tienda.

—Me temo que no —respondió.

—Una pena. Entonces no hay nada que pueda hacer por mí.

—Si le sirve de consuelo, no creo que valga de nada cambiar el pasado —dijo, y una sombra de melancolía le cruzó los ojos—. Yo prefiero enfrentarme al presente, es menos romántico, pero más útil.

La campanilla de la puerta anunció que un nuevo

cliente entraba en la tienda y Manuela aprovechó para deslizarse hacia la salida, no sin antes echarle un último vistazo a Roger Foss, que había conseguido, en aquella inesperada mañana, despertar su curiosidad.

De vuelta al hotel, no dejó de pensar en las palabras del librero sobre el pasado, hasta que se convenció de que Roger tenía razón. No servía de nada perderse en las brumas de los recuerdos. Solo tenía una forma de seguir adelante, de recuperar el sueño y la cordura. Debía enfrentarse al presente, no podía fingir que Ava nunca había existido. No podía borrarla de su vida. Su fantasma había regresado, y la rondaría hasta que se decidiese a buscarla. Hasta que se atreviera a descubrir cuál había sido su destino.

Cuando llegó al Continental, aporreó la puerta de la habitación de Pedrito, con las mejillas rojas y el pecho alborotado por aquella nueva determinación.

—Necesito tu ayuda —dijo cuando él abrió, con expresión de desconcierto y batín de seda.

Había decidido que, si iba a buscar a Ava, necesitaría la colaboración del mejor detective que conocía.

9

Florencia, 1938

—Creo que no me está quedando demasiado bien —dijo Ava, que, frente a la espléndida pintura de Botticelli, se afanaba por reproducir los prístinos rasgos de la Venus que salía del mar sobre una concha de vieira.

Manuela echó un vistazo al cuadernillo y descubrió que la versión de Ava distaba mucho del original, no por ineptitud, sino porque había decidido ponerle alas y una corona de flores, y a su alrededor no había ángeles sino lánguidos seres marinos.

—Es diferente —se limitó a responder.

Generalmente, Ava pasaba las tardes dibujando o alimentando a una pequeña banda de gatos famélicos que rondaban cerca de la escuela. Para ello, se dedicaba a recoger las sobras de los platos vacíos de sus compañeras y después las guardaba cuidadosamente en un paño. La cocinera, una romana robusta llamada Maria, la dejaba hacer sin decir nada. Le había cogido cariño a la muchacha porque era la única que entraba en la cocina a hacerle compañía y contarle historias mientras pelaba patatas. Los gatos esperaban a Ava todas las tardes a la misma hora, sentados sobre sus patitas flacas o con los lomos rayados tendidos al sol. Cuando llegaban las tres, ella salía, les daba trozos de pollo y les leía poemas de Keats que los animalillos escuchaban con los ojos abiertos y el rabo tieso a la par que devoraban su festín.

Aquel día, sin embargo, Manuela y ella habían visitado a los gatos de forma apresurada y sin poemas, pues una de las profesoras iba a llevar a las alumnas de visita a la galería de los Uffizi. Las salidas culturales eran muy comunes, y cuando no estaban aprendiendo historia, italiano o bordado, las chicas asistían al teatro, o recorrían los palacios y los museos de la ciudad.

—Andrea se enfadaría si lo viera, dice que debería ceñirme más a la realidad —se lamentó Ava.

Aquella era al menos la quinta referencia al profesor de dibujo que Manuela escuchaba esa tarde y, con cada una de ellas, su desconfianza hacia él aumentaba.

—Andrea parece tener muchas opiniones —respondió.

Ava cerró el cuaderno y clavó los ojos en *El nacimiento de Venus*.

—¿Sabes quién es esa mujer? —preguntó después de unos segundos.

—¿Venus?

—Simonetta Vespucci, Botticelli le tomó prestado el rostro. Pero no fue el único que se inspiró en ella.

Ava le explicó que Simonetta Vespucci también fue Cleopatra o Atenea, y que muchos artistas quedaron fascinados con su belleza y quisieron pintarla. Botticelli estaba enamorado de ella e incluso pidió ser enterrado a los pies de su tumba.

Manuela escudriñó las facciones aniñadas de aquella Venus, su expresión afable y su cabello dorado, que con tanta gracia movía el viento. Le parecía difícil imaginar que esa mujer hubiera caminado un día por las calles de Florencia, tal vez huyendo de pintores que buscaban con anhelo utilizar su mirada, sus labios, transformarla en divinidad y en diosa antigua, sin poder escapar de ellos ni en su propia tumba.

—Es triste, ¿no crees? —continuó Ava—. Está atrapada en ese cuadro para siempre, y todos los días los visitantes la miran sin saber quién era. He oído que hasta Hitler ha venido a verla.

Ava se quedó de nuevo en silencio, y las dos permanecieron mudas, ajenas al bullicio del resto de los visitantes del museo. Desde que llegara a la escuela, Manuela había sabido que Ava era diferente, su cabeza se regía por unas normas que los demás ignoraban, pero en las últimas semanas, desde que tuvo aquel sueño y hablara de pintarlo en un cuadro, se había ido sumiendo aún más en su propio mundo de ensoñaciones y criaturas fantásticas. Había comprado un enorme lienzo, que había colocado junto a la cama, y lo miraba durante horas, para después trazar sobre él tan solo unas débiles líneas a lápiz. El resto del día lo pasaba distraída: leía libritos de cuero llenos de pentáculos y símbolos paganos que Andrea le prestaba —y que ella escondía bajo el colchón— o curioseaba las viejas barajas de tarot que le compraba a una gitana junto al Ponte Vecchio con el dinero que recibía de sus padres. En las clases tenía la mirada perdida, y Manuela intuía que, aunque su cuerpo estuviera en el aula, su mente viajaba por otras dimensiones, pues Ava era una funambulista, siempre en precario equilibrio entre universos.

A veces confundía los sueños con el mundo real, y era capaz de hacer dudar a Manuela de su propia cordura. Una mañana, se levantó convencida de que la tarde anterior habían visto un pavo real en el patio de la escuela, estaba tan segura que recordaba cada una de las plumas del henchido pecho azul del ave. Cuando Manuela le decía que creía que aquello no había ocurrido, Ava se reía y se disculpaba por su despiste; después, hundía de nuevo la nariz en algún librillo de símbolos, pero un rato más tarde volvía a la carga con otra anécdota inverosímil.

Tan solo parecía recobrar la noción de la realidad cuando salía de la escuela. Sus clases con Andrea le alborotaban la sangre y hacían que regresara en un estado de felicidad febril. Movía de sitio todas las cosas del dormitorio y hablaba sin cesar durante horas, en un discurso que era imposible de seguir.

—Miss Lansbury nos está buscando, nos vamos ya.

Rebecca White, con su sigilo habitual, se había situado tras ellas sin que la oyeran llegar.

—Ya vamos —respondió Manuela, a quien le costó aún unos segundos arrancar a Ava de su estado contemplativo.

Salieron al corredor, donde se recortaban contra las ventanas las siluetas desnudas de las estatuas de mármol: un Hércules sereno que sostenía la piel de un león, un Laocoonte que agonizaba junto a sus hijos, devorados por feroces serpientes enviadas por mandato divino.

—Siempre me han gustado los dioses griegos —dijo Ava—. Son vengativos, adúlteros y caprichosos: me recuerdan a los humanos.

Volvieron a la academia caminando junto al Arno, que resplandecía bajo el fulgor del sol moribundo de la tarde. Un grupo de jóvenes florentinos, que acababan de amarrar una desvencijada barquita roja, llamaron a las chicas con insistencia. «*Ragazze, ragazze!*», repetían entre risas, con el cabello oscuro despeinado por la brisa. Las alumnas, en su mayoría británicas, los miraban como si se tratara de animales exóticos, aunque en sus rostros se dibujaban leves sonrisas y ojos de asombro. Ava, en uno de sus gestos impredecibles, se dio la vuelta y les sacó la lengua con descaro a los muchachos, lo que provocó las risas de las demás, pero hizo que miss Lansbury le llamara la atención escandalizada.

El resto del día transcurrió sin sobresaltos: Ava y Manuela se bañaron al llegar a la escuela con el exclusivo jabón de violetas y azahar que la madre de Ava mandaba desde París, y bajaron a cenar con el cabello aún húmedo; Maria, la cocinera, había preparado un estofado de carne de ternera y un denso bizcocho de castañas glaseadas, y con la tripa llena y el incipiente frío otoñal en el cuerpo, las alumnas se retiraron a sus habitaciones temprano.

Manuela se cobijó bajo la manta y Ava, que era inmune a sensaciones tan mundanas como el frío o el cansancio, se sentó en la cama con la espalda apoyada en la pared y comenzó a garabatear con el lápiz sobre el lienzo blanco.

—¿Cuándo vas a empezar a pintarlo? —le preguntó Manuela.

—Es importante que quede perfecto, justo como lo vi en mi sueño, por eso estoy tomándome tanto tiempo.

Manuela se relajó con el sonido del lápiz rasgando el lino y en algún momento se sumió en un sueño profundo.

La despertó un helador grito en la madrugada. Con el corazón reverberando sin control en el pecho, vio que la luz de la lamparita estaba encendida y proyectaba sombras trémulas en los frisos del techo. Permaneció paralizada unos instantes, como si se le hubieran soldado los huesos, hasta que por fin fue capaz de moverse. Se giró entonces hacia la cama de Ava y la descubrió en el suelo, hecha un ovillo tembloroso. De un salto, se colocó a su lado y empezó a llamarla, pero pronto se dio cuenta de que su amiga no estaba despierta. ¿Sería buena idea traerla de vuelta? Había oído historias de sonámbulos que enloquecían si los despertaban, o que caían desplomados en una muerte súbita.

De pronto, Ava la miró con los ojos muy abiertos y, espantada, se alejó de ella.

—¡Soy yo, Manuela! —dijo para tranquilizarla.

Pero Ava no respondió. Manuela escuchó como una puerta se abría, y, enseguida, pasos que se acercaban. Unos segundos después apareció en el umbral de la habitación miss Robinson, que vestía una bata de felpa desgastada y llevaba el cabello recogido bajo un pañuelo con estampado de ocas.

—¿Se puede saber qué pasa? ¿Sabéis qué hora es? —dijo con voz ronca.

—Creo que tiene una pesadilla —susurró Manuela, aún temerosa de que despertar a Ava fuera a causarle un trastorno irreversible.

La directora calibró la situación con cautela.

—Dale un poco de agua y volveos a dormir —decidió al fin.

Desapareció por la puerta con los mismos pasos cortos y apresurados con los que había llegado, dejando a Ava en aquel estado de trance, acurrucada como un animalillo en un rincón. Manuela decidió seguir el consejo de la directora, porque no se le ocurría un remedio mejor, y le ofreció a Ava, que parecía algo más consciente, un vaso de agua. Consiguió, con esfuerzo, que bebiera un par de sorbos.

—¿Por qué has gritado? ¿Qué estabas soñando? —le preguntó.

Sin embargo, su amiga continuaba con los ojos vacíos, y Manuela se dio cuenta de que aún no había regresado del todo del mundo de los sueños.

—Perdóname —susurró Ava entonces.

—¿Por qué? No es más que una pesadilla.

—Algún día será verdad —dijo.

—¿Qué quieres decir?

Manuela intentó que le explicara qué había visto y a qué se refería con aquellas enigmáticas palabras, pero no lo consiguió. Finalmente, agotada, decidió que si no podía despertarla del todo lo mejor sería intentar que durmiera. Antes de taparla, le puso la mano en la frente, porque temía que tuviera fiebre y estuviera delirando, pero sintió la piel congelada.

Manuela pasó el resto de la noche en vela, atenta a la respiración acompasada de Ava, que no tardó en volver a dormirse. Se dijo a sí misma que todo aquello no era más que un mal sueño, y que a la mañana siguiente Ava volvería a la normalidad. No obstante, era incapaz de olvidar la expresión sonámbula de sus ojos y esa extraña premonición que ahora se repetía sin cesar en su cabeza: «Algún día será verdad».

10

San Sebastián, 1952

El peso que Manuela cargaba en el pecho se había aligerado después de contarle sus temores a Pedrito, que en batín y zapatillas de felpa había hecho de confesor. Se había sentado frente a él y le había relatado, casi sin parar para tomar aire, cómo había conocido a Ava, cómo su amiga se había esfumado de la noche a la mañana, la repentina aparición del cuadro en Villa Allur y su encuentro con el duque en la biblioteca. Al terminar, había experimentado la misma calma que cuando, de niña, le contaba al párroco una retahíla de pecados menores que eran absueltos con tres padrenuestros y dos avemarías —aunque, como hacía ya por aquel entonces, se había guardado algunos detalles de la historia—. Pedrito no le había impuesto ninguna penitencia, pero se había servido una copa de una de las múltiples botellas de vino que guardaba en el mueble bar de la habitación y había anotado el apellido Braud en la pequeña agenda de cuero que llevaba siempre encima, donde guardaba direcciones y números de teléfono.

—La encontraremos —había dicho sin dudar—. Nadie desaparece del todo.

Manuela sabía que decía la verdad; al fin y al cabo, él tenía la clase de contactos de dudosa reputación que uno necesita cuando quiere encontrar a alguien.

Quizá fuera el efecto redentor de su confesión lo que la había llevado a cruzar aquella tarde las puertas de la basílica de Santa María del Coro. En Florencia había descubierto su amor por las iglesias. Antes de eso tan solo recordaba la parroquia donde había comulgado por primera vez. Se trataba de una iglesia sencilla en la que había un cristo afligido, y a donde su madre los llevaba los domingos que conseguía levantarse antes de las doce, con la mirada opaca y la voz ronca a causa de los cócteles de la noche anterior. Fue en Italia donde sintió, al contemplar los frescos de Santa Maria Novella, que podía existir un cielo lleno de azules, dorados y rosas, y les cogió cariño a los ángeles y a los santos que esperaban en sus hornacinas con las manos juntas y los ojos tristes. Descubrió que en ningún otro lugar eran las pisadas tan ligeras, ni sonaban tan altos los pensamientos. Con los años, alimentó la costumbre de pasar tiempo allí, entre penitentes, buscadores de milagros y almas torturadas, sin más interrupciones que las oraciones lejanas y el crujir de los bancos de madera. Hernán confundía su anhelo de silencio con devoción cristiana, y ella no se molestó en sacarle de su error, pues eso le permitía pasar tiempo sola sin que la cuestionara.

El templo de Santa María estaba casi vacío aquella tarde; tan solo la acompañaban una mujer que rezaba arrodillada en la primera fila y un matrimonio de ancianos que cuchicheaba en un lateral. En aquella quietud, Manuela oyó con claridad cómo la puerta de entrada se abría y alguien caminaba sobre el suelo de mármol. Los pasos se detuvieron a su espalda y de alguna forma, supo que oiría su voz antes de verle, quizá porque le había llegado en un suspiro el aroma de lirios de su perfume o porque había percibido el leve roce de las prendas de terciopelo.

—*Bonsoir* —dijo el duque en un susurro.

Con su chaleco bordado y la melena dorada desparramada sobre los hombros, recordaba a un viajero de otro tiempo que se hubiera extraviado. En Villa Allur su presencia parecía mimetizarse con las sombras de la casa, con su lujo decadente, pero a la luz del día se convertía en un espectro fuera de lugar.

—Duque, qué sorpresa —respondió Manuela en el mismo tono.

—No esperaba verla aquí, señorita Duarte. ¿Le importa que me siente junto a usted?

Ella trató de reprimir el escalofrío que le recorría la nuca y asintió. Con agilidad gatuna, el duque pasó sobre el respaldo del banco y se acomodó a su lado. Tan cerca que Manuela temió que pudiera escuchar los latidos de su corazón, percibir cómo fluía la sangre por las venas de su cuello.

—¿Reza muy a menudo? —preguntó él—. No la tenía por una devota.

—Lo cierto es que no he venido a rezar.

—Quizá debería probar.

Manuela le miró sorprendida. Hubiera resultado divertido que aquel hombre a quien se le atribuían cualidades de ocultista y con fama de vampiro fuera en realidad un beato.

—Verá —continuó él—. Creo que rezar es una forma tan buena como cualquier otra de tender un puente entre lo humano y lo espiritual, de conectar con un mundo más elevado, aunque yo prefiero otras —sentenció con una sonrisa de zorro.

Apenas había entre ellos unos centímetros, y Manuela se sentía incómoda, pues podía notar el calor que emanaba de su cuerpo, la sensación de peligro que le rodeaba como un aura fatídica.

—Debería irme...

—¿Cree usted en lo divino, mademoiselle Duarte? —prosiguió Leroy-Benoit sin dar señales de haber escuchado su débil excusa.

—¿A qué se refiere?

—A si piensa que existe algo más que este descarnado, aunque a veces interesante, mundo terrenal.

Manuela nunca se había preocupado demasiado por la vida espiritual. En su familia todos estaban, cada uno a su manera, anclados a lo mundano. Su madre había adorado tanto los placeres terrenales que no necesitó para nada a los dioses; su padre, que siempre había carecido de imaginación, perdió la fe y la esperanza tras la guerra civil y Hernán, por su parte, visitaba la iglesia porque era lo que se esperaba de un hombre como él. Pero no pudo evitar pensar en Ava, en sus libritos de símbolos y sus barajas de tarot, en aquellos sueños que se entremezclaban de forma trágica con la realidad. Ella había sido la única capaz de hacerle creer que se podían visitar otros mundos, aunque el resultado no fuera siempre agradable.

—Sí, creo que hay algo más —se limitó a responder.

—Bien, entonces quizá pueda hacerle una invitación —dijo Julien—. Dentro de poco ofreceré en mi casa una velada muy especial. Tengo el placer de contar entre mis amistades con una de las mayores eminencias de Europa en el campo del espiritismo.

Manuela recordó a la médium que había acudido a la fiesta, Dafne Vasileiou, y su extraña forma de mirarla. Por una parte, no creía en los espiritistas, ni en las mesas voladoras o las ánimas despistadas que se dejaban fotografiar y enviaban crípticos mensajes a través de tablillas de madera, pero, por otra, no podía resistir la tentación de saber más sobre Julien y de volver a Villa Allur.

—¿Me está invitando a una sesión de espiritismo? —se aseguró.

El duque cruzó los delgados brazos sobre el pecho con elegancia, pues se movía siempre con una cadencia exquisita, sin apresurarse.

—Se trata de una velada entre amigos. Pero tal vez encuentre algo más, es sorprendente todo lo que saben los muertos.

—¿Habla mucho con ellos? —dijo ella sin poder contener cierta sorna.

—A diario —respondió él.

Lo dijo sin acritud, con un aplomo que hizo que Manuela casi le imaginara sentado a la mesa con un espectro en el salón de té de la villa.

—¿Vendrá entonces? —insistió el duque.

—Solo si puedo llevar compañía.

—¿Pedro Ortiz? Cuente con ello.

Manuela sabía que Pedrito disfrutaría de una sesión de espiritismo más que ella, ya que era supersticioso como una anciana de pueblo. Confiaba en las patas de conejo para prevenir el mal fario y dejaba unas tijeras abiertas en la ventana si la noche prometía tormenta. También creía a pies juntillas en que se podía hablar con los muertos y los temía y respetaba con una solemnidad que contrastaba con la ligereza con la que se tomaba el resto de los aspectos de la vida.

En ese momento, la mujer que estaba arrodillada frente al altar se levantó y caminó hacia la puerta. De forma instintiva, Manuela se separó de Julien e irguió la espalda.

—Tengo que irme —dijo él—. Pero le haré llegar la invitación.

Con la misma agilidad con la que se había sentado, se levantó del banco y, tras dedicarle una leve reverencia, abandonó la iglesia.

Manuela respiró aliviada el pesado aire cargado de incienso. Tan solo quedaban en el templo ella y el matrimonio de ancianos, que estaban colocando una vela a la virgen, pero se sentía incapaz de disfrutar de la calma del lugar después de su encuentro con el duque.

Esperó unos minutos antes de moverse, porque no quería que nadie pudiera relacionar un encuentro fortuito con algo peor, y después salió a la calle. La iglesia se encontraba en el corazón de la ciudad y pensó en dar un paseo de vuelta al hotel, quizá comprar antes una panchineta en Otaegui para Pedrito, dedicado en cuerpo y alma a la tarea de investigación que le había encargado. Pero apenas había dado una docena de pasos cuando se encontró con Teté Chapman, quien parecía poseer el don de la ubicuidad.

—¡Manuela, *dear*! Parece que no podemos dejar de encontrarnos —dijo, encantada con la coincidencia—. ¿Sales de la iglesia?

Manuela asintió con cautela, temerosa de que Teté hubiera visto al duque y le preguntara por él, pues sabía que tenía la imaginación y la falta de descaro necesarias para fabricar historias a su antojo.

—Es curioso, hace unos minutos he visto salir a Elena Celaya —comentó.

Manuela se sintió aliviada al ver que no mencionaba a Julien.

—No sé quién es —admitió.

—La viuda de Ramón Ortigosa.

—¿No es ese el hombre que se ahorcó en el Igueldo?

Teté la agarró del brazo y se acercó a ella.

—Así es —respondió en un tono más bajo—. Elena está muy afectada, como es lógico. Habrá venido a rezar por el alma de su marido. Todo el mundo finge que ha sido un accidente, ni siquiera en el periódico mencionan la verdad, aunque supongo que es lo mejor para las niñas.

—¿Estás segura de que era ella?

—Completamente, la conozco desde hace años.

Manuela pensó en la mujer que había abandonado la iglesia apenas un momento antes que el duque, y de repente le pareció entender la inexplicable presencia de Julien en la basílica. Había intentado olvidarse de Ramón Ortigosa, pero en el fondo no había dejado de pensar en lo extraño de su muerte, tan solo unas horas después de la inauguración de Villa Allur. El duque era un depredador, que nunca abandonaría su guarida sin un buen motivo. Y ella estaba convencida de que aquella tarde, como un viejo lobo, había seguido el rastro de Elena Celaya hasta allí.

11

San Sebastián, 1952

Los golpes en la puerta resonaron con tanta fuerza que Manuela estuvo a punto de dejar caer el bolso negro de Loewe que acababa de rescatar del fondo del armario. Abrió solo una rendija y vio a Pedrito, que, acalorado y con el rostro enrojecido, se abanicaba con uno de los folletos turísticos que se ofrecían en la recepción del hotel.

—¿Puedo pasar? —dijo sin resuello.

Manuela se recuperó del susto y se apartó a un lado. Él se sentó en una de las sillas de tapicería de flores que había junto a la ventana y sacó un cigarrillo.

—¿Qué es lo que ocurre? —preguntó ella después de cerrar la puerta.

—Tengo noticias para ti.

Encendió el cigarro y le dio una calada, lo que hizo que su rostro enrojeciera aún más y le provocó una tos de deshollinador. Manuela se sentó sobre la colcha bordada de la cama, todavía deshecha, y esperó paciente a que decidiera resolver el enigma, pues de poco serviría insistirle.

—Es sobre tu amiga —continuó Pedrito.

A Manuela se le formó un nudo en la garganta, y le pareció que, de repente, la lámpara de cristal y las mesitas lacadas se movían de manera sinuosa, bamboleándose como si se encontraran en el camarote de un barco que naufragaba.

—No la he encontrado —se apresuró a aclarar Pedrito, y ella no supo discernir si se sentía aliviada o decepcionada por la noticia—, pero sí que he logrado localizar a sus padres.

Al parecer, había averiguado que hacía tiempo que los Braud habían vendido su apartamento en París y se habían retirado a un pueblo cerca de Arcachón, donde tenían otra propiedad.

—La madre murió hace unos años de una enfermedad repentina —prosiguió—. Aunque no la lloró mucha gente, porque no tenía amigos y, además, cada vez que iba al pueblo le gritaba al panadero y acusaba al charcutero de cobrarle de más.

No había constancia de que Marcel Braud, el padre de Ava, hubiera fallecido, así que era de suponer que seguía viviendo en la misma casa.

Manuela se quedó en silencio unos instantes. Eran las primeras noticias relacionadas con Ava que recibía desde que su amiga desapareciera trece años atrás, lo cual resultaba reconfortante, porque en algún momento había incluso llegado a creer que ese recuerdo era fruto de su imaginación, un delirio adolescente que nunca había existido fuera de su cabeza.

—¿Y qué hay de Ava? —preguntó por fin.

—Como si fuera un fantasma: nadie ha oído hablar de ella.

—Dijiste que nadie puede desaparecer del todo.

Él se encogió de hombros.

—A veces me equivoco.

Manuela se levantó de la cama y, tras comprobar que la habitación había dejado de oscilar, caminó despacio hasta el balcón. Ava parecía empeñada en seguir jugando con ella incluso desde el olvido, y de alguna manera se le escapaba entre los dedos como vapor de agua al tratar de encontrarla. Casi podía escuchar su risa cristalina reverberando en las paredes.

—Tenemos que ir a esa casa —dijo de repente, sorprendiéndose a sí misma—. Si el padre de Ava sigue viviendo allí podría contarnos qué pasó.

—No sé si es buena idea, puede que el viejo no quiera ni vernos —respondió Pedrito, que se debatía entre su habitual prudencia y las ganas de resarcirse de la sombra del fracaso en la misión que Manuela le había encargado.

Se tomaba muy en serio todo lo que hacía, de ahí el éxito de sus negocios transfronterizos. Lo que había empezado como un regateo de azucarillos y café se había convertido pronto en un comercio muy lucrativo que dirigía con aplomo. Sin embargo, aquella aventura podía traerles problemas, y lamentó no poder consultar qué decían las tabas de la vieja mujer que vivía en aquel caserío en las faldas del monte Oiz. Cuando tenía dudas sobre qué camino emprender, la visitaba, y la anciana, que tenía los ojos velados y un nombre antiguo como el monte, lanzaba sobre la mesa gastada los huesos de cordero y leía el futuro con la claridad con la que era incapaz de percibir el presente.

—Tengo que encontrarla —insistió Manuela—. Necesito saber qué le ocurrió y qué oculta el duque.

Desde su encuentro con Julien en la iglesia, un par de días antes, el insomnio había empeorado y tenía los nervios aún más alterados. Pedrito, por su parte, atribuía la presencia del duque en Santa María del Coro a la casualidad, y no les había dado demasiada importancia a las especulaciones de Manuela sobre la posible relación entre Julien y la muerte de Ramón Ortigosa, pues conocía a este último, y estaba convencido de que su suicidio guardaba pocas dobleces más allá de la adicción al juego y al alcohol.

—Muy bien, déjame hacer algunas gestiones —cedió al fin, pues, a pesar de todo, era incapaz de negarle nada a Manuela.

Pusieron rumbo a Francia al día siguiente con la excusa de visitar en Biarritz a Rosa, la madre de Pedrito. Montaron en su elegante Ford negro —que en la ciudad solía conducir un chófer— y se dirigieron al pueblecito donde sus contactos le habían indicado que se encontraba la casa de los Braud. El camino osciló entre playas, montañas, campos verdes de pasto y viñas. Pedrito había alquilado una habitación en una pensión cerca de Arcachón que conocía de sus viajes de negocios, regentada por una mujer francesa diminuta como una ardilla que se llamaba Margaux y hacía negocios con trajes remendados de Chanel y caramelos de miel y plantas misteriosas que cultivaba en su jardín. La pensión andaba siempre llena de artistas malditos, exiliados políticos y poetas mendicantes, pero Margaux hacía pocas preguntas y servía una comida exquisita en un patio donde siempre olía a flores frescas.

La casa de los Braud resultó, sin embargo, no tener nada que ver con las viviendas de veraneo de la zona. Era una construcción sobria y encajada entre árboles, con el tejado de pizarra a dos aguas y las paredes blancas desconchadas.

—Hemos llegado —anunció Pedrito, y detuvo el coche frente a la verja de hierro de la entrada.

Tras la valla se divisaba un jardín seco y mal cuidado, tomado por los cardos y las flores silvestres. A Manuela no le costó imaginar allí a una versión diminuta de Ava corriendo entre los arbustos con la cabellera enredada por el viento. Un lugar perfecto para que crecieran en su interior los monstruos y las hadas que poblaron primero su imaginación y más tarde sus pinturas.

La puerta del jardín estaba abierta y Pedrito se acercó, dispuesto a cruzarla.

—¡Espera! —le detuvo Manuela.

—No es momento para tener dudas.

Ella no sabía cómo explicarle que la posibilidad de que Ava estuviera allí, leyendo junto a una ventana o pintando en el ático, le aterrorizaba, que temía el momento en que se materializara y la mirara a los ojos. La temía a ella.

—No puedo —dijo con un hilo de voz. Le empezaba a faltar el aire.

—Sí que puedes —respondió Pedrito—. Me has hecho venir hasta aquí y te arrastraré si hace falta.

Manuela acató la orden y le siguió hasta la casa en silencio.

En la puerta de madera colgaba un llamador en forma de cabeza de tigre con el que Pedrito golpeó fuertemente tres veces. Manuela sintió cierto alivio al ver que no ocurría nada, que nadie acudía a su llamada. Pero Pedrito, sin darse por vencido, llamó de nuevo. La puerta se abrió con un crujido y una mujer vestida con un uniforme azul marino asomó la cabeza tras ella.

—*Bonjour* —susurró.

Tenía el cabello recogido de mala manera en una cola de caballo y sostenía en la mano un libro abierto. Parecía que la habían interrumpido en la hora de descanso, y a pesar de que el uniforme indicaba que se trataba de una empleada, los miraba con una soberbia digna de la dueña de la casa.

—Buenos días, estamos buscando al señor Braud —respondió Pedrito en un perfecto francés.

—¿Quiénes son?

La mujer seguía manteniendo la puerta entreabierta, como si temiese que intentaran entrar a la fuerza. Escapaba del interior de la casa un olor familiar, un aroma dulce que Manuela no fue capaz de identificar.

—Somos amigos de la familia —dijo Pedrito.

—Entonces sabrán que el señor Braud no recibe visitas —respondió ella con cierta sorna.

Él se quedó desarmado durante una fracción de segundo, pero su experiencia de comerciante hizo que reaccionara rápido. Se atusó el bigote y se acercó a la mujer como si quisiera hacerle una confesión.

—Verá, lo cierto es que no sabemos nada del señor Braud desde hace tiempo, pero quizá se encuentre en la casa su hija Ava.

Ella arrugó el gesto al oír ese nombre y recorrió con la mirada a los inesperados visitantes: los zapatos de tacón de Manuela, el traje de sastre de Pedrito.

—Aquí no vive nadie más —respondió con sequedad.

—Entonces, ¿quizá sería tan amable de indicarnos dónde podríamos encontrar a la señorita Braud?

Pedrito empleó su tono más amable y persuasivo.

—No conozco a ninguna señorita Braud —insistió ella, inmune a sus dotes de encantador de serpientes.

Manuela cruzó una mirada con Pedrito. Tal vez se hubieran equivocado de casa. Él, sin embargo, tenía su propia idea del asunto, y había leído en los ojos de la mujer que sabía más de lo que decía.

—Quizá nos hayamos confundido, entonces —dijo.

—Sí, es posible, que tengan una buena tarde —respondió ella antes de cerrar de nuevo la puerta.

Manuela se quedó parada frente al llamador de tigre con la sensación de no acabar de entender lo que había pasado, pero Pedrito la cogió de la mano y la arrastró de vuelta al coche.

—¿Crees de verdad que nos hemos equivocado? —preguntó entonces.

Pedrito negó con la cabeza, no necesitaba tabas mágicas para saberlo.

—No. Esa mujer oculta algo.

—¿Y qué haremos ahora?

—De momento, ir a la pensión de Margaux y comernos un buen *filet mignon*. Mañana, volveré. Creo que tengo una idea para conseguir que esta mujer hable.

Manuela se montó en el coche y, antes de que abandonaran la propiedad, volvió la vista hacia aquel lugar donde Ava debió de escuchar, cuando era pequeña, historias de diablos y campesinos de boca de su abuela. De manera instintiva, casi esperó verla en alguna de las ventanas, que sin embargo reflejaban de forma decepcionante el cielo grisáceo de la tarde. No dejaba de pensar en el olor que había percibido cuando aquella mujer había abierto la puerta. Fue entonces, justo antes de perder de vista la casa, cuando supo de qué se trataba. Era el aroma de aquel jabón de azahar y violetas con el que Ava y ella se lavaban el pelo entre el jaleo, las risas y las confesiones de los días felices.

12

Arcachón, 1952

Pedrito Ortiz había perdido los nervios en muy escasas ocasiones, todas ellas relacionadas con el mundo sobrenatural. Sin embargo, para los asuntos mundanos, estaba dotado de una tranquilidad imperturbable. Quizá porque su madre había acaparado para ella todas las enfermedades, él gozaba de una salud de hierro que no conseguían mellar ni el exceso de burdeos ni la pasión por las carnes rojas y los bogavantes. Se había recompuesto tras la guerra con el ingenio y la buena estrella que había heredado de su padre, y no había sentido jamás remordimientos por la ilegalidad de su negocio ni preocupación por dar con sus huesos en una cárcel, porque se creía protegido por los ídolos dorados que llevaba colgados bajo la camisa de hilo fino. Algunos eran cristianos y otros antiguos, de cuando los dioses tenían cuernos y fauces feroces. Por eso no había perdido ni un minuto de sueño aquella noche en decidir qué haría para conseguir que la criada de la casa de los Braud le contara la verdad: tenía un plan y, como hacía siempre, improvisaría el resto sobre la marcha.

—Manuela, querida, hoy necesito que me esperes

aquí —dijo mientras extendía sobre una tostada la confitura de higos de Margaux.

Estaban desayunando en el patio de la pensión, cuajado de flores, y el embriagador aroma de las hortensias, las rosas, los lirios y las azucenas lo inundaba todo.

—¿Por qué? Quiero volver contigo.

—Porque es mejor que me dejes actuar solo.

Manuela miró a su alrededor con desconfianza, examinando a los singulares huéspedes de la pensión. Un par de poetas adormecidos por los caramelos de la anfitriona charlaban en susurros en una de las mesas, un hombre apuesto con barba y ropas ajadas escondía la mirada tras un libro de Balzac y una anciana tejía en un sofá un suéter para un gato blanco y peludo que dormitaba a su lado.

—No me gusta este sitio —protestó Manuela.

—No seas infantil.

Pedrito disfrutaba en secreto con el hecho de sacar a Manuela del entorno al que estaba acostumbrada y del que su hermano nunca la dejaba salir, pero que, no obstante, no había conseguido ablandarla ni convertirla en una de aquellas muchachas que se regocijaban en la sobreprotección. Manuela se había ido acorazando y había guardado sus inquietudes y sus pasiones dentro, en el único lugar en que podían resultar inalcanzables para los demás. Aunque a él, que adoraba los placeres seculares, le preocupaba que los años pudieran agriarle el carácter. Le vendría bien rodearse por un rato de artistas menesterosos y caramelos tranquilizantes.

—Está bien, te esperaré en la habitación —cedió ella.

Pedrito la dejó enfurruñada y leyendo un libro de

Hemingway en la cama y se montó en su adorado Ford para volver a la casa de los Braud.

Encontró de nuevo la puerta de la verja exterior abierta y sospechó que la criada no esperaba nuevas visitas. Se bajó del coche con aplomo, se colocó con gracia el sombrero y alisó las arrugas del traje beige. Había inspirado su vestuario en la imagen que tenía de Hércules Poirot, el sibarita detective belga de las novelas de Agatha Christie. No solía leer mucho, pero le encantaban las historias de lores ingleses y asesinatos en lujosas mansiones, y aquel día se había propuesto convertirse a sí mismo en un prestigioso investigador. Golpeó con el llamador de cabeza de tigre; después, metió las manos en los bolsillos y esperó con calma. Pronto, la mujer rubia apareció de nuevo tras la puerta.

—¿Qué hace otra vez aquí? —preguntó con frialdad.

Llevaba puesto el mismo uniforme del día anterior y se la veía igual de despeinada y ojerosa.

—Verá, señorita...

—Agnès, Agnès Fleurie.

—Bien, señorita Fleurie, no quisiera hacerle perder mucho tiempo, pero el caso es que necesito su ayuda en un tema de vida o muerte —dijo con cierto dramatismo.

Vio que en el rostro de Agnès aparecía un rastro de curiosidad, y esperó no haber errado en sus teorías sobre ella.

—Ya le dije que no puedo ayudarle —respondió.

Sin embargo, mantuvo la puerta abierta.

—Me llamo Pedro Ortiz y soy detective privado.

Ella ladeó el rostro de forma casi imperceptible y Pedrito supo que tenía toda su atención.

El día anterior, había observado que leía una novela de misterio y había decidido que aquella sería su mejor baza para atraer la atención de una mujer de mediana edad que vivía sola en una casa gris con un anciano.

—Verá, la señorita Duarte, que me acompañaba ayer, es mi clienta —continuó—. Y está buscando desesperadamente a la señorita Ava Braud porque su hermano, Juan Duarte, está muy enfermo de tisis y desea reencontrarse con la que ha sido su gran amor para despedirse, pues por circunstancias de la vida se separaron hace años y no se han vuelto a ver.

—¿Y qué tiene eso que ver conmigo?

—He seguido la pista de Ava hasta aquí, hasta la casa de sus padres, y usted es la única que podría ayudarme a resolver este entuerto.

Agnès dudó unos instantes y Pedrito aprovechó sus dudas para jugar una última carta.

—Quizá podría pasar y contarle con más calma los pormenores...

Ella accedió a regañadientes y le dejó entrar a la casa. Flotaba dentro un aroma a jabón y flores, pero apenas había decoración más allá de unos muebles sobrios y desgastados. Sobre la consola del recibidor se acumulaba una leve capa de polvo que le hizo sospechar que Agnès no se aplicaba demasiado a sus tareas. Ella le guio a la cocina y le ofreció una desvencijada silla de mimbre. Los fogones de leña estaban apagados y sobre la mesa reposaba una cesta llena de manzanas. Algunas empezaban a estar pasadas, invadiendo la estancia con el olor dulzón de las cosas en descomposición.

—Agradezco mucho su ayuda, señorita Fleurie, este es uno de los casos más difíciles a los que me he enfrentado nunca —dijo Pedrito, que empezaba a estar cómodo en su embuste.

—¿Hace mucho que es detective privado?

—Toda una vida: he buscado desde maridos desaparecidos, que, entre usted y yo, casi siempre estaban en perfecto estado y con otra mujer, hasta joyas robadas; también he resuelto múltiples asesinatos, algunos en Egipto e, incluso, en un tren.

Agnès parecía disfrutar del relato. La visita de Pedrito debía de ser lo más interesante que le había ocurrido en mucho tiempo.

—Y como le decía, pocas veces he tenido tantos problemas para encontrar a nadie como con la señorita Braud —continuó.

—Si quiere saber mi opinión, no creo que la encuentre nunca.

—¿Por qué dice eso?

—Llevo trabajando aquí cinco años, primero a las órdenes de la señora, que falleció el año pasado, y después para el señor, y nunca los he oído mencionar a su hija.

—Unos padres que no hablan de su hija... Es bastante extraño.

Agnès se encogió de hombros.

—La señora apenas hablaba de nada. No conmigo, desde luego.

—¿Qué hay del señor Braud? Quizá si pudiera verle...

—El señor Braud no puede ver a nadie. Hace tiempo que perdió la cabeza, y en los últimos meses ya no es capaz de articular una palabra: abre la boca lo justo para llevarle la cuchara a la boca. Pero la señora, antes de morir, insistió en que yo me quedara aquí, no quería que nadie le viera así ni que acabara sus días en un asilo.

Pedrito lamentaría tener que darle la razón a Manuela, pero Ava parecía haberse evaporado sin dejar rastro, como si nunca hubiera existido.

—A pesar de todo, me gustaría charlar con él, ¿sería posible...?

Agnès negó con la cabeza, su curiosidad tenía límites.

—El médico dice que no hay que alterarle, porque si se pone nervioso puede empeorar. Además, no podría decirle nada, no puede ni ir al baño.

—¿No sabe si Ava vivió aquí? Tal vez quede algo de ella en su habitación —insistió—. A Juan le quedan semanas, quizá días, de vida, y nadie parece saber nada de ella.

La mujer dudó unos segundos, debatiéndose entre la lealtad que les debía a los señores y la divertida historia del tísico y la muchacha desaparecida que la había sacado del sopor de cuidar al viejo y cambiar pañales.

—Es posible —dijo, pues decidió que, al fin y al cabo, la señora ya no estaba y el señor poco podía reprocharle—, pero los cuartos de invitados son todos iguales y ahí no hay nada; de quedar algo estaría en el ático.

Agnès le guio a la planta superior, hasta una pequeña puertecita de madera, y él comprobó que el resto de los pasillos estaban tan desnudos y descuidados como el vestíbulo.

—Espéreme aquí, voy a buscar la llave —dijo.

Pedrito la observó perderse en otro de los cuartos y vio que frente a él había una habitación cuya puerta no estaba bien cerrada. Se aseguró de que Agnès no podía verle y se asomó con rapidez. En un sillón de orejas verde reposaba un marchito anciano. Tenía la tez arrugada y translúcida y apenas le quedaban unos restos de cabello blanco en la coronilla. Iba vestido con una chaqueta de *tweet* que le quedaba grande, y tenía la boca medio abierta y la mirada perdida en algún punto del infinito a donde, seguro, deseaba irse pronto. Pedrito se retiró de la puerta justo a tiempo para que Agnès no le descubriera. Ella regresó arrastrando los pies y abrió la puerta del desván.

—Yo ahí no subo porque hay ratas, pero no tarde mucho porque tengo que darle la comida al señor.

Pedrito se adentró en la oscuridad del ático, iluminado tan solo por una mustia bombilla, y miró el polvo que cubría los bultos. Le haría pagar a Manuela la tintorería. Descubrió entre las paredes de aquel palomar sin aves cajas de muñecas ciegas, una colección de revistas de jardinería, una bicicleta con una sola rueda y unas cuantas cucarachas; no había fotografías ni recuerdos sentimentales, nada que indicara que allí había vivido alguna vez una familia feliz. Estaba a punto de desesperar cuando encontró, en un armario, una caja de madera labrada con flores. Lo primero que vio al abrirla fue un hada de rostro feroz y poco bondadoso que sujetaba en sus manos un arpa: una figura pintada en las páginas de un cuaderno de tapa dura. Tras ella, aparecieron una serie de seres feéricos y habitantes de las tinieblas que, teniendo en cuenta el relato que Manuela había hecho de su amiga, dejaban pocas dudas de que aquella libreta, al igual que el resto de los objetos de la caja, habían pertenecido a Ava Braud.

13

Florencia, 1938

El trolebús a Fiesole estaba atestado de viajeros, y flotaba en el ambiente un olor a perfume almizclado cuya intensidad afectaba a Ava de tal manera que su tez había adquirido un tono verdusco. Con las manos cruzadas sobre el regazo, tenía la mirada perdida en los campos dorados, los cipreses y las villas que se sucedían tras las ventanas. Era domingo y reinaba entre las chicas el buen humor, pues estaban libres de clases de gramática, de labores de bordado y uniformes y llevaban bajo el brazo cestas de pícnic cargadas de naranjas, uvas, quesos de búfala, jamón cocido, nueces y limonada fresca que había preparado Maria. El día era algo frío, pero brillaba un sol vigoroso en el cielo despejado y todas reían y se golpeaban con el codo para contarse secretos inofensivos.

—¿Estás mejor? —le preguntó Manuela a Ava cuando llegaron a su destino.

Ella parecía haber recobrado al menos el habitual color marfileño de la piel y el brillo en los ojos.

—Es solo que soy muy sensible a los olores, se me meten por la nariz hasta la cabeza e incluso puedo verlos.

Ese comentario hizo que un par de alumnas le lanzaran una mirada disimulada, pero ninguna dijo nada, eran demasiado educadas para entrometerse en la vida de las demás. Raras veces había discusiones entre ellas, más allá de pequeños roces por las cintas del pelo o sobre quién tocaba mejor el piano. Pero Ava amenazaba aquella tranquilidad de una forma peligrosa, por lo que todas mantenían una prudente distancia con ella, nadie quería provocar un cataclismo que acabara con el ambiente distendido de la academia.

Caminaron hasta llegar a la hierba que se extendía junto al teatro romano y se sentaron en pequeños grupos sobre unos manteles bordados que miss Lansbury había traído en una bolsa de cañizo. La profesora tomó asiento junto a Rebecca White, que era demasiado tímida para decirle que prefería estar sola, con la nariz enterrada en alguna de sus historias de amores prohibidos.

—¿No te parece raro que miss Lansbury siempre venga con nosotras cuando salimos fuera de la escuela? —dijo Ava.

Ambas se habían colocado apartadas del resto, y, mientras Manuela se afanaba en abrir la cesta, Ava acariciaba con tranquilidad uno de sus muchos cuadernos de piel de cabritilla.

—Es su trabajo, supongo —respondió Manuela.

—Pero es domingo. Si tuviera familia querría estar con ella fuera de la escuela, ¿no crees? Salir a pasear con su marido cerca del Arno y comerse un helado.

—Quizá no esté casada —aventuró Manuela, a quien los deseos y obligaciones del matrimonio le parecían lejanos y difusos.

—Si yo estuviera casada, me gustaría estar con mi marido todos los días.

Manuela no pudo evitar reírse, pues de todas las mujeres que conocía, Ava parecía la menos indicada para siquiera hablar de matrimonio.

—¿Y con quién ibas a casarte tú? —preguntó con sorna mientras sacaba de la cesta una botella de limonada.

—Con Andrea —respondió Ava con naturalidad, como si la pregunta fuera absurda.

Manuela se dio cuenta de que había estado ciega ante las señales, leves pero perceptibles, que le había enviado su amiga —cuando volvía enrojecida y feliz de las clases de dibujo, las veces que hablaba de Andrea como si no fuera un mortal—, y pensó que había leído suficientes novelas de amor como para haber podido intuir que Ava estaba enamorada.

—¿Él lo sabe? —preguntó.

—Creo que él también se casaría conmigo —respondió Ava, que examinaba distraída una de las naranjas.

Se hizo el silencio entre ellas. Manuela no supo qué más decir, era inútil hablarle a Ava de lo inapropiado de su relación con el profesor de dibujo, de las consecuencias que podía acarrearle que sus padres o la directora se enteraran. Nada de aquello la haría desistir, tan solo le provocaría una risa despreocupada o alimentaría su inherente deseo por lo prohibido. Pero la revelación le molestó de una forma que nunca sería capaz de admitir: estaba celosa. Tenía envidia de que alguien más hubiera conseguido traspasar la barrera hasta el inquieto corazón de su amiga, y tenía miedo de que la abandonara.

—Me alegro por ti, entonces —mintió.

Ava asintió sin darle más importancia. Frente a ellas se alzaban las ruinas del teatro y Manuela, que quería quitarse de la cabeza la imagen de Ava y Andrea juntos, jugó a imaginar cómo debía de ser aquel lugar en los días de emperadores y leones esqueléticos que rugían con las fauces manchadas de sangre, de dioses de piedra que no conocían la misericordia, de hombres que apuñalaban por la espalda a sus padres.

—Me gustan más los griegos que los romanos —dijo Ava, que parecía siempre saber lo que estaba pensando—. Pero las ruinas son interesantes, porque guardan parte de las almas de los que vivían aquí. Si no fuera pintora, querría ser arqueóloga.

Manuela pensó en Howard Carter, que era el único arqueólogo que conocía, y por una vez estuvo de acuerdo con Ava. No le hubiera importado viajar entre las dunas del Sahara buscando las tristes momias de los faraones, con sus corazones y sus tripas guardadas en vasijas, o adentrarse en la selva, donde siempre llovía y en cuyas entrañas yacían ciudades de oro olvidadas. Podía entender por qué los melancólicos poetas románticos amaban las ruinas, por qué lord Byron o Bécquer habían escrito sobre ellas. Mostraban la decadencia y el encanto de una civilización que nunca conocerían de primera mano, y que podían, por tanto, imaginar con ciertas licencias. ¿Qué pensarían los arqueólogos del futuro del juego de tacitas de té con forma de patos de su abuela o de la colección de rosarios de su tía Casandra? ¿Adivinarían cuál era la utilidad de una sopera de plata?

—Quizá tampoco quede nada de Florencia en el futuro —continuó Ava—. Andrea dice que pronto habrá otra guerra en Europa.

Manuela se horrorizó ante la simple posibilidad de imaginar la extraordinaria catedral reducida a cascotes y a los florentinos corriendo entre el ruido de las balas.

—¿Otra guerra?

—Así funciona siempre, es lo que hacen los hombres. Pero no importa, al final tampoco quedará nada de nosotras. Aunque a mí me gustaría que me enterraran en Père-Lachaise, en un precioso mausoleo con minaretes góticos y un ángel de piedra.

A Manuela no le costaba imaginarla convertida en espectro, vagando entre las tumbas con la misma ligereza que lo hacía por la vida.

—Quizá podrías tener una tumba en la isla de los muertos —sugirió.

La isla de los muertos era el nombre con el que se referían al cementerio inglés de Florencia. Se encontraba no muy lejos de la escuela, en la plaza Donatello, sobre una colina, y tenía el aspecto de una extraña isla flotante. Allí estaba enterrado el abuelo de miss Robinson, y ella se encargaba de que todas las alumnas la vieran salir de la escuela los domingos, vestida de riguroso negro y con un ramo de pensamientos bajo el brazo. Ava decía que la directora lloraba a su abuelo, que debía de ser ya poco más que una carcasa, porque tenía vocación de viuda pero nunca había encontrado un marido dispuesto a morirse.

—Lo mío está decidido —dijo Manuela—. Desde que nacimos, mi hermano y yo tenemos asignado un hueco en el panteón familiar, en San Isidro. Siempre bromeamos sobre a quién pondrán junto a la tía Flora... Hernán dice que no podía soportarla cuando estaba viva, menos después de muerta.

Ava sonrió y le dio un bocado a un trozo de pan con *mozzarella*.

—Lo importante es el alma —dijo con la boca aún llena—. Mi abuela decía que sin alma somos como cabras, y por eso hay que temer al demonio, porque quiere llevarse el alma de los incautos.

—¿Crees en el demonio?

Ella se llevó una uva a los labios y encogió levemente los hombros.

—¿Nunca has sentido que sabes algo que no deberías saber? Como una revelación, cosas que recuerdas sin haber vivido.

—No.

—Yo sueño cosas, lo heredé de mi abuela. Me contó que se transmitía de madres a hijas, pero que como mi padre había nacido hombre y sin hermanas, el don de los sueños le había saltado por encima y había ido a parar a mí.

Manuela recordó la noche de la pesadilla, un par de semanas atrás. Los gritos en la madrugada, las desconcertantes palabras de Ava, atrapada en algún limbo entre la realidad y el mundo de los sueños. También su forma de actuar a la mañana siguiente, como si no hubiera sucedido nada.

—Ocurre a veces, sueño cosas que terminan por volverse reales. Y de alguna forma, cuando pasa, sé diferenciarlas de los sueños normales. Sé que son premoniciones. No son fotografías exactas de lo que ocurrirá en el futuro, son más crípticas: imágenes, fragmentos, rostros... Y unas tienen más sentido que otras.

—Eso es lo que pasó esa noche, ¿verdad?

Manuela no se había atrevido a hablar de ello hasta entonces, se había convencido a sí misma de que todo había sido una ilusión nocturna.

—A veces me cuesta despertarme, los sueños son demasiado fuertes.

—¿Qué soñaste? —le preguntó, aunque en el fondo no tenía claro que quisiera conocer la respuesta.

Ava cogió un cuchillo y comenzó a pelar una naranja sin demasiado entusiasmo.

—No siempre lo recuerdo al despertar. Pasa más a menudo de lo que me gustaría.

Quizá porque Ava siempre decía la verdad, Manuela tuvo la intuición de que mentía. Por algún motivo, no quería compartir con ella lo que había visto aquella noche. Ella no creía en videntes ni en presagios funestos, pero Ava era diferente, y si había visto algo terrible, prefería desconocer catástrofes futuras.

—¿Y qué hay de la escena del cuadro? La viste en sueños, ¿no es cierto? —preguntó.

Ella asintió.

—Sí, pero ya te lo dije, aún no sé qué significa.

Dedicaron el resto del tiempo a disfrutar de los víveres de la cesta de pícnic, hasta que miss Lansbury las llevó a todas en fila india, como patitos con sombreros de paja, a visitar el museo y a darles vagas lecciones sobre los romanos. Ava pasó la tarde con la mirada perdida en uno de esos lugares suyos donde los demás no podían llegar. Su único vínculo con la vida escolar era Manuela, que en ocasiones se preguntaba por qué la había elegido. Tal vez porque el aislamiento total hubiera resultado insoportable hasta para ella, o porque necesitaba que alguien le cogiera la mano cuando su cuerpo se volvía ingrávido y amenazaba con despegarse del suelo y echar a volar. Ava la miró de soslayo y le dedicó una sonrisa distraída, y Manuela intuyó, como un mal presagio, que estaba pensando en Andrea.

14

San Sebastián, 1952

Manuela abrió la cajita de madera con precaución, como si temiera que en aquel pequeño espacio estuvieran guardados todos los males, plagas y desgracias del mundo, que esperaban su momento para sumir a la humanidad en un cataclismo irreversible. Las gotas comenzaban a caer lentas sobre el cristal del Ford, y Pedrito accionó el limpiaparabrisas. Habían puesto rumbo a San Sebastián tan pronto como había regresado, victorioso, de su incursión en la villa de los Braud. El contenido de la caja resultó ser mucho más prosaico de lo que Manuela había imaginado: dentro tan solo había un revoltijo de dibujos infantiles, algunas libretas y una medalla de plata con la imagen de la Virgen de Lourdes que Ava solía llevar bajo el uniforme. Era un regalo de su abuela, quien, además de historias sobre aquelarres y demonios, le había legado su conocimiento del castellano, que le había enseñado su difunto marido español, y aquella medallita sin mucho valor que, no obstante, su nieta había conservado con la misma devoción que si se tratara de un diamante Asscher.

Los dibujos que aparecían en las hojas sueltas y en las libretas eran un tanto infantiles. Debía de tratarse de los primeros escarceos de Ava con el mundo de la pintura, los seres tenebrosos y los bosques plagados de brumas fantásticas. Estaban pintados en colores oscuros: azul cobalto para las faldas de las hadas, negro para los cabellos hechos de ramas, añil en las siluetas esqueléticas de los árboles. Y a Manuela le pareció de pronto ver frente a ella a Ava, garabateando venus renacentistas, con la cortina de cabello trigueño ocultando su rostro translúcido.

—¿Hay algo interesante? —preguntó Pedrito.

Su voz rompió el hechizo, y la imagen de Ava se desvaneció en el aire, pero dejó tras ella un rastro de melancolía que Manuela fue incapaz de sacudirse del pecho.

—No lo sé —confesó.

Sentía, entre las manos, la fragilidad de aquel retazo del pasado de Ava, la única prueba de su existencia que había podido encontrar, pues parecía que el mundo la hubiera olvidado, reduciendo su vida a una cajita de nimiedades.

Le llamó la atención un pequeño cuaderno de tapas duras que tenía los bordes calcinados. Al abrirlo, se encontró con algunos dibujos más adultos y varias hojas llenas de textos en alemán escritos con una caligrafía pulcra y apretada que nada tenía que ver con la letra desordenada de su amiga, que ella recordaba a la perfección. Pasó las páginas con detenimiento, e intentó, sin éxito, extraer algo de sentido de aquellas letras, pues si bien hablaba inglés y francés con cierta soltura, el alemán escapaba a sus conocimientos. Cuando llegó a la última página, observó que estaba ocupada en su totalidad por una serpiente de tinta roja que se retorcía sobre sí misma y dejaba asomar entre las fauces una lengua bífida. Manuela reconoció en los trazos del reptil rojo la mano de Ava. Recorrió con el dedo el contorno de la ilustración, porque, de alguna manera, le resultaba familiar, pero la memoria, perezosa como suele ser, no conseguía ubicarla.

—¿Eso es una serpiente? —preguntó Pedrito, que miraba el cuaderno de reojo.

—Sí, y también hay unos textos escritos en alemán.

—¿Ava hablaba alemán?

—No, que yo recuerde, pero creo que esto no lo escribió ella, no parece su letra.

—Sería interesante saber qué pone.

Manuela desistió en su empeño de averiguar a qué le recordaba el dibujo de la serpiente y se centró en un pensamiento más productivo: necesitaba traducir el contenido del cuaderno. Aunque Ava era tan impredecible que no descartaba que se tratara de recetas de cocina, conjuros de magia negra o, directamente, de escritos sin ningún tipo de sentido.

—Deberíamos buscar a alguien de confianza que pudiera traducirlo —dijo.

—Los únicos contactos que tengo son franceses, y desde luego no diría que ninguno de ellos sea de confianza.

Ella pensó entonces en Roger Foss. Si alguien podía encontrar a un traductor de fiar, era él. Además, desde que entrara al infierno, existía entre ellos un pacto de silencio y tenía la sensación de que el librero no haría demasiadas preguntas.

Llegaron a San Sebastián bajo un sirimiri que difuminaba los contornos de los puentes sobre el Urumea y convertía los montes Urgull e Igueldo en sombras inciertas que se intuían tras las gotas de agua, como si Monet fuera el autor de la ciudad aquella tarde. En el hotel, Manuela cambió el vestido de verano por una blusa blanca, una chaqueta de punto y una falda. Después, con el cuaderno de Ava a buen recaudo en el Loewe negro y un paraguas de rayas, salió del Continental por la puerta principal, en la calle Zubieta, y, sin dejarse amedrentar por la lluvia y el aire, se encaminó hacia la librería Fortuna.

Roger estaba ocupado atendiendo a una clienta cuando la campanilla de la puerta anunció su llegada. En silencio, pues no pretendía hacerse notar más de lo necesario, Manuela dejó el paraguas en un paragüero de estaño con patas de león que había junto a la entrada. No se había fijado en que estuviera allí antes, y empezaba a sospechar que en la librería los objetos aparecían y desaparecían por arte de magia. Catalejos, bolas del mundo, mapas y muebles chinos que no estaban nunca en el mismo lugar, como si, bajo el efecto de algún sortilegio, despertaran por las noches de su letargo y deambularan por la tienda, sin preocuparse a la mañana siguiente de volver a su emplazamiento original. Mientras Roger aconsejaba a una señora envuelta en pieles la mejor novela para su nieto de once años, ella se ocultó tras una de las estanterías, que reunía una buena cantidad de libros de recetas, y se entretuvo hojeando las páginas de *Ramillete del ama de casa*.

—Me alegra que me visite de nuevo, señorita Duarte —la saludó Roger cuando su clienta se hubo marchado, satisfecha, con un ejemplar de Dickens bajo el brazo.

—Gracias, pero no lo tome por costumbre.

—¿Planea una cena especial? —preguntó él, pues Manuela sostenía aún en la mano el recetario.

—En realidad he venido porque necesito algo de

usted —respondió mientras dejaba el libro donde lo había cogido.

—¿Otra visita al infierno?

—Se trata de algo más delicado.

—Me tiene intrigado.

Manuela sacó del bolso el cuadernillo medio chamuscado.

—¿Sabe alemán?

Él apoyó la espalda contra la estantería y miró la libreta con suspicacia.

—Me temo que no. Bastante me costó aprender español como para aventurarme con más idiomas. ¿A qué se debe ese interés por la lengua germana?

—Necesito un traductor, alguien discreto.

—Miss Duarte, empiezo a sospechar que le gustan a usted los misterios más allá de las novelas —respondió divertido.

—Se trata de algo serio —insistió Manuela.

—En ese caso, acompáñeme. Creo que ya va siendo hora de cerrar.

Roger se acercó a la puerta y le dio la vuelta al letrero que indicaba que la tienda estaba abierta. Después, se quitó la chaqueta y le ofreció asiento en una de las ajadas butacas verdes. Pero Manuela, que tenía aún demasiado presente la nube de polvo que había emergido de ellas en su anterior visita, prefirió declinar la invitación y hacer honor a un consejo de su padre, que solía decir que no había que ponerse demasiado cómodo para tratar asuntos de negocios.

—¿Se trata de esa libreta? —preguntó Foss.

Manuela asintió y le tendió con cuidado el cuaderno.

—Necesito saber qué dicen los textos en alemán.

Roger acarició las páginas con manos de experto, acostumbrado a habitar en un reino de papel, tinta y cuero, a reparar los lomos de los libros de segunda mano y a coser los cuadernillos de los ejemplares antiguos, destinados a compradores selectos, que se acumulaban en una caja en el infierno.

—¿Significa algo esta serpiente? —preguntó al llegar a la última página.

Manuela se acercó a él y observó de nuevo el dibujo. Era difícil saber si realmente tenía algún significado o si formaba parte de los delirios de Ava, obsesionada siempre con los símbolos ocultistas y los alquimistas que transformaban francos en becerros de oro.

—¿Qué es lo que busca en esta libreta, miss Duarte?

—Respuestas.

Estaba muy cerca de él y podía aspirar el olor a cuero y sándalo que desprendía su piel. La librería estaba cerrada y se había creado un ambiente íntimo entre las mesitas de té y aquel paragüero errante que parecía a punto de echar a andar con sus ridículas zarpas de león. Sin embargo, era un lugar agradable, y a pesar de lo inapropiado de la situación, Manuela se sentía cómoda.

—Busco a una amiga —dijo por fin. Si Roger iba a ayudarla, debía darle algo a cambio— de la que no sé nada desde hace muchos años.

—¿Puedo quedarme el cuaderno?

Ella asintió.

—Muy bien. Venga mañana justo antes del cierre, creo que puedo tenerlo resuelto.

—¿Qué quiere por sus servicios? —preguntó Manuela, que seguía negándose a tener deudas con Foss, por muy amable e inofensivo que el americano pareciera.

—Que cuando sepa lo que pone aquí, me cuente toda la historia.

—¿Por qué le interesa?

—Vendo libros, señorita Duarte, las historias son lo único que me interesa.

Cuando salió de la Fortuna, la lluvia había cesado, así que decidió pasear y aprovechar las últimas luces de aquel día brumoso. Sintió la extrañeza del aire fresco después de la calidez que reinaba en la librería, que, al igual que Roger, parecía siempre ajena a los devenires del mundo exterior. Caminó sin prisa por la calle Fuenterrabía y giró a la derecha para llegar a la catedral del Buen Pastor; se quedó ensimismada contemplando la aguja de la torre, que se alzaba hacia el cielo en búsqueda de los reinos celestiales. Fue entonces cuando su memoria decidió desperezarse y rescatar el recuerdo fugaz de un destello dorado en la biblioteca de Villa Allur. Un anillo de oro en el dedo meñique del duque Leroy-Benoit que representaba una serpiente enroscada sobre sí misma, idéntica a la que Ava había pintado en su cuaderno. Tal vez solo fuera una casualidad, aunque no pudo evitar preguntarse si Ava no estaría atrapándola de nuevo en su red de ilusiones, haciendo que viera quimeras y se perdiera en un mundo de símbolos ocultos y fantasías. Decidió no contarle nada a Pedrito, pues ella misma empezaba a dudar de su buen juicio.

15

San Sebastián, 1921

La luz de las lámparas de bronce del salón de baile del Gran Casino se reflejaba en los vestidos cubiertos de lentejuelas, los infinitos collares de perlas y los turbantes con incrustaciones de pedrería de las damas que fumaban cigarrillos turcos y meneaban sus abanicos de plumas. Sobre la tarima, la orquesta tocaba ritmos recién llegados de América, y en el centro de la sala, los más aventurados bailaban, enredados en un fulgurante mar de tobillos en el aire. La velada había reunido a falsificadores de cuadros renacentistas y condes rusos exiliados, a princesas abisinias y espías que jugaban en todos los bandos; a herederos dispuestos a dilapidar la fortuna familiar, cantantes de opereta y rudos exploradores de tierras baldías y malditas.

Dafne Vasileiou caminaba con las maneras de una reina persa. La cabellera cobriza y los ojos delineados con kohl provocaban, a su paso, miradas entre los hombres, que se quedaban tan embelesados con el movimiento de sus caderas, enfundadas en una falda plateada, que ni siquiera reparaban en el enorme gato negro que, atado con una correa adornada con cristales, caminaba con elegancia junto a ella.

—Querida, te estaba buscando —dijo Giorgio Vannucci—. Hay un hombre que está muy interesado en conocerte.

—¿Otra proposición de matrimonio?

Él soltó una risotada que hizo que su enorme cuerpo se moviera como si un seísmo hubiera sacudido la sala.

—Algo más interesante, espero.

Giorgio Vannucci era el nombre que había elegido George Wilson, nacido en una cabaña de Cornualles, cuando había descubierto el negocio de hablar con los muertos. Wilson se había criado en una tierra de brujas y castillos, entre acantilados azotados por un viento inclemente y la leyenda del rey Arturo. Había tenido decenas de empleos: barbero, feriante, limpiabotas, deshollinador, árbitro de peleas de gallos o profanador de tumbas. Una noche, en los suburbios de París, a donde había llegado, después de muchas penurias, oculto en un tonel de sardinas en salazón, asistió a una sesión de espiritismo en un teatro. La médium era una americana rosada y alegre llamada Bonnie, que conjuraba a un espíritu, Matum, que la guiaba en sus trances. La vio expulsar ectoplasma por la nariz, hacer que la mesa girara y hablar con los hijos muertos de un par de angustiadas viudas.

George salió maravillado, no por el espectáculo en sí, al que, como maestro del engaño que era, había sabido verle todas las costuras —el hilo de pescar, el compinche en el público, la clara de huevo que la mujer echaba por las fosas nasales, los movimientos de espejos—, sino por las posibilidades que ofrecía. Había observado con atención a los espectadores —entre los cuales había un gran número de mujeres, que eran siempre el mejor público para el negocio de la fe—.

Todos querían algo de los espíritus, y era la misión de la médium que salieran del teatro creyendo que lo habían conseguido. Ese era el auténtico truco de ilusionismo.

Poco después nació Giorgio Vannucci, un misterioso espiritista de acento inclasificable y sombrero estrafalario que empezó reuniendo a algunos curiosos en los salones de pisos desvencijados de Montmartre y terminó llenando teatros y teniendo entre sus adeptos al mismísimo Conan Doyle. Sus detractores, que incluían a Harry Houdini, escéptico declarado, le acusaban de farsante y fantoche, lo que a Vannucci no le importaba lo más mínimo, pues vendía entradas a montones y había engordado cien kilos; lejos quedaban los días en los que desenterraba cadáveres en Londres para robarles los anillos.

—Es un tipo rico, aunque un poco extraño —aclaró Vannucci en voz baja mientras le señalaba discretamente al hombre en cuestión—. Si te propone una sesión, sácale un buen precio.

Dafne avanzó hacia él con la barbilla alta.

—Buenas noches, señorita Vasileiou, he oído hablar mucho de usted y su don. Me llamo Frédéric Bauer —se presentó él.

Dafne examinó con atención a su interlocutor, pues tenía práctica en adivinar el carácter de los hombres por sus zapatos, el olor de su loción de afeitado o su manera de encender un cigarro. Bauer, pálido, de cabello escaso y con unas enormes gafas, parecía encajar más en una universidad que en aquella fiesta. Sin embargo, el reloj que llevaba era bueno y se le veía cómodo en el ambiente del casino.

—¿Qué sabe usted de mi don, señor Bauer? —preguntó ella desafiante.

Bauer se colocó las gafas en un gesto que Dafne intuyó que repetía a menudo.

—He oído que puede usted hablar con los muertos.

—No es ninguna rareza en los tiempos que corren: después de la guerra, son casi más que los vivos. Estamos en una época de espíritus.

—Pero usted es diferente a los demás, ¿no es cierto? Su poder es auténtico.

—Igual que el de Giorgio, claro —respondió ella con prudencia, pues le debía al falso italiano el sustento.

—¿Cómo se llama el gato? —preguntó Bauer señalando al felino negro, que se había sentado y los miraba con sus enormes ojos verdes, inmutable ante la música y el humo de los puros.

—Abraxas.

—Una elección interesante. El dios todopoderoso de los gnósticos. Si me permite, Dafne, creo que sería mejor que habláramos a solas.

Ella observó a Giorgio, que unos metros más allá charlaba con un comerciante de sedas de Damasco. Dafne había tenido una vida tan poco apacible como la de su mentor, pues se había criado entre las carpas y los tigres mustios y sin colmillos del circo. Su padre era el maestro de ceremonias del espectáculo, y de él recordaba un sombrero de copa y una afición incurable por el licor; su madre había sido una mujer apocada, que recibía los golpes de su marido sin hacer ruido por las noches y bailaba sobre una cuerda en el vacío durante el día. El circo se movía por toda Europa con sus hombres forzudos, sus payasos de sonrisa ambigua y sus mujeres barbudas. Una comitiva itinerante que arrastraba a niños sucios y andrajosos criados en lo extraño, hijos sin patria y sin miedo a los monstruos que habitaban en la oscuridad, que vivían entre enanos y gigantes, entre monos ladrones y osos, y perdían la capacidad de asombrarse ante nada.

Allí descubrió Dafne su don. Tenía tan solo siete años cuando una gitana que viajó con ellos un tiempo y se decía adivina le pidió que le dejara leerle la mano: «Esta niña puede escuchar a los del más allá», dijo con decisión. Desde entonces, Dafne, expuesta como una curiosidad más, conjuraba a los muertos por encargo. La gitana le ponía un pañuelito en la cabeza y le decía que charlar con los espíritus era muy fácil: cuando no se los oía bien, uno simplemente se imaginaba lo que querían decir. Así, después de algunos fracasos estrepitosos, se convirtió en médium. Y con el tiempo, su talento para conversar con los espectros y su ingenio para complacer a los vivos se fue agudizando.

Trabajó en el circo hasta que cumplió los quince, cuando uno de los payasos le metió una mano por debajo de la falda y tuvo que golpearle con una botella de aguardiente para que la dejara en paz. Después, recogió sus cosas y se fue con un campamento de gitanos. Allí, una tarde de verano asfixiante, se encontró una maraña diminuta de pelo negro y pulgas. Le dijeron que su madre lo había repudiado, y como ella tampoco tenía familia, bañó al gato con vinagre para quitarle las pulgas y durmió con él en el pecho hasta que fue cogiendo el tamaño y las maneras de una pantera. Caminaba por el campamento sin cazar ratones, porque tenía costumbres refinadas, y los ancianos, que le tenían miedo, murmuraban letanías sobre el demonio y escupían al suelo si lo veían pasar.

Dafne siguió ejerciendo de vidente errante con los gitanos unos años y aprendió a doblar tenedores con la mirada, a encontrar respuestas en las líneas de las manos, a oler la muerte y a mezclar plantas para los dolores de oído. Giorgio la descubrió en su puestecito de clarividente. Iba cubierta de telas de colores, y advirtió en ella la belleza y el talento natural. Sin dudarlo, le ofreció más dinero del que ella había visto antes y se encargó de serenarla, de vestirla como una actriz de cine y de subirla a un escenario.

De ese día habían pasado tres años, y Dafne ya se había cansado de las excentricidades del británico y de sus trucos baratos. Y, en parte por eso, en parte por curiosidad, siguió con paso tranquilo a Frédéric Bauer a un rincón de la sala.

—Tengo una propuesta que hacerle —dijo Bauer.

—¿Una *séance*? —preguntó ella, que estaba acostumbrada a recibir peticiones para sesiones de espiritismo privadas y, en ocasiones, poco convencionales.

—No se trata de eso. Quiero invitarla a mi casa, celebro ciertas reuniones que creo que podrían interesarle.

—No suelo aceptar invitaciones de desconocidos.

—Dafne, usted y yo no somos tan diferentes. Los dos creemos que existe un universo hermoso y aterrador tras la cortina de la realidad, que el mundo está perdiendo los conocimientos antiguos, que estamos olvidando lo más importante.

Dafne pensó que tal vez había juzgado mal a Bauer, no era un profesor ni un hombrecillo apocado, era algo bastante más peligroso y, por tanto, mucho más interesante.

—¿Qué es lo que me propone?

—Que asista a una velada en mi casa. Si le gusta lo que ve, deje a Giorgio. Tengo un amigo que podría ser su benefactor: tendría su propio negocio como médium sin ese fanfarrón presuntuoso y sus falsos poderes. Se convertiría en una mujer respetada, en alguien a quien los estudiosos tomaran en serio.

Ella sopesó la proposición: había aprendido ya a reconocer las buenas oportunidades cuando las tenía delante, y la vida en los escenarios le había despertado la ambición. La posibilidad de continuar sin Vannucci y construir su propio futuro le parecía de lo más atractiva.

—Si se trata tan solo de una velada, acudiré, pero Giorgio no debe enterarse —cedió.

—No se preocupe, sé guardar un secreto. ¿Ha leído usted textos antiguos?

Dafne apenas había leído nada en su vida, se había librado del analfabetismo por la buena voluntad de un antiguo párroco que se unió al circo un tiempo y se dedicó a intentar enseñar a aquellos niños salvajes el valor de las letras y los números.

—No importa —respondió Bauer, que había visto en su rostro el desconcierto—. Le aseguro que los disfrutará, pues en ellos está guardado todo el conocimiento de la humanidad. Venga a verme dentro de dos días. Puede traer al gato, por supuesto.

Bauer le tendió un sobre lacrado a su nombre. En el reverso, una serpiente de tinta roja se enrollaba sobre sí misma de forma sinuosa.

16

San Sebastián, 1952

—«Bailan pájaros de agua entre los palacios de hormigón, golondrinas doradas, portaladas de ramas. Gritos de ausencia en la noche. Claman, graznan.»

Roger declamó los versos con teatralidad y su voz resonó clara en la librería, reverberando en las estanterías y las montañas de libros, en los cientos de objetos disparatados que abarrotaban cada rincón disponible. Manuela le observaba apoyada contra el mostrador, con los brazos cruzados sobre el traje blanco de sastre.

—¿Eso es todo? —preguntó cuando él terminó la lectura.

—Mi contacto dice que ha puesto algo de su cosecha en la traducción, para que la rima quedara más sonora. Los artistas son así, se toman siempre licencias.

—¿La libreta entera está llena de poemas?

Manuela no pudo ocultar su decepción. Había conservado la absurda esperanza de que, entre aquellas palabras en alemán, se escondiera el secreto para encontrar a Ava.

—Sí. Algunos más cortos y otros más largos, de temáticas variadas, pero todos poemas. Sin embargo, hay algo que quizá pueda ser de utilidad —dijo Roger—. Parece que están firmados por un tal A. J. Swatch. ¿Le suena de algo?

—No...

—Lamento no poder serle de más ayuda, quizá podría hacerlo si me contara algo más sobre su amiga.

Ella había prometido que le relataría la historia, pero en lo que respectaba a Ava, se había convertido en una experta en verdades a medias. Así que, sin florituras innecesarias, pues no era una gran narradora ni sabía mantener el suspense como Pedrito o inventar detalles fantasiosos como Ava, le contó que buscaba a una amiga que había conocido cuando estudiaba en Florencia y que había desaparecido trece años atrás. Le habló también de su viaje a Francia con Pedrito y de cómo habían conseguido la libreta, aunque no mencionó el anillo de serpiente ni al duque Leroy-Benoit. Tampoco el cuadro maldito, los sueños premonitorios de Ava o el suicidio de Ramón Ortigosa. Roger escuchó con atención y la mirada perdida en el techo, como si intentara encontrar respuestas entre las lámparas cubiertas de telarañas.

—Hay personas que no quieren ser encontradas —dijo—. Y quizá sea mejor así.

—No me es de mucha ayuda, señor Foss.

—Tan solo intento disuadirla de perder el tiempo en una búsqueda inútil.

—No puedo rendirme ahora —insistió ella.

Y era cierto, porque el insomnio la mantenía con la cabeza llena de brumas, hombres ahorcados y serpientes, en un estado de semilocura que tan solo lograban disipar el agua caliente y la llegada del alba, que relegaba de nuevo los temores a la noche, donde permanecían agazapados esperando la siguiente madrugada.

—Muy bien, en ese caso, la libreta está quemada. ¿Cree que alguien trató de destruirla? O quizá se salvara de un incendio... —respondió Roger.

Ella observó los bordes ennegrecidos del cuaderno. Se preguntó qué desventuras habría vivido hasta acabar olvidado entre bicicletas polvorientas y excrementos de rata en el desván de los Braud y quién se escondía tras el nombre de A. J. Swatch, el presumible autor de aquellos poemas en alemán.

—¿Por qué querría nadie destruirla? —dijo.

—Bueno, es verdad que los poemas no son tan malos... —bromeó Roger—. Tal vez fuera un accidente.

Consiguió que Manuela esbozara una sonrisa, la primera en varios días.

—Gracias por su ayuda, señor Foss —dijo mientras cogía de nuevo el bolso, que había dejado sobre el mostrador, junto a la figurilla de un perro de porcelana.

—Tal vez debería pensar en esa serpiente.

—Créame, ya lo hago —respondió ella antes de cruzar la puerta.

Manuela se dirigió con pasos lentos hacia la avenida, donde las tiendas estaban ya cerradas, y contempló la fachada de mármol negro de Hermanas Múgica en la plazoleta del Banco Guipuzcoano. Pedrito y ella solían comprar allí sus sombreros, tras el escaparate se podían apreciar los enormes espejos, los muebles dorados y los silloncitos tapizados de seda azul del interior. Itziar Múgica había sido la comidilla de la ciudad durante años, pues después de la guerra civil había formado parte de una red de espionaje y pasaba información de los presos y condenados a muerte al Gobierno vasco en París, escondiendo muchos de los documentos en el forro de los sombreros de la tienda. El local contiguo lo ocupaba la joyería Epelde, especializada en joyas y utensilios de plata, y Manuela decidió que debía volver cuando estuviera abierta y comprarle un abrecartas a Pedrito como agradecimiento por sus labores de detective novelesco.

Era algo tarde, pero no tenía ganas de regresar aún al hotel, así que continuó caminando hasta llegar a la plaza Guipúzcoa. El jardín estaba tranquilo y en el estanque nadaba ociosa una pareja de cisnes. A su alrededor, se acumulaban granos de maíz y otros obsequios infantiles rechazados, pues las orgullosas aves estaban demasiado ocupadas mesándose las plumas y enrollando sus largos cuellos en formas imposibles.

Manuela dejó atrás a los cisnes y se sentó en un banco de madera frente al templete, que albergaba una representación de la bóveda celeste y una columna con numerosos datos astronómicos y meteorológicos de la ciudad. «Si en una noche estrellada dirigimos nuestra mirada a la polar nos parecerá que se halla fija en el cielo y que todas las demás estrellas giran a su alrededor...», comenzaba el texto grabado en la columna. Así era Ava, un astro rutilante capaz de cegar a los demás y lograr que el resto del mundo pareciera errante, pequeño y pálido.

Alguien había abandonado un ejemplar de *El Diario Vasco* en el banco y echó un vistazo a la portada, que anunciaba la solemne coronación de la Virgen de Aránzazu en Lima. Estaba a punto de leer «Ecos de Sociedad» cuando vio que Diego Monterreal salía del edificio de la Diputación Provincial de Guipúzcoa, situado frente al jardín. Iba acompañado de su tío Rodrigo, y Manuela supo que no tenía tiempo para huir. Confió en que Diego, en un alarde de discreción, pasara de largo, pero no lo hizo.

—Buenas tardes, señorita Duarte —dijo con sorna.

Iba vestido con un traje gris como el cielo de la tarde, con el cabello engominado y un afeitado impecable de barbería.

—Buenas tardes —respondió ella, que mantuvo la cortesía tan solo por la presencia de Rodrigo, gobernador civil de Guipúzcoa.

—Su hermano habla mucho de usted, Manuela, me alegro de conocerla al fin —dijo Rodrigo.

Se sorprendió de que Hernán se hubiera dignado siquiera a mencionarla, aunque la tranquilizó la certeza de saber que jamás la ridiculizaría en público, pues para él el honor de su familia era primordial, y, le gustase o no, Manuela formaba parte de ella.

—Es un placer, don Rodrigo.

—¿Vendrá pronto a visitarnos Hernán?

—Si viene, estoy segura de que usted se enterará antes que yo.

Rodrigo soltó una risa estruendosa. Era aún más alto que Diego, de espaldas anchas y con la misma piel aceitunada e idéntico perfil griego. Atractivo y educado, costaba imaginar, tras aquellos modales depurados, a la bestia sangrienta que decían que había sido en la guerra civil, aunque, precisamente por eso, Manuela sabía que era peligroso.

—Si me disculpa, debo acudir a una cita de negocios —dijo él—. ¿Vienes conmigo, Diego?

—En realidad, si no le importa, tío, creo que acompañaré a la señorita Duarte a su hotel, se está haciendo tarde.

Él asintió satisfecho y se despidió con una inclinación de cabeza. Manuela, por su parte, hubiera preferido volver al Continental en compañía de uno de los demonios que azotaban con látigos a los condenados en los infiernos de Dante antes que con Diego.

—Empieza a preocuparme tu tendencia a la soledad —dijo Diego mientras se sentaba en el banco.

Manuela se limitó a levantarse y a caminar, pues se encontraba agotada por los sueños febriles y la sombra de Ava, y sabía que Diego acabaría por mermar las pocas fuerzas que le quedaban.

—¿Dónde vas? ¿Ni siquiera quieres hablar conmigo? Vamos, no seas rencorosa —le espetó él mientras la seguía.

Pero ella continuó sin volver la vista atrás.

—No me gustaría que volvieras sola al hotel —insistió Diego, cortándole el paso.

—¿Qué quieres de mí?

Pareció sorprendido por la pregunta, porque era uno de esos hombres que raras veces se planteaba ese tipo de cosas. Se levantaba por la mañana y se tomaba el café solo por inercia, igual que encendía un puro y se servía dos dedos de whisky a las once de la mañana o que aspiraba el aroma del cuello de alguna *vedette* los viernes por la noche.

—Estoy escribiendo un libro —dijo por fin.

Y la excusa resultó tan patética que Manuela incluso sintió lástima. Diego, empeñado en justificar su existencia de burgués presentándose como un intelectual, llevaba años clamando que pronto publicaría una obra magna.

—¿Todavía?

—Se trata de algo diferente, serio. Pensé que tal vez te gustaría leerla.

Manuela se acercó a él lo suficiente como para detectar el aroma a loción de afeitado.

—No has cambiado nada, ¿verdad?

Diego le colocó un mechón de pelo tras la oreja.

—Ni un ápice —murmuró. Y ella supo que era la primera verdad que decía aquella tarde.

—Adiós, Diego —se despidió con una sonrisa.

Se alejó y, esa vez, él no la siguió. Se quedó frente al busto de piedra de Usandizaga, contemplando su esbelta silueta perderse entre la vegetación del parque.

—No te engañes, Manuela —escuchó que decía—. Tú tampoco has cambiado, y los dos sabemos lo que eso significa.

Ella temió que esa fuera la segunda verdad de la tarde, pero no pensaba quedarse lo suficientemente cerca como para averiguarlo.

Llegó al Continental con el estómago encogido, por lo que decidió saltarse la cena y subir a la habitación. Una vez dentro, se deshizo de los zapatos de tacón y la chaqueta blanca. Temía la noche, que se abalanzaba sobre ella con sus terrores, las largas horas con la vista perdida en el techo. Tal vez un baño de espuma le aplacaría los nervios. Pero antes de que pudiera siquiera quitarse las medias, sonó el teléfono de la mesilla.

—¿Dónde estabas? —preguntó Pedrito—. Llevo llamando un rato.

—Te lo contaré mañana —respondió ella, que estaba demasiado cansada para volver a pensar en el cuadernillo chamuscado.

—Tienes mala voz, ¿has probado las tisanas que te di?

Pedrito le había traído unas bolsitas de lino llenas de manzanilla y melisa que ella había guardado en el cajón.

—Sí —mintió.

—Muy bien. Y ahora quizá puedas aclararme por qué he recibido una invitación de parte del duque Leroy-Benoit para acudir mañana a su casa.

Manuela había olvidado la propuesta que Julien le había hecho en la iglesia y se fijó en que, sobre la cómoda, alguno de los botones había dejado una bandeja con un sobre a su nombre.

—Es muy fácil de explicar, prepárate para asistir a una sesión de espiritismo —respondió.

17

Florencia, 1938

El viento azotaba la fachada de la basílica de la Santa Croce anunciando la próxima llegada del invierno. Manuela se caló la boina de lana en un intento de protegerse los oídos de la ventisca y se sorprendió al darse cuenta de que añoraba el frío seco de Madrid, donde la humedad no se le metía en los huesos ni la dejaba tiritando en la cama cuando, por las noches, se apagaban los radiadores. Ava, por su parte, seguía sin mostrarse afligida por asuntos tan nimios como la climatología, y caminaba con los brazos descubiertos y la larga cabellera convertida en un nimbo que flotaba sin control a su alrededor.

Atravesaron la plaza, que estaba vacía, a excepción de un grupo de niños malcarados que corrían tras un balón, y tuvieron la sensación de estar en una ciudad diferente. Sin su luz habitual, sin el barullo de los comerciantes en las calles y los destellos del sol sobre las cúpulas de los templos, Florencia era una anciana gris y adormilada, e incluso las aguas del Arno resultaban oscuras e inquietantes, como si el río avisara a los transeúntes de los secretos que escondían sus profundidades.

—Dicen que el viento vuelve loca a la gente —dijo

Ava con una sonrisa cuando consiguieron refugiarse en la esquina de un callejón.

Habían transcurrido dos semanas desde que le confesara a Manuela su amor por Andrea y su habilidad para predecir el futuro en sueños confusos. Poco después, había empezado a escabullirse por las noches, ataviada con un anticuado vestido de *flapper* y un abrigo raído de visón que había comprado en algún mercadillo de baratijas. El conjunto, que a simple vista parecía vulgar y desteñido, cobraba una nueva vida cuando ella, con el cabello de sirena sin recoger, se lo ponía, pues su elegancia innata era capaz de transformar los trapos más ridículos en diseños de alta costura. Pero aquellas escapadas nocturnas comenzaban a pasarle factura. Se le agrió el carácter despreocupado por la falta de sueño y el exceso de Chianti que servían en las fiestas a las que Andrea la llevaba del brazo, convirtiéndose en una criatura de la noche que anhelaba la madrugada. Las pocas ocasiones en las que no salía, se afanaba en pintar su cuadro, que por fin avanzaba en un revoltijo de formas y colores desordenados.

Su amor por Andrea se había convertido en una obsesión y se había empeñado en que Manuela le conociera. Había insistido durante días hasta que su amiga había aceptado acompañarla a una de las clases de dibujo.

—Estamos muy cerca —le aseguró Ava cuando salieron del refugio del callejón.

Unos minutos más tarde, se detuvo frente a un portón de madera encajado en un arco de piedra sobre el cual una máscara monstruosa sacaba la lengua, burlona.

—Ya hemos llegado, es este *palazzo* —anunció.

Cruzaron el umbral y subieron por una retorcida escalera que crujía bajo sus pies de forma inquietante.

Manuela se fijó en que el edificio entero parecía estar a punto de derrumbarse ante la más leve inclemencia meteorológica; la pintura asalmonada de las paredes se desconchaba en grandes trozos y formaba montoncitos en los rellanos; las bombillas parpadeaban como si una banda de espíritus jugara con los interruptores; algunas puertas estaban cerradas con tablones de madera y un par de ratas grandes como conejos pasaron correteando a su lado. Llegaron al segundo piso y Ava llamó a uno de los apartamentos, cuya entrada tenía el mismo aspecto decrépito que el resto del inmueble. Unos instantes después apareció frente a ellas una joven con el cabello corto y los labios delineados con carmín oscuro que, sin mediar una palabra, se retiró para dejarlas pasar.

Manuela hubiera esperado que Andrea, a quien Ava alababa con tanta vehemencia, tuviera un taller elegante lleno de crisantemos y porcelana china, pero lo que se encontró se parecía más a un trastero. El espacio estaba tan abarrotado de objetos que costaba saber dónde pisar sin llevarse por delante un marco de madera labrada, un caballete al que le faltaba una pata o una caja repleta de rollos de lienzo. En las paredes colgaban decenas de cuadros apretados y torcidos que representaban paisajes de dudosa fidelidad y bodegones llenos de uvas, aves degolladas, quesos de bola, hogazas de pan y jarras de vino. Por la calidad que tenían, dedujo que eran obra de los alumnos de Andrea. La joven que les había abierto la puerta regresó a su lugar al final de la sala, donde ella y un muchacho de aspecto pulcro parecían estar dibujando un torso de escayola que reposaba de forma precaria sobre una pila de periódicos.

—*Buonasera*, queridas.

Andrea apareció entre las sombras como un prestidigitador, flaco y de sonrisa artificiosa, con ropas que parecían demasiado elegantes en aquel lugar atestado de trastos y frecuentado por las ratas. El espejismo del artista bohemio que había atrapado a Ava.

—Es un placer conocerte, Manuela, espero que te guste mi humilde estudio.

Hablaba en inglés con un fuerte acento italiano. De cerca, parecía mayor de lo que ella había imaginado, pues bajo los ojos castaños empezaban a aparecer las primeras arrugas.

—Muchas gracias por invitarme —respondió.

—Las amigas de Ava son mis amigas.

—He pensado que podría hacerte un retrato, Manuela —propuso Ava—. No me dará tiempo a acabarlo hoy, pero el resto lo pintaré de memoria, así será más original.

—Normalmente espero más tiempo antes de que mis alumnos trabajen con modelos reales, pero ya sabrás que Ava va siempre un paso por delante. Y no se puede discutir con ella —dijo Andrea satisfecho.

Ava se ocupó de colocar un lienzo sobre un caballete y de preparar su paleta de óleos, un lapicero y una plomada. Mientras tanto, Manuela observó a la muchacha que les había abierto la puerta. Concentrada en su propio trabajo, seria y de rostro hermoso, tenía unas facciones marcadas y unos pómulos que ella, cuyo rostro conservaba aún las formas redondas de la infancia, envidiaba.

—Siéntate aquí —le dijo Ava.

Había dispuesto frente al caballete una silla ruinosa de mimbre.

—¿Qué es lo que tengo que hacer?

—Quedarte quieta.

Andrea se acercó a Manuela y se entretuvo observándola, como si se tratara de un Caravaggio sobre un altar.

—Unos rasgos muy españoles, sin duda. Una belleza serena —dictaminó.

Después, llevó una mano áspera a su barbilla y corrigió con delicadeza la posición del mentón. A Manuela le llegó un olor a barniz y pachuli.

—Muy bien, el rostro erguido y los hombros atrás.

Ella contuvo la respiración y mantuvo la postura, temerosa de decepcionar a Ava.

—Volveré en un rato, recuerda respetar las proporciones —le dijo Andrea a su alumna antes de marcharse.

Ava estudió a Manuela durante unos minutos antes de empezar a pintar. Parecía querer retener en la mente sus rasgos, memorizar su nariz recta, sus ojos almendrados y los lunares dispersos en la piel pálida. Cuando estuvo preparada, comenzó a trazar con el lápiz el primer bosquejo. Manuela se concentró en una de las grietas de la pared y siguió su recorrido hasta el techo de escayola mientras intentaba no descuadrar los hombros ni ceder un milímetro la rectitud de la espalda. Estaba tan absorta en ello que cuando notó que algo rozaba su pierna saltó de la silla con brusquedad, produciendo un estruendo que rompió la quietud del estudio.

—¡Tranquila, es Tiziano! —dijo Ava, y señaló al culpable del desastre, un pajarraco de colores que se había posado sobre un busto de Platón—. Es el loro de Andrea, se lo trajo un viejo amigo de la selva. A veces incluso habla, aunque la mayoría de las cosas que dice son obscenidades o palabras en guaraní.

—¿Por qué querría nadie un loro de mascota? —preguntó Manuela mientras volvía a sentarse.

—Mi abuela tuvo un cuervo que se llamaba Flâneur. Lo encontró tirado en el patio de la casa con un ala rota y lo cuidó hasta que se recuperó. Después intentó soltarlo, pero no quiso irse.

—¿Nunca se fue?

—El día en que mi abuela murió —respondió Ava—. Se quedó junto a su cama toda la noche, y cuando ella dejó de respirar, salió volando por la ventana. Así supimos que ella también se había ido. Nunca más lo volvimos a ver.

Manuela se fijó en que, de manera casi inconsciente, Ava palpaba bajo la blusa blanca del uniforme la medallita de plata de la virgen de Lourdes.

—Gracias a ella descubrí que me gustaba pintar —continuó—. Me enseñó que eso me ayudaría a poner algo de orden en el caos de los sueños y los pensamientos.

El resto de la clase transcurrió en silencio. Andrea iba y venía entre sus alumnos y a veces desaparecía en su despacho, un cubículo situado en un lateral donde debía de guardar sus propias obras. Cuando llegó la hora de marcharse, Ava le enseñó a Manuela, orgullosa, su pintura. Por supuesto, no había escuchado los consejos de Andrea, por lo que no se trataba de un retrato al uso. Manuela aparecía como un ser de ojos melancólicos y rostro alargado, sumida en una niebla fantasmal y junto a una media luna sonriente, pero, aun así, fue capaz de reconocerse en aquella figura con más precisión que si se hubiera tratado de una fotografía.

—¿Me lo regalarás cuando lo termines? —le preguntó.

—Por supuesto.

Andrea se despidió de ellas con sus modales de cantante de ópera y un beso húmedo en la mano, y, mientras Ava terminaba de recoger sus utensilios, Manuela la esperó en el ruinoso rellano de luces parpadeantes. Unos segundos después salía del estudio la joven morena, que llevaba un abrigo de cuello de piel de zorro, guantes de cabritilla y una carpeta negra bajo el brazo. Se detuvo junto a la escalera y sacó una larga boquilla, en la que encendió un cigarro como una *femme fatale* de esas que Manuela tan solo había visto en las películas.

—¿Cómo te llamas? —preguntó en inglés.

—Manuela —respondió ella con voz tímida.

—Y dime, Manuela, ¿conoces mucho a Andrea?

—No, es la primera vez que le veo.

Ella soltó el humo del cigarro con languidez.

—¿Sabes? Las muchachas como tu amiga están mejor en la escuela, los hombres como él solo traen problemas.

Al parecer, el romance entre Ava y Andrea no era tan secreto como ellos creían.

—Yo también cometí los mismos errores cuando tenía su edad y no me fue nada bien —continuó—. Dile que cambie de profesor, me lo agradecerá en un futuro.

Manuela quiso preguntarle cómo se llamaba y a qué se refería con sus errores de juventud, pero ella se dio la vuelta y se alejó por las escaleras sin despedirse, dejando tras de sí tan solo el humo del cigarro y el sonido de los zapatos de tacón. Ava apareció poco después en la puerta, sonriente y con las mejillas encendidas, y la agarró con complicidad del brazo.

—¿Sabes? Estoy pensando en cortarme el pelo —dijo mientras empezaba a caminar.

18

San Sebastián, 1952

—Siete personas, un número mágico para una *séance* —dictaminó Julien.

Los invitados a la selecta velada estaban reunidos alrededor de la mesa redonda de roble del salón verde de Villa Allur. La sala, decorada con muebles orientales, recibía su nombre del papel pintado que cubría las paredes. La noche había roto en una tormenta que no escatimaba truenos y rayos, y las gotas repiqueteaban con furia contra los enormes ventanales cubiertos con cortinas bordadas.

—Hay un asiento vacío todavía —señaló Manuela—. Y diría que nos falta lo más importante, la médium.

A su derecha, Pedrito apuraba los últimos tragos de una botella de Puligny-Montrachet que el duque había rescatado de su amplia bodega; junto a él se encontraba Mario Mondragón, un intelectual navarro amigo del duque de cabello ensortijado y tez morena; completaban el grupo el propio Julien, sentado a la izquierda de Manuela, la omnipresente Teté Chapman, que se abanicaba con brío el cuello repleto de zafiros, y Cristina Altuna, que pegaba un respingo cada vez que alguien movía la silla, como si temiera que los espíritus hubieran sido ya conjurados y acecharan bajo el mueble bar chino con pinturas de arrozales. Sobre la mesa había un puñado de hojas de papel, una estilográfica y dos sólidos candelabros de bronce de ocho velas cuya cera goteaba con parsimonia.

—¿Qué es lo que debemos esperar, Julien? —preguntó Mondragón.

—Lo inesperado, mi querido amigo —dijo él mientras se levantaba de la silla con cierto dramatismo—. Supongo que todos los presentes conocen la historia de la casa.

—Una historia bastante trágica —apuntó Pedrito.

Manuela recordó lo que sabía sobre Villa Allur y su propietario original, aunque no era demasiado. Gregorio Allur se había arruinado poco después de que la casa terminara de construirse y, con los muebles aún por estrenar, se había volado la cabeza con su propia escopeta de caza. Después de su muerte, se rumoreaba que una maldición se había cernido sobre la villa y que por ella campaban a sus anchas las almas penitentes.

—Eso son cuentos de vieja —intervino Cristina Altuna, aunque su voz sonó poco convincente.

—No desacredite la sabiduría popular —continuó el duque, que paseaba ahora alrededor de la mesa—. Quizá, mientras nuestra médium termina de prepararse, deba contarles más de esa historia. Antes de que yo me hiciera con la villa, hubo otros interesados. Hace unos veinte años, un austriaco llamado Christian Adler se ofreció a comprarla, pero nunca llegó a firmar los papeles, porque falleció en un accidente de coche.

—¿Insinúas acaso que existe una causalidad entre la compra de la casa y su muerte? —preguntó Mario.

—Aún no he terminado. Tres años después, un banquero español también quiso adquirirla, pero, adivinen lo que ocurrió.

—¿Murió? —preguntó Teté Chapman, que continuaba abanicándose a un ritmo frenético.

—Correcto, señorita Chapman. Un infarto fulminante.

Se hizo un leve silencio en la sala.

—Entonces, amigo mío, si aceptamos que se trata de sucesos relacionados... ¿No deberías haber muerto? —dijo Mario con sorna.

—Yo no cantaría victoria tan pronto... —murmuró Pedrito.

El duque soltó una carcajada y cogió la botella de vino con la intención de servirse otra copa.

—Quién sabe, quizá ya lo esté —dijo.

Manuela estuvo a punto de mencionar a Ramón Ortigosa y su suicidio justo después de la inauguración de la villa, pero en ese momento Dafne Vasileiou entró en la sala con sigilo, llevando con ella tan solo el rumor de la tela de seda de su vestido negro al caminar. En la mano sostenía una candela, cuya luz arrancaba de su rostro sombras engañosas que hacían que su expresión resultara indescifrable. Manuela pensó irremediablemente en los muertos errantes y en las historias de la Santa Compaña que contaba Josefa en Portugal, en los muertos errantes, en los demonios que conjuraban los campesinos en los cuentos de Ava y en los fantasmas que se escondían tras el papel pintado de la casa. Dafne se sentó sin abrir la boca y contagió a todos de su mutismo, sumiendo la estancia en una quietud de camposanto que tan solo quebraba el sonido monótono de la lluvia.

—Para que la sesión tenga éxito, todos deben guardar silencio —explicó Julien—. Es posible que se manifiesten algunos fenómenos físicos, pero no deben asustarse. Dafne entrará en contacto con los espíritus y ofrecerá su cuerpo como canal de comunicación. Podrán hacer preguntas, pero recuerden ser respetuosos.

—¿Es... peligroso? —preguntó Teté.

—No. Los espíritus son en su mayoría pacíficos, almas que buscan comunicarse con nosotros. A veces nos encontramos con apariciones caprichosas que se divierten haciendo ruidos o moviendo cosas, pero por lo general son inofensivos.

—Uno debe preocuparse siempre más de los vivos —apuntó Pedrito.

Dafne cerró los ojos y le hizo un gesto de asentimiento a Julien. Él se levantó y apagó las lámparas del salón, que se quedó a merced de la luz oscilante de las velas.

—Comencemos —dijo cuando volvió a su sitio—. Tómense de las manos, estamos a punto de abrir una puerta al más allá. Y eso quiere decir que todo es posible.

Manuela agarró con la mano derecha a Pedrito, y sintió un escalofrío al rozar con la izquierda la piel fría y suave del duque, que la apretó con una fuerza inesperada. Los siete formaban un círculo. Se concentró entonces en reunir el escepticismo que le quedaba, pero la razón no servía de nada en la oscuridad, porque en ella estaban contenidos todos los miedos y los temores.

Dafne comenzó con lentitud a recitar una oración que nadie más fue capaz de entender, tal vez rezaba a Jesucristo, tal vez a dioses más ancianos y menos misericordiosos.

—A todos los que vagan por esta casa, venid. Uníos

a nosotros, que estamos escuchando, venid en paz. Venid y hablad —dijo.

Durante unos segundos no pasó nada y todos contuvieron el aliento. Después Dafne inclinó la cabeza hacia atrás, como si alguien tras la silla le hubiera agarrado de la melena pelirroja, y una corriente de aire frío invadió la habitación. Manuela tuvo la tentación de levantarse, pero Julien sujetaba su mano con determinación, en un contacto que se volvía cada vez más gélido.

—Venid —repitió Dafne.

Y las velas sobre la mesa se apagaron. Sin hacer ruido, como si nunca hubieran estado encendidas. Teté ahogó un grito y Manuela sintió los músculos de la mandíbula agarrotados. Todos se quedaron expectantes y, aunque ninguno lo dijo, cada uno escuchó en las tinieblas sus propios fantasmas, que les rozaban la nuca con manos tiernas. Entonces, Dafne emitió un sonido gutural.

—¿Quién eres? Dinos tu nombre —murmuró Julien.

Ella no respondió.

—¿Eres Gregorio Allur?

Dafne garabateó algo en un folio y un golpe sonó en la planta de arriba, seguido por unos ruidos que parecían pasos sobre la madera. Teté soltó un grito y hubo unos instantes de desconcierto, durante los cuales nadie sabía si esperar que la mesa comenzara a levitar o que Dafne expulsara por la boca algún extraño fluido, pero ella se limitó a contestar a la pregunta de Julien con aquella voz que no era suya.

—No —dijo.

Otro ruido sordo se escuchó en el ático. El duque liberó la mano de Manuela, y Cristina Altuna estuvo a punto de caerse de la silla. El círculo se había roto, y al instante las velas se prendieron con la misma discreción con la que habían extinguido su luz. Dafne permaneció unos segundos más con el cuello doblado en aquel ángulo imposible y después abrió los ojos como si hubiera despertado de un largo sueño.

—¿Qué ha pasado? —preguntó Pedrito.

—Los espíritus no quieren hablar —contestó Dafne, que había recuperado su voz.

Manuela observó el folio que había sobre la mesa, pero no parecía contener más que garabatos.

—¿Y las velas? ¿Y esos ruidos? —dijo Teté.

Dafne intercambió con el duque una mirada que no pasó desapercibida para Manuela.

—Quizá una manifestación física, ocurre muy a menudo. A veces los espíritus se comunican con golpes o movimientos, pero quienquiera que habite en esta casa no está preparado para hablar con nosotros —respondió Dafne.

—Lamento que la sesión no haya sido lo que esperábamos —intervino Julien—. Pero, sin duda, ha quedado probado que la señorita Vasileiou es capaz de manifestar fenómenos inexplicables para la ciencia actual.

—Yo, desde luego, he tenido más que suficiente —dijo Pedrito.

—Tal vez podamos compensarles de alguna forma —sugirió Dafne—. ¿Qué te parece si les enseñas la joya de la corona de Villa Allur, Julien?

—¡Es una fantástica idea, querida!

—¿Y cuál es esa joya, si se puede saber? —preguntó Teté.

—El gabinete de curiosidades, por supuesto —respondió Mario.

La pequeña y dispar comitiva —compuesta por todos los presentes excepto Cristina Altuna, que se declaró demasiado alterada para más sobresaltos, y Dafne, que se quedó recuperándose de la breve sesión— siguió al duque por el pasillo hasta una habitación que resultó ser una sala de billar. Había una enorme chimenea de mármol y las paredes estaban adornadas con cabezas de jabalíes, osos y ciervos de ojos vidriosos y colmillos agujereados por el tiempo.

—No sabía que era aficionado a la caza —dijo Teté.

—Lo cierto es que no lo soy, los trofeos pertenecieron a mi padre.

En un lateral había una modesta puertecita de madera que Julien abrió con una llave que llevaba prendida al cuello, bajo la camisa de algodón blanco, que le daba aspecto de trovador medieval. En su interior, los visitantes se encontraron con expositores repletos de cráneos con deformaciones genéticas, cabezas jibarizadas de largos cabellos y pendientes de colores, extraños minerales, insectos disecados del tamaño de pelotas de tenis, estatuillas egipcias de basalto, momias de pequeños caimanes, grabados del *Kamasutra* y dientes de tiranosaurio. Los libros tenían su propio apartado en una estantería que aunaba antiguos códices, pergaminos medievales y grimorios forrados de piel de cabrito.

—Bienvenidos a mi pequeño refugio —dijo el duque a la par que abría los brazos, como un sah que da la bienvenida a los forasteros a su reino.

Manuela estuvo tentada de comentar que, al igual que él, los gabinetes de curiosidades estaban ya algo anticuados; Teté miraba con deseo una enorme perla negra, mientras que Pedrito y Mario Mondragón continuaban en el umbral de la puerta, inmersos en una conversación en susurros inaudible para nadie más.

—Entiendo su pasión por coleccionar objetos, duque —dijo Teté—. Yo misma guardo una pequeña colección de joyas que va creciendo con los años de manera casi inevitable. La mayoría no las llevo nunca puestas, pero me gusta contemplarlas.

—¿No es un poco absurdo guardar tantas cosas que uno nunca va a usar? —intervino Manuela.

Julien acarició con delicadeza el canto de un cáliz de plata y ella no pudo evitar fijarse en su anillo dorado con forma de serpiente.

—Supongo que es una afición un tanto inútil, pero ¿no lo son todas, acaso? —respondió él—. Se trata de algo más que de guardar, hay un sentido en cada objeto de esta sala, mademoiselle Duarte. Si alguien quisiera conocer de verdad mis entrañas debería buscar aquí. Nada habla mejor de un hombre que sus secretos.

Ella observó entonces aquella estrafalaria colección con otros ojos. Tal vez, sin saberlo, el duque acababa de darle la clave para descubrir por fin quién era.

19

San Sebastián, 1952

Regresaron del gabinete de curiosidades entusiasmados, como prófugos en el desierto que, después de perder la esperanza, se topan bajo el sol ardiente con la cueva de Alí Babá. La velada volvió a animarse en el salón verde, donde el mayordomo, con sus guantes blancos, sirvió martinis y copas de borgoña para todos, y pasaron de la funesta mesa redonda a sentarse en los sofás y sillas chinescos. Manuela fingió ser parte del jolgorio general, pero desde que habían salido de la sala de las maravillas tan solo pensaba en cómo regresar allí a solas para bucear sin piedad en los misterios del duque. Esperaba encontrar entre las estatuillas de annunakis y los pájaros disecados algún indicio del paradero de Ava. Y mientras le daba vueltas a una copa de vino que apenas había probado, recordó los extraños libros y manuscritos que había visto en el gabinete: una idea un tanto descabellada iba tomando forma en su mente.

—Manuela, *dear*, ¿estás bien? Parece que tuvieras la cabeza en otro sitio —dijo Teté.

—Sí, tan solo pensaba en lo que ha ocurrido en la sesión.

—La pobre Cristina aún no se ha recuperado de los nervios... —susurró Teté—. Quizá haya sido una imprudencia por mi parte traerla aquí a su edad.

—¿Era su primera sesión, señorita Duarte? —intervino Dafne.

—Así es.

—Diría que es usted una mujer racional, ¿me equivoco?

La médium se había colocado un batín verde musgo sobre el vestido de seda negra y llevaba el cabello sujeto en un elaborado recogido de trenzas.

—Lo intento —respondió Manuela con cautela.

Un enorme gato negro hizo entonces su aparición en la sala, y ante la mirada atónita de Teté y de Cristina Altuna, que buscaba en el fondo de su vaso de brandy un consuelo para su ansiedad, saltó sobre las piernas de Dafne y se acomodó entre ronroneos en su regazo.

—Es Abraxas —explicó ella con tranquilidad—. Ha sido mi compañero durante largos años.

—Si me disculpan..., voy al servicio —dijo Teté sin quitarle ojo al felino mientras se levantaba.

—Abraxas suele provocar esa reacción —le dijo Dafne a Manuela—. La gente teme lo que es diferente.

—¿Y a qué teme una mujer que habla con los muertos?

Ella sonrió y acarició el brillante lomo del gato.

—A lo mismo que el resto, aunque he aprendido a tomarme la muerte como algo relativo, si es a lo que se refiere. Puede que usted sea aún demasiado joven para entenderlo.

—Ayúdeme, entonces —dijo Manuela, quien había sentido, a pesar de su juventud, la mordedura fría de la muerte y sus imperecederas consecuencias, y esperaba que la médium pudiera hablarle de una forma desconocida de sobrellevarlas. De nada le habían servido a ella los amuletos de Pedrito o los consejos de los ascetas del Himalaya, que recomendaban desapegarse de todo hasta que uno olvidara quién era y fuera únicamente parte del rumor del viento.

—Hubo un tiempo en el que yo iba por ahí casi como una salvaje, vengo de una familia humilde y nadie me había enseñado más que a sobrevivir —respondió Dafne—. Pero tuve suerte, alguien me abrió las puertas a cosas que no hubiera imaginado, pude aprender y crearme una opinión sobre el mundo, sobre la muerte, sobre la realidad. Creo que eso es lo único importante, decidir qué quieres que signifique la muerte para ti, si un principio o un final.

Manuela intentó calcular qué edad tendría Dafne. Su piel era tersa y del color del alabastro, y los únicos signos del paso del tiempo que aparecían en ella eran las canas que se intuían en la melena cobriza y el brillo de sus ojos, cuya mirada penetrante y llena de sentido delataba que no se trataba ya de una jovencita.

—Tuve una amiga que me recuerda a usted —dijo.

—¿Era una espiritista?

—No lo creo; clarividente, tal vez.

—Los dones son difíciles de entender, sobre todo para quien los posee.

Manuela se preguntaba hasta qué punto la médium sería cercana al duque.

—¿Se aloja usted en Villa Allur?

—Así es, el duque nos honra a Abraxas y a mí con su generosidad.

El gato maulló en señal de conformidad.

—Se conocen desde hace tiempo, imagino —aventuró Manuela con la intención de descubrir algo más de su relación con Julien.

—A veces pienso que demasiado —se limitó a responder.

No parecía dispuesta a profundizar en el tema, así que Manuela dejó de indagar. Buscó con la mirada a Pedrito y le encontró sentado en un rincón charlando con Mario Mondragón, con quien había pasado toda la noche. Se excusó con Dafne y se acercó a él, pues a pesar del insomnio que la asolaba, era tarde y echaba de menos la comodidad de las almohadas de plumas del Continental.

—Estaba pensando en retirarme al hotel —le dijo.

Pedrito pareció decepcionado. Del color sonrojado de sus mejillas y el estado deplorable del nudo de la corbata se deducía que su entusiasmo por la bodega del duque le estaba pasando factura. Bebía mucho y a menudo, algo que él solía achacar a su modo de vida: «Manuela, si hago negocios con vino, debo saber si el producto merece la pena», decía.

—¿Se marchan tan pronto? —intervino Mario Mondragón.

A Manuela, que apenas había hablado con el intelectual navarro, le sorprendía la complicidad que parecía haber entre él y Pedrito para haberse conocido tan solo unas horas atrás. Se preguntó si no estaría involucrado de alguna forma en los dudosos negocios de su amigo, pero su aspecto era más el de un funcionario que el de un contrabandista, tenía cierta candidez en la mirada, y el cabello rizado le hacía parecer uno de esos alegres querubines renacentistas.

—La noche ha sido muy larga... —comenzó a decir Manuela, pero no terminó la frase, porque Teté regresó en ese momento del excusado, pálida y sudorosa, y tuvo que apoyarse en el marco de la puerta para no caer desfallecida al suelo.

—¿Se encuentra bien? —preguntó el duque, que se acercó y la llevó del brazo a uno de los sillones.

Ella no pudo articular palabra, y Cristina se afanó en abanicarla hasta que, pasados unos segundos, recuperó el color en los labios.

—Creo que lo que ha ocurrido durante la sesión me ha sugestionado —dijo por fin.

—¿A qué te refieres? —preguntó Manuela.

—Tal vez los fantasmas sí que hayan aparecido, después de todo —añadió Pedrito.

Teté abrió la boca para decir algo, pero pareció cambiar de opinión.

—No es nada, tan solo me he mareado.

—Quizá deberíamos avisar a un médico... —sugirió Mario.

—No es necesario, creo que lo único que necesito es dormir.

El duque mandó llamar al chófer de Cristina y él y Mario las escoltaron escaleras abajo hasta el coche.

—Las sesiones de espiritismo no son para todo el mundo, me temo —dijo Julien cuando regresaron.

Él, sin embargo, parecía no estar afectado por los acontecimientos de la noche. Bebía sin cesar pero se mostraba inmune a los efectos del alcohol y mantenía la alerta de depredador y aquella sonrisa de zorro que tanto inquietaba a Manuela, que estaba decidida a descubrir qué se ocultaba tras esa fachada de noble romántico.

—Nosotros también nos marchamos —anunció ella.

Julien intentó retenerlos y Manuela tuvo casi que arrastrar a Pedrito fuera del salón mientras se despedían entre promesas de un pronto regreso y agradecimientos por las atenciones dispensadas durante aquella maravillosa noche.

—¿Se puede saber por qué tienes tanta prisa? —le preguntó Pedrito cuando los dos estuvieron acomodados en la parte trasera del coche.

—Esto no era una visita social, tenía mis razones para venir aquí.

—Empieza a preocuparme tu obsesión con encontrar a esa amiga tuya y con el duque —dijo él mientras sacaba con cierta dificultad la pitillera del bolsillo—. Si quieres mi opinión, creo que Ava estará en las Américas casada con un piloto de aviación y viviendo la vida lejos de la sombra de los Braud, quienes apostaría que nunca fueron unos grandes padres.

—Tú no la conoces.

—Eso es cierto, pero ¿la conoces tú? La imagen que tienes de ella es la de una muchacha de dieciséis años... Estás intentando encontrar a alguien que ya no existe, Manuela. Esa muchacha es ahora una mujer de la que no sabes nada.

Pedrito tenía razón. Conjuraba una y otra vez un espectro del pasado que nada tenía que ver con la realidad. El presente de Ava se le escapaba y a la vez la aterrorizaba tanto que prefería seguir hablándole a la persona que ella había conocido, a un fantasma.

—Algunas cosas nunca cambian —dijo.

—¿Y qué piensas hacer ahora?

—Volver al gabinete del duque.

Pedrito negó con la cabeza y se aflojó aún más el nudo de la corbata mientras el coche bajaba en silencio por la desierta ladera del monte.

—No lo haré sola —continuó Manuela—. Voy a necesitar tu ayuda y la de alguien más.

—Hacerme pasar por un detective fue divertido, pero no voy a allanar ninguna casa.

—Nadie va a colarse en ningún sitio. Sé que Julien guarda en esa sala todo lo que considera importante, así que lo único que necesito es una excusa para quedarme unos minutos ahí a solas.

—¿Y a quién más vas a pedirle ayuda?

Manuela sonrió satisfecha.

—A Roger Foss —respondió.

20

San Sebastián, 1952

Se detuvieron en el número 5 de la calle Andía, frente a los elegantes escaparates del Garibay Tea Room, tras los que reposaban tartas con decoraciones ornamentadas, bollos suizos rebosantes de nata, *éclaires* bañados en caramelo, *petits choux* rellenos de crema —más conocidos como chuchos—, tartaletas de manzana, bizcochos rusos, milhojas o tocinos de cielo. Los donostiarras eran golosos confesos, por lo que las pastelerías brotaban de manera descontrolada en cada esquina. Garibay se encontraba entre las más selectas y era de las preferidas de Pedrito, que compartía el entusiasmo local por todo lo que hubiera sido glaseado.

—Llegamos pronto —dijo Manuela cuando cruzaron la puerta de entrada.

—Esa es la idea. Si el trato sale mal, por lo menos que la decepción nos coja con el estómago lleno.

Frente al mostrador repleto de pastas, dos mujeres con canotier debatían cuáles serían las más adecuadas para la sesión de su grupo de bordado, que al parecer se centraría ese día en las golondrinas y otras pequeñas aves. El resto del espacio estaba ocupado por el salón de té de dos plantas, que recordaba, con sus sillas tapizadas de terciopelo y sus lámparas de cristales, a los días de esplendor de la ciudad, antes de la guerra y del velo gris de patria e Iglesia, cuando los príncipes extranjeros bailaban en los casinos y las mujeres llevaban vestidos brillantes.

Pedrito y Manuela subieron por la escalera hasta el entrepiso y tomaron asiento junto a una de las mesitas, decoradas con centros de frutas de cera y flores de la reputada floristería Villa María Luisa.

—Buenas tardes, señor Ortiz, ¿qué le pongo hoy? —preguntó una camarera ataviada con uniforme negro y mandil de puntillas.

Pedrito, fiel a su costumbre, pidió un café con leche y un suizo, a lo que añadió un té para Manuela.

—¿Estás segura de que vendrá? —preguntó cuando les hubieron servido la merienda.

—Sí —dijo ella—. O eso creo.

Roger Foss apareció poco después. Vestía de traje, llevaba un sombrero bajo el brazo y se había domado el rebelde cabello con varias capas de brillantina. A Manuela le costaba reconocer en él al desaliñado explorador de lugares imposibles de la librería, y le dio la impresión de que se trataba de un hombre diferente, aunque seguía conservando algo en la mirada y los gestos que delataban su alma de buscador de tesoros. Ella lo había visitado aquella mañana en la tienda, con su vestido favorito y una mentira disfrazada de propuesta de negocios, y le había pedido que se reuniera con ellos cuando cerrara.

—Señor Foss, le presento a Pedro Ortiz, mi gran amigo de la infancia y, espero, su nuevo socio.

—Es un placer conocerle —dijo Pedrito mientras le estrechaba la mano—. Manuela me ha hablado mucho de usted.

Ella notó la malicia de la última frase, pero no le concedió el placer de mostrarse afectada. Roger dejó el sombrero sobre la mesa y se sentó con parsimonia. A pesar del traje de domingo, conservaba el aire despreocupado que le caracterizaba.

—Tengo que reconocer que estoy intrigado. Desde que la he conocido mi vida se ha vuelto más interesante. ¿Se trata de nuevo de esa muchacha desaparecida?

Manuela movió el té con tanto ímpetu que creó un pequeño remolino en la taza.

—En realidad, la cuestión que nos atañe hoy es otra —explicó Pedrito—. Como ya le habrá comentado Manuela, se trata de un tema de negocios.

—Quizá la señorita Duarte no le haya informado bien, pero resulta que ya tengo un negocio —respondió Roger sonriente.

—Y uno fantástico, por lo que me ha dicho, pero mi proposición sería una gran oportunidad para un librero experimentado como usted. Un trabajo ocasional que le daría un buen dinero extra, y ya sabemos que no están los tiempos como para tirar las pesetas.

Roger asintió y jugueteó con el reloj que llevaba en la muñeca.

—No quisiera ofenderle, pero supongo que se trata de algo legal.

Manuela reprimió una sonrisa al ver que la dudosa reputación de Pedrito le precedía. San Sebastián era pequeño y, al parecer, Roger, a pesar de vivir como un ermitaño entre novelas, astrolabios y demás disparatados objetos en la librería, no era del todo ajeno a los rumores que corrían por la ciudad.

—Por supuesto, señor Foss —respondió Pedrito, que fingió más indignación de la que realmente sentía—. Soy un hombre de lo más honrado, siempre opero bajo las leyes de nuestro caudillo, Dios lo llene de gloria.

Roger soltó una carcajada.

—Cuénteme más.

—Tenemos un cliente potencial, un coleccionista muy particular que está interesado en libros raros. Y huelga decir que es asquerosamente rico.

—¿A qué se refiere exactamente con libros raros?

—Diría que siente cierta inclinación por el mundo esotérico, la brujería, el vudú, los ejemplares encuadernados con piel humana... Ese tipo de cosas.

—¿Piel humana? —preguntó Roger divertido.

—Es una forma de hablar —intervino Manuela, aunque después de haber visto el gabinete de curiosidades no estaba tan segura de que fuera del todo desacertado. Al duque le interesaban piezas que encajaran en sus retorcidos parámetros. No valdría cualquier objeto, por supuesto, no estaría interesado en una primera edición del *Quijote* o en un misario benedictino. Debía ser algo más sombrío, cargado de un significado ritual.

—Creo que el cliente busca obras fuera de lo común —continuó—, tal vez antigüedades relacionadas con el ocultismo.

—¿Puedo preguntar quién es su misterioso mecenas? Porque por la descripción empiezo a pensar que se trata del mismísimo Aleister Crowley.

—No anda usted tan desencaminado. Hablamos del duque Leroy-Benoit, nuevo propietario de Villa Allur —dijo Pedrito.

Pero, al contrario de lo que esperaba, Roger no pareció admirado por la revelación.

—No he oído hablar de él —confesó.

Manuela se sintió avergonzada, pues a veces olvidaba que a la gente le interesaban más las noticias acerca de los cortes de agua que la columna de sociedad sobre los señoritos que gastaban dinero a espuertas en fiestas absurdas.

—El caso es que habíamos pensado presentárselo, organizar una velada en su casa, algo informal —dijo Pedrito.

—Quizá deba recordarles que la librería Fortuna es un negocio modesto, lo que más vendo son libros de texto, novelas de Corín Tellado y biblias. Nadie viene preguntando por Nostradamus o por pergaminos iluminados por monjes capuchinos.

Manuela no le creía. Estaba segura de que en su infierno debía esconder algo más que los ejemplares prohibidos que aguardaban a que algún lector aventurado les devolviera la dignidad perdida. Lo único que necesitaban era encontrar las palabras adecuadas para que confiara en ellos.

—¿Sabía usted que muchos compatriotas suyos lucharon aquí durante la guerra civil? —preguntó Pedrito a la par que encendía un cigarro.

—La Brigada Abraham Lincoln.

—Así es. Muchachos valientes y algo insensatos, si quiere saber mi opinión. Así son los americanos, idealistas, ¿no es cierto? Bien, ¿sabe lo que hice yo durante la guerra? Me escondí en Francia. Hui. No me avergüenza decir que me aterraba la idea de ir al frente, y total, de poco hubiera servido que me quedara, mire usted cómo hemos acabado.

—No entiendo a dónde quiere ir a parar, señor Ortiz.

—Es muy sencillo: creo que es usted aún demasiado americano. Aquí hemos aprendido a ser prácticos, truhanes y rápidos. Si tiene la oportunidad de hacer dinero fácil, no haga muchas preguntas y aprovéchelo. Nunca se sabe cuándo volverán los días de guerra.

Roger permaneció en silencio unos segundos con la mirada fija en el florero repleto de lirios, y Manuela se arrepintió de haberle arrastrado a aquella situación y haber trastocado de nuevo su apacible vida de librero. Quizá aún estuviera a tiempo de deshacer aquella farsa de negocio de antigüedades y buscar otra manera de colarse en las entrañas del duque. Pero antes de que pudiera decir nada, él tomó una decisión.

—Tal vez pueda echar un vistazo a algunas cajas.

Pedrito levantó la taza medio vacía de café en un brindis al aire.

Manuela le debía otro favor; no obstante, lo que más le pesaba era sentirse cada vez más culpable de estar involucrando a Roger en su plan para desenmascarar a Julien. Tenía que admitir que Foss no había errado al hablar de Aleister Crowley. Si bien el duque no tenía la terrible fama del mago negro y ocultista, estaba claro que sus inclinaciones no andaban demasiado alejadas de las de Crowley, por lo que a Manuela no le hubiera extrañado que se descubriera como un adepto del hechicero.

—Tan solo tengo una pregunta —continuó Roger—. ¿Cuál es su interés en todo esto?

—Considere esta primera venta como un regalo por sus servicios a la hora de encontrar un traductor de alemán. Si sale bien y decidimos repetirlo, hablaremos de comisiones —dijo Pedrito, que no descartaba sacar algún beneficio de toda aquella historia y convertir la locura de su amiga en un negocio lucrativo en un futuro. El duque no debía de ser el único lunático que buscaba libros extraños, muchos coleccionaban objetos de lo más dispares; él mismo conocía gente que trapicheaba con sellos, monedas romanas o mariposas disecadas.

—Muy bien, les avisaré si encuentro algo —aseguró Foss.

Se despidió poco después con una leve reverencia y una bandeja de pasteles para el desayuno del día siguiente.

—¿Qué piensas de él? —le preguntó Manuela a Pedrito cuando estuvieron de nuevo solos.

—Sin duda, es más de lo que aparenta. No es un ingenuo, Manuela. Primero lo de la libreta y ahora esto. Tendrás que pensar qué le cuentas cuando haga más preguntas. Y estoy seguro de que las hará.

Cuando salieron de la pastelería, un grupo de niños vestidos con chaquetas remendadas pegaban las narices mocosas al escaparate de la tienda en un intento desesperado por alcanzar siquiera el olor de los jugosos pastelillos. Un hombre vestido con traje de lino y bastón que caminaba por la calle arrugó el gesto al verlos. Pedrito sacó un billete de veinticinco pesetas de la cartera y se lo ofreció a uno de los muchachitos, que le miró primero con desconfianza y después como si fuera la reencarnación del mismísimo san Pedro.

—Los mejores son los suizos de nata —le dijo.

El chico agarró el billete y lo apretó con fuerza en su puño sudado. Pronto el resto le rodeó, formando un conciliábulo para dictaminar en qué manjares debían gastar aquella pequeña fortuna.

—Al final no somos tan diferentes de los que donan a las Hermanitas de los Pobres —dijo Pedrito mientras caminaban de vuelta al hotel—. Todos queremos aliviar nuestra conciencia de alguna manera. Ya no hay cartillas de racionamiento y los de arriba dicen que en todas las casas se come carne. Pero no te engañes, este país sigue siendo pobre en todos los sentidos.

21

San Sebastián, 1952

—Muy bien, como le dije en mi llamada, he conseguido una edición de 1669, y en muy buenas condiciones, del *Malleus maleficarum*.

Roger levantó orgulloso un pequeño fardo envuelto cuidadosamente en una tela de lino.

—¿*Malleus* qué? —preguntó Pedrito.

—*El martillo de las brujas*. Lo escribió un inquisidor alemán llamado Heinrich Kramer en el siglo xv, y explica cómo reconocer a las brujas y castigarlas. Y, por supuesto, propone la tortura para obtener confesiones. Fue un volumen muy controvertido y condenado incluso por la propia Iglesia católica.

Pedrito no necesitó más para saber que a Julien le encantaría.

El librero depositó el bulto de tela sobre el desastre de papeles y facturas del mostrador y, con delicadeza, fue desenvolviéndolo, como si de una momia egipcia se tratara, hasta que quedó a la vista la cubierta. Pedrito observó la página amarillenta impresa en letras rojas y negras, pero estaba escrita en latín y tan solo fue capaz de descifrar el título.

—Es una edición publicada por Claude Bourgeat

—dijo Roger señalando, en la parte inferior, una ilustración que mostraba al dios Mercurio, que flotaba por los cielos con sus sandalias aladas y sostenía un caduceo en una mano y un libro abierto en la otra—. Esta es su marca.

—Para ser el propietario de una modesta librería tiene usted bastantes conocimientos, señor Foss.

—Tan solo aprovecho la oportunidad.

—Muy bien, me alegra saber que sigue mis consejos. El duque quedará fascinado por su tratado de brujas y torturas. Me apena no poder acompañarlos esta noche, pero estoy seguro de que no necesita mi ayuda. Puede recoger a la señorita Duarte a las ocho, le enviaré el coche aquí. Ah, y procure vestir con elegancia.

A las ocho menos dos minutos, Manuela esperaba en la puerta del Continental, vestida de noche y con los nervios desbocados, no solo por su inminente incursión en el gabinete del duque, sino porque sabía que, para conseguirlo, iba a necesitar la colaboración de Foss. Había estado a punto de no llegar puntual a la cita, pues el insomnio que la atormentaba durante la madrugada había dado lugar a que por las tardes la invadiera un sopor que la había hecho quedarse dormida después de regresar de las piscinas de aguas termales del hotel. Se había despertado desorientada como un náufrago y se había precipitado a la bañera para enjuagarse los malos sueños y enfundarse un vestido de gasa.

Frente a ella, se detuvo el coche de Pedrito. Por la ventanilla trasera asomó el rostro de Roger Foss, que volvía a llevar el cabello peinado como una estrella de cine.

—Buenas noches, miss Duarte, está usted muy elegante —saludó el americano.

Manuela se sentó junto a él y sonrió complacida al ver que, sobre el asiento, reposaba una cajita de madera.

—¿Es el *Malleus*? —preguntó.

Roger asintió y ella resistió la tentación de acariciar levemente la caja, horrorizada y fascinada a partes iguales.

En Madrid, Manuela frecuentaba la Biblioteca Nacional. Subía las escaleras infinitas de la entrada y se sentía en casa entre sus miles de libros. Vagabundeaba entre las estanterías y elegía ejemplares tan solo por el lomo. A lo largo de los años había leído tratados de historia, disertaciones filosóficas, compilaciones de arte, epopeyas y novelas de aventuras que relataban viajes al fin del mundo. Durante un tiempo se había interesado por las brujas. Había rastreado la biblioteca en busca de cualquier volumen sobre aquellas mujeres que bailaban con el demonio en los prados, sobre las curanderas y los lunares delatores que las llevaban a derretirse entre maldiciones en las llamas. Quizá esa búsqueda había partido de su obsesión por descifrar quién era Ava.

En ocasiones, visitaba también el Museo Arqueológico, que se encontraba en el mismo edificio, y a donde solía ir con su padre cuando era una niña. Su sección preferida era la de Egipto. Le encantaban los sarcófagos pintados de dorado y azul, los escarabeos malditos y los dioses con cabeza de chacal, pero lo que más le gustaba eran las momias. Una vez, en uno de sus paseos, su padre le dijo que, aunque llevaran años embalsamadas, aún les crecían las uñas y el pelo, y desde entonces, en cada visita, pasaba minutos frente a la vitrina, buscando sin éxito señales de cambio en los dedos huesudos y las raídas calaveras. Hasta que, años después, uno de los conservadores rompió la ilusión infantil y le reveló que aquello no era más que una leyenda.

—Ya hemos llegado —dijo el chófer cuando se detuvieron frente a la fachada de Villa Allur.

Manuela y Roger bajaron del coche y ella se dio cuenta de que, a pesar de tratarse de su tercera visita a la villa, aún no se había acostumbrado a su silueta amenazadora, a la sensación de desasosiego que le producía en la boca del estómago.

—Desde luego, es bastante impresionante —comentó Roger mientras subían la escalinata de entrada.

Manuela le agarró por el brazo y le detuvo antes de llegar a la puerta.

—Hay algo que no le he contado —dijo.

Él la miró sin el más mínimo rastro de sorpresa.

—Tengo que pedirle su ayuda para algo más esta noche —continuó ella—. Necesito quedarme a solas en el gabinete del duque.

—¿Puedo preguntar por qué?

—Debo buscar algo, algo relacionado con mi amiga desaparecida.

Roger abrió la boca para seguir preguntando, pero en ese momento apareció en el umbral de la casa el silencioso mayordomo.

—Se lo contaré todo después, se lo prometo —le susurró Manuela al oído.

El mayordomo los guio hasta la primera planta de la mansión y pronto se encontraron en el salón verde, que parecía haber pasado de sala de espiritismo a galería de variedades.

—¡Buenas noches, *chers amis*! Bienvenidos —los saludó Julien.

En el sofá se encontraba también Dafne Vasileiou, que sostenía una copa en la mano.

—Monsieur Foss, es un placer conocerle —dijo el duque—. Tengo que reconocer que desde que Pedro Ortiz me llamó, estoy deseando saber qué ha traído para mí. Pero primero, permítanme que les ofrezca algo de beber. ¿Tal vez un martini, un singapore sling o un old fashioned para nuestro amigo americano?

Unos minutos después, Manuela y Roger estaban sentados en un diván con un cóctel recién servido.

—Bien, señor Foss, hábleme de usted —dijo Julien—. ¿Lleva tiempo trabajando con manuscritos especiales?

—En realidad se trata de un encargo circunstancial.

Manuela esperaba que Roger estuviera incómodo, pero lo cierto es que parecía tranquilo y desenvuelto. Una vez más, le había subestimado.

—Puede hablar con confianza, aquí todos somos aficionados a temas poco convencionales. Como sabrá, la señorita Vasileiou es una experimentada médium.

—Y nuestro querido Julien es un avezado coleccionista —añadió Dafne.

—He oído que tiene usted un auténtico gabinete de curiosidades —dijo Roger.

—Uno de los más completos que he visto jamás, de hecho —respondió la médium.

—Pensaba que ya se encontraban en desuso —continuó Roger—, aunque siempre he querido visitar uno.

—En ese caso, querido amigo, acompáñeme.

Julien se levantó de un salto del sillón y Roger y Manuela le siguieron hasta la sala de billar, donde se escondía el gabinete.

—Veo que repite la visita, señorita Duarte —dijo Julien mientras buscaba la llave entre los pliegues de su camisa, entorpecido por el efecto de los múltiples singapore slings.

—Siempre me han gustado los museos —respondió ella con fingida inocencia.

Al entrar a la pequeña sala, Roger se sorprendió de forma genuina ante el despliegue de esqueletos contrahechos, vasos griegos, reliquias de santos y muñecos de vudú.

—Creo que lo que le he traído encajará a la perfección aquí —dijo después de examinar la colección.

—Lo cierto es que nunca he sido demasiado paciente y estoy deseando ver qué tiene para mí.

Manuela fingió interés en una estatuilla que representaba a un dios selvático y le lanzó una mirada a Roger.

—Tal vez la señorita Duarte pueda quedarse unos minutos más —sugirió él—. Es normal que esté maravillada.

—¿No le importaría, duque?

Julien dudó unos instantes, pero finalmente se acercó a ella.

—Ah Puch, el terrible dios maya de la muerte —indicó a la par que señalaba la escultura—. Lo conseguí en México cuando vivía allí. Puede quedarse, pero tenga en cuenta que, si roba algo, lo sabré.

Dijo la frase con tono alegre, pero Manuela percibió bajo sus palabras una amenaza velada.

Siguió contemplando la estatuilla hasta que escuchó los pasos alejarse por el pasillo, y después se abalanzó sobre las estanterías a ciegas, pues ni siquiera estaba segura de saber lo que buscaba. Levantó los jarrones, dio la vuelta a las figuras de piedra, abrió las cajas de marfil y los cajones de los expositores sin encontrar nada más que objetos insólitos u oscuros. Consciente de que cada minuto contaba, se dirigió a la pequeña librería y sacó los libros de sus baldas; abrió un par de grimorios —que tuvo miedo de leer por si invocaba accidentalmente algún demonio—, hojeó sonrojada los imaginativos tratados del *Kamasutra* indio, un herbario ilustrado de plantas venenosas y un ejemplar de *El libro de la ley*, de Crowley. No se atrevió a tocar los manuscritos antiguos y siguió con un volumen titulado *The Kybalion*, cuya edición databa de 1908. Al abrir la primera página, una pequeña nota se deslizó hasta el suelo y Manuela la recogió.

De: Mary Hadaway
Para: Frédéric Bauer

Querido, sé que disfrutarás esta primera edición de los tres iniciados.

Venezia, 8 de septiembre de 1927

Reconoció con extrañeza el nombre de Mary Hadaway, una mecenas americana muy conocida en el mundo del arte, pero lo que llamó su atención de verdad fue que, al pie de la nota, había dibujada una minúscula serpiente de tinta roja. Devolvió con premura el papel a su sitio. Se disponía a colocar de nuevo el libro cuando escuchó un ruido tras ella. Al girarse, descubrió aliviada que se trataba del enorme gato de Dafne, que, sentado sobre un tablero de ouija, la miraba con sus impasibles ojos color esmeralda.

—¡Abraxas! —le llamó la médium desde la habitación contigua.

Manuela se aseguró de que todo estuviera tal y como lo había encontrado y salió a la sala de billar.

—Creo que está ahí dentro —le indicó a Dafne.

Ella suspiró.

—Si rompe algo, Julien me matará, no es demasiado transigente —dijo, con un deje de resentimiento en su voz, antes de desaparecer en el gabinete.

Cuando Manuela regresó al salón verde, encontró a Julien y a Roger inclinados sobre el ajado ejemplar del *Malleus maleficarum*.

—¿Quiere otra copa, señorita Duarte? Parece pálida —dijo el duque.

—En realidad, creo que debería retirarme ya.

—¿No la habrá asustado mi pequeño dios de la muerte? —bromeó él.

Manuela forzó una sonrisa.

—Yo también debería marcharme —dijo Roger a la par que se levantaba del diván—. El duque Leroy-Benoit y yo hemos cerrado nuestro acuerdo.

—En ese caso, nos veremos pronto, señor Foss —se despidió Julien, que parecía lamentar de verdad la partida de su nuevo amigo.

En el exterior, Manuela inhaló con alivio el aire fresco de la noche, que traía el olor de los dondiegos y las madreselvas, para evitar desvanecerse.

Roger la agarró de la cintura con suavidad.

—¿Qué es lo que ha encontrado ahí dentro? —murmuró.

—Una serpiente —respondió ella.

22

Florencia, 1938

La Navidad llegó más rápido de lo que Manuela había esperado y trajo con ella las vacaciones y la vuelta a casa de muchas de las alumnas. La escuela se quedó casi vacía, miss Robinson tocaba villancicos al piano, se repartían dulces y pañuelos bordados y en los ratos libres, ella leía a Alexandre Dumas junto a la chimenea de la biblioteca. Descubrió entonces, a pesar de la nostalgia, el valor de pasar las fiestas lejos de su familia, libre de las disputas familiares que solían inundar la casa de Xeixo en aquellas fechas. Su madre y su tía discutían por cualquier cosa: la disposición de los pastorcillos de cerámica del nacimiento, el color de las servilletas y, por supuesto, el contenido del menú de Nochebuena. Si su madre quería cordero, champán y marisco, su tía le recordaba a voces que en España la gente se moría de hambre y que, como acto de solidaridad, no debían comer más que repollo y patatas cocidas.

Sin embargo, no todo era paz y armonía en la academia. Ava había aumentado la frecuencia de sus salidas nocturnas y parecía haberse consolidado en su estado de espíritu errante y somnoliento. Despojada de las ataduras de su cuerpo material, vagaba por la escuela sumida en un trance, y, cuando Manuela insinuaba que debería dormir más, la miraba sorprendida, como si la sugerencia fuera absurda. Miss Robinson, quien quizá no se hubiera dado cuenta de que algo ocurría, o tal vez, como empezaba a sospechar Manuela, prefería hacer la vista gorda, actuaba como si todo estuviera dentro de la normalidad. Al fin y al cabo, Ava daba menos problemas si nadie la molestaba. Acudía a las clases con regularidad, comía en silencio y recuperaba el entusiasmo poco antes de la medianoche, entonces se dedicaba a pintar su cuadro en la habitación o huía por la puerta trasera con la ligereza de uno de los gatos a los que alimentaba. Se habían instalado en un equilibrio extraño que no podía durar demasiado tiempo.

—Vamos a llegar tarde a la cena —le dijo a Ava, que estaba aún tumbada en la cama y con el pelo revuelto en una mata imposible.

—No tengo hambre —respondió ella sin levantar la cabeza de la almohada.

—Es Nochebuena, no puedes quedarte aquí sola.

Ava no respondió.

—Además, si no bajas, miss Robinson puede sospechar que ocurre algo.

La amenaza tuvo mejor efecto que la mención al espíritu navideño y consiguió que Ava despegara su cada vez más menudo cuerpo de las sábanas de algodón, se lavara la cara y bajara con sus pasos de hada al comedor.

Quedaban tan solo seis alumnas, pero miss Robinson había sacado una ostentosa vajilla de porcelana con los bordes dorados: soperas, platos y cucharones decorados con intrincados motivos florales. Maria, por su parte, había preparado una fuente de brillantes *rigatoni* con tomate y *pecorino*, que resultó ser tan solo el entrante de un menú pantagruélico que habría hecho las delicias de un pequeño regimiento. El segundo plato consistía en *lampredotto*, una receta típica de la Toscana hecha con estómago de vaca guisado durante horas. El plato causó reacciones varias entre las comensales: desde indiferencia, como era el caso de Manuela, acostumbrada a los callos madrileños, hasta repulsa en alguna de las chicas, sobre todo en Ava, quien apenas comía carne y observaba el plato como si frente a ella hubieran colocado un palpitante corazón humano.

—No pienso comerme esto —susurró.

Y fue aquella absurda transgresión la que desencadenó el caos en el comedor. Tal vez porque la directora llevaba demasiado tiempo sospechando que algo ocurría con Ava y buscaba la forma de corregirla en sus faltas, o tal vez porque estaba malhumorada después de que Maria le tirara a la basura un pudín seco y grumoso que había preparado para el postre.

—Miss Braud —dijo despacio—. Quizá tenga que recordarle que celebramos el nacimiento de nuestro señor Jesucristo y que debemos dar las gracias por disfrutar de paz y de estos alimentos.

—Preferiría comerme solo las patatas con mantequilla —respondió Ava con prudencia.

—¿Cómo cree que le hará sentirse a la señora Maria que rechace el plato que lleva toda la tarde preparando?

La cocinera acababa de llegar con una fuente de plata repleta de panecillos y contemplaba la escena divertida. Ava era su alumna preferida: le traía sellos y postales de sus paseos y era la única que le hacía compañía en la cocina.

—No se preocupe por mí, miss Robinson, le traeré a Ava otra cosa —dijo.

—¡No! —bramó la directora—. Nadie merece aquí un trato especial. Se comerá el plato que tiene delante por respeto a las demás o abandonará la mesa.

Las chicas contuvieron la respiración en un silencio expectante.

—Pero es Navidad… —susurró la inexpresiva Rebecca White, con los ojos acuosos abiertos de forma desmesurada.

—En ese caso —dijo Ava con indiferencia—, creo que me retiraré al dormitorio.

Se levantó sin hacer aspavientos y colocó la silla con delicadeza antes de abandonar el comedor. La directora contempló el ritual con el rostro, habitualmente rosado, lívido de ira, y Manuela se levantó para ir tras ella.

—¡Miss Duarte! Quédese quieta, no quiero más alboroto. La señorita Braud ha tomado su decisión.

Manuela dudó unos instantes sobre si salir corriendo del comedor o no, pero finalmente se volvió a sentar y pensó que no convenía caldear aún más el ambiente en una noche como aquella.

Después de la marcha de Ava, y a pesar de que pocas veces hablaba con las demás, las otras cuatro alumnas se solidarizaron con ella por aquella injusticia. Comieron los estómagos estofados, el pastel de higos y los mazapanes en silencio, y al terminar, nadie quiso cantar villancicos y no se escucharon risas. La directora se marchó a su cuarto enfurecida ante el motín de sus normalmente juiciosas alumnas, y atribuyó el desplante a Ava, a quien consideraba poco menos que una criatura maléfica salida del Antiguo Testamento.

Una vez que se hubo marchado, la cocinera sirvió ponche de huevo y las chicas, victoriosas, sacaron barajas de cartas y pequeños regalos. Manuela volvió a la habitación para buscar a Ava, a quien encontró sentada en el suelo frente a su enorme cuadro, con la mirada extraviada en algún rincón del azul índigo y los pensamientos enredados con las olas del mar ribeteadas de blanco.

—¿Estás bien? —preguntó.

—Ven —respondió Ava.

Ella se acercó y se sentó a su lado con las piernas cruzadas.

—Está casi terminado, ¿qué te parece?

Manuela observó con atención la pintura. En ella, una fantasmal figura blanca estaba suspendida a medio camino entre un acantilado y el océano. El cielo, aún sin terminar, mostraba una media luna y múltiples y dispares estrellas, y sobre la superficie del mar galopaban encabritados caballos de espuma.

—¿Ya sabes qué significa? —preguntó.

Ava negó con la cabeza.

El cuadro era hipnótico, como si de algún modo Ava hubiera plasmado en él parte de su magia. Los colores y las formas atrapaban peligrosamente, consiguiendo arrastrar a quien lo observara al borde de aquel precipicio, obligándole a preguntarse si la mujer espectral caía a las aguas o emergía de ellas, pues parecía morir y resucitar al mismo tiempo.

—Es precioso.

Fue lo único que pudo decir Manuela, incapaz de verbalizar lo que sentía al sumergirse en aquel mundo en miniatura.

—Creo que es lo mejor que he pintado. Si hablo con Andrea..., tal vez podría exponerlo.

Lo dijo con cierta inseguridad, y a Manuela le pareció increíble que dudara de su arte. Quizá fuese culpa de Andrea y sus consideraciones de bohemio de medio pelo. La chica del cabello corto se lo había advertido en su visita al estudio, pero no se había sentido con fuerzas de contárselo a Ava, pues cargar contra su amado terminaría por separarla de ella para siempre y cortaría los tenues lazos que aún mantenían a su amiga unida al mundo que él no ocupaba.

—Deberías exponerlo —la animó—. Estoy convencida de que a todo el mundo le encantaría.

Ella sonrió con timidez y se hizo un breve silencio.

—Sabes que miss Robinson te castigará por lo de hoy, ¿verdad? —dijo Manuela.

—No ha sido culpa mía.

—Lo sé, pero lo que quiero decir es que a lo mejor deberías plantearte reducir las salidas nocturnas. Si te descubren te expulsarán de la escuela.

Confiaba en que tal vez la perspectiva de regresar a París la haría recapacitar.

—Tampoco importa demasiado, he pensado que en realidad no debería estar aquí. Estoy cansada de las normas, de los buenos modales y de las clases de canto.

—¿Quieres volver con tus padres? —preguntó Manuela extrañada.

—No, eso sería peor que vivir en la escuela.

Tal vez se hubiera instalado en su mente alguna idea imposible de libertad que la precipitara hacia una huida sin vuelta atrás. Aunque no se atrevía a decirlo, a Manuela le aterraba la idea de perderla.

—¿Y qué piensas hacer? —preguntó, intentando disimular el miedo que se le agarraba como las garras de una rapaz a la garganta.

—Aún no lo sé —respondió Ava evasiva.

«Tal vez todavía haya tiempo de que cambie de opinión», pensó Manuela.

—Habrá una fiesta de Año Nuevo en una villa

—dijo Ava entonces—. ¿Por qué no vienes conmigo? Andrea dice que irá toda la gente elegante de Florencia: pintores, actrices, escritores famosos...

—Greta Garbo y Fitzgerald, imagino —bromeó ella.

—Habrá champán y pirotecnia y chicos guapos. No me digas que no te mueres por conocer a un italiano... ¡O a un americano! Una futura estrella de cine. Adiós a miss Robinson, podrías vivir en una mansión en Los Ángeles y tomar ese té que tanto te gusta con tu flamante marido.

Manuela tenía que reconocer que aquello de asistir a una fiesta exclusiva en una remota villa, rodeada de glamur y artistas, sonaba tentador.

—Entonces, ¿vendrás? —insistió Ava.

—Me lo pensaré —concedió Manuela, que temía que Andrea la convenciera para hacer alguna locura, como marcharse con él a un apartamento mugriento.

Ava sonrió, consciente de su victoria.

—Y qué hay del cuadro, ¿tiene ya nombre?

—¿Nombre?

—Claro, si vas a exponerlo necesitará un título.

Ava se quedó pensativa unos segundos, observando el lienzo con detenimiento, como si buscara la respuesta entre las estrellas inacabadas del cielo.

—*Lo que habita en los sueños* —respondió al fin.

23

San Sebastián, 1952

Pedrito subió los dos pisos hasta la habitación por la escalera enmoquetada. Generalmente, utilizaba siempre el ascensor, su afición al tabaco y al buen vino, además de su poca inclinación al deporte —actividad que no consideraba de caballeros—, no contribuían a mantenerle en muy buena forma; sin embargo, aquel día no quería cruzarse con nadie en el hotel Londres. Unos minutos después, se detuvo frente a la puerta de la suite 203 y se colocó el pañuelo de seda que llevaba en el bolsillo de la chaqueta antes de llamar con tres golpes leves.

—Pensé que ya no vendrías —dijo su anfitrión.

—La puntualidad es para la gente aburrida.

La habitación estaba perfectamente ordenada y no había rastro de objetos personales más allá de un baúl de viaje que desprendía un leve olor a cuero. Al fondo, un balcón se abría al paseo de la Concha, y la cortina se movía por el efecto de la suave brisa de la noche. Con tranquilidad, Pedrito se sentó en una de las dos sillas que acompañaban a una mesita de madera oscura.

—¿Te ha costado librarte del compromiso de esta noche? —preguntó.

—Demasiado. Julien empieza a sospechar algo.

—No entiendo por qué no le cuentas nada. ¿Cuántos años hace que sois amigos?

—Más de quince.

—¿Y aún no sabe que te gustan los hombres?

Mario Mondragón soltó una carcajada.

—Claro que sí, no se trata de eso. A Julien no le importan esas cosas.

—Entonces, ¿es porque se trata de mí? —dijo Pedrito con fastidio.

Mario se colocó detrás de la silla y le rodeó con los brazos.

—¿Qué más da? —dijo mientras apoyaba la cabeza en su hombro—. Lo importante es que estás aquí.

—Así que es por eso... Al duque no le gusto —insistió Pedrito.

Mario suspiró exasperado.

—Lo mejor es que sigamos así, no necesitamos más complicaciones. ¿O es que tú has puesto un anuncio en el periódico? Tu amiga tampoco lo sabe.

Pedrito tuvo que admitir que Mario estaba en lo cierto, ya tenían suficientes problemas. Vivían de prestado, escondiéndose para sobrevivir a un régimen que desearía quemarlos vivos como brujas en la hoguera. Se cuestionaba a menudo si valía la pena el miedo que les carcomía los huesos cada vez que se veían en secreto, si merecía tanto esfuerzo, tanto riesgo. Pero al final siempre volvían, se buscaban como niños perdidos en la bruma, caían rendidos ante lo inevitable, y Pedrito solo podía acariciar los amuletos que llevaba en el pecho y pensar en que una vez una gitana que le leyó la mano le dijo que moriría de viejo.

—Está bien —cedió—. Seguiremos así. Pero, por lo menos, sírveme una copa de vino, cualquiera diría que has perdido los modales.

Mario depositó un breve beso en su cuello y se acercó a un pequeño mueble bar donde guardaba unas botellas de rioja.

—¿Castillo Ygay? —preguntó, y Pedrito asintió satisfecho.

Se habían conocido unos meses atrás cuando el verano acababa de despuntar y ambos estaban recién llegados a la ciudad. Los había unido de forma casual un antiguo boxeador llamado Hilario Picaza, un tipo recio y con la hechura de un buey que había nacido en un caserío de Oyarzun y al que la guerra civil le había truncado la carrera en el ring. Desde entonces, organizaba partidas clandestinas de todo tipo. En su caserío, a unos kilómetros de San Sebastián, las timbas duraban días y los hombres salían ricos o arruinados, pero todos mansos, porque la última vez que alguien le había discutido el resultado de una partida a Picaza, este le había arreado un gancho de izquierda que le había hecho ingerir tres dientes. A Pedrito no le gustaba el juego, era uno de los pocos vicios a los que no le encontraba la gracia, pero muchos de sus clientes pasaban las noches en el Casino Hilario así que a veces se dejaba caer para tomarse un pacharán casero con el dueño, presenciar una partida de cartas de aquel juego llegado de América, el póker, y cerrar algunos tratos. Durante una de esas veladas, a finales de junio, se había topado con Mario Mondragón. Alto y moreno, con el cabello ensortijado y un elegante traje color crema, parecía tan fuera de lugar que hasta el padre Lucrecio, un cura que se dejaba el dinero del cepillo jugando a los dados, lo miraba con desconfianza.

—¿Y ese quién es? —le había preguntado Pedrito a Hilario.

—¿Este? Uno de Pamplona, amigo del Ruso.

El Ruso, que se llamaba en realidad Benito Robellón, recibía el apodo por el cabello lacio y rubio y sus inclinaciones políticas. Le salvaba de la cárcel o del fusilamiento que venía de buena familia y su padre tapaba sus escándalos a base de dinero. Pedrito, en un acto de buena fe, había invitado al desorientado Mario a unirse a él y a Hilario en la tarea de terminar la botella de pacharán, y así habían conversado la primera vez.

—¿Y tú a qué te dedicas, navarro? —había indagado Hilario.

—A estudiar Filosofía.

—Vamos, que no haces nada —concluyó el exboxeador—. Y si no haces nada, es que tienes cuartos. Dentro de poco empieza la pelea de gallos fuera: si quieres ganar más dinero ya sabes lo que hacer.

Hilario se marchó con sus andares pesados y dejó a Mario y a Pedrito solos en una de las mesas. Pronto Pedrito se enteró de que Mario había pasado la guerra civil en Francia. Sus padres habían muerto cuando él era pequeño, y su abuelo le había dejado un piso en la avenida de Roncesvalles y una generosa cantidad de dinero que él gastaba en libros antiguos y viajes a Grecia, porque era un sincero admirador de lord Byron y soñaba con hacer uno de aquellos *grands tours* por Europa para contemplar ruinas y luchar en contiendas ajenas.

—Nunca he estado en Grecia, pero también pasé la guerra en Francia —había comentado Pedrito después de que Mario acabara su relato.

—Y ahora ¿trabajas?

—Soy comerciante, traigo cosas de Francia.

—¡Ah! Así que eres de esos.

Para entonces, ya iban por la segunda botella de licor de endrinas.

—Comercio con cosas exclusivas —había aclarado él—. Vino, sobre todo.

Mario había asentido sin demasiado convencimiento y se había servido otro vaso. Y después, la noche se había vuelto borrosa para los dos. Se había iniciado una pelea entre el padre Lucrecio y otro parroquiano que Hilario había zanjado a base de gritos, y todos habían abandonado el caserío antes de verse perjudicados por la rabia del anfitrión, que una vez que comenzaba a vociferar pasaba a los puños con una facilidad pasmosa. Pedrito recordaba el olor a estiércol del exterior, el rocío que cubría la hierba, el sabor ardiente del alcohol en la boca, la sonrisa tímida de Mario.

—Me alojo en el Londres —le había dicho el navarro antes de irse.

El resto había sido inevitable.

Mario le sirvió una copa de Castillo Ygay y Pedrito la movió en círculos para oxigenar el vino.

—Ahora sí que va a ser una buena noche —dijo mientras acercaba la nariz al líquido granate.

Mario se sentó frente a él y se arremangó la camisa blanca. Iba descalzo y tenía el cabello revuelto, y a Pedrito le pareció que le cruzaba por el rostro una sombra de inquietud.

—¿Estás bien? —preguntó.

Él asintió y esbozó una de sus leves sonrisas.

—Si es por lo del duque, no hace falta que le digas nada —insistió Pedrito.

Al fin y al cabo, él tampoco le había explicado nada sobre sus aventuras detectivescas con Manuela, que en aquellos mismos instantes debía de estar intentando colarse, precisamente, en el gabinete de Julien para buscar pistas sobre aquella amiga suya que había desaparecido años atrás. Se movían en una red de secretos muy tenue, y temía que un paso en falso pudiera dinamitarlo todo.

—Julien ya tiene bastantes preocupaciones —dijo Mario.

A Pedrito le costaba creer que un sátrapa como el duque, interesado en apariencia tan solo por sus objetos monstruosos, su bodega y sus camisas de otro siglo, tuviera verdaderos problemas. Aun así, decidió no preguntar más, pues valoraba la lealtad de Mario hacia su amigo. Se limitó a catar el vino y a recostar la espalda sobre la silla.

—Todos tenemos preocupaciones —dijo—. Es el efecto del fin del verano, que solo trae dudas e inquietudes.

—Deberías venir conmigo a Grecia —propuso entonces Mario—. Tengo pensado ir en un par de meses.

Pedrito no pudo reprimir una risa.

—En mi negocio no tengo vacaciones, si me marcho del país, cuando vuelva todo se habrá desmoronado.

—¿Y qué más da? Siempre podrías hacer otra cosa —dijo Mario, que no aprobaba los tejemanejes de Pedrito.

—Ese es el problema, que no sé hacer nada más.

Terminaron la botella de vino y Mario intentó, de todas las formas posibles, convencerle de que le acompañara a Corfú, que era una isla a donde no llegaban las penas. Allí comprarían una casita de ventanas azules y vivirían leyendo a Sartre, criando cabras y plantando higueras. Pedrito no se tomaba en serio esas proposiciones, pero pasó un rato agradable disfrutando de los métodos de persuasión de Mario. A medianoche, se puso la camisa y se despidió de él con la firme promesa de verse de nuevo muy pronto.

Pasó por delante del bar del hotel, donde algunos huéspedes rezagados tomaban un coñac en los sillones tapizados de flores. Aquel día, el pequeño palco dedicado a los músicos estaba vacío. Antes de salir, saludó al *concierge*, a quien, después de tantas visitas, ya conocía.

—Que tenga buenas noches, Roberto.

El conserje, un hombre arrugado y risueño, le guiñó un ojo.

—Otra noche tarde, ¿eh?

Roberto pensaba que mantenía un romance con una joven viuda que llevaba todo el verano alojada en el hotel, un rumor que el propio Pedrito había alimentado para su propia conveniencia.

—Ya ve, los desvelos del corazón —dijo con una sonrisa triste.

24

San Sebastián, 1952

A esas horas, eran ya los únicos clientes del bar del Continental. Estaban sentados entre las aves del paraíso, los potos y las palmas del pequeño jardín del invernadero, iluminados por la luz suave de las lámparas y en compañía de una botella medio vacía de champán. En aquel extraño oasis, Manuela se sentía más serena, y fue capaz de aplacar, a base de sorbos de Ayala Extra Brut y respiraciones profundas, los fantasmas de Villa Allur.

—*El Kybalion*, el libro que encontró, es bastante conocido en los círculos ocultistas —dijo Roger—. Es un tratado publicado en 1908 de forma anónima por *los tres iniciados*, y está basado en las supuestas enseñanzas herméticas de un personaje legendario llamado Hermes Trismegisto.

Tras su visita al gabinete del duque, el librero la había acompañado al hotel y ella le había relatado la verdadera historia de Ava, o al menos la parte que atañía a Julien, la extraña aparición de aquella serpiente que parecía estar en todas partes y sus sospechas sobre la muerte de Ramón Ortigosa.

—Si lo desea puede tutearme, Roger —sugirió Manuela.

—Muy bien. Como... te iba diciendo, no creo que el contenido del libro sea relevante —continuó él—. Deberíamos centrarnos en la nota.

—Mary Hadaway. ¿La conoces? Es americana.

—Una rica heredera y mecenas, he oído hablar de ella.

Mary Hadaway era la hija díscola de un magnate del petróleo que, al recibir una fortuna inabarcable tras la muerte de su padre, había abandonado el país para instalarse en un palacio barroco junto al Gran Canal de Venecia y dedicar su vida al mecenazgo de nuevos artistas. Viajaba por todo el mundo y compraba cuadros para una colección que ocupaba cada centímetro de pared disponible en el palacio veneciano, donde, según se decía, los visitantes sufrían el síndrome de Stendhal, abrumados ante la belleza y la cantidad de obras, que habían conquistado incluso los techos. Cada semana llegaban en góndola nuevas pinturas, que los empleados, desesperados, guardaban en fundas impermeables en los sótanos. Hadaway tomaba el té en Les Deux Magots de París con Breton, Magritte o Picasso y organizaba exposiciones en Nueva York. Entre sus viajes, se incluía la modesta San Sebastián, donde tenía una villa en la que celebraba fiestas de las que quedaban excluidos los amigos del régimen franquista. Allí se reunían espías, *vedettes*, pintores arruinados, revolucionarios, comunistas disfrazados, toreros y escritores caídos en desgracia.

—Sé que Hadaway está ahora en la ciudad —continuó Manuela, que lo había leído en «Ecos de Sociedad»—. Quizá pueda conseguir que me inviten a una de sus fiestas. Tengo la sensación de que puede saber algo sobre el cuadro de Ava, tal vez incluso fuera ella quien ayudó a Julien a comprarlo.

Roger asintió en silencio y se sirvió otra copa del champán, que, a diferencia de Manuela, no cataba a menudo.

—¿Qué hay del tal Frédéric Bauer? —preguntó.

—No había oído ese nombre antes. Quizá se trate de un amigo del duque.

—Yo me encargaré de averiguar lo que pueda sobre él.

Manuela pensó en la diminuta serpiente de tinta roja que Hadaway había pintado en la nota, a la que era incapaz aún de atribuirle sentido. La misma que Ava también había dibujado y que Julien llevaba alrededor del meñique.

—¿Estás segura de que la serpiente que viste en la nota era igual que las otras? —dijo Roger.

—Sí. La serpiente enroscándose sobre sí misma —murmuró ella.

—Entonces, tendrás que ir con cuidado con Hadaway. Sea lo que sea lo que signifique, ella está al corriente. Y no te conviene que el duque se entere de que estás husmeando, me ha dado la impresión de que puede ser un hombre peligroso.

—Yacaré —susurró Manuela—. Un caimán negro.

Apuraron las últimas gotas de sus copas con excusas vagas y conversaciones que se alargaban sin rumbo, porque, en realidad, ninguno de los dos quería marcharse: cuando salieran del jardín se disiparía el embrujo sutil de la noche y cada uno volvería a un mundo al que el otro no pertenecía. Aquella ensoñación sería tan solo un recuerdo difuso adornado por el efecto de las burbujas del vino. Así que permanecieron sentados hasta que un camarero les anunció que iban a cerrar.

—Debería irme —dijo Roger—. No es apropiado que esté aquí a estas horas.

Manuela sabía que tenía razón, pero en aquel momento no le preocupaba en absoluto su reputación, ni lo que pudiera decir su hermano. Quería pedirle que no se fuera, que se quedara con ella para endulzarle el insomnio con conversaciones sin importancia, pero Roger se inclinó sobre ella y depositó en su mejilla un suave beso.

—Descansa, Manuela —se despidió en un susurro.

—Buenas noches, señor Foss —respondió ella con un hilo de voz.

Manuela le observó marcharse en silencio, con los ojos húmedos y las palabras que quería decirle quemándole en los labios.

A la mañana siguiente, al despertarse, aún con el vestido de fiesta y la cabeza entumecida, se sintió avergonzada. Se convenció de que su atracción por Foss había sido tan solo un efecto pasajero del champán, y, después de borrar de su cuerpo todo rastro de aquella velada, salió del hotel con la determinación de asistir a la próxima fiesta de Mary Hadaway. Encontró a Teté Chapman en compañía de Lucía Font y Cristina Altuna en la terraza cubierta del hotel Londres. Como había imaginado, estaban inmersas en un ritual matutino de café, pastas de pistacho y jugosos rumores sobre los últimos hechos ocurridos en la ciudad. Parapetada bajo una pamela, Teté la saludó con entusiasmo.

—Acompáñanos, por favor, *dear*, estás aún a tiempo de desayunar.

Manuela comprobó que parecía recuperada de su extraño desvanecimiento tras la sesión de espiritismo.

—Me alegra ver que te encuentras mejor —dijo mientras tomaba asiento en una de las sillas de mimbre.

Teté bajó la mirada a la taza de café.

—No fue nada, tan solo un mareo —respondió.

A Manuela no le pareció demasiado convincente, pero no quiso insistir más, al fin y al cabo había ido a verla por otros motivos.

—Lo cierto, Teresa, es que necesito tu ayuda —dijo solemne.

Sabía que sería una buena forma de llamar su atención, pues le encantaba sentirse indispensable.

—He estado pensando en invertir en obras de arte y creo que me vendría bien tu experiencia.

—¿Necesitas el contacto de algún marchante? —dijo Lucía.

—El caso es que he oído que Mary Hadaway está en la ciudad...

—¡Ah, esa vieja excéntrica! —intervino Cristina Altuna, quien también había dejado la veintena largo tiempo atrás.

—Mary es un tanto especial, pero tiene un gusto exquisito —respondió Teté—. No se deja ver demasiado en sociedad, aunque organiza unas meriendas encantadoras en su jardín.

—Meriendas a las que solo acude gente de lo menos conveniente.

—Cristina está exagerando, pero solo porque Mary no la ha invitado nunca; yo misma he asistido a varias reuniones en su villa.

—¿Crees que podrías conseguir que yo vaya a una de esas veladas? —preguntó Manuela con su tono más inocente.

Teté asintió y mojó una pastita en su café.

—Por supuesto, *dear*. Le encantarás.

Manuela sonrió, satisfecha por lo fácil que había sido conseguir la ayuda de Teté. Su mundo funcionaba así: nadie cuestionaba que quisiera ser invitada a una fiesta; de hecho, era lo habitual. Sin embargo, el trato no estaba exento de una contraprestación, pues tuvo que participar en una conversación sobre un escándalo ocurrido en una fiesta en el club de hípica. Cuando Cristina Altuna se enredó en un monólogo contra los nuevos ricos americanos, quienes, decía, llegaban a España en sus Cadillacs sin tener ni idea de que le debían respeto a la nobleza, Manuela decidió marcharse con la excusa de acudir al balneario de La Perla. Se despidió y dejó a Cristina clamando, a quien quisiera escuchar, que la mayoría de los problemas del país se resolverían si volviera el rey.

Después de abandonar el Londres, Manuela se dirigió a la librería Fortuna para contarle a Roger sus avances en el tema de Hadaway, aunque, por mucho que lo intentara, no podía dejar de pensar en lo que había sentido al estar con él.

En la tienda, encontró a Roger charlando con un señor diminuto y amarillento, cuya piel parecía un pergamino que hubiera sido plegado infinitas veces. Se apoyaba en un bastón con empuñadura de nácar y tenía una sorprendente mata de pelo blanco, aplastado por culpa de un sombrero negro de fieltro que reposaba en la mesita de té arabesca. Ambos se levantaron de las butacas antediluvianas cuando la vieron entrar.

—Manuela Duarte, este es Pepe Arteta —dijo Roger a modo de presentación.

A Manuela le tranquilizó ver que actuaba con normalidad: lo mejor sería que ambos olvidaran lo que había estado a punto de ocurrir.

—Encantado, señorita —dijo el hombrecillo—. Disculpe la intromisión, pero ¿qué hace una muchacha tan elegante en una covacha como esta?

El anciano la miraba con la curiosidad reflejada en

sus ojos descoloridos. Vestía un traje verde de *tweed* y en la mano derecha lucía un sello de plata.

—La señorita Duarte es una amiga y buena clienta de la librería —se apresuró a responder Roger.

Manuela no dejó que su rostro reflejara la ligera decepción que sintió.

—Y el señor Arteta, aquí donde le ve, es profesor de universidad —continuó Foss.

—Bueno, eso era antes, ahora tan solo soy un fósil. Y aunque quisiera, nadie me iba a dejar enseñar ya. Solo sigo aquí porque la guerra me pilló demasiado viejo para pelear y demasiado cobarde para decir lo que pensaba.

—A veces es mejor estar vivo que ser sincero —respondió Roger—. Además, de no ser así, habría perdido a uno de mis clientes más fieles.

Arteta les quitó importancia a las alabanzas con un gesto de la mano, y Manuela observó entonces que el sello llevaba grabados una escuadra y un compás.

—El escaso capital que me queda me lo gasto en libros. Siempre he sido un hombre poco práctico... Tal vez, de haberlo sido en mayor medida, me encontraría en otra situación —dijo.

—La practicidad está sin duda sobrevalorada, señor Arteta —respondió Manuela.

—«Uno puede soportar las desgracias que vienen de fuera, que son accidentales. Pero sufrir por las propias faltas... ¡Ah! Es ahí donde reside el tormento de la vida.»

—Oscar Wilde —dijo ella, que conocía la cita del autor irlandés.

Arteta asintió complacido, como si Manuela hubiera superado una pequeña prueba iniciática.

—Creo que ya es hora de que me marche. La señorita Duarte sin duda podrá darle una conversación más interesante que la mía, querido Roger, y, además, me esperan para tomar unos chiquitos.

Pepe se despidió con un gesto de sombrero y, apoyándose en el bastón y con un ejemplar de *El abanico de lady Windermere* bajo el brazo, salió de la librería. Tras el sonido de la campanilla de la puerta, Roger y Manuela permanecieron unos instantes en silencio.

—Es masón, ¿verdad? —preguntó ella.

Roger asintió despacio.

—No debería llevar el anillo —insistió Manuela.

—Se niega a quitárselo, dice que es su último acto de valentía. Pero por aquí los de la secreta ya lo conocen y piensan que es un viejo chiflado.

—Aun así, si le detienen...

—Conozco bien la ley contra la masonería, pero no se puede hacer nada. Es su último rescoldo de dignidad, y en el fondo creo que quiere que le detengan.

—¿Por qué querría algo así?

—Porque no se ha perdonado aún haber sobrevivido a la guerra civil en lugar de haber tenido una muerte heroica.

—No creo que existan las muertes heroicas.

Roger se dio la vuelta y la miró divertido, con los brazos cruzados sobre el pecho.

—*The truth is rarely pure and never simple*[1] —dijo en inglés.

Manuela sonrió al reconocer otra frase de Wilde. Tal vez hubiera errado en su decisión de olvidar la noche anterior.

1. «La verdad rara vez es pura y nunca simple.» *(N. de la a.)*

25

San Sebastián, 1924

Dafne Vasileiou examinó con atención los libros que reposaban, cubiertos de polvo, en las estanterías que ocupaban todo el sótano, desde el suelo hasta el techo. En la sala apenas había luz más allá de las velas, que se consumían con lentitud junto a la estatua del dios egipcio Harpócrates. Sin embargo, ya estaba acostumbrada a los hábitos vampirescos de Frédéric, que vivía de madrugada, cuando leía junto a una candela o bailaba al amparo de las lámparas de lágrimas de cristal de los grandes salones. Durante el día, las densas cortinas de la casa cubrían los ventanales y el servicio se movía de puntillas y hablaba en susurros para no perturbar su sueño. Dafne sabía que Bauer era excéntrico y de trato difícil, con sus ínfulas de alquimista y su aspecto de científico trasnochado, pero desde que se conocieran en el Gran Casino, tres años atrás, su vida había cambiado por completo. Se había librado del espectáculo de barbero ambulante de Giorgio Vannucci —quien había caído en desgracia y se había entregado definitivamente a la bebida tras su marcha— y había construido una sólida carrera como médium.

Pasaba los días entre París, Praga, Roma, Londres y España, donde llevaba a cabo sesiones de espiritismo sin la afectación y los trucos que Giorgio la obligaba a utilizar. Muchos la consideraban ya la médium más importante de Europa; recibía cada semana cartas de cazadores de fantasmas que requerían su ayuda, publicaban artículos sobre ella en la revista *Light* y la Sociedad para la Investigación Psíquica infiltraba a sus miembros en las sesiones para tratar de descubrir si era en realidad un fraude. En los periodos de descanso, visitaba la capital donostiarra y se alojaba en una suite en el hotel María Cristina, donde se cruzaba en ocasiones con los propios reyes. En la ciudad, acudía a bailes, leía una y otra vez todos los volúmenes de la biblioteca de Bauer cuyo idioma podía comprender y acudía a las reuniones semanales que se celebraban en aquel lúgubre sótano.

Mientras hojeaba un tratado de demonología que reunía ilustraciones de toda suerte de seres maléficos, escuchó un ruido a su espalda. Se giró, esperando encontrarse con su fiel Abraxas, quien la seguía a todas partes, pero en su lugar se topó con un niño flaco y ojeroso de unos diez años que la miraba con curiosidad.

—¿Quién eres? —preguntó extrañada, pues la casa de Bauer no era ni por asomo un lugar frecuentado por muchachos.

—Soy Julien. ¿Y tú?

Dafne consideró una osadía que aquel mocoso se atreviera a tutearla y pensó que debía de ser el hijo de alguna de las silenciosas sirvientas de la casa, pero su atuendo de pequeño trovador le hizo dudar.

—Yo soy Dafne —respondió con cautela—. Y creo que no deberías estar aquí.

—A Frédéric no le importa, dice que tengo que empezar a conocer todo lo que pasa en esta casa.

Ella le miró con renovado interés. Quizá aquel niño rubio y flaco fuera familia de Bauer, pues tenía también cierto aire estrafalario.

—También me ha hablado de ti —continuó él—. Eres la que habla con los muertos.

Dafne dejó el libro en la estantería y se sentó en una de las sillas que rodeaban la gran mesa de madera; después, se acomodó con tranquilidad el vestido negro de raso que había comprado en París. Abraxas, que había permanecido oculto ante el desconocido, bajó con un grácil salto de una de las librerías y se acomodó en el regazo de su dueña sin perder de vista al muchacho.

—Dime, Julien, ¿te dan miedo los muertos? —dijo al fin.

—No. A mí también me gustaría poder hablar con ellos.

—No es tan fácil, no cualquiera puede hacerlo.

El niño se sentó frente a ella y la observó muy serio con sus enormes ojos del color del ámbar.

—Quisiera hablar con mi madre —dijo, y Dafne sintió entonces una punzada de lástima que se esforzó en ignorar.

Convivía a diario con la muerte y había comprobado que gran parte de los asistentes a sus sesiones buscaban en ella respuestas, pero no siempre podía darlas. No obstante, y al contrario de lo que hacía con Giorgio, se negaba a aprovecharse del dolor ajeno. Los espíritus hablaban cuando querían y no siempre respondían lo que se les preguntaba.

—Me temo que no puedo ayudarte —respondió.

—Pensé que eras una médium —protestó él.

—¡Julien! —exclamó entonces una voz desde la puerta del sótano.

Un instante después, el duque Gérard Leroy-Benoit entró en la sala y Dafne cayó en la cuenta de que Julien era su hijo. Ambos compartían el mismo cabello dorado y una vestimenta que parecía robada de una representación de *Hamlet*.

—Disculpe, señorita Vasileiou, ¿le está molestando? —preguntó Gérard.

—En absoluto, duque, hablábamos de muertos.

Él se quedó en silencio, desconcertado. Dafne era consciente del efecto que causaba entre los hombres y sabía que Gérard la miraba con deseo. Bauer solía decir que era la primera mujer a la que prestaba atención desde que su esposa falleciera. Sin embargo, el duque era demasiado retraído como para declarar su amor y demasiado orgulloso para enfrentarse al rechazo, así que se limitaba a obsequiarla con collares de perlas negras, flores y botellas de Chardonnay, siempre con la mirada baja y los hombros erguidos. Ella había oído hablar de su hijo en alguna ocasión, pero nunca lo había visto, pues Gérard solía dejarle en el sombrío palacio borgoñón, al cuidado de alguna institutriz.

—Dafne dice que no puede enseñarme a hablar con los espíritus —explicó Julien.

—El don de la señorita Vasileiou es especial —dijo el duque muy galante—. No es algo que se pueda transmitir.

Dafne esbozó una sonrisa. Se preguntó qué diría si algún día accediera a sus demostraciones de afecto, si le contara que se había criado en un circo, entre excrementos de elefante y trapecistas, y que después había convivido con los gitanos, vestida con gasas de colores, recorriendo ciudades en un carromato e inventando futuros por unas cuantas monedas; que había descubierto su don de forma fortuita, acuciada por la necesidad. Pero el duque no sabía nada de su pasado, tan solo Bauer conocía la verdad sobre sus orígenes. Para el resto, la médium griega era un personaje misterioso surgido de las sombras, una mujer elegante y ambigua que susurraba al oído de los espectros y canalizaba energías; la mano derecha de Frédéric, un ente casi sobrenatural.

—He traído a Julien para que conozca un poco más todo esto —prosiguió Gérard—. Bauer dice que él es el futuro, que algún día estará al mando.

A Dafne aquel niño enclenque no le parecía el futuro de nada, aunque estaba convencida de que Gérard hacía lo posible para iniciarle en los conocimientos antiguos, en el hermetismo, en el arte griego y la magia egipcia. Sintió envidia, pues Julien viviría una infancia que ella no habría podido ni tan siquiera imaginar, rodeado de lujo y objetos mágicos, sin tener que ensuciarse las manos matando las ratas que mordisqueaban el pan del campamento del circo. Crecería para ser un hombre culto, un elegido. Y cuando Bauer no estuviera, ella quedaría relegada a un segundo plano.

—Creo que tal vez aún sea demasiado joven para La Serpiente... —murmuró.

—Yo opino igual, pero Frédéric está empeñado. Él no tiene hijos, y supongo que quiere que Julien herede todo lo que tiene.

—¿Ya estás repartiendo mi herencia? —dijo entonces Bauer desde la entrada—. Siento desilusionarte, estimado amigo, pero aún estoy vivo.

Iba vestido con un batín de raso rojo y unas babuchas doradas, llevaba las gafas torcidas y el cabello ralo despeinado.

—Maestro Julien —continuó diciendo con una exagerada reverencia—, es un honor tenerle en mi humilde morada.

El niño le devolvió el saludo con un gesto elegante y sin amedrentarse.

—Dime, Frédéric —comentó el duque—. ¿Volviste a cerrar el Kursaal?

—Así es, un poco más pobre pero algo más feliz.

Frédéric Bauer aprovechaba como muchos las últimas horas del Gran Kursaal, el único casino que sobrevivía en la ciudad desde la prohibición del juego, y que tenía también las horas contadas, mientras los extranjeros cambiaban San Sebastián por lugares menos puritanos donde pudieran gastar su dinero en ilusiones.

—Pero temo que esa felicidad se disipe pronto —continuó—. Acabo de despertarme y aún no he tenido oportunidad de desayunar.

—En ese caso, tal vez deberíamos hacer una visita a la bodega —dijo Gérard—. Nada mejor para empezar el día que una botella de vino.

Bauer asintió satisfecho ante la propuesta y ambos desaparecieron tras la puertecita que llevaba a la polvorienta cava, dejando a Dafne y a Julien solos de nuevo en un silencio que a la médium le hubiera gustado mantener, pero que el niño rompió a los pocos segundos.

—¿Te gustan los caballos? —le preguntó—. Hoy papá y yo iremos al hipódromo de Lasarte —prosiguió orgulloso.

—Prefiero los ejemplares salvajes —respondió ella, que recordaba a los corceles pintos y robustos de los gitanos—. Los que corren por el campo con la melena al viento.

Julien la miró desafiante y Dafne empezó a intuir que en poco se asemejaba a su padre. Si bien parecía haber heredado el mismo orgullo, tenía la mirada más firme que Gérard, quien paseaba por el mundo sin prestar demasiada atención, perdido siempre en divagaciones y nostalgias.

—Mi padre dice que hoy veremos al caballo del Aga Khan y que es un ganador —insistió.

—Le Bijou —dijo Dafne—, una bestia preciosa. ¿Conoces al Aga Khan?

—Sé que es uno de los hombres más ricos del mundo.

—Eso sería resumir mucho, aunque es cierto, sin duda.

Dafne conocía personalmente a Mohamed Sah, Aga Khan III, imán de los musulmanes ismaelitas nizaríes. Sabía de su imponente palacio entre palmeras, que deslumbraba a los visitantes bajo el sol de la India, y recordaba los nombres de sus amados pura sangre, ganadores de carreras en todo el continente europeo.

—El Aga Khan es un sultán —continuó—. Pero sobre todo, es un líder. Y no cualquiera está preparado para serlo.

—Yo podría ser un líder —dijo entonces Julien con decisión.

Y Dafne constató que, definitivamente, no se parecía en nada a su padre.

—¿Ah, sí? —preguntó con diversión, aunque sabía que aquel niño sería una amenaza, pues su sangre azul siempre valdría más que la de ella. Aunque Bauer la apreciara, la veía como a una estrella fugaz, una musa que amenizaba sus veladas y adornaba su salón con su cabellera roja; una exótica diversión.

—Sí —respondió Julien convencido—. Lo seré cuando sea mayor.

—Esperaré ansiosa, entonces —murmuró Dafne.

26

San Sebastián, 1952

Mary Hadaway había ubicado su maravillosa villa lejos del bullicio del centro de San Sebastián, en el barrio de Loyola. Diseñada al estilo italiano por un arquitecto que había mandado traer de Roma, la casa se erigía en medio de un fecundo jardín donde se podían encontrar plataneros, chopos, ginkgos, tilos, sauces llorones, camelias, petunias, orquídeas, rosas de todos los colores y castaños de Indias. La casa tenía las paredes y las columnas de inspiración clásica cubiertas de una hiedra que apenas dejaba al descubierto algunos centímetros de pintura blanca, y en los pequeños nichos horadados de los muros convivían madonas y bustos de mármol.

En la calidez de la tarde, los embriagadores aromas de las decenas de flores, dulces y delicados unos, frescos y herbáceos otros, golpeaban a los aturdidos visitantes que llegaban al jardín. Sobre mesas blancas de forja reposaban botellas de vino y vodka y varios camareros ofrecían canapés de salmón.

—Ahora entiendo por qué la llaman la villa de las flores... —murmuró Manuela.

Teté Chapman había cumplido su palabra antes de lo esperado. Tan solo dos días después de haber hablado con Manuela, la había llamado para invitarla a una merienda exclusiva en la morada de la mecenas americana, que pronto abandonaría la ciudad para regresar a su palacio veneciano.

—¡Ahí está Mary! —dijo Teté, y señaló con entusiasmo a una mujer con el cabello cano recogido en un moño.

Llevaba un vestido negro cuya falda formaba volúmenes imposibles, en los que Manuela reconoció la inconfundible factura de la diseñadora Elsa Schiaparelli, y completaba el nada discreto conjunto con unas gafas rojas de ojo de gato y una gargantilla de enormes perlas. Junto a ella, un lebrel afgano arrastraba por el suelo su largo pelaje mientras seguía con mirada perezosa las bandejas de comida que cargaban los camareros.

—Estoy deseando probar el caviar —comentó Teté—. Mary lo hace traer de Rusia, de contrabando, claro. Estas fiestas están llenas de secretos —dijo bajando la voz—. Ya sabes que aquí no hay periodistas ni gente del Gobierno, y muchos creen que es un lugar de reunión para espías de todo el mundo.

Manuela contempló a los invitados, que se arremolinaban en pequeños grupos junto a las mesas, y pronto reconoció a Manolita Chen y su marido, a quienes había visto más de una vez en su irreverente espectáculo ambulante, y a varias actrices más. También a un par de *vedettes*, a un piloto de carreras que recordaba del circuito de Amara dos años atrás y a un ajedrecista. Intentó discernir quiénes de ellos serían informadores de los servicios de inteligencia extranjeros, pero todos le parecieron de lo más despreocupados e inocentes.

Teté entabló conversación con un par de mujeres que conocía de sus obras de beneficencia y Manuela, aliviada de librarse de su vigilancia, se perdió entre la multitud. Decía Fitzgerald en *El gran Gatsby* que las grandes fiestas eran las únicas en las que era posible tener intimidad, y, amparada en su invisibilidad, recorrió tranquila el jardín. Hadaway se movía entre los invitados con la elegancia de quien está acostumbrada a ejercer de anfitriona. En cualquier otra persona la excentricidad de su aspecto habría resultado excesiva, pero en ella parecía natural, pues nadie hubiera esperado que una mujer que ostentaba el honor de haber descubierto a muchos de los artistas contemporáneos más valorados tuviera un aspecto gris y aburrido. Había estado casada en tres ocasiones. La primera con un magnate turco que sintió siempre más devoción por los negocios que por ella, la segunda con un actor de películas del Oeste tan atractivo como insensato, y la última con un artista surrealista con quien había vivido uno de esos romances tormentosos que tan solo funcionan en las novelas.

Tras cruzar el jardín, Manuela se acercó a la casa blanca, cuyas paredes repletas de hiedra atraían a una nube inclemente de mosquitos que revoloteaban entre las columnas de la terraza ansiosos de presas. Y sin poder contener la curiosidad, subió las escaleras para admirar de cerca el porche, que estaba decorado con muebles que le parecieron extraños y futuristas: una mesita de cristal con una base de madera que parecía que alguien hubiera retorcido o un sillón de piel blanco sin reposabrazos y con unas sencillas patas cruzadas.

—Es una silla Barcelona, de Lilly Reich y Mies van der Rohe. Es de mis favoritas —dijo entonces una voz a su espalda.

Manuela se dio la vuelta y se encontró con Mary Hadaway, quien la observaba con suspicacia.

—¿Nos conocemos? —preguntó la americana.

—Soy Manuela Duarte, he venido con Teresa Chapman.

Hadaway pareció complacida por la respuesta.

—Una muchacha divertida, Teresa —respondió en un español con un acento mucho más marcado que el de Roger—. Un poco habladora, tal vez, pero bastante refrescante.

—Espero no haberla importunado —dijo Manuela.

—En absoluto, querida, me gusta conocer gente cada vez que vengo aquí. Encuentro muy interesante el carácter de los españoles, que son capaces de recomponerse en cualquier circunstancia. Son gente alegre incluso en tiempos como estos.

—¿Lleva mucho tiempo viniendo a la ciudad?

—Hice construir la villa en los años veinte, pero después de la guerra... El mundo ha tenido unos años convulsos, así que me ha costado volver. Además, reconozco que echo de menos la España de antes.

—No es la única —respondió Manuela.

Mary Hadaway, a su manera, encajaba con la imagen cinematográfica que ella se había formado de los americanos: curiosos, modernos y algo condescendientes con el resto de los países del mundo.

—Es una pena. Hay tanto talento aquí, y tantos artistas exiliados —continuó Hadaway.

—Lo cierto es que no sé demasiado de arte —dijo Manuela—. Pero he oído que es usted la mayor coleccionista del mundo.

Hadaway soltó una risa áspera.

—¡Yo no diría tanto! Aunque intento comprar al menos un cuadro al día.

Con gran energía abrió una puerta de cristal que daba acceso a un gran salón diáfano y decorado con muebles claros donde las paredes estaban llenas de pinturas.

—Sígame —dijo.

Manuela entró al salón con la solemnidad de quien cruza el umbral de una catedral.

—Maruja Mallo —dijo Mary, a la par que señalaba una pintura en el lateral de la pared—. Y Remedios Varo, una de mis preferidas.

Manuela reconoció los nombres de las pintoras españolas exiliadas tras la guerra. Aquellas mujeres libres y llenas de talento, irreverentes y visionarias, con sus cuadros plagados de espectros y criaturas fantásticas, representaban el sueño de Ava. Manuela aún guardaba la esperanza de que su amiga también hubiera triunfado en algún rincón ignoto del mundo; tal vez se ocultara, en los museos y en las exposiciones, detrás de algún pseudónimo inventado.

—Magritte, por supuesto, creo que no necesita presentación —continuó Mary Hadaway—. ¡Ah! Picasso. Aunque sus mejores obras las tengo en Venecia, aquí temo que no estén seguras. Debería visitarme en mi *palazzo*, las fiestas allí son encantadoras. ¡Por no hablar del carnaval! Máscaras y demonios bailando por las calles, una deliciosa reminiscencia pagana.

—Me encantaría hacerlo algún día —respondió Manuela, aunque era consciente de que Hernán jamás lo permitiría.

—Dígame, Manuela, ¿conoce muchos coleccionistas en San Sebastián? Mi círculo aquí es bastante cerrado, y siempre me pregunto qué hay tras las paredes de las lujosas villas de los amigos del régimen.

Manuela decidió aprovechar la oportunidad.

—Sé que la propia Teté Chapman tiene una buena colección familiar, que incluye varios cuadros de Dalí, y Cristina Altuna guarda en su casa más de un Miró —comentó—. Y por supuesto, está Villa Allur —dijo entonces con cautela—. Tal vez conozca al duque Leroy-Benoit.

—¡Ah, Julien! Somos viejos amigos, aunque llevo años sin verle. He oído que dio una gran fiesta en su casa, antes de que yo llegara. Le invité a venir esta tarde, pero parece que está ocupado.

—¿Se conocen del mundo del arte?

—Julien prefiere coleccionar objetos extraños antes que cuadros, una afición que heredó de su padre.

—Es curioso, cuando estuve en la villa me llamó la atención una de sus obras, con cierto aire surrealista —dijo Manuela con fingida naturalidad.

Hadaway la miró pensativa.

—No estoy al tanto de las obras que posee Julien —confesó—, pero nunca escuchaba mis consejos sobre en qué debería invertir, así que probablemente se trate de un cuadro sin mucho valor.

Manuela sonrió e intentó ocultar su decepción, pues no podía tantear mucho más a Hadaway si no quería llamar su atención. Pasaron del salón al pasillo, y después al resto de la casa, donde la americana siguió enumerando obras de arte. Manuela calculó que, repartidos entre las paredes de la villa de las flores, debía de haber cientos de millones de pesetas. Cuando llegaron a la biblioteca, Mary se dejó caer en uno de aquellos inestables sillones sin brazos que tanto parecía apreciar.

—Cada vez estoy más mayor para estas meriendas —protestó—. Serán cosas de la edad, pero con los años disfruto más de la soledad. No necesito más que un vodka helado y un buen libro.

—¿Lee mucho? —preguntó Manuela, que se había sentado en otra de las sillas.

—Menos de lo que me gustaría, aunque últimamente estoy descubriendo la poesía. Conozco a los grandes autores, por supuesto, pero me gusta leer lo que escriben los jóvenes, descubrir nuevos talentos.

Manuela recordó entonces los poemas del cuaderno de Ava, firmados por el misterioso A. J. Swatch. Si alguna vez había llegado a escribir algo más allá de aquella libreta, quizá Mary, quien se pasaba el día rodeada de precarios artistas, hubiera oído hablar de él. Casi sin ninguna esperanza, formuló la pregunta.

—¿Conoce a un poeta llamado A. J. Swatch? —dijo.

Mary pareció sorprendida.

—¿Se refiere a Alexander Johann Swatch? —preguntó.

—Sí —dijo Manuela, aunque no estaba muy segura de que se tratara de la misma persona.

—Me sorprende que le interese, es un artista poco conocido, y más fuera de Alemania...

Manuela disipó entonces sus dudas: aquel Alexander Johann Swatch debía de ser el autor de los versos que aparecían en la libreta.

—Un amigo que tiene una librería me enseñó sus poemas —mintió—. Es americano, como usted.

—Conocí a Alexander hace años, en Francia.

Hadaway le contó que Swatch tenía ascendencia judía, y que había salido de Alemania antes de que estallara la guerra, escapando de los nazis. Así, había llegado a Francia y más tarde a España.

—Hizo sus incursiones en el campo de la escultura —prosiguió—, e incluso llegó a pintar algo. Aunque, si quiere mi opinión, era mejor escritor que otra cosa.

—No hemos encontrado mucha información sobre él.

—Ni creo que lo hagáis, querida. Tuvo una producción muy limitada.

—¿Ya no se dedica a ello?

—Al poco tiempo de llegar a España sufrió una crisis nerviosa y acabó internado.

—¿En la cárcel?

—No. En un psiquiátrico, en el norte. Lo último que supe es que había muerto.

—Qué historia tan trágica —murmuró Manuela, quien, no obstante, veía en el rastro de Alexander una posibilidad de encontrar a Ava.

—Sin duda. Alexander no tuvo una vida fácil: perdió a su familia en un campo de concentración, y, lamentablemente, ese dolor terminó por arrebatarle la cordura.

Se hizo un breve silencio entre ellas, que rompió el sonido de los tristes andares del enorme lebrel afgano, que apareció por la puerta de la biblioteca y se sentó junto a su dueña con mirada indiferente.

—Ese amigo suyo, el librero americano del que habla, ¿no se tratará de Roger Foss? —preguntó entonces Mary mientras acariciaba distraída al perro.

Durante una fracción de segundo, Manuela se quedó paralizada.

—¿Le conoce?

—Desde luego que sí. Ha estado muchas veces en esta casa, aunque de eso hace ya años. Salúdele de mi parte y dígale que puede venir siempre que lo desee.

—Lo haré —murmuró.

27

Florencia, 1938

Manuela se contempló frente al espejo y alisó con delicadeza la gastada tela negra del vestido de terciopelo. Se preguntó a quién habría pertenecido antes de que Ava lo rescatara de una caja mohosa en un puesto de objetos antiguos. Tal vez a alguna aspirante a actriz, o a una condesa arruinada tras la Gran Guerra, pero tenía la sensación de que, por alguna especie de embrujo, la prenda tenía la capacidad de infundirle un valor y una seguridad desconocidos para ella.

—¿Estás lista? Son casi las diez —dijo Ava, que llevaba un diseño blanco con la espalda descubierta y el cabello peinado en unas glamurosas ondas que habían conseguido con un rizador de hierro que a punto había estado de chamuscarle las orejas.

Después del incidente de la cena de Nochebuena, miss Robinson había optado por no dirigirle la palabra a Ava, quien, por su parte, estaba encantada con la decisión. Aquella noche habían cenado en silencio y Maria, para prevenir una nueva disputa, se había limitado a preparar unas lentejas y un inofensivo pollo relleno. Una vez terminado el postre, miss Robinson se había retirado a su habitación, y Ava y Manuela a la suya, mientras que el resto de las alumnas se había quedado jugando al *bridge* con la intención de permanecer despiertas hasta las doce y ver los fuegos artificiales sobre el Arno.

—Supongo que ya es demasiado tarde para arrepentirme —murmuró Manuela.

Descalzas y con los zapatos de tacón en la mano, recorrieron con sigilo el camino hasta la puerta trasera de la escuela. Maria tenía la costumbre de dejar la llave colgada junto a ella, y Manuela sospechó que incluso aunque hubiera descubierto las salidas nocturnas de Ava lo habría seguido haciendo. Ava se guardó la llave en el bolso y, aún en silencio, salieron al jardín, rodearon el edificio y caminaron hasta una de las calles cercanas.

—Allí está —dijo Ava mientras señalaba un cochecillo negro.

Andrea, vestido de esmoquin y con el cabello húmedo de brillantina, las esperaba en el asiento del conductor.

—*Buon anno!* —dijo con una de sus irreverentes sonrisas.

—Aún quedan dos horas de este viejo año, no lo despidamos tan pronto —respondió Ava.

Andrea arrancó el coche y atravesaron las calles de la ciudad, donde algunos florentinos celebraban ya entre risas y cánticos desafinados por el alcohol.

—¿La villa está muy lejos? —preguntó Manuela.

—Relájate y disfruta, querida Manuela —respondió Andrea—. En *Capodanno* no hay lugar para las preocupaciones.

No fue un trayecto demasiado largo, pero Manuela tuvo tiempo de arrepentirse en varias ocasiones de su decisión. No podía sino imaginar el rostro enfurecido de miss Robinson si las descubría, el discurso bíblico que le daría su tía cuando la directora la informara, la indiferencia de su madre, quien diría que no entendía la rígida moral de la escuela, que las mujeres necesitan ser sociales, admiradas. Y no sabía cuál de las opciones le parecía más humillante.

—Los árboles que guían las almas de los muertos al cielo —susurró Ava.

Después de transitar por una carretera sinuosa que recorría las colinas cercanas a Florencia, habían llegado a una verja de hierro tras la que emergía un camino de tierra flanqueado por cipreses. Al final del sendero apareció la sombra de la villa renacentista, que era cuadrada y compacta y estaba situada en un pequeño alto al que se accedía por dos escaleras gemelas de piedra. Por ellas desfilaban ya las primeras parejas engalanadas, a las que no parecía afectar el aire frío de diciembre. A Manuela le sorprendió el imponente tamaño de la casa, sobria como una fortaleza, con sus paredes amarillo pálido y su falta de florituras. Ava debió de verle la cara de asombro, porque la agarró del brazo con sus dedos de ninfa.

—Espera a ver el interior, Andrea dice que es aún más impresionante —dijo.

Y cuando cruzaron el umbral de la casa, Manuela no tuvo más opción que admitir que estaba en lo cierto. Las paredes y el techo estaban cubiertos al completo de frescos que representaban variadas escenas mitológicas. No había espacio entre los minotauros y las afroditas, los sátiros y las náyades, que se amontonaban los unos junto a los otros en aquel *horror vacui* de azules, dorados y rosas. En el centro del vestíbulo se alzaba una escultura del dios Apolo, que sostenía en una mano una lira y juzgaba a los visitantes con su impávido rostro. Cruzaron una puerta hasta el gran salón de baile, donde los rostros celestiales y demoniacos de los frescos ocupaban también cada rincón y parecían a punto de saltar sobre los miembros de la orquesta, que tocaba en una pequeña tarima. La conjunción de la música y las pinturas era tan apabullante que Manuela temió desmayarse. Antes de que tuviera tiempo de acostumbrarse, Ava le tendió una copa de champán. Manuela se alegró al comprobar que la criatura sonámbula y distraída que su amiga era en la academia se había desvanecido bajo la luz dorada de las lámparas de araña, y se había vuelto brillante y fugaz, despierta como nunca antes la había visto. Ava la rodeó con los brazos, olía a Acqua della Regina de Santa Maria Novella, a clavo, bergamota y *petitgrain*, y Manuela comprendió que tan solo existía una forma de sobrevivir a la mezcolanza de aromas, colores y rumores que aturdían los sentidos. Aunque fuera Apolo quien custodiaba la entrada a la sala, aquel era el reino de Dionisio, y la única forma de caminar segura por sus senderos era sucumbir al caos.

Mientras se iban sucediendo las copas de champán, escuchaba hablar en inglés, francés e italiano, y Ava y ella jugaban a adivinar la profesión de los invitados: el hombre de las gafas de carey, la camisa de seda verde y la voz ronca debía de ser diseñador de moda, la mujer de cintura de avispa y ojos tristes, maniquí en París. Los amigos de Andrea no podían ser sino artistas, pues fumaban sin parar, gritaban en italiano y se abalanzaban sobre las bebidas, enfrascados en planes imposibles para cambiar el mundo que olvidarían con la luz del alba, con los besos de la primera mujer que les dedicara una mirada.

Y sin que se dieran cuenta, se consumieron los últimos rescoldos del año, la orquesta paró de tocar, bajaron de tono las conversaciones y los invitados se dirigieron exultantes al jardín.

—Va a empezar la cuenta atrás —dijo Andrea.

Se unieron a la muchedumbre que peregrinaba al exterior, y pronto se hallaron en un onírico laberinto conformado por setos, parterres y estatuas cuyo punto central era un enorme arco semiderruido flanqueado por columnas frente a una balaustrada. Allí se había reunido la gente, pues, desde la terraza, podían contemplarse las colinas y las luces de Florencia. Un hombre comenzó a contar en voz alta hacia atrás:

—Diez, nueve, ocho...

Todos se unieron a la cuenta y, al llegar a cero, estallaron a la vez los gritos, los besos y la pirotecnia multicolor que iluminó unos instantes el cielo. Ava besó a Manuela en la frente y después se lanzó a los brazos de Andrea. Una voz se alzó entonces sobre la multitud, clara y vibrante, y empezó a entonar una oda a los viejos tiempos, aquel *Auld Lang Syne* tan melancólico que cantaban los escoceses cuando terminaban los viajes, las vidas y los años. Pronto se sumaron más voces al cántico, hasta que resonó como un himno por toda la villa:

Should auld acquaintance be forgot,
And never brought to mind?
Should auld acquaintance be forgot,
And auld lang syne!
For auld lang syne, my dear,
For auld lang syne,
We'll tak a cup o' kindness yet
For auld lang syne.[1]

1. ¿Deberíamos olvidar a los viejos conocidos, / y nunca recordarlos? ¿Deberíamos olvidar a los viejos conocidos, / y los días pasados? / Por los días pasados, querido mío, / por los días

Manuela se unió al coro de voces y cerró los ojos. Cuando volvió a abrirlos, sentía que los contornos de los objetos se difuminaban, que se fundían con el cielo nocturno y formaban parte de las diminutas estrellas que lo adornaban. Buscó a Ava y a Andrea, pero se había quedado sola entre la multitud de cantores extranjeros y le resultaba imposible precisar si habían pasado horas o segundos desde la medianoche. Le dolían los pies por la falta de costumbre de calzar zapatos de tacón y terminó por sentarse en uno de los bancos de piedra cubiertos de verdín para descansar e intentar devolverle al mundo su forma ordenada y definida. Pero la soledad no le duró demasiado, porque poco después una pareja se sentó junto a ella. El hombre tenía el cabello lacio y de un rubio blanquecino, y la mujer llevaba sobre los hombros una estola de piel de marta que se recolocaba constantemente. Le hablaron en un idioma gutural que no reconoció y, ante su cara de incomprensión, probaron con el inglés.

—¿No es una fiesta preciosa? —preguntó ella—. ¿De qué conoces a Riccardo?

Seguramente aquel Riccardo fuera el dueño de la villa.

—En realidad no le conozco —precisó—. Es amigo de un amigo.

Manuela fue consciente de la ironía que suponía referirse a Andrea como su amigo.

—¿Eres de Florencia? —preguntó el hombre, que tenía un acento tan marcado que parecía masticar las palabras.

Ella se limitó a negar con la cabeza.

---

pasados, / tomaremos una copa de bondad / por los días pasados. *(Nota de la a.)*

—Universitaria, ¿no es cierto? —dijo la mujer—. ¿O tal vez actriz? A Riccardo le gusta tener amigas cada vez más jóvenes.

Los dos intercambiaron una mirada y se rieron de lo que parecía una broma privada. Manuela quería marcharse, pero le pesaba el cuerpo como si estuviera compuesto de plomo, así que se limitó a esbozar una sonrisa torpe.

—¿Quieres un poco de cocaína? —dijo entonces la mujer con naturalidad, y sacó del bolsillo un pequeño frasco lleno de polvo blanco.

Manuela se sintió de pronto ridícula e insignificante y temió que vieran debajo del maquillaje a la niña de quince años que apenas había salido del cómodo arrullo de las faldas de su madre, que no conocía nada del mundo, que estaba disfrazada con trapos viejos y carmín barato.

—Perdón, tengo que ir al baño, no me encuentro bien —se excusó mientras se levantaba.

Con pasos vacilantes regresó al interior de la casa y buscó a Ava y Andrea, pero tan solo se encontró con los rostros burlones de los héroes y los sátiros, y con la fría mirada de Apolo. Se dejó la voz y las fuerzas en recorrer cada rincón, pero Andrea y Ava parecían haber desaparecido, quizá tras alguna puerta mágica que llevara a lugares prohibidos. Finalmente, agotada y aturdida, se sentó en las escaleras de entrada. Nunca debería haber accedido a ir a aquella fiesta. Ahora se hallaba en un lugar al que no pertenecía y en el que no conocía a nadie. El frío le quemaba la piel desnuda bajo el vestido y estaba atrapada en aquella mansión disparatada, entre los cipreses y la música de la orquesta.

—Muchacha, ¿se encuentra bien? —preguntó una voz femenina en italiano.

Cuando levantó la mirada, descubrió a una mujer alta y corpulenta que llevaba los ojos pintados de azul y un abrigo negro de piel.

—Estoy esperando a una amiga —dijo, esforzándose por recordar los pocos conocimientos del idioma que había adquirido en la escuela.

—¿Y dónde está?

Manuela se quedó en silencio.

—Podría llevarla en mi coche —continuó la mujer—. Si sigue aquí sentada, temo que el frío la convierta pronto en otra estatua de mármol para la colección de Riccardino, y ya son las dos de la madrugada.

Ella dudó unos segundos antes de responder, pero pronto comprendió que llevaba dos horas buscando a Ava, que la había abandonado, y que tal vez no tendría otra oportunidad para marcharse de allí.

—¿Conoce la academia de miss Robinson? —le preguntó a la mujer.

Ella esbozó una sonrisa y le tendió la mano. Manuela la siguió hasta un elegante coche negro, y un chófer abrió la puerta trasera.

—Su amiga no estaba sola, ¿no es cierto? —preguntó ella cuando se sentaron—. No se preocupe por ella, la juventud es una enfermedad que por suerte tiene cura. Los hombres son pasajeros, las amistades no. Acabará entrando en razón.

Manuela observó los alargados cipreses del camino y pensó que aquella mujer no conocía nada a Ava.

28

San Sebastián, 1952

Pedrito examinó con desconfianza las suculentas tortitas con nata y el refresco azucarado que la camarera había depositado sobre la mesa.

—¿Por qué hemos venido aquí? —preguntó.

—Porque tienes que aterrizar en el mundo moderno —respondió Manuela, quien sabía que su amigo era fiel a los antiguos cafés de la época dorada, con sus techos altos decorados con molduras, sus pesados espejos, sus flores frescas en las mesitas de mármol veteado y sus pastas francesas.

—Sándwiches, sodas y platos combinados... Los americanos no tienen sentido del gusto —bufó él—. Son el rostro de la decadencia y la ordinariez.

Y Manuela no le contradijo. Roger Foss le había ocultado que conocía a Mary Hadaway y la traición se le clavaba de una forma dolorosa en el alma.

—Piensas en el librero, ¿no es cierto? —preguntó Pedrito.

Ella asintió de forma vaga y recorrió con la mirada las sencillas mesas de la cafetería California, la cristalera de la entrada, la barra con taburetes acolchados, el cartel luminoso de la entrada. Era la señal del cambio de los tiempos, de que ellos pertenecían, como los espejos barrocos y las largas tertulias en los cafés, a otra época que iba quedando de forma casi imperceptible atrás; el esplendor dorado sería pronto sustituido por el brillo de las pantallas de cine.

—No creo que debas darle más importancia, seguro que Roger olvidó que conocía a Hadaway.

—Nadie olvidaría la villa de las flores —respondió ella cortante—. Pero no quiero hablar de él, quien realmente me interesa es Alexander Swatch. ¿Has podido saber algo sobre el psiquiátrico donde le ingresaron?

—Hay varias opciones, y no tenemos forma de saber dónde estuvo internado. *El norte de España* es un concepto muy amplio, y para los yanquis la península es poco más grande que para nosotros Cuenca, pero la realidad es que eso puede ser desde Galicia hasta Barcelona. He llamado a algunos centros por teléfono, pero en ninguno sabían nada de él.

—Tiene que haber algo más que podamos hacer —insistió Manuela.

—Pues como no quieras irte de *tournée* como si fueras una *vedette* y llamar puerta por puerta en cada manicomio a ver si en alguno tienen a bien contarte algo, no se me ocurre nada más.

Manuela lamentó no tener más información sobre Alexander.

—¿No hay nada más sobre él en esa libreta? —preguntó Pedrito.

Manuela abrió el bolso y sacó el cuadernillo de poemas, que últimamente llevaba siempre consigo, como si se tratara de un amuleto contra el mal de ojo. Recorrió de nuevo sus páginas buscando señales ocultas entre las palabras, y acarició los márgenes calcinados. Entonces, tuvo una revelación.

—Deberíamos buscar un psiquiátrico donde haya habido un incendio —dijo.

Pedrito observó la libreta unos segundos.

—Hay un sitio —dijo por fin—. Esta mañana, mientras investigaba, me he topado con la historia de un lugar en Santander, pero lleva años cerrado.

—¿Qué lugar?

Él suspiró, arrepentido de haber compartido con ella su descubrimiento.

—Está en una isla. Primero fue un sanatorio de tuberculosos, y más tarde un manicomio de fama internacional, pero es un lugar maldito. ¿Imaginas la de vidas que se han consumido ahí?

Pedrito le habló de supuestos pacientes que eran aislados, alejados de sus familias, condenados a morir, muchos de ellos, disidentes del régimen. Gente que en lugar de ayuda encontró tortura y muerte.

—Tal vez Ava y Alexander se conocieran allí...

—Eso ya no importa, no quedan más que ruinas calcinadas.

—Deberíamos ir —sentenció Manuela—. No tardaríamos tanto en llegar y podríamos ir a casa de las Ansoáin.

—Creo que estás perdiendo el juicio.

—No deberías menospreciar el poder de las ruinas —susurró ella.

A Manuela le llevó poco más de una hora y una ingente cantidad de azúcar convencerle. Al día siguiente, y tras unas cuantas llamadas, se embarcaron en un tren con destino a Bilbao, de donde partirían hacia Santander. La Estación del Norte estaba atestada de viajeros y turistas que se apeaban de los trenes cargados de baúles y corrían por los andenes desorientados. La primera parte del trayecto transcurrió entre el rumor de las conversaciones de familias de veraneantes que volvían a Bilbao, de trabajadores de la siderúrgica que habían ido a comer un helado a la Concha en su día libre o de mujeres que por trabajo iban y venían de una ciudad a otra. El segundo trayecto, sin embargo, fue más tranquilo, y Manuela se dejó mecer por el traqueteo del ferrocarril y la sucesión de infinitos tonos de verde tras las ventanas. Sobre su regazo reposaba una novela de Conan Doyle, recomendación de Roger, de la cual ya había leído más de la mitad. Pero el libro le recordaba, cada vez que abría sus páginas, la sonrisa del librero. Por ello, prefirió cerrar los ojos y entregarse a la dulzura del sueño, que era lo único que podía llevarla lejos de los miedos, lejos de Roger, de Ava, de Julien. La despertó el contacto suave de la mano de Pedrito en el hombro.

—Estaba soñando con la playa —murmuró, aún adormilada.

—¿Te acuerdas de cuando hacíamos castillos de arena?

Ella asintió y volvió nítido el recuerdo de aquellos días felices, que con el tiempo se habían tornado dolorosos y habían sido relegados a un lugar recóndito de la mente, donde se conservaban extrañamente intactos, como fragmentos de una película que, no obstante, Manuela apenas se atrevía a reproducir.

—Entonces ponías la misma cara que ahora, seria como un monje —continuó Pedrito—. Siempre te preocupabas porque tu castillo permaneciera intacto, no entendías que su destino era desaparecer, que se lo tragaría el mar y acabaría convirtiéndose en una masa informe de arena. Tu padre tenía que sacarte a rastras de allí para que dejaras de protegerlo. Eras incapaz de abandonarlo a su suerte.

—Tú nunca los llegabas a terminar siquiera.

—Todos sabíamos que mi destino no era ser arquitecto.

Se coló entre ellos un silencio plagado de recuerdos.

—¿Piensas mucho en tus padres? —preguntó Pedrito.

—Cada día.

Pero vivían en la España de la pérdida, en la que la mayoría de las mujeres habían vestido luto y llorado a los que no estaban, algunas sobre sus tumbas, otras sin un cuerpo que palpar, mientras los huesos de sus maridos, hijos o hermanos yacían sin descanso en el fondo de alguna fosa. Manuela se había negado tiempo atrás a dejar que la dominara el dolor, había pactado con él una convivencia que le permitiera sobrevivir, y aunque algunas noches era como un velo que le oprimía el rostro y le taponaba la boca cuando intentaba respirar, a la mañana siguiente se levantaba y, con el retazo de alma que le quedaba intacta, conseguía continuar.

—Hemos llegado —dijo Pedrito.

Salieron del tren al bullicio de la estación y después al exterior, donde los recibió un cielo gris y lloroso que apenas se diferenciaba del de San Sebastián. Allí los recogió el chófer de las hermanas Ansoáin, a quien habían enviado para que los llevara hasta su casa a las afueras de la ciudad.

Anochecía cuando llegaron a la puerta de la casona indiana de las mellizas, que los acogieron entre sus rotundos brazos con la calidez que las caracterizaba. Las conocían desde niños, pues sus familias habían tenido gran amistad, y Manuela había pensado que la excusa de visitarlas sería idónea para que Hernán no se hiciera preguntas si descubría que había salido de San Sebastián. Ángela y Livia no eran mucho mayores que ella, pero los años de soledad, entregadas al cuidado de una madre enferma, las habían avejentado. Vivían en la casa familiar, sin hijos ni maridos, y Pedrito solía bromear con que incluso iban al urinario juntas, pues jamás se separaban. Horneaban bizcochos y galletas, bordaban conchas y caracolas en servilletas y manteles de tela o salían a pescar en una barca destartalada en perfecta sintonía.

—¡Qué alegría que hayáis venido a vernos! —dijo Livia cuando se acomodaron en el salón.

—Cada vez tenemos menos visitas —se lamentó Ángela.

—Eso es porque los asustas con tus historias de monstruos marinos —replicó su hermana mientras servía unas tazas de café caliente para todos.

Manuela sonrió, pues Ángela tenía alma de viejo marinero y la costumbre de contar relatos sobre terroríficas criaturas que vivían en las profundidades abisales, barcos errantes tripulados por capitanes espectrales y lugares encantados del mar donde los cruceros desaparecían sin dejar rastro.

—Nadie mejor que nosotros para apreciar una buena historia de terror —respondió Pedrito.

Manuela decidió aprovechar el momento para sacar a colación el sanatorio.

—Ya que hablamos de relatos espeluznantes, cuando veníamos en el tren hemos oído que alguien mencionaba algo sobre un antiguo manicomio que había en una isla de por aquí.

Pedrito le lanzó una mirada de advertencia, pero las hermanas no parecieron sorprendidas por la pregunta.

—Será el centro del doctor Nicolás Yuste, el hospital del Cedro —respondió Livia—. Estaba en la isla de las Golondrinas.

—¿La isla de las Golondrinas?

—Está muy cerca de la costa —comentó Ángela—. Pero solo se puede llegar en barca. Se llama así porque allí solían parar muchos charranes, golondrinas de mar.

—Era un sitio para tener aislada a la gente —continuó Livia—. Dicen que si pasabas cerca siempre se oían gritos. A saber qué les hacían allí, el doctor Yuste tenía fama de ser un tirano. Alguno se tiró al mar intentando escapar y se ahogó.

Manuela se estremeció ante la posibilidad de que Ava hubiera estado en un lugar así, y por unos instantes deseó no encontrar nada entre las paredes calcinadas del sanatorio.

—Hubo un incendio, y por lo visto murieron algunos pacientes —dijo Ángela—. Si queréis mi opinión, algún pobre diablo se hartó de aguantar esas barbaridades y le prendió fuego. Ahora dicen que está embrujado.

—A la gente le gusta inventar historias, igual que a ti —aseguró Livia—. No es más que un sitio triste, eso es todo.

—Y ese doctor, ¿qué pasó con él? —preguntó Manuela.

—Era un señorito de la zona, de muy buena familia y de buen ver, pero decían que en el sanatorio era un bárbaro. Murió en el incendio.

—¿Y si alguien quisiera visitar la isla? —dijo Manuela con cautela.

Ángela soltó una risa ronca y Livia se persignó.

—¿Por qué diablos iba a querer nadie visitarla? —preguntó Ángela.

—Bueno, por curiosidad... —intervino Pedrito.

—En ese caso, supongo que tendría que encontrar un pescador dispuesto a llevarlo en su barca, uno que no fuera supersticioso —respondió Ángela.

—Sí. Los hombres de mar —apostilló Livia— temen más a los espíritus que a las tormentas.

—Pero seguro que vosotras conocéis alguno... —sugirió Manuela.

Las hermanas, extrañadas, intercambiaron una mirada.

—Tal vez Amós... Es un antiguo marine, que se quedó medio ciego. Y parece ser que con la vista perdió también el miedo. Estuvo en los países del norte, allí donde cazan ballenas, y apenas habla con nadie más que con las gaviotas, pero por un precio se presta a cualquier faena.

—Pero, queridos, allí no queda nada para los vivos —dijo Ángela—. Esa isla está tomada por las ánimas.

Manuela pensó que tal vez aquello fuera lo más adecuado, pues, al fin y al cabo, ellos perseguían un fantasma.

29

Santander, 1952

Como habían pronosticado las hermanas Ansoáin, Amós Linares se ofreció a llevarlos a la isla de las Golondrinas sin hacer preguntas y por un precio desorbitado. Lo encontraron a la mañana siguiente en el puerto, malcarado, con botas de goma y fumando cigarrillos importados.

—Allí no hay nada —dijo, después de aceptar la propuesta sin apenas levantar una ceja, para asegurarse de que sus clientes no se vieran decepcionados al llegar a su destino.

—Eso es asunto nuestro —respondió Pedrito—. Usted nos espera un par de horas en la barca y estamos en paz.

El mar estaba calmado cuando se montaron en el barquito de Amós, que olía a tripas de pescado y tenía el suelo encharcado. Pedrito se descalzó y cargó los zapatos italianos en la mano y Manuela, que temía marearse, pasó el viaje masticando una raíz de jengibre que Pedrito le había conseguido para evitar las náuseas. Por suerte no tardaron más de veinte minutos en llegar a la isla. El exmarine se detuvo junto a un antiguo espigón, donde amarró la embarcación el tiempo suficiente como para que Manuela y Pedrito descendieran tambaleantes.

—Los veo en dos horas —dijo a modo de despedida.

Una terrible sensación de abandono los invadió al adentrarse en la isla. Flotaba en el ambiente un desamparo imposible de ignorar. Tal vez Livia tuviese razón y aquel lugar fuera territorio de los muertos. Caminaron por el embarcadero hasta alcanzar un pequeño pero frondoso bosque en el que se adentraron, ambos lamentando en silencio la decisión de haber llegado hasta allí. La lluvia había empezado a caer de forma casi imperceptible, posándose sobre los cabellos y alimentando una humedad que se hacía aún más insoportable bajo los árboles. Lo primero que encontraron fue el esqueleto ruinoso de una capilla y varias sencillas lápidas rodeadas de maleza. Pedrito se santiguó al pasar junto a una virgen cubierta de musgo con la mano en alto que parecía avisar a los visitantes de que se adentraban en terreno desconocido.

—Que la Virgen nos ampare, que falta nos va a hacer —susurró.

Unos metros más allá, el edificio del antiguo sanatorio emergía entre la espesura, oscuro y desnudo como un navío naufragado siglos atrás. Un antiguo palacete cuyas paredes, otrora blancas, estaban ahora ennegrecidas por el fuego. Se detuvieron frente a él, paralizados por la tristeza muda que emergía de las ventanas desportilladas, de las puertas abiertas de par en par.

—Muerte y ceniza, eso es todo lo que hay aquí —dijo Pedrito.

Manuela ignoró su comentario y avanzó con falsa seguridad hasta la entrada. Tras cruzar el umbral, se encontró en una sala con el suelo cubierto de escombros. Había varias puertas desvencijadas y una escalera medio derruida que llevaba al piso superior. En los laterales se amontonaban sillas y mesas calcinadas; quizá en su día la estancia albergara un comedor. Manuela se agachó y contempló los restos de un libro de botánica que descansaba en una esquina: las ajadas ilustraciones que habían sobrevivido mostraban chopos, robles y plátanos de sombra.

—Tiene que haber algo... —murmuró.

Se acercó a una de las puertas, que se abría a un pasillo en el que tan solo se intuía una oscuridad primigenia.

—Déjame —dijo Pedrito, que se colocó delante de ella y alumbró el espacio con una linterna—. Me la ha prestado nuestro simpático amigo Amós —explicó ante la mirada atónita de Manuela.

Guiados por el tenue haz de luz, avanzaron por el corredor. Bajo sus pies crujían los restos de yeso de las paredes y el techo, y, en la penumbra, las sombras más inofensivas se tornaban monstruos amenazantes. El silencio era tan denso que Manuela escuchaba el latir de su corazón en los oídos, como un sordo tambor de guerra. Entraron en la primera sala con la que se toparon y dedujeron, por el somier deformado y los restos del colchón, que se trataba de un dormitorio. Manuela acarició las firmes correas de cuero, que aún permanecían sujetas a la cama, dispuestas a cumplir su función incluso tras el fuego y el abandono.

—Este lugar es horrible —susurró.

La siguiente habitación que se encontraron parecía un laboratorio, pues aún quedaban tubos de ensayo, escalpelos y algunas muestras conservadas entre placas de vidrio que evitaron tocar. El pasillo los llevó después a varios baños de azulejos rotos y espejos deslucidos, a estancias oscuras que no consiguieron identificar y, por último, a una puerta cerrada que precisó que Pedrito le propinara varios empujones hasta que cedió. Cuando consiguieron entrar, notaron que flotaba allí un olor húmedo y que la sala parecía menos afectada por el fuego que las que habían visto hasta entonces. Sobre una mesa reposaban un par de libros, un dominó y una baraja de cartas.

—Parece una sala de recreo —dijo Manuela.

Pedrito contempló con curiosidad los pósteres que sobrevivían en las paredes: una ilustración de diferentes tipos de mariposas, un anticuado mapa de Santander o una lámina que representaba un paisaje marítimo al atardecer. Se llevó la mano a los amuletos del pecho cuando vio un letrero de madera que rezaba: DIOS PROTEJA ESTA CASA. Junto a él, una serie de fotografías pendían de un corcho. Algunas eran del edificio cuando aún se encontraba en todo su esplendor: la fachada blanca, las ventanas cubiertas con cortinajes, los alrededores cuidados formando un hermoso jardín. Y otras retrataban a algunos de los internos. Le llamó la atención una foto grupal que parecía tomada en aquella misma sala y la cogió con cuidado.

—Manuela, mira esto —dijo, y le tendió la fotografía.

Ella la observó de cerca, examinando los rostros de los pacientes bajo la luz vaporosa de la linterna. Le llevó unos segundos reconocerla, porque estaba más delgada y casi oculta entre dos hombres, pero no tuvo dudas, se trataba de Ava.

—Es ella —le dijo a Pedrito—. Estuvo aquí.

Sintió una mezcla de alivio y terror al constatar que Ava había estado encerrada en aquel lugar recóndito plagado de dolor.

—Entonces tenías razón, debió de conocer aquí a Alexander Swatch.

Revisaron la sala de arriba abajo buscando algo más, pero fue en vano. El único vestigio del paso de Ava por aquel lugar era aquel diminuto rostro en una instantánea.

—No hay nada más —dijo Pedrito—. Es mejor que nos vayamos antes de que ese exmarine nos abandone a nuestra suerte.

Con la fotografía a buen recaudo, recorrieron de nuevo el pasillo hasta la entrada. Al llegar a la puerta, Manuela empezó a escuchar una melodía lejana, un cántico que reverberaba entre los árboles y se hacía cada vez más fuerte.

—¿Lo oyes? —le preguntó a Pedrito, pues temía que se tratara de algún delirio inducido por aquella isla embrujada.

Él asintió despacio. El sonido venía del bosque y Manuela distinguió que se trataba de una voz de hombre, grave y serena, que se perdía tras el edificio, entre los árboles.

Anda jaleo, jaleo,
ya se acabó el alboroto
y vamos al tiroteo,
y vamos al tiroteo.

La ronca voz y los versos de aquella canción popular los guiaron hasta una casa de hormigón que se alzaba en medio de la destrucción. Frente a ella, un hombrecillo, calvo y flaco como un monje tibetano que hubiera ayunado durante años y con una nariz que acaparaba toda la atención en su enjuto rostro, retiraba las hojas de la entrada con un rastrillo. No se sorprendió ante su presencia y siguió canturreando.

—Buenos días, ¿han acabado ya la visita? —preguntó—. Los he visto cuando entraban pero no quería molestar. Me alegro de ver que están ustedes sanos como lechugas y no se les ha caído encima ningún escombro.

Manuela se acercó a él con cautela.

—Buenos días, disculpe la intromisión, ¿vive aquí?

—Sí, señorita, desde el año treinta y cuatro, en concreto, que vine de mi Andalucía.

Parecía contento de tener alguien con quien charlar en esa isla perdida. Había parado de rastrillar y los miraba con curiosidad.

—Me llamo Fulgencio Barrena y trabajaba como guardia del centro —continuó el hombre—. Ahora no queda nadie aquí, pero lo bueno es que tampoco vienen a echarme. Y tal y como está el patio, uno agradecido de tener un techo sobre la cabeza.

—Así que trabajó aquí cuando era un psiquiátrico —dijo Manuela—. ¿Recuerda algo de esa época? ¿Del doctor Yuste?

Fulgencio arrugó su enorme nariz al escuchar el nombre.

—¿Son ustedes locos de esos de los espíritus?

Manuela cruzó una mirada con Pedrito.

—Algo así —respondió él—. Estamos investigando la historia del lugar.

—Pues anote esto entonces: Yuste era un demonio —respondió Fulgencio—. Había estado estudiando en Alemania y había traído de allí muchas ideas que no eran precisamente buenas. Esto estaba cerrado por aquel entonces. Había sido durante mucho tiempo un sanatorio de tuberculosos y estaban pensando en abrirlo otra vez para los leprosos, pero la familia de Yuste lo compró y le montó su parque de juegos. El sitio se hizo famoso y decían que él hacía milagros.

Lo que pasa es que nadie sabía lo que pasaba aquí dentro, claro. Y si lo sabían, tampoco les importaba.

—Se refiere a los métodos del doctor... —aventuró Pedrito.

—Más que métodos eran torturas, a los pobres pacientes se les oía gritar desde fuera, pero nunca vino nadie a ayudarlos. Yo los solía ver cuando salían al patio: me compraban cigarrillos y alguna botella de espirituoso. Siempre he sido yo muy compasivo, y es bien sabido que los vicios le hacen pasar las desgracias mejor a uno.

—Un alma caritativa, usted —dijo Pedrito con sorna.

—¿Nadie salía de aquí? —preguntó Manuela.

—Sí, claro. Algunos, no sé cómo, aguantaban medio cuerdos y entonces los soltaba diciendo que los había curado.

Manuela sacó del bolsillo la fotografía de Ava.

—¿La conoció? —preguntó señalando el diminuto rostro de su amiga.

Fulgencio miró la imagen con detenimiento.

—¡Ya lo creo! —dijo—. Uno no se olvida de una muchacha tan guapa. Pobrecita, venía de un convento en Francia, por los Pirineos. Su familia no le debía de tener mucho aprecio, porque primero la metieron allí y luego acabó aquí. Supongo que pensaban que se iba a curar, aunque yo la veía bastante cuerda; para mí que lo que tenía eran dolores del alma.

—¿Y reconoce usted a un alemán, uno que escribía poemas? —preguntó Pedrito—. Alexander Swatch.

Fulgencio examinó de nuevo la fotografía y señaló a un joven menudo y rubio que estaba junto a Ava.

—Este prenda. Menuda la que preparó...

—¿Qué fue lo que hizo? —preguntó Manuela extrañada.

—Verá, la versión oficial nunca estuvo clara, pero yo estoy seguro de que fue él quien le prendió fuego al sanatorio. Estaba enamorado de la francesita, y no le culpo, pero es que el ilustrísimo doctor Yuste tampoco le quitaba ojo de encima, era su protegida. De hecho, cuando llegó, la tuvo separada del resto un tiempo, nadie la vio en meses. Cuando la soltó con los demás, estaba flaquita y triste como un perro apaleado, y el alemán se convirtió en su único amigo.

—¿Alexander le prendió fuego al edificio...? —murmuró ella.

—Apostaría algo a que eso fue lo que pasó. Era bastante inestable, y nunca sabías cómo se iba a levantar. Y un día, el muy lumbreras lo quemó todo, y, para asegurarse de que el doctor no se escapaba, se fue a buscarle a su despacho; pero al parecer él también se quedó atrapado. Murieron los dos.

—¿Y Ava?

—¿La chica? Bueno, como decía, el alemán era muy impulsivo y no sopesó bien lo que hacía. Cuando empezó el incendio la pobre estaba dormida, probablemente drogada por el doctor, y no se despertó a tiempo para escapar. Una tragedia.

Manuela sintió que le faltaba el aire.

—No, está equivocado —dijo, guiada por la desesperación—. Ella está viva.

Fulgencio levantó las cejas.

—No quisiera llevarle la contraria, porque después de tantos años viviendo en esta isla soy muy dado a creer en la resurrección de las ánimas, pero lo cierto es que yo estaba aquí cuando la encontraron en la cama, calcinada.

30

Santander, 1952

Manuela siempre había pensado que el tiempo era una unidad de medida algo difusa y poco fiable, capaz de distorsionarse —aunque nunca a voluntad— según las circunstancias. Si alguien le hubiera preguntado cuánto duró el viaje de vuelta en la barca de Amós, no hubiera podido responder, pues para ella fue una épica travesía a través de los siete mares, como si hubiese pasado meses a bordo del Nautilus bajo las órdenes del capitán Nemo. El dolor la había dejado en un estado de aturdimiento del que tan solo la sacaban, de forma transitoria, las torpes palabras de consuelo de Pedrito y las náuseas por el vaivén de las olas. Pero lo peor era la culpa, la convicción de que podría haber evitado la muerte de Ava de haberla buscado antes, la punzante sensación de haberla abandonado.

—Hay golpes de la vida que no se pueden evitar —le dijo Pedrito cuando subieron al coche del chófer de las Ansoáin.

Y ella recordó entonces los momentos felices, las tardes despreocupadas antes de que el rumbo de su amistad se torciera, cuando el futuro estaba lleno de promesas y el pasado aún no existía, cuando compraban sellos y helados en las calles empedradas de Florencia, bajo aquella dulce luz del color de los melocotones que cubría la ciudad antes del atardecer, con el olor del perfume que Ava compraba en Santa Maria Novella pegado a la nariz. Temblaba al pensar que era así como iba a recordarla siempre, como una adolescente atolondrada, que viviría inmortal en su cabeza sin envejecer ni un día, que mientras su vida pasara, Ava sería siempre la misma. Su destino era tan cruel que parecía inconcebible, siempre había creído que tendría una muerte acorde a su imaginación, que se la llevarían volando unos pájaros una madrugada o que encontraría tras un espejo un portal oculto al mundo secreto de las hadas. La realidad había sido mucho más despiadada: los Braud habían mandado a su hija a un convento y después a morir a un psiquiátrico escondido en una isla de pesadilla. Y el mundo que Ava tanto amaba había terminado por darle la espalda, por olvidarla.

—¿Qué tal ha ido la visita? —preguntó Livia.

Pedrito les había contado que querían visitar la isla por curiosidad, y las hermanas, que conocían su inclinación por los temas esotéricos, no habían sospechado nada extraño.

—Muy interesante —respondió él—, aunque me temo que tendremos que volver de inmediato para San Sebastián, Manuela no se encuentra muy bien.

—¿Han sido los espíritus? —dijo Ángela, que ansiaba escuchar historias de la isla para incorporarlas a su repertorio de relatos dantescos.

—Un virus, diría —respondió Pedrito.

Montaron en el tren a Bilbao unas horas después, y mientras Pedrito se afanaba en resolver el crucigrama de *El Diario Montañés*, Manuela continuaba pensando en Ava.

—¿Qué crees que significaba esa serpiente? —preguntó con un hilo de voz.

—Eso ya no importa.

—Tampoco sabemos cómo consiguió Julien el cuadro —insistió ella.

Pedrito suspiró y dejó el diario y el bolígrafo sobre su regazo.

—Entiendo que es duro aceptar que has perdido a una amiga, pero no deberías torturarte más.

Sin embargo, por mucho que Manuela intentara despejar su mente, las incógnitas que quedaban sin resolver la rondaban sin parar.

Cuando llegaron a San Sebastián la noche había caído ya sobre la ciudad. El taxi los dejó frente al Continental, donde un botones se hizo cargo de las bolsas de viaje, que apenas habían tenido tiempo de utilizar.

—Tengo que salir por trabajo —dijo Pedrito—. ¿Estarás bien?

Manuela asintió y forzó una leve sonrisa antes de entrar al hotel.

Saludó brevemente al *concierge*, y, como no tenía apetito para cenar, se dirigió directamente a su habitación. La luz estaba encendida. Por un momento pensó que habrían olvidado apagarla al limpiar, pero no tardó en observar que un sombrero reposaba sobre la mesa y que el balcón estaba abierto de par en par. No necesitó más para saber quién era su inesperado visitante. Solo conocía a una persona con el poder suficiente para conseguir la llave de su habitación y con la desfachatez necesaria para esperarla dentro.

—Buenas tardes, Hernán —saludó.

Tras la cortina del balcón asomó el rostro grave de su hermano, que estaba terminando de fumarse un cigarrillo que arrojó al paseo de la Concha sin miramientos.

—¿Cómo has conseguido la llave? —preguntó Manuela.

—¿Te refieres a la llave de la habitación que yo pago?

Apartó la cortina y se sentó en una de las sillas del interior. Llevaba un traje gris sencillo pero de buen corte; tenía varios como aquel, que encargaba en Ranz Beltrán y vestía los días de diario. Estaba recién afeitado y olía a perfume de madera, varonil y sobrio; el único toque de dulzura en su rostro anguloso eran aquellas larguísimas pestañas que había heredado de su madre y que le enmarcaban los ojos, oscuros como piedras volcánicas.

—Eso no quiere decir que tengas derecho a entrar —insistió ella.

—Primero llamé. Pero la próxima vez que decidas irte de la ciudad, deberías avisarme.

—Fui a ver a las hermanas Ansoáin.

—Ya lo sé.

Manuela no se molestó en preguntarle cómo. Hacía tiempo que había aceptado que nada escapaba a su control, que le bastaba una llamada para descubrir todos los secretos de aquella España que tan pequeña resultaba en ocasiones.

—Tampoco tú me has avisado de tu visita —le reprochó, aunque lo contrario le hubiera extrañado.

—Ha sido una decisión de última hora, no tengo tiempo de llamar a todo el mundo cada vez que viajo.

Manuela tomó asiento junto a él. No se sentía con la fuerza ni la agudeza necesarias para enfrentarse a su hermano y a su inquebrantable rectitud.

—Me sorprende que hayas regresado tan pronto del viaje —dijo Hernán.

—No me encontraba bien.

Él examinó su rostro unos instantes y pareció complacido por la respuesta, pues Manuela estaba pálida, tenía el maquillaje cuarteado y el cabello pugnando por escapar de un recogido mal hecho.

—Deberías descansar —sentenció con cierta ternura—. Tal vez darte unos baños en La Perla.

Manuela sonrió levemente. Su hermano tenía la cualidad de saber tratar a la gente, sobre todo, a las mujeres. Sin perder nunca el aire autoritario que le caracterizaba, dejaba entrever gestos de cariño, pequeñas concesiones que hacían que ellas se sintieran especiales y estuvieran dispuestas a dejar de lado toda cordura. No tenía fama de conquistador, pero era justo eso lo que hacía que todas cayeran rendidas: su rectitud, la medalla de la Virgen de la Macarena bajo la camisa, aquel aire de rudeza matizado por sus modales de hombre de la nueva España.

—Hablaré con Pedrito —continuó—. No deberías estar tan agotada en tus vacaciones.

Contra todo pronóstico, Hernán confiaba en Pedrito. A pesar de que no tuvieran nada en común, el uno con sus maneras de filibustero y el otro serio como un franciscano, se había criado con él, y, aunque no le consideraba un amigo, al menos le respetaba.

—No es su culpa —respondió Manuela—. Ha sido cosa del viaje.

—Muy bien, entonces mañana estarás repuesta. Tenemos un almuerzo en el tenis. Lo organiza Martín Garmendia por su cumpleaños. Sabes que es un buen muchacho, y, además, dicen que está buscando esposa.

Manuela valoró la opción de oponerse, pero sabía que no serviría de nada, pues, al final, Hernán acabaría imponiendo su voluntad y ella se vería igualmente obligada a asistir al almuerzo y a reír los absurdos chistes de Garmendia.

—Allí estaré —se limitó a responder con languidez.

Su hermano pareció satisfecho y relajó la postura.

—¿Cómo están Mari Tere y los niños? —preguntó ella.

Manuela convivía durante el resto del año con su cuñada y sus dos sobrinos, que correteaban por la casa pastoreados por una institutriz y saludaban todas las mañanas con los cuerpecitos muy firmes al retrato de Franco que colgaba en el salón. Mari Tere, por su parte, empleaba la mayor parte del día en acudir a la peluquería, a las tiendas de la Gran Vía o a tomar el té con sus amigas; para compensar después aquel despilfarro, que Hernán no veía con buenos ojos, pasaba horas repartiendo prendas de lana y paquetes de arroz junto a las monjas. Y cuando volvía a casa, con su exuberante figura envuelta en el último diseño de Chanel, le pedía bajito a la criada que le preparara un baño para quitarse el olor a pobre. Manuela sabía que jamás diría aquello ante su marido, porque Hernán actuaba como si no se hubiera enterado de que aquellos pobres lo eran precisamente por culpa del Gobierno al que apoyaba, así que le pedía a su mujer que respetara a todo el mundo.

—Están en Sevilla —respondió su hermano—, supongo que bajo un naranjo bebiendo té helado. Pero hay otro tema del que quería hablarte: ha llegado a mis oídos que un duque francés ha comprado Villa Allur...

La cuestión podía parecer inocente, pero Hernán no tenía ninguna inclinación por los simples rumores, y cuando preguntaba algo conocía la respuesta de antemano.

—Así es, dio una gran fiesta de inauguración. Invitó a casi toda la ciudad.

—Qué curioso. ¿Y has vuelto a verle?

—He asistido a alguna velada más en su casa con Pedrito —respondió ella con cautela.

—Ten cuidado, he oído decir que es bastante extravagante. Y los franceses no son de fiar, ni mucho menos los duques.

Hernán no le guardaba ninguna simpatía a la nobleza, a la que consideraba vetusta y leal al rey en el exilio; prefería a los militares y los falangistas, a los nuevos ricos y los hombres de negocios.

—Y ahora, si me disculpas, debo irme —dijo mientras se levantaba y se abrochaba la chaqueta del traje.

—¿Tienes una cena de negocios?

—Algo informal con unos amigos —respondió escueto—. Te mando un taxi mañana a la una. Descansa.

Salió de la habitación sin más ceremonias. En eso ambos se parecían a su madre: nada de besos ni abrazos afectados. Manuela respiró aliviada cuando cerró la puerta tras él, aunque no pudo evitar preguntarse si le devolvería la llave al *concierge* o si se lo encontraría allí cada vez que se le antojara. Se quitó los zapatos y se soltó el pelo. Descalza, se acercó al balcón y respiró la brisa fresca de la noche. En ese momento vio avanzar por el paseo a su hermano, que caminó unos metros y se detuvo: alguien le esperaba. Antes de que Hernán y su acompañante giraran por una calle y se perdieran en la oscuridad, le dio tiempo a distinguir el inconfundible moño rubio y el brillo de los diamantes de Teté Chapman.

31

San Sebastián, 1952

El Real Club de Tenis de San Sebastián era uno de los pilares de la vida social de la ciudad. Situado junto a la playa de Ondarreta y frente al funicular que subía a la cima del Igueldo y su parque de atracciones, allí tenían lugar no solo partidos profesionales y *amateurs*, sino fastuosas galas, comidas y recaudaciones benéficas de fondos. Manuela había conseguido levantarse de la cama a duras penas aquella mañana. Había dormido entre sobresaltos, despertándose después de lo que le parecían tan solo unos segundos con la imagen de una Ava aniñada entre llamas y serpientes.

En el tenis la recibió el anfitrión de la fiesta de cumpleaños, Martín Garmendia, un dandi de buena familia donostiarra que poseía esa clase de atractivo que tan solo otorgaba la riqueza excesiva: buena figura, modales exquisitos y cierta ligereza moral. Pero más allá de la fachada, era un hombre aburrido del que tan solo destacaba un entusiasmo por los peces que rozaba lo enfermizo. Podía nombrar cientos de especies marinas y en el salón de su casa conservaba perfectamente disecados ejemplares de exóticas mantarrayas que él mismo había traído de los mares cálidos de

América del Sur, atunes rojos capturados con almadraba y modestos sargos, doncellas y lamotes pescados en su velero cerca de la costa. Sin embargo, Martín carecía de espíritu de pirata, y, en su boca, los relatos de travesías heroicas por las Antillas resultaban anodinos.

—Gracias por venir, es un honor tenerte aquí —la saludó, solemne.

Manuela le dedicó una sonrisa y una felicitación poco efusiva y, antes de que tuviera tiempo de enredarla en una conversación sobre anzuelos, cebos, pargos y velas, se excusó para ir al aseo. Cuando salió, se encontró de frente con Teté Chapman, que llevaba el cabello suelto y un traje sastre de color crema. El conjunto hubiera resultado discreto de no ser por un enorme collar de diamantes que combinaba con una sortija y unos pendientes a juego. Manuela recordó su encuentro clandestino con Hernán la noche anterior y tuvo que reconocer que sentía lástima por ella. Teté amaba a su hermano, pero lo más que conseguiría de él serían embustes motivados por la pasión en la suite de algún hotel, amor de luz de luna que nunca llegaría al amanecer.

—¿Qué tal estás, Teresa? —preguntó con sinceridad.

Ella le devolvió una mirada distraída.

—Manuela, *dear*. Me alegro de verte —la saludó, pero su voz carecía de la alegría habitual. Tal vez se debiera a la presencia de Hernán, que charlaba con Rodrigo Monterreal unas mesas más atrás.

—Un tipo extraño, ¿verdad? —dijo Manuela a la par que señalaba con la cabeza a Rodrigo.

Teté pareció revivir ante la posibilidad de criticar a Rodrigo y se acercó más a ella.

—No me merece ninguna confianza, por muy gobernador que sea —susurró—. Siempre me da la sensación de que sabe lo que estoy pensando. Además, se oyen cosas terribles sobre él, dicen que las criadas de su casa lo temen. Y aunque no se atreva a decirlo, su sobrino también.

—¿Diego?

—Ya sabes que es casi como un padre para él, pero basta con que Rodrigo levante un dedo para que agache la cabeza como un perrillo. Es uno de los hombres más terroríficos que he conocido.

—Supongo que el otro será el duque Leroy-Benoit —dijo Manuela, que no podía sacar a Julien de su mente. Sin embargo, la ácida broma tuvo un efecto inesperado en Teté, que perdió el poco color que tenía en el rostro—. ¿Ocurre algo? —preguntó Manuela.

Teté sacudió la cabeza como si quisiera quitarse de encima un mal pensamiento.

—El día de la sesión de espiritismo vi algo, algo extraño, y no he dejado de pensar en ello —respondió al fin.

—¿Un espíritu?

—No debería haberte dicho nada, no es más que una tontería —dijo Teté—. Supongo que bebí demasiado vino.

Antes de que Manuela tuviera tiempo de preguntarle más sobre aquella extraña visión, Diego Monterreal apareció entre el gentío con su traje claro de lino. Sonriente y decidido, se acercó a ellas.

—Las mujeres más hermosas de la comida —saludó—. Me alegro de verlas, señoritas, porque estaba empezando a aburrirme la conversación sobre truchas de Garmendia.

—Vamos, no seas cruel... —le recriminó Teté.

—Estoy siendo benevolente, Teresita. He tenido

que salir corriendo al baño dos veces para evitar que me emboscara de nuevo. El pobre diablo pensará que tengo colitis.

Manuela no pudo evitar que se le escapara una sonrisa. Diego podía ser muchas cosas, pero desde luego no era aburrido. Se acomodó junto a ellas, le hizo un gesto al camarero para que dejara una botella fría de champán en la mesa y pronto empezó a hilar, uno tras otro, comentarios ingeniosos y ofensivos a partes iguales, que hicieron que Teté se riera a gusto, tapándose con la mano los dientecillos de ratón.

—¡Eres incorregible! —le espetó cuando él comparó el vestido de una baronesa viuda con una tarta de limón.

Poco después, Teté desapareció junto a Lucía Font y los dejó solos en la mesa. Diego se sirvió entonces la última copa de champán y después se acercó más a Manuela.

—Casi me había olvidado de la sonrisa tan bonita que tienes —le dijo en voz baja.

Ella alzó las cejas ante aquella demostración de cinismo, aunque tuvo que reconocer que desde que Ava había vuelto a su vida, habían desaparecido los momentos de calma y pasaba las horas atrapada entre terribles pesadillas y recuerdos tortuosos. Tal vez fuera la necesidad de escapar de aquello por un día, de camuflar la tristeza por su muerte, o quizá el efecto de las copas de alcohol, pero sentía el cuerpo ligero y la mente atolondrada.

—Dime, ¿no me has echado de menos? —continuó Diego.

Y en un arrebato de cordura, ella supo que no era seguro quedarse junto a él en aquel estado de embriaguez.

—Creo que va siendo hora de que me marche —dijo.

—¿Tan pronto? Te convertirías en la persona más aburrida de la fiesta, y eso que Garmendia sigue por aquí.

Ella buscó entre los invitados a Teté, pero no la encontró por ninguna parte; por suerte, sí localizó a Hernán.

—Pero si insistes en irte, yo te llevo al hotel, he traído el coche —continuó Diego—. ¿No querrás ir caminando con esos zapatos?

—Gracias, pero seguro que Hernán podrá conseguirme un taxi.

La sola mención del nombre de su hermano hubiera bastado para amedrentar a cualquier pretendiente, pero con Diego no era tan sencillo. La miraba con las manos en los bolsillos y la expresión del rostro moreno detenida en una media sonrisa permanente. Y sin darse cuenta, Manuela se descubrió observando las leves motas pardas que adornaban sus ojos verdes.

—¿Estás segura? —le preguntó él con voz suave.

—Sí —se obligó a decir.

—Hablemos con Hernán entonces. Estoy seguro de que estará encantado de que alguien de confianza te acerque al hotel.

Antes de que ella pudiera detenerle, se plantó frente a su hermano, que continuaba charlando con Rodrigo.

—Querido tío, Hernán, disculpad que interrumpa la conversación —dijo—, pero la señorita Manuela desea retirarse a su hotel y, aunque insiste en coger un taxi, yo estaba pensando en volver ya a casa, así que no me supondría ninguna molestia acercarla.

A Manuela le pareció que Rodrigo Monterreal torcía ligeramente el gesto ante la propuesta de su sobrino, cuyas faltas y vicios debía de conocer más que de sobra. Sin embargo, Hernán, que desconocía la historia entre Diego y su hermana, veía en él a un hombre casado y decente, y accedió sin dudar a que llevara a Manuela al hotel. Ella sabía que seguir oponiéndose hubiera sido insensato, pues habría hecho que su hermano sospechara algo, por lo que, de nuevo, no tuvo más remedio que agachar la cabeza y obedecer.

—No será tan terrible, soy un buen conductor —le dijo Diego al oído mientras se dirigían a su flamante Buick de color negro.

Manuela se sintió extraña al entrar al coche, a solas con él tanto tiempo después, cuando ya no los unía nada más que breves recuerdos que el tiempo había ido convirtiendo en fragmentos inciertos. Al sentarse, el efecto de la bebida se hizo notorio, y tuvo que sujetarse a la puerta para sentir que el suelo dejaba de girar. Por suerte, el trayecto fue corto y Diego se mantuvo en silencio. Cuando llegaron al Continental, aparcó el coche junto a la puerta del hotel, y en un gesto de exagerada galantería, la ayudó a bajar.

—Podría acompañarte hasta la habitación —dijo mientras se apoyaba en el capó.

—No me gusta repetir los errores del pasado.

—Los errores no existen, Manuelita.

—¿Es una frase de tu libro? —preguntó ella con malicia.

Él la tomó de la mano y la atrajo hacia su cuerpo.

—No he deseado a nadie tanto como a ti —susurró a unos centímetros de su rostro—. Estoy aburrido de tanto puritanismo, de verte desde la distancia.

Manuela intentó separarse de él, pero, a su alrededor, todo giraba; todo menos los ojos verdes de Diego, que se mantenían serenos como un faro en la oscuridad. Él le acarició despacio uno de los brazos y ella pensó que la piel se le prendería en llamas.

—¡Manuela! —escuchó entonces a su espalda.

Aterrada ante la posibilidad de que alguien pudiera verla en esa tesitura con Diego, se zafó de sus manos y se dio la vuelta. Frente a ella, en la puerta del Continental, se encontraba Roger Foss.

—¿Quién es ese tipo? —preguntó Diego.

—Tienes que irte.

—¿Te está molestando, Manuela? —dijo Roger, que se acercaba con pasos lentos.

—Tranquilo, profesor —dijo Diego levantando las manos—. Somos viejos amigos.

Roger ladeó la cabeza como si calibrara el peligro que suponía Diego, con su traje caro y su coche importado.

—Manuela, ¿estás bien? —repitió.

—Sí, Diego ya se iba.

Él esbozó una sonrisa de derrota y regresó al coche.

—Ten cuidado con las compañías que frecuentas, a tu hermano podrían no gustarle —dijo antes de arrancar.

Mientras se alejaba, Manuela se reafirmó en su opinión de que los errores sí que existían, y aquella tarde acababa de cometer uno.

—¿Qué haces aquí? —le preguntó a Roger.

—Hace días que no sé nada de ti.

—Me fui a buscar a Ava —respondió.

—¿Y la has encontrado?

—Sí. Está muerta.

Él agachó la cabeza apenado.

—Lo siento —murmuró—. He venido a buscarte porque acabo de descubrir algo que podría interesarte... Aunque supongo que ahora ya no es importante.

—¿Qué has averiguado? —preguntó Manuela.

Roger dudó unos segundos antes de responder.

—He encontrado a Frédéric Bauer —dijo por fin—. Había una noticia sobre él en un periódico antiguo. El artículo no decía nada relevante, tan solo que había ganado un torneo de ajedrez. Pero, al ver la foto..., algo me llamó la atención.

Sacó un recorte de periódico del bolsillo de la americana y se lo tendió.

—¿Lo has robado de la biblioteca?

Él se encogió de hombros.

Manuela observó la fotografía. En ella, un hombre de unos cincuenta años sostenía en la mano un pequeño trofeo; no había en él nada reseñable, pero en el meñique izquierdo distinguió un anillo con forma de serpiente.

32

Florencia, 1939

La primera mañana de aquel fatídico año de 1939 comenzó de forma ordinaria, con el sonido estridente del despertador, cuya campanilla repiqueteó impaciente durante unos segundos hasta que Manuela consiguió apagarla de un certero manotazo. Por unos breves instantes, permaneció aún en los dominios de Morfeo, envuelta en una agradable neblina ajena a las memorias y los dilemas del espacio tiempo. No obstante, los recuerdos regresaron pronto, acuciantes y plagados de incógnitas: Florencia, el camino de cipreses que llevaba a la villa en la colina, los cánticos de Año Nuevo, el cielo iluminado por la pirotecnia y el auto negro de aquella misteriosa desconocida que la había devuelto a la escuela.

—Ava —susurró con la boca seca.

Se giró y observó con pavor que la cama de su amiga estaba intacta: las sábanas planchadas colocadas a la perfección, la almohada de plumas mullida y tersa. Comprobó en el reloj que eran las ocho de la mañana y ante sus ojos desfilaron con rapidez una serie de escenarios catastróficos que podrían haber llevado a Ava a no regresar a la academia. Estaba pensando cómo se enfrentaría a la directora cuando un golpe sordo en el baño la advirtió de que no se encontraba sola. Aliviada, se dirigió hacia la puerta del pequeño aseo, que estaba cerrada por dentro. Llamó un par de veces con los nudillos, pero no obtuvo respuesta.

—Ava, ¿estás ahí? —preguntó al fin.

—Me estoy dando un baño —respondió ella al otro lado.

El corazón de Manuela se relajó al escuchar su voz.

—No tardes, tenemos que bajar a desayunar.

Regresó despacio a la cama y se sentó sobre el colchón, la noche anterior había dejado secuelas en su cuerpo: tenía los pies doloridos, su cabello desprendía cierto aroma a humo de cigarro y unos insidiosos pinchazos le atravesaban la cabeza. Pasaron más de veinte minutos y Ava continuó encerrada en un silencio que Manuela empezó a considerar sospechoso.

—¿Estás bien? —preguntó desde la puerta del aseo.

—Sí.

Temía que estuviera enfadada porque se hubiera marchado de la fiesta, aunque, en realidad, era ella quien la había abandonado a su suerte entre aquella multitud de artistas, drogas y estolas de piel.

—¿Seguro? —insistió.

La puerta se abrió con un chasquido y Ava asomó la cabeza. Tenía el cabello mojado y pegado al rostro, lo que la hacía parecer aún más liviana e indefensa de lo habitual.

—Solo estoy cansada —dijo.

—Siento no haberme despedido de ti, pero os busqué durante horas y fui incapaz de encontraros. No sabía cómo volver y me daba miedo quedarme allí...

—No te preocupes.

Había vuelto a su estado etéreo y la Ava luminosa y feliz de la noche anterior se había esfumado. Recordaba a una de las náyades de los frescos de la villa, delgada y frágil, con las venas latiendo apresuradas bajo la piel translúcida, como si pudiera desvanecerse pronto o quedarse atrapada para siempre en las ensoñaciones de sus disparatadas pinturas.

—Necesitas comer algo —sentenció Manuela.

—Prefiero quedarme aquí —dijo ella, y se tendió en la cama.

Por mucho que lo intentó, fue incapaz de convencerla para que la acompañara al desayuno.

En el comedor, las alumnas continuaban hablando fascinadas de los coloridos cohetes de la medianoche. En cambio ella, mientras devoraba los bollos de mantequilla y el chocolate caliente que Maria había preparado para darle la bienvenida a aquel nuevo año, no dejaba de pensar en la fiesta de la villa en la colina, que le parecía ahora una alucinación, y en el desconcertante comportamiento de Ava. Cuando volvió a la habitación, la encontró sentada frente a su cuadro, al que tan solo le faltaban unas pinceladas para estar listo.

—Te he traído algo de comer —anunció mientras le tendía un jugoso bollito que había envuelto en una servilleta de tela.

Ava negó con gesto distraído y continuó observando el cielo estrellado de la pintura.

—¿Qué ocurrió anoche? —preguntó entonces Manuela, pues su intuición le decía que algo no iba bien.

Ella no respondió y Manuela optó por sentarse también en el suelo, sabía que serviría de poco intentar sacarla de su ensimismamiento: podría zarandearla durante minutos sin conseguir alterarla, sin que percibiera siquiera el movimiento. Si la conocieran, los ascetas hindúes morirían de envidia y abandonarían sus cumbres nevadas, sus monasterios y sus túnicas naranjas para estudiar a aquella menuda muchacha de ojos tristes.

—Puedes contarme lo que sea —dijo en un intento desesperado—. Somos amigas. Puedes hablarme de Andrea, de tus cuadros, de tus sueños, de lo que ves cuando te despiertas gritando.

Ava giró entonces la cabeza y la miró como si la viera por primera vez.

—Las cosas que veo en los sueños no siempre son agradables.

—Eso no importa, yo podría ayudarte, las cosas malas son un poco mejores cuando se comparten.

—No siempre —murmuró Ava.

—¿Qué quieres decir?

—¿De verdad quieres saberlo?

Ava parecía exhausta y ella quería ayudarla, quería que le dejara abierta una ventanita por la que acceder a su mundo, que le permitiera entender cuáles eran las preocupaciones que la mantenían alejada del burdo plano físico.

—Sí —respondió finalmente—. Sea lo que sea, quiero saberlo.

—Esa noche, cuando me desperté, vi algo sobre ti, algo que ocurrirá en el futuro.

Manuela se quedó entonces paralizada.

—Todos los días pienso en que me gustaría no tener este don, querría no haberlo heredado de mi abuela. Si pudiera, lo bloquearía para cerrar los ojos y no ver nada, pero también me da miedo. Me da miedo no saber quién soy si pierdo mis visiones.

—¿Qué fue lo que viste? —preguntó Manuela con un hilo de voz.

—No me preguntes más —dijo ella con mirada suplicante.

—Dímelo.

—Vi oscuridad y desesperación —susurró—. Un río de aguas negras en la noche.

Manuela se levantó, presa de la ansiedad, y caminó en círculos, aterrorizada ante la revelación. Sentía que se ahogaba, que un torrente de agua se colaba por los orificios de su nariz, llegaba hasta el pecho y le encharcaba los pulmones. Tambaleándose, entró al baño y se sentó en un oscuro rincón hasta que fue capaz de respirar con normalidad de nuevo. Cuando regresó a la habitación, Ava no estaba allí.

A partir de aquel día, todo cambió entre ellas. Ava se replegó en sí misma como si hubiera hecho voto de silencio y Manuela, asustada por la profecía, la culpó de manera injusta de aquella desgracia que desconocía y que estaba aún por suceder. Convivían en una quietud sospechosa, Ava con los dedos manchados de azul cerúleo, Manuela con la nariz enterrada en las novelas de Dickens, y sus intercambios de palabras se reducían a breves saludos y miradas clandestinas al salir del baño. A pesar de la distancia entre ellas, Manuela se fijó en que Ava ya no salía dos días por semana, con su leve sonrisa y su carpeta bajo el brazo, para acudir a las clases de Andrea. En su lugar, se quedaba en la cama o pasaba largas horas con su pequeña horda de gatos multicolor. Se sentaba junto a ellos con su plato de sobras y permanecía allí, mirándolos ensimismada, mientras los felinos, que debían de considerarla una especie de deidad, se acercaban a ella y, agradecidos por los trozos de pollo y los sorbos de leche, frotaban sus cuerpecitos pulgosos contra sus piernas. Manuela nunca se atrevió a preguntarle nada, pero durante la noche de Año Nuevo debía de haber ocurrido algo que había roto su relación.

Una tarde de principios de febrero, se asomó a la ventana de la habitación y observó desconcertada que Andrea esperaba abajo, fumando un cigarro y envuelto en un abrigo de piel.

—Creo que Andrea está aquí —le dijo entonces a Ava.

—Lo sé —respondió ella sin levantar la vista de sus cuadernos de dibujo.

Con las semanas, el enfado de Manuela se fue diluyendo y empezó a ver la profecía de Ava como algo lejano e improbable; sin embargo, aún se despertaba algunas noches sudando después de soñar que se ahogaba en un caudaloso río. Ava, por su parte, continuaba centrada en su cuadro, negándose a abandonarlo a pesar de que daba la impresión de estar completamente terminado.

Y así, entre los silencios calculados, los libros y el leve sonido de las pinceladas de Ava, se esfumó de pronto el invierno y la primavera hizo su aparición en la ciudad. Se alargaron los días y las margaritas del jardín empezaron a florecer, los gatos de Ava aparecieron con pequeños cachorros atigrados, comenzaron a llegar turistas que paseaban por el Ponte Vecchio y las muchachas desempolvaron sus canotieres. Una noche, Manuela se despertó al oír un llanto en la penumbra. Asustada, encendió la tenue luz de la lámpara de mesa y se encontró con que Ava lloraba desconsolada, agazapada bajo las mantas de su cama. Preocupada por ella, dejó de lado sus reservas.

—¿Qué ocurre? —preguntó—. ¿Puedo ayudarte?

Ava asomó el rostro húmedo entre las sábanas y la

miró. Parecía desesperada, y Manuela temió que hubiera visto más destinos terribles en sus sueños.

—Nadie puede ayudarme —murmuró entonces, y volvió a ocultarse bajo las mantas.

Al día siguiente, Manuela observó que había guardado por fin las pinturas al óleo y que había dado el cuadro por acabado. Dos días después, desapareció.

Era una mañana cálida de sábado y Manuela, como hacía siempre, se levantó de puntillas y fue al baño para asearse antes de que Ava se despertara. Se lavó la cara con agua helada y aquel jabón de violetas y azahar que Ava dejaba siempre sobre el lavabo y se peinó el espeso cabello negro con el peine de plata que su abuela le había regalado por su décimo cumpleaños. Después, aún sigilosa, se quitó el camisón de algodón y se vistió con el uniforme de camisa blanca y falda azul de la escuela. Estaba a punto de bajar a desayunar cuando se dio cuenta de que el cuadro de Ava no estaba en su sitio y el caballete aparecía vacío, como un trasto inútil. Al mirar hacia su cama descubrió que tampoco había señales de ella. Guiada por un presentimiento, se agachó y buscó su maleta. Fue entonces cuando se dio cuenta de que no iba a volver.

No había dejado ni una nota de despedida, ni un mensaje oculto, tan solo el gastado abrigo de marta y los vestidos de terciopelo comprados en los mercadillos. Tal vez se hubiera reconciliado con Andrea y hubiese decidido cumplir su amenaza de fugarse con él, lejos de todo, lejos de ella. Se arrepintió de haberla castigado sin motivo por algo que no podía controlar.

Antes de que tuviera tiempo para pensar qué hacer, unos golpes sonaron en la puerta del dormitorio y, esperanzada, se abalanzó sobre la puerta. Era miss Robinson, que parecía aún ajena al hecho de que una de sus alumnas acababa de desaparecer.

—Señorita Duarte, tiene una llamada —la informó.

Ella la siguió hasta su despacho, donde se encontraba el único teléfono de la escuela.

—¡Manuela! —la saludó su madre al otro lado de la línea.

—Hola, mamá. ¿Ocurre algo?

—La guerra se ha acabado, hija mía. Regresamos a Madrid.

Manuela siempre creyó que se alegraría de oír aquellas palabras, pero recibió la noticia como un jarro de agua fría.

—¿No tienes ganas de volver a casa? —preguntó su madre.

Pero Manuela solo podía pensar en que jamás volvería a ver a Ava. No quedarían de ella más que recuerdos que el tiempo iría desgastando hasta borrarla para siempre de su vida.

33

San Sebastián, 1930

A Frédéric Bauer le fascinaba imaginar el mundo subterráneo que se movía bajo el suelo de mármol pulido del hotel. Era en los sótanos donde se avivaba el alma del edificio, se mantenían encendidas las calderas para que las señoritas pudieran darse sus baños de lavanda y agua tibia y no descansaban los fogones de la cocina, donde hervían desde primera hora de la mañana los puerros para las sopas y los huevos escalfados para el desayuno; allí se encontraban también las cavas, repletas de vinos de todas las nacionalidades para los clientes exigentes: champán para las ostras, elegantes blancos de Borgoña para el rodaballo con *beurre blanc* y robustos tintos de Châteauneuf-du-Pape para las carnes rojas. Cada puesto era relevante para que todo funcionase a la perfección, desde el director hasta el último botones. Y los empleados se movían con la sincronización y la eficacia de los Ballets Rusos: una danza de sábanas de algodón y vaivén de tazas de café amparada por el sonido de las siempre demandantes campanillas.

En el bar del hotel Londres había aún poca gente: era temprano para la cena y la mayoría de los huéspedes estaban en sus habitaciones, arreglándose para la ocasión. Bauer, sentado en un taburete junto a la barra, bebía con lentos sorbos una copa de vino mientras esperaba a su cita. Poco después entró en la sala Armand Robin, un francocanadiense con aspecto de comadreja, bigotito afilado, cabello ralo y escasa estatura que hablaba diez idiomas y viajaba por todo el mundo como marchante de vinos antiguos y singulares. Tenía negocios desde Nueva York hasta Estambul y se vanagloriaba de conocer a actores de Hollywood, rusos blancos exiliados, virreyes de la India y traficantes de opio, pues su único principio comercial era no hacer distinciones entre sus clientes a causa de sus diversas ocupaciones. Frédéric lo había conocido a través de Gérard, y de vez en cuando se permitía comprarle alguna joya que almacenaba en la bodega de su casa.

—Disculpa la tardanza —dijo Armand—, me han entretenido unos asuntos.

Le acompañaba un hombre que compartía con él la escasa estatura y los huesos de gorrión, aunque tenía las facciones más serenas y una abundante mata de cabello negro e iba vestido con un traje color caramelo que a Bauer le pareció de buena factura. Armand se lo presentó como José Andrés, un historiador a quien había conocido en la ciudad y que a veces le ayudaba a recomponer la historia de algunos de los vinos que encontraba en colecciones personales o subastas. En ocasiones, las botellas que Robin adquiría eran tan antiguas que resultaba complicado probar su origen y autenticidad. Entonces, José Andrés entraba en juego y buceaba en archivos familiares, registros de propiedad e inventarios de bodegas.

—He pensado que te gustaría conocerle, creo que tenéis intereses en común —le dijo Robin a Bauer—.

A José Andrés también le interesan todos esos libros viejos de maldiciones que a ti y a Gérard os gusta tanto leer.

—¿Es usted aficionado al ocultismo? —preguntó Frédéric con interés.

El hombre asintió con prudencia, y Bauer se preguntó qué le habría contado exactamente el perspicaz marchante.

—Me gustan los textos históricos —precisó José Andrés.

—Tal vez podáis hablar más tarde —intervino Armand—, pero lo primero son los negocios, y me esperan en otra reunión. Vayamos al grano: ¿te parecería añadir a tu colección un Château d'Yquem de 1814, Frédéric?

La discusión que siguió abarcó casi todos los grandes nombres de burdeos —Château Margaux, Mouton Rothschild o Cheval Blanc— y añadas que se remontaban hasta finales del siglo XVIII. Robin mencionó también un ánfora de vino romano encontrada en una *domus* cerca de Pompeya y una botella de Gevrey-Chambertin que aseguraba que había pertenecido al propio Napoleón.

—Es imposible que hayas conseguido vino del Titanic —protestó Bauer cuando le habló de una botella rescatada del transatlántico—. Nadie ha sido capaz siquiera de localizar el barco.

—*Mon Dieu!* Por supuesto que no, la botella la llevaba consigo uno de los supervivientes.

—¿Se llevó una botella de vino en las balsas de emergencia? —insistió Bauer, que no se creía ni por asomo el relato.

Robin se encogió de hombros.

—Era un Romanée-Conti. Yo me hubiera ahogado con él —se limitó a decir—. Aunque si lo que quieres es un vino de naufragio te alegrará saber que hace unos meses se rescataron unas botellas de un barco hundido en el Caribe.

—No me digas...

La transacción se cerró una hora más tarde y Bauer invirtió en los vinos seleccionados el dinero que había ganado en un día de suerte en el hipódromo de Lasarte. Tras el cierre del Gran Kursaal, el último casino que había resistido tras la prohibición del juego, un par de años atrás, Bauer intentaba aumentar su fortuna con apuestas en las carreras de caballos o en timbas ilegales, pero aquellos lugares, tan oscuros y llenos de mugre, le parecían deprimentes; echaba de menos las lámparas de araña, las columnas de mármol y las esculturas de los tiempos dorados de los casinos.

—Es un trato, entonces. Te haré llegar las botellas a tu casa —dijo Robin cuando acordaron las condiciones de la compra—. Debo irme, me esperan en otro sitio.

—No te retrases con el envío —le advirtió Bauer antes de que el comerciante se marchara con una leve reverencia y le dejara solo junto a aquel desconocido.

—Cree que acabo de pagar un precio ridículo, ¿no es cierto? —le preguntó Frédéric a José Andrés.

—Las cosas tienen el valor que queramos darles —respondió él—. Hoy muchas personas estarán dispuestas a pagar miles de pesetas por objetos antiguos que no tenían demasiado valor en su época.

—Tengo un amigo que lo haría, sin duda. Tanto él como yo somos coleccionistas sin remedio. Pero, hábleme de usted, ¿es de San Sebastián?

—Así es, pero estudié en Madrid y es allí donde trabajo.

—Una ciudad demasiado bulliciosa para mí —murmuró Bauer—. Me he acostumbrado al mar y a los paseos al atardecer, creo que no podría volver a uno de esos lugares donde todo el mundo camina con prisa.

José Andrés, que tenía los ojos de un color gris desvaído, le miraba con interés. A Bauer le parecía que era un hombre inteligente, aunque estaba siendo excesivamente cauto.

—Dígame, ¿qué le ha contado Armand sobre mí? ¿Alguna historia fantasiosa como la del Titanic? —preguntó.

El hombre sacudió la cabeza.

—Nada tan descabellado, pero cree que es usted un mago.

—En realidad, soy poco más que un estudiante perpetuo, alguien que intenta comprender la naturaleza del mundo en el que vivimos y que busca rescatar de la oscuridad el conocimiento perdido.

Cuando era joven, Bauer había viajado por todo el continente europeo y más tarde por Turquía y Egipto, y había sido allí, ante la visión apabullante de las grandes pirámides y los rostros enigmáticos de las esfinges, donde se había interesado por el saber antiguo. Había conocido entre las dunas y los espejismos del Sahara al británico Howard Carter, cuando aún era tan solo un dibujante y copiaba inscripciones de los sepulcros de los faraones del Valle de los Reyes, mucho antes de que hallara la tumba de Tutankamón, lo que desataría una supuesta maldición cuya leyenda habría de perdurar decenas de años. El Cairo de principios de siglo era un hervidero de aristócratas y arqueólogos que llegaban de Europa atraídos por la fiebre de las tumbas. El Viejo Mundo empezaba a descubrir la grandeza del antiguo Egipto y nadie quería quedarse atrás: se pedían permisos para excavar en todas partes y se rescataban entre la arena bustos de reinas y templos colosales. A través de los antiguos textos egipcios, de aquellos libros llenos de jeroglíficos que apenas empezaban a comprenderse, Frédéric vislumbró el poder de los conocimientos de los sacerdotes y eruditos como Imhotep. Y su sed de sabiduría arcaica le llevó hasta los ritos báquicos, las enseñanzas de Hermes Trismegisto, los druidas, los alquimistas y su transmutación de las sustancias, a la ancestral lucha del ser humano por dominar lo intangible. Más tarde, había llegado La Serpiente Escarlata, iniciando un camino que le llevaría a lugares que nunca hubiera imaginado conocer.

—¿A qué se refiere con el conocimiento perdido? —preguntó José Andrés.

—Creo que hay un saber antiguo que hemos olvidado. Antes, la magia, lo ritual, era lo cotidiano; ahora, sin embargo, es denostado, se ha convertido en algo oculto, incluso peligroso.

—¿No cree que es porque la ciencia ha conseguido explicar muchas de las cuestiones que en la Antigüedad no se comprendían?

—Sin duda, pero las preguntas más importantes siguen sin responder. Por eso las religiones prosperan: todos buscamos una forma de encontrar respuestas. ¿Qué cree usted?

José Andrés dudó unos instantes antes de responder y se mesó el espeso cabello negro con la mano.

—Aún no lo sé —reconoció.

Bauer cogió una de las servilletas de papel que reposaban sobre la barra del bar y sacó una pluma del bolsillo. Después, anotó la dirección de su casa y se la tendió a su interlocutor. Su intuición no solía fallar y creía que aquel era un hombre de palabra, alguien en quien se podía confiar.

—Le espero en esta dirección mañana a las doce de la noche. No puedo prometerle un milagro, pero creo que puedo ofrecerle algunas respuestas. Aunque, para eso, será usted quien deba formular las preguntas adecuadas.

—¿A las doce? —preguntó José Andrés extrañado.

—Ni un minuto antes ni un minuto después.

—¿Hay algo más que deba saber? —insistió él.

—Tan solo hay un requisito.

—¿Cuál?

—Su silencio —respondió Bauer—. Ahora, querido amigo, la decisión depende de usted.

34

San Sebastián, 1952

Manuela se sentó en una de aquellas butacas verdes y ajadas que, junto a la mesita árabe de té, constituían el mobiliario principal de la librería. Después de varias visitas, sentía cierto aprecio por esas sillas polvorientas —que habían presenciado cómo muchos lectores encontraban su nueva obra preferida— y por el resto de los artefactos, en su mayoría inútiles, de la tienda: los disparatados relojes de cuco, los catalejos dorados, los mapas, así como por el sutil olor a cuero que flotaba siempre en el ambiente. El sol caía en San Sebastián y la Fortuna estaba cerrada al público, pero, después de encontrarse con Roger en la puerta del Continental, ambos habían convenido que necesitaban hablar a solas, y ella sabía que el hotel no era territorio neutral, pues corría el riesgo de encontrarse con su hermano ahora que estaba en la ciudad.

Roger regresó de su apartamento con dos cafés que dejó sobre la mesa y Manuela cogió con cuidado la tacita floreada.

—Gracias —murmuró.

El exceso de champán en el cumpleaños de Martín Garmendia le había pasado factura. Había estado cerca de cometer un terrible error con Diego, sentía un zumbido sordo en los oídos y tenía la boca seca. No sabía si el café la rescataría de las garras del alcohol o terminaría por hacerla sentir peor, pero decidió probar suerte y le dio un ligero sorbo.

—No es tan bueno como el del Continental o el Café Madrid —se disculpó Roger—. Pero al menos ya no tenemos que beber achicoria.

Ella sonrió y, por cortesía más que por placer, siguió bebiendo el líquido pardusco.

—La historia de Ava es terrible —continuó Roger. De camino a la librería, Manuela le había puesto al corriente de su encuentro con Mary Hadaway, del hallazgo de Alexander Swatch y de todo lo que ella y Pedrito habían descubierto en el sanatorio de Santander.

—¿Qué hay de Frédéric Bauer?, ¿cómo lo encontraste? —preguntó Manuela, que no quería hablar de la muerte de Ava una vez más.

—Soy librero, no sirvo para muchas cosas, pero se me da bien manejar información. Si quieres encontrar a alguien, a veces hay que empezar por lo más sencillo. No sabía si nuestro amigo Bauer había vivido en la ciudad, pero decidí probar con las guías telefónicas; y tuve suerte, aparecía abonado en los años treinta, así que pensé que tal vez hubiera dejado algún rastro. Fui a la biblioteca y busqué durante varios días entre los ejemplares antiguos de los periódicos de la ciudad hasta que me topé con el artículo del campeonato de ajedrez.

Ella examinó de nuevo la fotografía de Bauer en el recorte del periódico y comprobó, una vez más, que el anillo de serpiente que lucía era idéntico al de Julien.

—¿Descubriste algo más? ¿Sabes dónde está ahora? —preguntó.

—Me temo que su dirección actual se encuentra

en el cementerio de Polloe. Su esquela aparecía publicada unos años después en el mismo diario.

Roger le tendió un papel escrito a mano.

—Me parecía mal mutilar otro documento histórico —se excusó—. Así que copié el texto.

> Don Frédéric Bauer Pelletier falleció a los cincuenta y cinco años de edad.
>
> Deja en el mundo un gran poso de conocimiento.
>
> Su amigo José Andrés y demás allegados le echarán de menos.
>
> El entierro tendrá lugar en el cementerio de Polloe. Se ruega una oración por su alma.
>
> R. I. P.
>
> San Sebastián, 1936

Manuela leyó la escueta esquela un par de veces, buscando en ella alguna señal que le permitiera comprender la relación entre aquel hombre y Julien, pero parecía un texto corriente, sin más pretensión que la de despedir a un amigo.

—¿Eso es todo? —murmuró.

Roger asintió resignado.

—No quisiera interferir en tus asuntos, pero ¿puedo preguntar qué sentido tiene esta búsqueda si ya sabes qué ha pasado con Ava?

Ni siquiera ella era capaz de responder a aquella pregunta con completa lucidez. Quizá hubiera perdido la razón desde la noche en que puso un pie en Villa Allur y encontró el cuadro de Ava, o simplemente no estaba preparada para cerrar aquel capítulo y aceptar el dolor de su muerte; pero fuera como fuere, se negaba a abandonar hasta que conociera toda la verdad sobre el duque y aquella extraña serpiente.

—Creo que esta historia aún no ha llegado a su final —dijo.

—¿Eso crees de verdad o es lo que quieres creer?

Manuela sintió cierta rabia ante la condescendencia de Roger, y decidió enfrentar las dudas que había tenido desde que, en la villa de las flores, descubriera que le había ocultado que conocía a la mecenas americana. A pesar de que la hubiera ayudado con Bauer, no podría seguir confiando en él hasta que le aclarara por qué lo había hecho.

—Mary Hadaway me pidió que te diera recuerdos —dijo con frialdad—. No me dijiste que os conocíais.

Él encajó el golpe con elegancia y apenas alteró un músculo. En su lugar, agarró la taza estampada de flores y removió con lentitud el café con la cucharilla plateada.

—La vi un par de veces —respondió al fin—, su casa era un punto de encuentro para los americanos. Pero no guardo un buen recuerdo de sus fiestas, no quería que me vincularas con ese mundo.

Manuela recordó una ocasión en la que su padre la había descubierto en un embuste cuando era niña. Habían viajado a Xeixo, a la casa de su tía Casandra, antes de que ella vistiera el luto perpetuo, cuando su marido, un gallego alto y ancho de espaldas que a Manuela le recordaba a un jabalí, aún vivía. En aquel entonces, las cortinas del salón estaban abiertas y la cocina olía a pastel de almendras y no a la cera de las velas de los santos; tampoco se escuchaba el sonido de las cuentas del rosario ni venían a rezar las monjas de los conventos cercanos. Una tarde, en la biblioteca de la casa, Manuela había encontrado un libro precioso de cuentos ilustrados, con letras doradas y dibujos de alegres conejos. Fascinada ante la belleza de los conejitos y los cuentos sobre ogros que vivían debajo de los puentes, había sido incapaz de separarse de él después de leerlo y, con sigilo, lo había llevado a su habitación para quedárselo. Su padre, con su habitual suspicacia, lo había descubierto entre sus posesiones y, serio, aunque afable, le había preguntado por él. Manuela, incapaz de inventar una historia verosímil para explicar el hurto, había terminado por culpar a Hernán de la travesura, lo que la había llevado a enfrentarse a su hermano, que no tenía ningún interés en aquellos cuentos infantiles. Al verse descubierta, había salido del paso acusando a unos supuestos duendes que vivían en la casa. «Ese es el problema de las mentiras, que rara vez se bastan solas. Siempre hacen falta más», le había dicho entonces su padre.

—¿Por qué no guardas un buen recuerdo de esas fiestas? —le preguntó a Roger con cautela.

—Yo estaba pasando por un mal momento y allí había muchas tentaciones en las que era fácil caer. Licor de absenta de contrabando, cocaína e incluso opio traído de Asia. No estoy orgulloso de la persona que era entonces.

Parecía realmente abatido. Tal vez dijese la verdad y tan solo había intentado ocultar una época de su vida de la que se avergonzaba. Al fin y al cabo ella no era la más indicada para juzgar un pasado tormentoso, para acusarle por intentar olvidar los antiguos errores que tanto se empeñaban en prenderse al alma mientras esperaban el momento idóneo para regresar.

—¿Qué ocurrió en aquellos tiempos? —le preguntó entonces, ya con el enfado diluido por la curiosidad.

—Después de la guerra la vida en España no siempre fue fácil y tomé decisiones poco acertadas.

Manuela se preguntó cuáles habrían sido los demonios que le habían llevado a probar las drogas.

—No quería que tuvieras una idea equivocada de mí —continuó él—. Todos esos momentos han quedado atrás, en otra vida.

—Nunca he creído que tengamos varias vidas —susurró Manuela—. Se trata de un mismo camino que a veces avanza con suavidad y otras serpentea entre las rocas.

Se hizo un breve silencio entre ellos y pensó que si aguzaba lo suficiente el oído podría escuchar las lejanas voces de los personajes atrapados entre las páginas de los miles de libros, entregados a turbulentos romances o a terribles guerras, condenados a repetir la misma historia una y otra vez; a buscar por siempre el centro de la tierra o las minas del rey Salomón, a morir bajo la misma espada y sufrir los mismos dolores y alegrías.

—Entonces, ¿podrás perdonarme? —dijo Roger con suavidad.

Manuela intentó mostrarse firme, pero con él sentía a veces la inquietud de una adolescente y no fue capaz de sostenerle la mirada.

—Claro —murmuró.

Fuera, los últimos rayos de sol se extinguían y las sombras invadían la librería, tan solo iluminada por la tenue luz de las lamparillas con pantallas de flecos.

—Debería irme —dijo Manuela, pues sabía que Hernán la buscaría en cuanto regresara de la fiesta en el tenis.

Se levantó de la butaca y comprobó aliviada que había conseguido recuperar algo de equilibrio y que el suelo había dejado de moverse. Roger se acercó a ella y se quedaron tan solo a unos centímetros. Permanecieron así unos instantes, compartiendo la respiración y una mirada que les pareció eterna. Hasta que Roger se inclinó sobre ella y la besó en los labios. Un roce leve que se transformó pronto en algo más apasionado, perdieron el control de las manos, que se deslizaron ansiosas por el cuello de él y las caderas de ella, buscando entre las ropas calmar su sed.

Manuela se separó entonces con brusquedad, como si hubiera recobrado el sentido tras una alucinación, y le miró con los ojos llenos de dudas.

—No te vayas —le suplicó Roger.

Ella regresó a su lado y le pareció que sonaban a la vez todos los relojes locos de cuco, que bailaban las estrellas de los mapas de constelaciones y que la luz de las lamparillas brillaba como la de un palacio; el olor a cuero se transformó en aroma a rosas y flores de medianoche y creyó que, entre aquel estruendo de besos, reían alegres los personajes atrapados en sus novelas, que conocían el desenlace de todas las historias y se compadecían de ellos, pues sabían que raramente había un final feliz para los enamorados.

35

San Sebastián, 1952

Teté Chapman no solía aceptar invitaciones de última hora, creía que cada encuentro requería cierta preparación, un ritual en el que analizaba con quién compartiría mesa y escogía con cuidado un vestido de su amplio armario y las piezas adecuadas de su joyero de nácar: perlas para los actos de mañana, sobrios diamantes para las noches de bailes, las cenas y los funerales, esmeraldas para los cócteles en sombreados jardines, amatistas para descorchar champán con amigas, zafiros para las veladas que prometían magia y rubíes para las que aventuraban momentos de pasión. Así la había criado su madre, María Luisa de Molina, marquesa de Campo Elegido y experta en las artes del protocolo. En el rígido mundo de la nobleza, dominado por los hombres desde aquellos tiempos de yelmo y espadas, las ceremonias sociales eran lo único en que se le había permitido destacar, por lo que se había convertido en una eminencia en soperas de plata y manteles portugueses de lino bordado, en cuartetos de cuerda y pianistas austriacos, en colorimetría y centros florales. Unos conocimientos que le había transmitido a su hija Teresa, quien, aunque recogió el testigo con gusto, prefería pasearse por las calles de París o la ópera vienesa antes que encerrarse en aquel lugar de sólidos muros donde la propia marquesa sentía algunas noches cómo el aliento de los fantasmas le erizaba la piel.

María Luisa se preguntaba qué sería del regio palacio familiar cuando su hija, que apenas paraba por Castilla un par de meses al año, enredada en viajes constantes, lo heredara. Atribuía aquella naturaleza inquieta a la sangre inglesa de su padre, un hombre de negocios que no entendía las costumbres castellanas de su mujer, a quien siempre consideró una criatura de otro tiempo.

—Teresita, los ingleses tienen reina, pero en el fondo son bárbaros —le había dicho una vez la marquesa a su hija mientras elegía entre las dalias del jardín las más fragantes y lustrosas para su merienda semanal de beneficencia.

—No exagere, madre.

—Escúchame bien. No dejes que su carácter, tan apresurado y banal, te corrompa. Las cosas deben hacerse bien y una debe saber cuál es su lugar. Al final, la vida no es más que una función en la que debes estar preparada para desempeñar tu papel.

Sin embargo, Teté no compartía la rigidez de su madre y era enamoradiza y volátil, lo que la había llevado a tener una aventura con un hombre casado. Había conocido a Hernán Duarte años atrás, en uno de sus primeros veranos en San Sebastián. Ya por aquel entonces era un joven de semblante serio, pero Teté había sido capaz de atisbar la leve dulzura oculta tras sus ojos negros. En todo aquel tiempo él nunca la había mirado. Teté era liviana y le debía a su padre la piel rosada y el lacio cabello rubio ceniza, mientras que Hernán prefería las mujeres de curvas imposibles y oscura melena. Así, terminó por casarse con Mari Tere Osorio, una sevillana exuberante y de buena familia que le dio hijos sanos y fuertes y se paseaba por la calle Serrano con unos vestidos tan ceñidos que las malas lenguas decían que más de una vez había estado a punto de provocar algún accidente de tráfico.

Pero pocos hombres eran devotos del amor eterno y, unos meses atrás, todo había cambiado para Teté. Se había encontrado con Hernán una noche absurda en Chicote. Ella estaba en Madrid de paso y había ido a parar con una amiga al famoso local que frecuentaban toreros tuertos, actores de medio pelo, políticos al servicio del generalísimo e incluso estrellas americanas.

Hernán bebía whisky en la barra junto a uno de esos militares que no se quitaba el uniforme ni para dormir desde el 36, y ambos discutían sobre si los puros que fumaban eran realmente habanos o no. El coronel sostenía que su contacto le había asegurado que se trataba de auténtico tabaco cubano, pero Hernán, que saboreaba cada calada con detenimiento, lo dudaba. Teté, que estaba curtida en la materia a base de inhalar desde niña el denso humo de los Montecristo importados que su padre fumaba en su despacho, supo nada más acercarse que aquel cigarro no había visto jamás siquiera las costas de Cuba.

—Siento decepcionarlos, caballeros —intervino—, pero me temo que quien les haya vendido los puros ha mentido sobre su procedencia.

Hernán sonrió, satisfecho ante su victoria, y el coronel arrugó el gesto y observó con atención el cigarro.

—¿Y qué diablos sabe una mujer de puros? —bufó.

—La señorita es amiga de mi familia —respondió Hernán—. Supongo que el talento le viene de su padre, pues sé de buena mano que el señor Chapman posee una de las mejores colecciones de puros de Europa.

—Ese maldito estafador de la guardia mora me aseguró que su contacto era bueno... —protestó el coronel.

—Tengo que reconocer que nunca pensé que a usted le interesaran los habanos, Teresa.

—Todos me llaman Teté —respondió ella—. Y hay mucho que no sabe de mí, señor Duarte.

El resto de la noche se precipitó entre el humo de los falsos habanos, los cócteles de ron de Chicote y las coplas que sonaban de fondo. Y, de alguna forma, unas horas más tarde, Teté se encontró desabrochando los botones de la camisa blanca de Hernán en su suite del Ritz, acariciando las cadenas de oro de su pecho, perdida en aquellos ojos negros que tantos años llevaba anhelando desde la distancia. A la mañana siguiente, él se fue y ella supo, por la forma en que la miró antes de cruzar la puerta, que se volverían a ver y que aquella pasión significaría su perdición, porque sería incapaz de no amarle.

Pasaba ya la medianoche cuando en esa cálida madrugada de septiembre Teté salió del taxi frente a la verja de hierro de su casa, una villa del siglo pasado que su padre había comprado muchos años atrás y que se encontraba en la parte alta de San Sebastián. Podría haberle pedido al taxista que cruzara y la dejara dentro, junto a la puerta, pero decidió bajarse en la calle y caminar los metros que la separaban de la entrada amparada por la dulce brisa marina. El cielo brillaba sin luna y flotaba en el aire una quietud extraña, pues incluso los perros y los búhos callaban, conscientes tal vez de que algo terrible estaba a punto de suceder.

Tan solo había dado unos cuantos pasos hacia la

verja cuando vio su rostro emerger entre las tinieblas, junto a los setos que rodeaban la entrada. Paralizada, se detuvo frente a él e intentó mantener la compostura, aunque sentía en los huesos el miedo.

—No esperaba una visita a estas horas —murmuró con tono gélido.

—Quisiera hablar sobre lo que pasó la otra noche.

Ella no necesitó que dijera más para saber a qué noche se refería, solo había un motivo por el que habría acudido a buscarla de madrugada, entre las sombras.

—Me esperan dentro, es muy tarde —respondió a la par que retomaba su camino hacia la verja.

Él se acercó más, interponiéndose entre ella y la entrada.

—Me temo que no puedo esperar —dijo.

Teté levantó la cabeza y le miró, desafiante.

—No hay nada que hablar, al principio estaba confundida, pero ahora tengo muy claro lo que vi. Iré a la policía, es lo que debería haber hecho hace tiempo. Esa mujer...

—Las cosas no siempre son lo que parecen.

—Eso no me corresponde decidirlo a mí —sentenció ella—. Sé lo que he visto y no voy a dejarlo pasar.

Él se quedó en silencio y Teté fue capaz de percibir su propia respiración, cada latido temeroso de su corazón.

—Lo siento —murmuró él entonces.

Teté vio en sus ojos la desesperación y supo que debía huir, porque un hombre desesperado se convertía en una bestia. Con rapidez, se dio la vuelta e intentó correr calle arriba, pero los zapatos de tacón le hacían dar pasos ridículos.

—¡Teresa! —la llamó él a sus espaldas.

Ella gritó pidiendo ayuda, pero la calle estaba desierta, y antes de que pudiera clamar auxilio de nuevo, unas manos se ciñeron con fuerza sobre su cuello. Se le congelaron en la garganta las palabras y el aire dejó de entrar a sus pulmones, sintió que el pecho le iba a estallar, como si estuviera hecha de cristal, y notó como los fríos diamantes del collar le desgarraban la delicada piel. Tuvo tiempo aún de pensar en los caprichos del destino, en que no estaría allí si no hubiera aceptado la invitación para cenar en Villa Allur, en que tal vez se hubiera salvado si no se hubiera enamorado, en que debería haber sabido que algo saldría mal cuando se saltó sus propias reglas y se puso diamantes para almorzar. Después se arremolinaron en su mente pensamientos absurdos y recuerdos trasnochados, besos, luces parisinas y el sonido de alguna canción cuyo nombre había olvidado y ya no tendría ocasión de recordar. Luchó con todas sus fuerzas por zafarse del abrazo de su asesino, que le pareció que derramaba lágrimas, o tal vez fuera tan solo el reflejo de alguna estrella perdida que la conminaba a perdonarle. Y cuando no pudo más, el universo se tornó oscuro y escuchó, como en un gramófono, la voz de su madre: «Teresa, la vida es incierta en ocasiones, pero tú eres una mujer especial, y siempre sabrás encontrar tu camino».

Su asesino arrastró el cuerpecito inerte hasta los setos de la entrada y, con manos temblorosas, arrancó el collar de diamantes de su cuello, los pendientes y el anillo a juego y abrió el pequeño bolso de raso, de donde sacó una polvera que lanzó al suelo y un billete de cien pesetas que se guardó en el bolsillo. Luego se perdió entre las sombras de aquella noche de luna nueva y caminó a salvo de miradas indiscretas mientras se lamentaba por lo que había hecho y, en silencio, le pedía perdón a Teresa, quien ya nunca sabría que su muerte se debía en realidad a un acto de amor.

36

San Sebastián, 1952

Los golpes en la puerta despertaron a Manuela de un sueño profundo y apacible que no recordaba haber disfrutado en las últimas semanas. Por primera vez, había descansado sin terribles visiones de llamas y reptiles, tan solo con el recuerdo de las manos de Roger recorriendo su cuerpo. Se removió entre las sábanas, desconcertada, y atinó a levantarse como una sonámbula y caminar hasta la puerta, donde alguien continuaba llamando con insistencia. Al abrir, se encontró con Pedrito, que parecía haber sufrido alguna suerte de ataque de pánico o posesión demoniaca, pues estaba rojo y llevaba la camisa arrugada, como si se hubiera vestido de forma apresurada, algo que no ocurría ni siquiera cuando se ponía el pijama de seda, que planchaba siempre a la perfección.

—Tengo que contarte algo —dijo casi en un susurro.

Manuela se apartó para dejarle pasar y se sentó de nuevo en la cama. Observó en el reloj de la mesilla que tan solo eran las ocho de la mañana y se preguntó qué sería tan urgente como para que no hubiera podido esperar al desayuno.

—¿Qué es lo que pasa?

—Es Teté Chapman —respondió Pedrito, que se había sentado en una de las sillas junto al pequeño escritorio.

—¿Teté? La vi ayer, en la fiesta de Martín Garmendia.

—Está muerta, Manuela, la han matado.

Ella tardó unos instantes en asimilar la noticia, pues de pronto la palabra *muerta* le parecía carente de sentido. No conseguía conjugar su significado con el rostro alegre y enjuto de Teté, con su sonrisa tímida de ardilla y su singular ubicuidad. Le parecía imposible que en las breves horas desde su último encuentro su corazón se hubiera detenido, que se hubiera convertido súbitamente en un recuerdo, en un alma errante más.

—¿La han matado? —consiguió preguntar.

—La han encontrado esta mañana, en unos arbustos junto a la entrada de su casa.

—¿Quién haría algo así...?

—Parece que ha sido un robo. Le habían quitado las joyas, un juego de diamantes princesa de su abuela.

—¡Qué horror!

—Esos diamantes valen una fortuna, aunque serán difíciles de vender sin levantar sospechas —continuó Pedrito—. Seguramente, a esas horas ya deben de estar en el bolsillo de algún comerciante, desengarzados y camino de convertirse en un broche o en una nueva gargantilla.

—¿Cómo murió? —preguntó Manuela.

Pedrito se tomó unos instantes para contestar.

—La han estrangulado —respondió por fin—. No sé mucho más... Cristina Altuna me ha llamado, estaba muy alterada y apenas podía hablar, pero me ha contado que fue de las últimas personas en verla; estuvo con ella anoche, cenando.

—¿Cenando?

Él palpó con discreción la colección de amuletos que llevaba en el pecho y Manuela supo que ocultaba algo más.

—Cenaron en Villa Allur, con el duque Leroy-Benoit. Al parecer las invitó a última hora —dijo despacio.

Manuela sintió como la invadía el desasosiego al verse de nuevo enfrentada a la sombra del duque, que planeaba sobre su vida como un cuervo que anunciara la mala fortuna.

—Julien... —murmuró—. Si él está implicado puede que a Teté no la asesinara ningún ladrón de joyas.

—Sabía que dirías algo así, pero no es más que una coincidencia. Se fueron pronto porque Teté dijo que no se encontraba bien, pero después se vio con alguien más. Cristina dice que le sorprendió que no se fuera a su casa, aunque no sabe a dónde acudió ni con quién había quedado.

—Yo lo sé —dijo entonces Manuela con un suspiro.

—¿Lo sabes?

—Estoy convencida de que se vio con mi hermano —respondió, y después le relató de forma apresurada sus sospechas sobre el romance entre Teté y Hernán.

—No creerás que él tiene algo que ver, ¿no? —preguntó Pedrito.

—No lo sé...

—Estás dándole demasiadas vueltas a esa cabecita. Tu hermano nunca le haría nada a Teresa y el duque no tendría motivos para asesinarla. Ha tenido mala suerte. Algún desalmado se cruzó en su camino, eso es todo. ¿Qué te parece si te traigo una infusión de lúpulo y amapola para que descanses?

Pedrito regresó quince minutos después con una pequeña caja de madera cargada de plantas para curar todas las dolencias, pero sus hierbas de hechicero no sirvieron de mucho, y cuando dejó a Manuela acostada después de beberse dos tazas de un líquido espeso y agrio, ella fue incapaz de conciliar el sueño. Pensaba en Julien y en su hermano, y trataba sin éxito de ponerles rostro a las manos que habían retorcido el cuello de Teté hasta robarle el aliento. Recordaba los dedos largos y lánguidos del duque, el anillo de serpiente alrededor de su meñique; las palmas morenas de Hernán, suaves pero firmes.

Terminó por levantarse de la cama, vestirse y salir al pasillo después de asegurarse de que Pedrito no andaba cerca. Cuando dejó el Continental, tenía claro a dónde ir y enfiló la avenida hasta la calle Fuenterrabía, donde se detuvo frente a la puerta de la librería Fortuna. Al entrar, se lanzó a los brazos de un sorprendido Roger y lloró la nueva pérdida de una amiga y le confesó sus sospechas y miedos, pues tenía la idea de que la muerte se le había pegado a la piel y que era imposible librarse de ella. Que la perseguía y la llevaría por delante en cualquier momento, cuando estuviera distraída.

—Necesitas calmarte —dijo Roger cuando ella llevaba diez minutos de llanto desconsolado.

Le dio la vuelta al cartel de ABIERTO de la librería y la arrastró por las estrechas escalerillas que llevaban hasta su piso. Después, sin saber que Manuela estaba ya atiborrada de tisanas calmantes, preparó una manzanilla y la sentó en el sofá de cuero del salón. Ella se tranquilizó en parte por la curiosidad de contemplar por primera vez el apartamento del americano. Era pequeño pero luminoso, con un balcón de balaustrada blanca, muebles oscuros bien pulidos con cera y montañas de libros. Nada parecía nuevo, excepto un flamante tocadiscos sobre el aparador, pero todo estaba cuidado y la casa le pareció cálida y agradable, contagiada de aquel olor a libro viejo que flotaba en la tienda.

—Tómate la infusión —dijo él—, te hará bien.

Ella, por no desairarle, le dio un sorbo tímido a la manzanilla.

—¿Estás convencida de que no se trata de un robo? —preguntó Roger.

—Aún no sé qué pensar, pero necesito saber qué oculta Julien. ¿Crees que podríamos encontrar algo más sobre Frédéric Bauer?

—Sabía que me preguntarías. Ayer seguí indagando y consulté el registro de la propiedad. El caso es que hay una casa a nombre de Bauer, pero he preguntado por ella y parece que está abandonada desde que murió.

—Iremos esta tarde. Tal vez los vecinos recuerden algo sobre él.

—Manuela..., me preocupa tu salud. Quizá deberías volver a Madrid unos días, alejarte de aquí un tiempo.

Ella negó con vehemencia.

—No pienso irme a ningún lado.

Roger se quedó en silencio, derrotado, y ella observó los libros que ocupaban las estanterías del salón. Novelas de Agatha Christie, Dumas, Flaubert, Wilde o Fitzgerald, cuyos gastados lomos y páginas amarillentas las delataban como las favoritas de Roger, las historias que definían de alguna forma el universo en el que se movía. Sobre la pequeña mesa de café reposaba un ejemplar que parecía bastante nuevo y Manuela se atragantó con la manzanilla cuando observó que en la portada figuraba como autor el doctor Nicolás Yuste.

—¿Qué es eso? —preguntó mientras señalaba el infame libro.

—Pensaba dártelo en otro momento... A veces, algunos clientes me traen libros viejos de su biblioteca personal para que los venda. Cuando lo vi, me acordé de ti y de la historia del sanatorio, aunque tal vez no fuera buena idea guardarlo. Es un tratado horrible sobre la eugenesia.

Manuela cogió el libro con cuidado, pero no se atrevió a abrirlo.

—Te acompañaré a la casa de Bauer —dijo Roger—. Pero con una condición: hoy te quedarás en el hotel descansando; luego cenarás bien y dormirás. Mañana, ven a verme.

—Está bien —accedió ella a regañadientes.

Se despidió de él con un beso que estuvo a punto de retrasar su partida unas cuantas horas, pero Roger consiguió separarse de su cuerpo con una férrea fuerza de voluntad.

—Tengo que trabajar —le recordó con una sonrisa.

Ella abandonó la tienda más alegre de lo que había llegado y con el libro del doctor Yuste bajo el brazo, pero tan solo había recorrido unos metros cuando oyó su nombre. Al girarse, se encontró con Hernán, que estaba apoyado en el capó de un coche y fumaba un cigarro mientras observaba, con gesto intencionado, la hora en su reloj de pulsera.

—Mucho tiempo para comprar un libro —dijo.

Manuela se alegró de haberse llevado la obra de Yuste, que se había convertido de forma inesperada en su coartada.

—¿Me has seguido?

—Después de lo que ha pasado, voy a tu habitación y la encuentro vacía. ¿No crees que debía preocuparme? Por suerte, Pedrito tenía idea de dónde podías estar.

—Quería comprar un libro para distraerme, nada más.

Hernán echó un vistazo al ensayo.

—Curiosa elección.

Ella examinó el rostro de su hermano buscando en él señales de pena o de culpabilidad, pero permanecía impasible. Manuela pensó que debería haber sido soldado, porque tenía aquel porte soberbio e impávido que tan solo resultaba de provecho en el ejército. Hubiera sido un buen novio de la muerte, con el pecho firme y la voz grave, dispuesto a morir por unos ideales grabados a fuego en su sólida conciencia. Se preguntó si sería capaz de matar por ellos, si Teté le habría amenazado con destruir su familia y contar su *affaire*.

—¿Qué quieres de mí? —le preguntó.

—Lo que quiero es que vuelvas a tu habitación y no salgas por ahí sola.

—Quizá eres tú el que no deba salir —dijo ella entonces, y se sorprendió incluso a sí misma.

—¿De qué demonios hablas?

Manuela consideró la opción de permanecer callada, pero después de largos años de silencio, las palabras pugnaban por salir disparadas.

—Sé lo tuyo con Teté —respondió por fin.

—No sé a qué te refieres.

—Fuiste el último en verla con vida, ¿no es cierto?

—Ya basta, Manuela, no sabes de lo que estás hablando.

—Quizá debería llamar a Mari Tere..., o, mejor, ir a la policía.

Hernán se separó entonces del coche y se acercó a ella con calma, pues no era un hombre iracundo: él jamás golpeaba las mesas ni las paredes, ni tan siquiera levantaba demasiado la voz, sus enfados eran aún más terribles porque los llevaba por dentro y se reflejaban tan solo en el oscuro pozo de sus ojos.

—Si vuelves a decir una tontería así, lo lamentarás —sentenció—. Soy tu hermano y me debes respeto.

—No se pueden ocultar por siempre los pecados, Hernán, al final siempre terminan por salir a la luz —dijo ella—. Y cuando lo hacen, arrasan con todo.

Después, le dio la espalda y comenzó a caminar sin volver la vista atrás.

37

Venecia, 1939

El puente de la Academia refulgía bajo el sol despreocupado de la primavera, tendido sobre el Gran Canal como un lagarto de madera. Ava observó el lienzo que tenía delante y perfiló con el pincel el contorno de una de las góndolas que surcaban las mansas aguas turquesas; después, mezcló varios tonos hasta conseguir un azul grisáceo y se dispuso a darles color a las cúpulas de Santa María de la Salud, que se recortaban en el cielo bajo la luz de un idílico atardecer. No pasaría demasiado tiempo hasta que algún turista se ofreciera a comprarlo. Americanos trajeados, franceses bohemios y congestionados británicos con reloj de bolsillo que se detenían junto a sus pinturas del puente de Rialto o de la plaza de San Marcos y su basílica, dispuestos a pagar más de lo necesario con tal de poder colgar la obra en el salón de su casa y recalcar a las visitas que se trataba de una pieza única que una muchacha con el cabello trasquilado les había vendido en un rincón de la ciudad de los canales.

—*È bellissimo* —dijo una voz a sus espaldas.

Ava se giró esperando un cliente, pero supo, nada más ver a su admirador, que se trataba de un veneciano. La larga barba blanca le rozaba los botones de un traje color crema de buena factura y el sombrero panamá que le protegía del sol arrancaba extrañas sombras de un rostro demasiado joven para aquellas barbas de anacoreta. Tal vez un mecenas, tal vez un sabio o un pervertido, todos se daban cita y convivían en extraña armonía en Venecia, que propiciaba de igual forma las desgracias y las maravillas.

—No eres de aquí, ¿cierto? —continuó el hombre, esta vez en inglés.

Ella negó con prudencia y se colocó distraída un rebelde mechón de cabello que se empeñaba en caer sobre sus ojos. En momentos como ese anhelaba su larga melena trigueña, que había cortado la primera noche que pasó en la ciudad.

—Y dime, *ragazza*, ¿estás de paso? ¿O buscas en Venecia un hogar?

Ava no supo qué responder, pues ni siquiera estaba segura de por qué había optado por aquel destino. Había considerado ir a Roma, pero la asustaban su caos y su grandeza, aquellos descomunales arcos y circos encantados por los espíritus de los gladiadores y los leones muertos. Y a la hora de tomar la decisión final, cuando se encontró frente a la taquilla de la estación del tren con las liras que había robado en el despacho de miss Robinson, por algún motivo incomprensible, eligió Venecia. No era el viaje más sencillo, pues no había ferrocarril directo desde Florencia, ni tampoco era el lugar más cómodo para moverse con su pesado baúl de piel, que contenía algo de ropa, pinturas y el lienzo, cuidadosamente enrollado, de *Lo que habita en los sueños*, pero no podía luchar contra su propia intuición.

Había llegado a la estación una noche de luna llena y, guiada por su brillante estela, había ido a dar con sus huesos en una pensión perdida que se sustentaba sobre el agua mediante unos tambaleantes pilares de madera. Allí, en el vaivén incesante de un cuarto compartido, había conocido a Beatrice, una siciliana de brazos fuertes y lengua clara que había escapado de un padre que se metía por las noches en su cama y de una madre que lo consentía. Su nueva compañera de habitación, que se ganaba la vida vendiendo figuras de barro de muchachillos dickensianos a los turistas y cargando cajas de carne en el mercado, la había ayudado a anclar su baúl al suelo para que no saliera volando por la ventana en alguno de aquellos meneos que sufría el edificio y le había prestado un espejito y unas tijeras herrumbrosas para que se cortara las largas trenzas, que después venderían a un comerciante turco.

—Aún no sé si me quedaré aquí —le contestó entonces al barbudo desconocido.

—Venecia no es un lugar para buscar futuro. Es demasiado bella para dejar que las largas historias germinen, aquí solo hay viajeros y hombres perdidos.

—¿Acaso no están todos los hombres perdidos? —murmuró Ava.

Él sonrió levemente y dejó al descubierto un par de dientes de oro.

—Tal vez deba quedarse aquí, después de todo —respondió, y con paso lento y las manos ocultas en los bolsillos de su elegante traje, se perdió entre la multitud serpenteante que cruzaba el puente.

Quizá aquel extraño tenía razón y era su destino vivir allí para siempre, parapetada tras las espesas cortinas de uno de esos decadentes *palazzi* barrocos donde dormían mustias damas y las máscaras de carnaval adornaban las paredes, a través de las que se filtraba, lenta pero inexorable, aquella humedad que era como una peste silenciosa. Podría convertirse en artista, dejar de pintar aburridos paisajes y retomar sus pinturas de ensoñaciones y criaturas paganas. Pero ¿a quién quería engañar? En el fondo sabía que no eran más que ilusiones. La realidad resultaba más prosaica y descarnada y la visitaba en horribles pesadillas para recordarle que no podría huir para siempre, que sus problemas no desaparecerían por mucho que evitara pensar en ellos, que estaba atrapada entre las turbias aguas de los canales y que tarde o temprano la encontrarían.

Sobrevivía gracias a los ánimos de Beatrice, quien se había convertido en su guía y confesora. Ella la había llevado a Ca'Santini, un ruinoso edificio al que tan solo se podía acceder en góndola a través de una puerta que se hundía en un canal que olía a podredumbre. En invierno, cuando llegaba el *acqua alta*, Ca'Santini se quedaba aislado del resto del mundo durante días. Decían que había sido la vivienda de un poeta maldito a quien una noche habían ajusticiado en su habitación, después el inmueble había quedado abandonado durante casi un siglo, con las ventanas tapiadas, hasta que un grupo de artistas errantes se había instalado entre sus mohosos y embrujados tabiques. Allí vivían, alegres en su estrechez, compartiendo letrinas averiadas, conspiraciones para derrocar a Mussolini y perros callejeros que dormían junto al fuego de la chimenea.

Beatrice cuidaba de Ava como antes lo hiciera Manuela: le llevaba pan y leche y compraba carne y huevos con el dinero que ella sacaba de las pinturas para intentar que ganara algo de peso, pues parecía cada día más fatigada, como si estuviera perdiendo la sustancia humana. Ava pasaba las horas sentada en su colchón, con las manos siempre ocupadas en las cartas del tarot o en el estudio de los planetas, buscando en ellos la solución a sus males.

—No puedes alimentarte de suspiros y predicciones —le decía Beatrice, que era la única que conocía sus secretos—. Debes comer carne roja y levantarte de la cama; la vida sigue y no se detendrá para ti.

Ava obedecía y, con los músculos entumecidos, se sentaba en una de las carcomidas mesas de madera donde un día comiera el poeta maldito y daba cuenta de la ternera que Beatrice le servía para cenar.

Aquel día, como había predicho, había vendido su cuadro poco después de acabarlo, a última hora de la tarde, a un alemán de aspecto austero que le preguntó varias veces cuál era su apellido antes de decidirse a finalizar la compra. Después, recogió sus utensilios y, con el dinero en el bolsillo y el caballete a cuestas, cruzó el puente y emprendió su camino hacia Ca'Santini. Le gustaba pasear por Venecia porque cada vez parecía la primera y siempre descubría historias ocultas en sus rincones: una pareja que discutía en un balcón, un gato enigmático que la miraba desde algún amarradero de barcas o un *gondoliere* de piel bronceada y cabello espeso que le pedía matrimonio mientras surcaba el canal.

Estaba cerca de su destino cuando empezó a encontrarse mal, como si un cazador hubiera colocado un cepo invisible que se cerraba con lentitud sobre su pecho, oprimiéndole las costillas. Pronto adivinó que se trataba de algo más que un estado físico, al igual que sabía, cuando veía entre sueños rostros e imágenes inconexas, que se trataba de retazos del futuro. Su cuerpo la avisaba de que algo estaba ocurriendo. Se detuvo en medio de la calle y observó a ambos lados. Entonces divisó a Beatrice, que, asomada a uno de los balcones de Ca'Santini, movía los brazos de manera exagerada, y Ava supo que la habían encontrado. Pero no tuvo tiempo de huir, una voz la llamó en la lejanía y los *carabinieri*, con sus uniformes negros y sus mustios rostros, aparecieron frente a ella. No serviría de nada correr, porque no tendría tiempo de alcanzar la barca que necesitaba para entrar a la casa sin que la atraparan. Así que, ante la atónita mirada de los agentes, dejó el caballete a un lado y se sentó en el suelo, sobre el pequeño puente que pasaba sobre el canal. Los hombres comenzaron a hablar en italiano con frases rápidas mientras ella los contemplaba impávida, con unos ojos tan tristes que uno de los guardas más jóvenes estuvo a punto de pedir que la dejaran marchar.

—Aquí estás —dijo entonces una voz en francés.

Ava reconoció en ella algo que la aterraba más que todas las fuerzas policiales del país: el tono gélido de su madre.

La vio aparecer por el puentecillo, con un elegante traje rojo, el cabello rubio peinado en una media melena voluminosa y los labios delineados con carmín. Desde arriba, miró a Ava con desdén, como hacía desde el día que había entendido que su hija no era del todo suya, que la abuela paterna de la niña le había robado parte de ese derecho porque ambas estaban unidas por un vínculo contra el que nunca podría competir, que no sería una muñeca a la que cambiarle los vestidos, sino una vergüenza. Sin embargo, a Ava le consoló la idea de que tal vez en aquella ocasión hubiera logrado sorprenderla, pues probablemente nunca habría pensado que su hija se convertiría en una ladrona huida de la escuela de señoritas para malvivir entre vagabundos en un *palazzo* maldito.

—Levántate —le ordenó su madre—. Nos vamos a casa.

38

San Sebastián, 1952

Frente a la casa de Cristina Altuna se congregaba ya una pequeña multitud de coches, damas con mantilla y caballeros que fumaban reunidos en pequeños corros. La villa era una hermosa construcción con vistas a la bahía situada en la parte alta de la ciudad, no muy lejos de aquellos tristes arbustos donde habían encontrado el cuerpo de Teté Chapman la mañana anterior. El homenaje improvisado, al que seguiría un responso en la catedral oficiado por el mismísimo obispo, era una iniciativa de Cristina, quien, tras descubrir la intención de la marquesa de Campo Elegido de enterrar a su hija en el panteón familiar del palacete castellano, había ideado una serie de actos de despedida con la colaboración de sus amigas, poniendo al servicio de la muerte las habilidades perfeccionadas durante años para organizar cócteles y fiestas.

En la puerta principal, Lucía Font, compungida y con un crucifijo de oro colgado del cuello, daba la bienvenida a los asistentes y se encargaba de la recepción de los múltiples ramos y coronas de flores, con los que nadie sabía muy bien qué hacer, pues no había en la casa muerto ni ataúd ni tumba, ni siquiera un cura, y aquello se parecía más a una merienda social que a un velatorio.

—Gracias por venir —dijo Lucía a Manuela y a Pedrito.

—No hay de qué, es lo menos que se merece Teresa —respondió él.

—¿Está aquí Cristina? —preguntó Manuela, quien tenía varias dudas sobre lo que había acontecido en la última velada en Villa Allur.

—Me temo que se encuentra indispuesta. La policía ha estado hablando con ella y ha sufrido un mareo, así que el médico le ha indicado que se quedara en la cama.

Manuela se esforzó en ocultar su decepción. Había pasado la tarde anterior encerrada en su habitación para calmar las preocupaciones de Roger y Pedrito y evitar una sobredosis de tisanas calmantes o despertar la suspicacia de su hermano. Así, entre las páginas de lecturas en las que era incapaz de concentrarse y las delicadas tacitas de té y las pastas del hotel había dejado que se escaparan las horas sin parar de pensar en Teté, Hernán y el duque Leroy-Benoit.

Lucía los guio hasta el gran salón, una estancia con una ornamentación que hubiese hecho palidecer de envidia al decorador del palacio de Versalles: paredes cubiertas de papel pintado de flores doradas, tapices que representaban escenas de caza con enormes sabuesos, espejos de marcos labrados y jarrones chinos en los que habría cabido un potrillo.

—Aquí está la fortuna del difunto marido —le susurró Pedrito mientras señalaba un florero repleto de plumas de pavo real.

Con toda probabilidad, el esposo de Cristina Altuna tampoco hubiera protestado en vida al verla gastar su dinero. Era un hombrecillo sin carácter que se refugiaba en una esquina en las fiestas de su mujer y permanecía toda la noche prácticamente inmóvil con una copa intacta de Chablis en la mano, como si se tratara de una pieza más de porcelana china. Cuando falleció, todos los que le conocían descubrieron sorprendidos que tardaron tan solo unos días en olvidar su rostro, el cual eran incapaces de evocar con claridad ni siquiera mediante fotografías. Algunos olvidaron también su nombre, y se extendió la creencia general de que Cristina había sido de alguna manera siempre viuda, incluso desde antes de casarse.

—Tengo que dejaros aquí —se disculpó Lucía Font—. Con la ausencia de Cristina, soy yo la encargada de guiar a los invitados, y parece que nadie ha querido perderse la despedida de nuestra Teresa.

En medio de la sala habían colocado una enorme foto de una jovencísima Teté el día de su puesta de largo, vestida de blanco y sonriente; un cuarteto de cuerda tocaba una melodía triste junto a la terraza y varios camareros paseaban con bandejas de bebida. Entre los invitados, lágrimas, algunas sinceras y otras impostadas, y preocupación, pues el asesinato de uno de los suyos había arrojado sobre ellos la terrible perspectiva de la mortalidad. El asesino de Teté seguía suelto y aquellos hombres y mujeres que llevaban años disfrutando de un país hecho a su medida estaban de pronto inquietos, cerraban los postigos de las ventanas, apostaban seguridad en las puertas de las caballerizas y se mostraban unidos ante la existencia de un enemigo común, un ladrón que debía de ser sin duda un rojo, pues todos los demonios y malnacidos lo eran.

—Ahí está tu hermano —susurró entonces Pedrito, señalando hacia un rincón.

Hernán fumaba un puro junto a Rodrigo Monterreal, ambos serios y luciendo sendos trajes negros. Cuando la vio, cruzó la sala tranquilo, con su firme paso de capitán y su mirada de domador de leones.

—Hermana —saludó con naturalidad cuando llegó a su altura.

Después, depositó un frío beso sobre su mejilla y estrechó solemne la mano de Pedrito.

—Es un día triste —dijo—. Pero es reconfortante ver que Teresa ha dejado huella en tanta gente.

—«En muerte y en boda, verás quién te honra», solía decir mi abuelo —respondió Pedrito.

Hernán esbozó una leve sonrisa.

—¿Podría hablar con mi hermana un momento?

—Iré a por un vino —dijo él.

Hernán esperó a que Pedrito se perdiera entre la multitud para acercarse más a Manuela, que le observaba con cautela, desconcertada ante aquella actitud conciliadora.

—¿Ves aquel hombre que está junto al gobernador Monterreal? —dijo entonces.

De forma discreta, ella buscó con la mirada a Rodrigo, que charlaba ahora con un tipo de cabello canoso, alto y seco como un abedul, que vestía el impecable uniforme negro del Cuerpo General de Policía.

—Es el teniente Urrutia, de la Brigada de Investigación Criminal —continuó Hernán—. Se encarga del caso de Teresa y es un buen amigo mío. Pensé que te gustaría saber que la investigación está en buenas manos.

Manuela captó la advertencia que se escondía tras sus palabras. Caminaba sobre arenas movedizas que, en cualquier momento, podrían engullirla como a un pajarillo, sin dejar más que unos huesos cubiertos de barro.

—¿Cómo está Mari Tere? —preguntó sin poder resistirse.

Hernán no se inmutó y dio una calada al puro que sostenía entre los dedos.

—Entiendo tu desconfianza, pero ¿de verdad crees que sería capaz de matar a alguien? Pensé que al menos me darías el beneficio de la duda —dijo después de soltar el humo.

—Eso hago.

—Muy bien, porque somos familia. Las piedras que tires contra mí, caerán sobre tu propio tejado.

Manuela encontraba absurdo aquel concepto de familia que tanto defendía su hermano, y que para ella significaba poco menos que una dictadura doméstica, un reflejo de la asfixia que sufría el país, en el que ella y Mari Tere debían agradecer como devotas sus escasos momentos de libertad.

—Me alegra ver que lo entiendes —dijo él, que había interpretado su silencio como un signo de conformidad—. Siempre cuidaré de ti, no tienes motivos para dudarlo —susurró mientras le acariciaba levemente la mejilla, en un gesto que pretendía ser tierno pero que resultó burdo y estudiado.

—Nunca hemos sido una familia —respondió Manuela.

Hernán la miró durante unos segundos, y por un instante Manuela creyó que iba a darle la razón, que reconocería que su madre siempre se preocupó más por sus vestidos y sus salidas nocturnas que por ellos y que su padre tenía un carácter demasiado distraído y errático para criar hijos. Que jamás habían hablado de su muerte.

—Debo darles el pésame a las amigas de Teresa —dijo finalmente.

Y Manuela se tragó las palabras de rabia mientras él se alejaba sorteando macetas, camareros y plañideras. Unos instantes más tarde, Pedrito reapareció a su lado con una copa de vino en la mano.

—Tal vez deberíamos irnos —dijo al ver en el rostro de su amiga la ira contenida.

Ella estaba a punto de responderle que estaba de acuerdo cuando el duque Leroy-Benoit hizo su aparición en la sala. Vestido de riguroso negro, parecía aún más flaco y los pómulos se perfilaban en su lívido rostro como rocas cortantes. Llevaba el cabello recogido en una cola de caballo y escondía los ojos tras unas oscuras gafas de sol. Un espectro obligado a mostrarse a la luz del día, aun a riesgo de arder como el trigo seco, de convertirse en una nube de humo y ceniza.

—Me pregunto si alguien tendrá una estaca de madera... —murmuró Pedrito.

El resto de los asistentes, sin embargo, parecían extasiados ante la visión del aristócrata. Las leyendas sobre él habían ido en aumento desde la fiesta de inauguración de Villa Allur, después de la cual casi nadie había vuelto a verle, pues celebraba escasas y selectas veladas en su casa y rechazaba todas las invitaciones que recibía. El duque recorría la sala con gesto confiado, saludaba a sus admiradores y daba el pésame a las amigas cercanas de Teté moviéndose con la elegancia natural de un gato. Al fin y al cabo, había sido educado para ello: políglota y filántropo, era de forma natural un hombre de multitudes.

—Muy buenas tardes, mademoiselle Duarte, monsieur Ortiz —saludó con una de sus sonrisas felinas cuando llegó a su altura—. Siempre es un placer verlos, aunque sea en estas desafortunadas circunstancias.

—El placer es nuestro, duque —mintió Manuela.

—Siento mucho su pérdida. Teresa era una muchacha encantadora.

Manuela asintió despacio.

—Fue usted uno de los últimos en verla, ¿no es cierto?

—Así es, junto al resto de invitados a mi cena, por supuesto. Una triste coincidencia.

—Sin duda —murmuró ella.

Julien se quitó entonces las gafas oscuras y la observó unos instantes con sus ojos ambarinos, que parecían casi amarillos bajo la luz del día. La mirada de un caimán que nadaba confiado en las turbias aguas de la selva.

—Dígame, señor Ortiz —dijo entonces girándose hacia Pedrito—. ¿Cree que podría conseguirme otra de esas joyas antiguas que vende el señor Foss?

—Tal vez...

—Sé que ahora estamos todos compungidos por la pérdida, pero me encantaría invitarlos a cenar cuando se encuentren más animados. No hay nada como un *coq au vin* y un Nuits-Saint-Georges para discurrir sobre el futuro.

—¿Le preocupa el futuro? —preguntó Manuela.

—Quizá. Supongo que el hombre definió el tiempo como lineal para tener algo de lo que ocuparse, porque aceptar que todo había ocurrido ya era demasiado doloroso. Nos gusta pensar que de alguna forma tenemos el control sobre lo que pasará.

—¿Y no es así?

—Me temo, querida, que hay cosas que no pueden evitarse —murmuró—. Los veré pronto en Villa

Allur, y entonces podremos vislumbrar lo que nos aguarda en los astros.

—Fortuna, espero —intervino Pedrito.

—Fortuna o muerte, ¿qué más da? —dijo Julien con una sonrisa—. Al fin y al cabo, tan solo son las dos caras de una misma moneda.

39

San Sebastián, 1952

Manuela esperaba, impaciente, a que Roger Foss terminara de cerrar la verja que protegía la diminuta puerta de la librería Fortuna.

—Ya está —anunció él después de comprobar que el candado estaba bien asegurado.

Ella evitó decirle que dudaba que ningún ladrón se sintiera tentado de robar unos cuantos libros viejos o mapas de mundos extintos en cuyos confines aún figuraba la advertencia «*Hic sunt dracones*».

—Muy bien. ¿A dónde vamos? —preguntó.

—A Ondarreta.

Montaron en el coche de Roger, un pequeño Citroën rojo desvaído que acumulaba tantos años como arañazos en la pintura, y él condujo en silencio por las calles cada vez más vacías de veraneantes de la ciudad. Llegaron al barrio del Antiguo unos minutos después, donde aparcaron en una avenida, no muy lejos de la playa, ocupada por varias villas que componían un muestrario de diversos estilos arquitectónicos; algunas eran blancas y tenían tejado de pizarra en mansarda al estilo francés, otras se asemejaban más a rústicos caseríos, y las restantes reproducían el aspecto de las casas de ladrillos encarnados de la campiña británica.

—Esa es la que estamos buscando —dijo Roger, señalando una villa de pronunciado tejado azul.

Las paredes de la casa estaban ennegrecidas por el paso del tiempo, los cristales de las ventanas, fragmentados, y tras la cancela de la entrada se intuía una vegetación silvestre de cardos y retama. El sol estaba a punto de ocultarse tras el horizonte de la playa de Ondarreta y Manuela sintió que su estómago se movía como si contuviera miles de olas furiosas, en parte por su estado de nervios y en parte porque no había probado bocado en todo el día más allá de unos raquíticos canapés en el homenaje a Teté Chapman.

—¿Te encuentras bien? —le preguntó Roger.

Ella asintió y abrió la puerta del coche. A primera vista, la vivienda de Bauer no tenía nada en común con Villa Allur: era una construcción más moderna y modesta, cuya única excentricidad consistía en aquel tejado de color cobalto. Aunque tal vez su interior cobijara vidrieras de Maumejean y puertas de madera de narra, secretos que resolvieran el enigma de Frédéric Bauer y su relación con Julien. Las construcciones contiguas a la casa eran dos villas de estilo neovasco. Una de ellas tenía las contraventanas cerradas, así que tal vez sus dueños la hubieran dejado después del final de las vacaciones de verano.

—Preguntaré allí —decidió, y señaló la otra casa, cuyas ventanas estaban abiertas y llenas de macetas que rebosaban azaleas.

—Hace muchos años que Bauer murió, es posible que ni siquiera le conocieran.

—Tal vez, pero si lo hicieron, estoy segura de que le recordarán.

Cualquiera podía olvidar a sus compañeros del colegio, tal vez al frutero, o incluso a algún primo lejano, pero era difícil borrar el recuerdo de alguien que ha vivido tan solo a unos metros.

Manuela se alisó la falda del vestido de luto y se acercó con paso decidido a la verja exterior de la casa. Comprobó, satisfecha, que, en el jardín, una mujer menuda con un pañuelo en la cabeza trajinaba entre azucenas y margaritas armada con una regadera verde.

—Buenas tardes —saludó.

La mujer se giró, sorprendida por su presencia.

—¿Qué quiere? —preguntó con brusquedad.

Llevaba unas gafas de montura dorada y Manuela creyó distinguir entre los pliegues de la camisa blanca el brillo de un crucifijo.

—Colaboro con las Hermanitas de los Pobres —improvisó.

Ella dudó unos instantes, pero el vestido negro y el sobrio moño que Manuela había llevado al funeral contribuían a darle un aspecto recatado y monjil que jugó a su favor.

—¿Es que piden donativos por las puertas?

—En realidad me gustaría preguntarle por la propiedad contigua a la suya. Verá, estamos buscando nueva sede para otro asilo por toda la ciudad, y nos han dicho que esa casa lleva tiempo abandonada, pero está siendo difícil encontrar información sobre su propietario.

La mujer, más relajada, dejó la regadera sobre el alféizar de la ventana, donde un gato blanco se lamía con empeño una pata, y se retiró el pañuelo floreado que le cubría la cabeza, dejando al descubierto una densa melena plateada. Tras los cristales de las gafas, Manuela adivinó unos ojos inteligentes y curiosos.

—Siento informarle de que el propietario murió años atrás.

—Tal vez pueda ayudarme a seguirle la pista. Las Hermanitas de los Pobres están realmente interesadas en el inmueble, hay mucha necesidad en estos tiempos.

Ella pareció calibrar si le apetecía compartir vecindario con la beneficencia.

—Se llamaba Frédéric Bauer, era francés, un hombre muy educado... Decía que era científico —respondió al fin—. Siempre había gente entrando y saliendo de la casa, pero no daban problemas, todos parecían damas y hombres elegantes y ninguno se quedaba demasiado.

—¿No sabe si tenía familia o alguien a quien pudiera legarle la propiedad?

—Por lo que yo sé, no estaba casado ni tuvo hijos. Quizá tuviera algún pariente en Francia. La verdad es que murió muy poco antes de que empezara la guerra. Sus amigos vinieron a velarle y después de esa noche, nadie regresó. Ni siquiera sacaron los muebles o la ropa, ahí debe de seguir todo, igual que estaba cuando el pobre hombre falleció.

—Pero de eso hace ya casi veinte años.

La mujercilla se encogió de hombros.

—Tampoco creo que vaya a necesitarlo más.

Manuela regresó al coche. Roger la esperaba apoyado contra el capó, hojeando un ejemplar del diario de aquella mañana. Relajado, levemente despeinado y tan distraído como de costumbre, Manuela pensó que estaba más atractivo que nunca. Si su hermano encarnaba el espíritu de un guerrero, un fiel soldado de la nueva España, Roger representaba la melancolía por el mundo que se había perdido. Podía imaginarlo en una isla remota cien años atrás, enredado en alguna estúpida gesta por amor, declamando versos bajo la luz de una hoguera a medianoche. Se acercó a él y le rodeó la cintura con suavidad.

—Tenemos que entrar a la casa —le dijo al oído.

Él soltó un largo suspiro y dobló con cuidado el periódico.

—Sabía que esto pasaría.

—La vecina me ha dicho que no llegaron a vaciarla; todas las pertenencias de Bauer siguen dentro.

—¿Tienes algún interés personal en visitar la cárcel de Martutene? Porque puedo asegurarte que las historias que se cuentan sobre ella producen auténtico pavor.

—Esperaremos a la noche, nadie nos verá. Estoy segura de que esa mujer se acuesta temprano.

—Bien, ¿y cómo piensas entrar?

Manuela sonrió, satisfecha al ver que pasaba de las cuestiones morales a las técnicas.

—No creo que sea demasiado complicado, lleva veinte años abandonada. Tal vez podamos romper una ventana.

Él pareció horrorizado ante la sugerencia.

—Yo me encargaré —sentenció—. Y nada de ventanas rotas, no queremos que nadie se entere de que hemos entrado.

Regresaron unas horas más tarde, tiempo que Manuela invirtió en cambiar los zapatos de tacón por unos planos y en cenar lenguado *meunière* en el restaurante del Continental. Antes de salir de nuevo, se acercó con una deslumbrante sonrisa al mostrador de recepción, detrás del cual José, el *concierge*, hacía un crucigrama.

—Buenas noches, don José, ¿no habrá visto a mi hermano? —preguntó.

—Buenas noches, señorita. El señor Duarte tenía un cóctel, salió hará una media hora y no tiene vistas de que regrese hasta la madrugada.

—Una pena —mintió ella.

Esta vez Roger dejó el pequeño Citroën en la parte trasera de la casa de Bauer, que bajo las sombras nocturnas había adquirido un aspecto amenazador. Antes de salir del coche, se aseguraron de que las luces de la villa contigua estuvieran apagadas.

—¿Estás segura de esto? —insistió él.

—Sí.

A Roger tan solo le llevó unos segundos encaramarse a la valla como un gato callejero y cruzar al otro lado; después, abrió la verja, que, tras tantos años de olvido, recibió a sus visitantes con un aciago quejido. Con sigilo, bajo la única luz de las estrellas y una luna arabesca semienterrada tras un macizo de nubes, atravesaron el espeso jardín y llegaron a la entrada posterior de la casa. Roger tanteó la puerta con delicadeza y extrajo de uno de los bolsillos una pequeña ganzúa con la que manipuló la cerradura hasta que cedió bajo sus manos.

Pedrito solía decir que las casas vacías eran propensas a recibir fantasmas. Era posible que estuvieran cansados de la compañía de los vivos y buscaran en los lugares deshabitados el consuelo de la soledad. Si estuviera allí, su amigo se hubiera persignado antes de cruzar el umbral, pero Manuela y Roger, laicos o tal vez tan solo imprudentes, accedieron al salón sin mayores ceremonias.

El aire acusaba aquellos veinte años de encierro en una mezcolanza de humedad y el leve aroma dulzón de la descomposición. El salón conservaba, como bien había vaticinado la vecina, todos sus muebles, que se revelaban como masas informes bajo una gruesa capa de polvo, y por un momento, Manuela tuvo la sensación de encontrarse entre los restos de un naufragio. Bajo la débil luz de la linterna que Roger había encendido, parecían haberse sumergido en las frías aguas del océano, y las partículas de polvo que se suspendían en el aire se le figuraban diminutos fragmentos de algas mecidas dulcemente por las corrientes marinas.

—¿Qué esperas encontrar? —dijo Roger, quien ahora le pareció un pirata, con su atuendo negro y sus habilidades para desmontar cerraduras.

—No lo sé —confesó.

Registraron la planta baja y las habitaciones sin encontrar nada más que porcelana rota en la cocina y trajes apolillados en el armario, pero al regresar de nuevo al salón, Manuela se fijó en una pequeña puerta en uno de los laterales.

—El sótano —susurró.

Si Bauer escondía secretos, tal vez estuvieran bajo tierra. Roger caminó delante, alumbrando con la linterna una angosta escalera que se hundía entre las tinieblas. Llegaron a una sala rectangular donde, para sorpresa de ambos, descubrieron que las paredes estaban cubiertas de estanterías repletas de libros.

—Debe de haber cientos de volúmenes —murmuró Roger mientras examinaba los lomos de los libros, que habían sufrido años de hongos y mugre.

En el centro de la sala había una gran mesa de madera maciza rodeada de sillas, y en un lateral Manuela intuyó la sombra de algo que parecía una estatua.

—¿Qué es eso? —le preguntó a Roger, que continuaba observando los libros con fascinación.

Él dirigió la luz hacia el rincón que Manuela señalaba, revelando una estatua de estilo egipcio que representaba a un niño que, con un dedo sobre los labios, parecía pedir silencio. En la base de la escultura se concentraba una pequeña amalgama de velas olvidadas.

—Harpócrates —dijo Roger mientras sacaba una caja de cerillas del bolsillo de su chaqueta e iba prendiendo una a una las marchitas velas—. Es un dios egipcio, para los griegos simbolizaba el silencio, los secretos.

Con la luz de las velas, el sótano adquirió una nueva dimensión, asemejándose a un templo. Roger se aventuró hacia una pequeña puerta que resultó llevar a una bodega, mientras que ella se concentró en el contenido de las estanterías. Cuando se disponía a hojear una epopeya escrita en griego antiguo, se fijó en una pequeña caja casi oculta tras una pila de gruesos volúmenes. Con cuidado, la alcanzó, y, tras limpiar el polvo que la cubría, la abrió. Descubrió, sorprendida, que contenía varias fotografías y que el elemento común entre ellas parecía ser la figura de Bauer, que posaba con diferentes acompañantes en variados escenarios.

—Allí solo hay vino —la informó Roger, que había regresado de la sala adyacente.

Pero Manuela ya no le escuchaba, pues observaba con incredulidad una de las imágenes. En ella, una joven que vestía una túnica y capucha estaba arrodillada en el suelo y sostenía entre sus manos un cáliz repleto de un líquido oscuro mientras una serie de figuras también encapuchadas contemplaban la escena. Manuela reconoció de inmediato el rostro de la mujer. Se trataba de Dafne Vasileiou.

40

San Sebastián, 1935

El húmedo aire de diciembre arrastraba con él la sal del mar, que se depositaba sobre el rostro de Julien formando una ligera pátina que era capaz de saborear si pasaba la lengua por los labios. Con un movimiento rápido, sacó una de las frías manos del bolsillo de su abrigo de loden, comprobó que las agujas de su reloj marcarían en unos minutos la medianoche y llamó dos veces a la puerta de la villa del tejado azul.

—Llegas pronto —dijo Dafne con sequedad.

Julien respondió con una breve sonrisa de suficiencia, era consciente de que se había adelantado y de que a la médium le desagradaría la transgresión de las normas, pero disfrutaba con aquellas pequeñas ofensas.

—No me había dado cuenta —mintió.

Ella le dio la espalda y, en silencio, ambos se dirigieron al sótano de la casa. Julien habría sabido dibujar con precisión aquella sala hasta en la más absoluta oscuridad. Armado con una pluma y un papel, hubiese podido recomponer la estatua de Harpócrates y las velas de cera compactadas en una densa masa a lo largo de los años; habría sido incluso capaz de rescatar de la neblina de la memoria la mayoría de los títulos de los libros que ocupaban las estanterías, pues desde que fuera niño había dedicado horas a observarlos.

Bauer los esperaba en la cabecera de la mesa de madera, postrado en la silla de ruedas de la cual apenas era capaz de levantarse desde hacía un par de meses. La enfermedad había comenzado con unos dolores en el pecho y una tos que le provocaba espasmos de endemoniado, y cuando se quedó tan débil que dejó de acudir al hipódromo y a las timbas clandestinas, Dafne hizo venir a un reputado doctor que había atendido a la reina María Cristina, quien le examinó con su monóculo y sus manos frías y dictaminó que Frédéric debía ingresar en el hospital, porque creía que el cáncer le estaba devorando los pulmones y le quedaban pocas semanas de vida. Él se negó a acudir a ninguna clínica y a que le dieran medicamentos de caballo y dijo que no tenía ninguna intención de morirse ese año. Desde entonces, la piel se le había ido quedando grande y amarilla y se había dedicado a repasar todos sus tratados de alquimia en busca de alguna solución arcaica y milagrosa que le devolviera la frescura a la carne y la calma al espíritu.

—Buenas noches, duque —saludó con voz pastosa y una leve sonrisa.

Julien se sabía su favorito. Tal vez porque siempre le había considerado su sucesor natural, porque le había visto crecer entre aquellas paredes desde que, siendo un niño, imaginaba que el sótano era la guarida de una serpiente emplumada y terrible que le devoraría las entrañas en sueños. El cariño era recíproco, pues Julien había llegado a considerar a Frédéric como su auténtico padre. Un sentimiento que se había incrementado desde que Gérard muriera unos meses atrás. Al pensar en él buscó, como siempre hacía, la tristeza en su mente, pero aquel hombre distante y entregado a sus estudios y sus colecciones había dejado poca huella en él. Había muerto igual que vivió, inmerso en sus pasiones. Sufrió un ataque fulminante al corazón en el sillón de orejas de la biblioteca mientras leía, con una copa de borgoña, un códice bizantino. Julien le había enterrado con aquellos zapatos que tenían las suelas desgastadas de tanto caminar entre las viñas y le había deseado buena suerte. Se convirtió entonces en el heredero de aquel pequeño ducado extinto tantos años atrás y de un lúgubre *château* que se mantenía gracias a los viñedos familiares, que los habían salvado de caer en la ruina como tantos otros miembros de una nobleza inexistente. A Julien, no obstante, le gustaba el palacete, que cobijaba el gabinete de curiosidades de su padre, sus viejas botellas de Château Latour y retratos amarillentos de un linaje de antepasados cargados de medallas que habían destacado en la política, la diplomacia o el ejército.

—Deberíamos empezar —dijo entonces José Andrés, que se había convertido en íntimo amigo de Bauer.

—Tomad asiento —indicó Frédéric—. Me gustaría hablaros.

Aquella noche de finales de otoño el grupo de asistentes era reducido y la reunión no prometía ser extraordinaria, como lo eran generalmente las de verano, cuando la mayoría de los miembros extranjeros pasaban por la ciudad y las noches se llenaban de posibilidades. Sin embargo, la firmeza del tono de Bauer hizo que Julien advirtiera que algo importante estaba a punto de suceder. Con tranquilidad, tomó asiento a la derecha de Frédéric. Frente a él estaba Dafne Vasileiou, quien le observaba con gesto de desagrado, como si aquel inesperado anuncio fuera culpa suya.

—Los viajes importantes nunca son fáciles —comenzó Bauer—. Todos los aquí presentes hemos tenido que hacer sacrificios para llegar a donde nos encontramos. Ha sido un camino largo, plagado de luz y de sombras.

Julien recordó algunas de aquellas sombras, las madrugadas de zozobra, los arrepentimientos que llegaban al alba, los susurros errantes en la oscuridad.

—Y todos los caminos tienen un fin —continuó Frédéric—. No hablo del final de La Serpiente Escarlata, aunque me temo que debo anunciar que el mío no tardará en llegar. Durante mucho tiempo creí que encontraría una cura, que todo lo que hemos hecho aquí me daría la respuesta para sanar; sin embargo, soy viejo y hay una batalla que ningún hombre ha podido aún ganar. Me muero. Y lo digo sin acritud y sin más pena que la de abandonar para siempre nuestras pequeñas reuniones, punto de unión entre el mundo terrenal y el del alma.

En la mesa había silencio absoluto, porque aunque todos habían presenciado el deterioro de Bauer, albergaban en el fondo la esperanza de una curación milagrosa de su fundador y maestro de ceremonias, una prueba de la divinidad que tanto perseguían en aquellas madrugadas entre la luz de las velas, el alcohol y la fuerza de las palabras. «No quieren un líder, quieren un mesías», se dijo Julien, que sabía que la muerte de Bauer sería un golpe difícil de superar y que el grupo sufriría su ausencia. Él los mantenía unidos, como la resina de un anciano y poderoso árbol, y cuando no estuviera, todo se desgranaría.

—Por eso, he decidido nombrar un sucesor, alguien que mantenga la esencia de La Serpiente Escarlata intacta, un guía para libraros de la ignorancia del mundo que nos rodea.

Julien vio como Dafne apretaba los labios con fuerza, una muestra de rabia y esperanza, y le miraba con los ardientes ojos grises: un último pulso, aunque se sabía ya derrotada. Entendía el desdén que sentía por él desde que le conoció cuando aún era solo un niño, la envidia por su privilegio, la certeza de que le arrebataría el poder. José Andrés, por su parte, mantenía una expresión neutra y la mirada ausente. No le gustaban ni Julien ni Dafne, y ambos podían percibirlo: había entrado en el grupo por Bauer y probablemente lo abandonaría cuando él falleciera. El resto serían mansos como corderos y seguirían al líder que se les impusiera con tal de que les prometiera mantener su cometido.

Frédéric apoyó sus esqueléticas manos sobre la mesa y, con un esfuerzo desmesurado, consiguió levantarse de la silla. El traje de Derby le quedaba grande y le daba el aspecto de un espantapájaros que protegiera desmadejado una fértil cosecha de maíz. Sin embargo, conservaba en los ojos el brillo de la curiosidad que le había llevado durante años a buscar lo imposible.

—Creo que el más adecuado para ocupar esa posición, a pesar de su juventud, es nuestro querido Julien Leroy-Benoit.

Bauer flaqueó tras pronunciar aquellas palabras y Dafne se acercó a sujetarle, asiéndole por el hombro. Julien interpretó el gesto como la confirmación de su victoria: quizá otros huyeran, pero la médium no abandonaría. No se molestó en fingir sorpresa ante el nombramiento, porque, al fin y al cabo, había en él algo del legado familiar de grandes hombres de Estado y sabía mantener la compostura y el respeto por su audiencia. Desde hacía años tenía presente que aquel momento llegaría, aunque nunca pensó que lo haría cuando fuera tan joven, pues acababa de ingresar en la Sorbona para cursar sus estudios en Historia tras graduarse en el prestigioso Lycée Janson de Sailly.

—Por supuesto —continuó Bauer con voz fatigada—, no cargaré a Julien con tamaña responsabilidad hasta que mi cuerpo decida apagarse. Mientras pueda, me mantendré al frente y él continuará estudiando.

Julien se levantó con lentitud de la silla y la luz de las velas recortó aquella silueta esbelta, el cabello largo recogido en una cola de caballo, como un oficial de marina del siglo pasado. Con una de aquellas manos delicadas y pálidas tomó la copa de vino que tenía delante y la levantó al cielo, que no era en esa ocasión más que el techo revestido de madera del sótano. Pero no le importó, porque sabía que lo que en realidad contaba era lo invisible. Nada definía mejor el universo y sus confines que aquello que escapaba a la vista del hombre ordinario; lo invisible hacía evidente la belleza y el terror, la muerte y el poder, y sería su objetivo perseguirlo, enjaularlo, ponerlo a su servicio.

—Por nuestro querido Frédéric y por La Serpiente Escarlata —dijo brindando al aire.

Algunos dudosos y otros decididos, los miembros del grupo se levantaron de sus sillas y alzaron sus copas para brindar por un nuevo futuro, aquel que les prometía el joven duque.

—Por la vida eterna —murmuró Bauer con dificultad.

Julien buscó la mirada de Dafne y ella le devolvió un escrutinio fiero. Le vigilaría, le pondría a prueba y velaría, a su manera, por los intereses de La Serpiente, pero no le preocupaba, porque estaba convencido de que, en esencia, él y la médium buscaban lo mismo y terminaría por serle leal. Todos lo harían. Antes de llevarse la copa a los labios observó con codicia el anillo dorado que adornaba el meñique de Bauer, la serpiente de oro, la corona simbólica del maestro de ceremonias.

41

San Sebastián, 1952

—Una sociedad secreta —murmuró Manuela.

Las grandes revelaciones suelen darse, de forma habitual, en cuestión de segundos. Un científico podía pasar media vida encorvado entre probetas, crisoles y vasos de precipitados, inmerso en la búsqueda de alguna sustancia que prometiera curar males y enfermedades terminales, tan solo para descubrir, años más tarde, mientras preparaba una inofensiva olla de caldo en su casa, el auténtico sentido de su investigación. Los instantes de clarividencia eran efímeros, pero cercanos a una experiencia religiosa. Quizá por eso Hércules Poirot era adicto a desenredar misterios: para obtener, como recompensa última, esa sensación apabullante de que por fin encontraba algo de sentido en el vasto universo.

Manuela seguía contemplando la figura de Dafne Vasileiou, amparada por la luz de las moribundas velas del sótano de Bauer.

—Parece un ritual iniciático —dijo Roger.

—Creo que la fotografía se tomó en esta sala. Fíjate, al fondo se ven las librerías.

Él se inclinó sobre la imagen pensativo.

—Supongo que es una explicación lógica —dijo por fin—. Los anillos de Bauer y Julien, las serpientes que Ava y Mary Hadaway dibujaron...

Con cuidado, tomó la fotografía de la mano de Manuela y le dio la vuelta. En el anverso, había escrita una única frase en francés: «Le Serpent Écarlate».

—La Serpiente Escarlata… —murmuró.

Manuela empezaba a sentir la falta de aire en aquel ambiente viciado por el olor rancio de la cera derritiéndose y las esporas de hongos.

—Tenemos que salir de aquí.

—En eso estoy de acuerdo —respondió Roger.

Subieron las escaleras hasta aquel salón oceánico y, después de salir al malogrado jardín, Roger se aseguró de dejar la puerta bien cerrada. Nadie sabría que habían estado allí.

Se despidieron con un beso breve en la puerta del Continental.

Lo primero que hizo Manuela una vez en su habitación fue esconder bajo la cama la húmeda caja de recuerdos de Bauer.

Tendida sobre las sábanas, pensaba de forma inevitable en aquella sociedad secreta que parecía llamarse La Serpiente Escarlata y en su relación con Ava. No tenía dudas de que su amiga se había relacionado con aquella sociedad secreta, pues recordaba con nitidez sus días escrutando los arcanos de las barajas de tarot, los símbolos retorcidos que tomaba de libritos desgastados, sus terroríficos sueños de clarividencia. Aun así, le costaba imaginarla sorbiendo sangre de gallo de un cáliz de plata, bailando desnuda a medianoche con la esperanza de que el mismísimo macho cabrío la honrara con su presencia, rendida a los deseos de un culto desconocido y arcaico. Se durmió entre pesadillas obscenas de orgías y aquelarres en prados bordeados por árboles ancianos donde el viento susurraba palabras en lenguajes que los humanos ya no recordaban.

La despertó la luz del sol, que entraba a raudales por el balcón, cuyas cortinas había olvidado cerrar. Con la piel todavía empapada por el sudor de los funestos sueños, se sumergió en la bañera, se cambió de ropa y acudió a la habitación de Pedrito, que la recibió en batín, ya con el diario bajo el brazo.

—Imagino que no vienes a darme los buenos días —dijo al verla en la puerta.

Y Manuela, que había guardado la fotografía de Dafne Vasileiou en el bolso, dejó que la imagen hablara por ella. Cuando se recuperó del susto, Pedrito, que acallaba siempre las inquietudes del espíritu con los placeres de la comida, sugirió bajar a desayunar para discutir aquel espinoso tema con el estómago lleno.

—Muy bien. Ava, Dafne y Julien eran miembros de una sociedad secreta —dijo mientras terminaba una tostada repleta de mantequilla de Soria—. ¿Y eso por qué nos incumbe a nosotros?

—Porque creo que la muerte de Ava y la de Teté no son casuales.

—La muerte siempre es casual, tiene la mala costumbre de pillarte desprevenido. Menos cuando uno mismo aprieta el gatillo. Además, ese tipo de sectas son peligrosas, Manuela, juegan con elementos que no son para los mortales.

Antes de que ella tuviera ocasión de responder, un botones se acercó con una bandeja sobre la que reposaba un sobre.

—Señorita Duarte, disculpe la intromisión, pero han dejado un mensaje para usted.

—¿De mi hermano?

—No. El duque Leroy-Benoit ha llamado por teléfono y ha solicitado que le entreguemos un recado.

Manuela cogió el sobre con cuidado, casi temiendo que fuera a explosionar, y cruzó una mirada con Pedrito.

—Si no te atreves a abrirlo, lo haré yo —dijo él.

Rasgó el sobre con el cuchillo de la mantequilla y ambos leyeron en silencio las palabras que el *concierge* había escrito con letra elegante.

> Con sus mejores deseos, el duque Julien Leroy-Benoit invita a la señorita Manuela Duarte y al señor don Pedro Ortiz a acompañarle esta noche a las 21.00 horas en una cena informal en Villa Allur.

Pedrito hizo un intento de disuadirla, advirtiéndola de que Julien era peligroso; no sería prudente que acudieran al encuentro después de lo que habían descubierto. Pero sus súplicas se estrellaron contra la determinación de Manuela, dispuesta a llegar hasta el final con sus pesquisas.

—Esta noche iré a Villa Allur —sentenció ella—. Contigo o sin ti.

Pedrito había maldecido entre dientes, jurando montarse en un tren y desaparecer camino a Francia para no regresar nunca a aquella ciudad, pero a las ocho y media de aquella tarde, con su colección de amuletos al cuello, un crucifijo de plata y una bolsita llena de ruda en el bolsillo interior de la chaqueta del traje, llamó a la puerta de la habitación de Manuela, que le recibió con una sonrisa y un vestido de cóctel verde hoja. Diez minutos después, montaron en el coche de Pedrito y el chófer puso rumbo a Villa Allur.

El lacónico mayordomo de Julien les abrió la puerta de la mansión.

—Esta noche el duque Leroy-Benoit los recibirá en el invernadero —dijo.

—Fantástico, ¿vamos a recoger hortalizas? —preguntó Pedrito.

El mayordomo, sin alterar ni un ápice su rictus, los guio hasta el invernadero, una estructura de hierro y cristal situada en un lateral de la villa que había sido reconvertida en una cálida sala iluminada con lámparas de araña. El suelo de loza estaba cubierto por alfombras de cachemira de intrincados motivos azules y sobre una mesa reposaban varias botellas de vino francés.

—Bienvenidos a *mon serre* —dijo el duque, que estaba ocupado decantando el contenido de una de las botellas.

Con sumo cuidado, retiró con un paño el polvo del cuello y después se dispuso a abrirla. Una vez extraído el corcho, la giró con delicadeza y empezó a verter el líquido en un decantador de cristal, vigilando que los sedimentos del vino se quedaran en la botella.

Vestido con una holgada camisa blanca, y con el cabello suelto, a Manuela le pareció menos sereno que en el homenaje a Teté, como si su máscara de estoicismo se estuviera resquebrajando. Sentado en una de las sillas dispuestas alrededor de la mesa se encontraba Mario Mondragón, y sobre sus piernas retozaba satisfecho Abraxas, el gato pantera de Dafne. A Manuela se le tensaron los músculos del cuerpo. Tal vez Pedrito tuviera razón y no había sido buena idea volver a la villa.

—¿Una copa? —preguntó Mario con su habitual sonrisa.

Manuela se preguntó hasta qué punto el navarro estaría enterado de las aficiones ocultas de Dafne y el duque. Pedrito, por su parte, estaba tan nervioso que evitó la mirada de Mario y estuvo a punto de tirar al suelo un par de botellas de borgoña al intentar sentarse a la mesa.

—¿Se encuentra bien, señor Ortiz? —preguntó Julien con suspicacia.

—Perfectamente —murmuró Pedrito.

A Manuela le sorprendió verle así de alterado, pues no era habitual en él, que se vanagloriaba de mantener siempre la calma.

—Todos olvidaremos nuestros problemas cuando probemos el Gevrey-Chambertin que acabo de decantar. Perteneció a la colección personal de mi padre, que tenía un gusto extraordinario y lo compró a un comerciante canadiense...

Julien hubiera continuado disertando acerca del pedigrí del vino si no fuera porque en ese momento entró Dafne en el invernadero con andares de reina olvidada. Llevaba un vestido rojo de terciopelo que realzaba sus curvas y el cabello recogido de forma meticulosa en una larga trenza de plata y cobre. Volvió a la mente de Manuela la fotografía del sótano, su rostro semioculto bajo la capucha, sus manos sosteniendo aquella copa que rebosaba un líquido oscuro.

—Buenas noches —dijo la médium con frialdad.

El duque parecía tenso ante su presencia y ella mantenía los labios apretados en una delgada línea, no había que ser demasiado observador para deducir que algo había ocurrido entre ellos.

En aquel ambiente sofocante, magnificado por el efecto del cristal del invernadero, que condensaba la extraordinariamente cálida temperatura de aquella noche de finales de septiembre, los cinco se sentaron a cenar. Desfilaron por la mesa una crema fría de puerros, unos filetes de arenques con manzanas, caviar, caracoles guisados con mantequilla, muslos de pato confitados, tarta de manzana y pavlova de cerezas. Todo regado por el vino rescatado por Julien de la bodega de su padre, que no hizo sino aumentar la sensación de nerviosismo entre los comensales.

—Tu chef se supera cada día, estimado amigo —comentó Mario después de terminar el segundo postre—. Este menú es aún más impresionante que el de la última vez.

—La cena con Teté Chapman, ¿no es cierto? —dijo Manuela, que no pensaba dejar pasar la oportunidad de esclarecer qué había ocurrido aquel día.

—Disculpadme —murmuró Mario—. Ha sido una frivolidad por mi parte. Jamás hubiera pensado que algo tan terrible pudiera acontecer esa noche. Las tres fueron una estupenda compañía...

—¿Las tres? —preguntó ella desconcertada.

Mario miró de soslayo a Julien antes de responder, y a Manuela le pareció que se arrepentía de su respuesta.

—Bueno... La señorita Chapman, la señora Cristina Altuna y la señora Elena Celaya.

Manuela estuvo a punto de atragantarse con la pavlova. Elena Celaya era la viuda de Ramón Ortigosa, la mujer a la que, estaba convencida, Julien había seguido hasta la iglesia.

—Necesitaría ir al aseo —dijo por fin.

Dafne se ofreció a acompañarla hasta la puerta de la villa.

—No creo que sea necesario —intervino Julien—. La señorita Duarte conoce el camino.

—Insisto —dijo la médium.

A Manuela no se le ocurrió ninguna excusa válida para rechazar su propuesta y ambas salieron del invernadero. Caminaron en silencio los escasos metros que las separaban de la puerta principal.

—Creo que desde aquí podré seguir sola —dijo Manuela cuando se detuvieron frente a la entrada.

—Señorita Duarte... Manuela. Creo que debería hablar con usted.

—¿Sobre qué?

—Debería haberlo hecho antes...

El corazón de Manuela latía con fuerza bajo las costillas, pero Dafne no tuvo tiempo de decir nada más, pues un estridente sonido hizo que ambas se giraran desconcertadas hacia el camino de entrada. Dos coches de policía se detuvieron frente a la casa, y de ellos bajaron varios agentes de policía y dos hombres vestidos de paisano. Manuela reconoció al teniente Urrutia, quien se acercó con decisión.

—Buenas noches —dijo—. ¿Se encuentra en este domicilio el señor Mario Mondragón Ezquerro?

—Así es —respondió Dafne con prudencia—. ¿Qué es lo que ocurre?

El teniente la observó de arriba abajo y, finalmente, respondió:

—¿Puede llevarme hasta él?

—Está en el invernadero —musitó ella señalando hacia la izquierda de la casa.

El teniente hizo un gesto a los agentes, que le siguieron como corderillos. Manuela corrió tras los policías tan rápido como se lo permitieron los altos zapatos de tacón. Cuando llegó al invernadero el teniente se encontraba frente a la mesa y dos agentes rodeaban a un desconcertado Mario.

—Señor Mondragón, queda detenido por el asesinato de Teresa Chapman —dijo Urrutia.

42

Biarritz, 1939

En el calor de la tarde, Ava se entretenía bordando retales en la habitación. Aquel día perfilaba con cuidado la silueta de un sabueso de ojos tristes: primero las patitas y después el rabo, las orejas largas y translúcidas como hojas de tilo, la nariz húmeda para seguir el rastro de los inocentes conejos. En el cajón de la cómoda acumulaba ya un nutrido número de servilletas plagadas de animales: cangrejos y langostas, gatos rayados y leones de poderosas fauces, elefantes, cornejas y búhos. Todos parecían en un primer vistazo ordinarios, pero un observador atento descubriría que cada uno de ellos contaba con alguna extraña característica; las langostas tenían tres ojos y los elefantes enrollaban unas trompas dos veces más largas de lo habitual, a los gatos les colgaban cascabeles al final del rabo y los leones sujetaban rosas entre los colmillos. Bordar era su única distracción desde que su madre le quitara los cuadernos y las plumillas y los guardara con llave en la caja fuerte del estudio, como si en cualquier momento pudieran explotar y hacer que la casa volara por los aires.

—Se acabaron los dibujos —le había advertido.

Así pues, Ava se había entregado al hilo y la aguja, una habilidad que sí se consideraba aceptable para una joven señorita. Le consolaba saber que al menos había conseguido salvar su cuadro. El lienzo había viajado hasta Francia enrollado en el fondo de su baúl, entre camisones sucios y calcetines agujereados, y, consciente de que su madre lo confiscaría según lo viera, lo había ocultado en su escondite secreto nada más llegar a la casa. Cuando era niña, había descubierto en el desván un par de tablas sueltas en el suelo, y bajo ellas, entre cucarachas sorprendidas e inmundicia, había guardado sus tesoros a lo largo de los años: piedras y conchas que recogía en la playa, flores secas, dibujos de seres mágicos, granos de pimienta, porque le fascinaba su olor, y el primer pincel que tuvo. Allí reposaba ahora el lienzo arrugado de su última obra, y, cada noche, Ava se escapaba con sigilo hasta el ático y lo contemplaba unos segundos, aún empeñada en descifrar su enigmático significado. Solo su abuela había conocido la existencia del escondite.

En aquella buhardilla todo le recordaba a ella, aunque su madre se hubiera esforzado por eliminar cualquier rastro de su suegra, por intentar borrarla. No serviría de nada, pues la casa y su abuela se pertenecían la una a la otra, y su presencia estaba contenida para siempre en las paredes, en la porcelana de Limoges y en sus relatos en español de demonios y labradores imprudentes. A veces le parecía escuchar su voz ronca reverberar en los rincones, como un eco que le recordaba que seguía allí, que podía comprenderla porque había recibido el mismo don, aquel que se transmitía a las mujeres de la familia. Ava recordó la primera vez que le contó aquella historia. Su abuela estaba concentrada pelando manzanas para hacer una tarta en la cocina, con un delantal de flores y el cabello cano recogido en la nuca.

—Hay algo que no entiendo, ¿por qué los hombres no tienen esos sueños? —le había preguntado ella.

—Eso es porque los hombres saben dormir... —respondió su abuela sin soltar el cuchillo, las manos hábiles cortando las manzanas en cuartos—. Pero las mujeres sabemos soñar.

Años más tarde, Ava comprendía la explicación de su abuela como no lo hizo aquella tarde. Andrea se le aparecía como un ser extraño, pues el amor que un día sintió hacia él se había desvanecido, le resultaba asfixiante rememorar sus besos, sus manos sobre sus muslos y su peso sobre su cuerpo. A veces se levantaba y vomitaba en el baño, con las entrañas temblorosas y la cabeza mecida por los recuerdos y los remordimientos, porque, a pesar de todo, se sentía culpable. «Es culpa tuya. Tú lo quisiste», se descubría pensando a veces, cuando se encontraba sumida en el sopor oscuro de la madrugada, incapaz de dormir. Echaba de menos el poder liberador del carboncillo en las manos, y, en ocasiones, en medio de sus desvelos, bajaba a la cocina, esparcía un poco de harina sobre la encimera y dibujaba criaturas monstruosas y delicadas con el dedo. Su madre no podía borrarlas, porque vivían dentro de ella.

—¿De dónde diablos saldrá esta harina? —murmuraba la cocinera por las mañanas desconcertada. Y Ava debía reprimir la risa al recordar su incursión nocturna en el dibujo sobre grano molido.

Estaba cambiando el hilo marrón por uno negro cuando escuchó los gritos en el piso de abajo. Generalmente, hacía caso omiso de las conversaciones de sus padres y prestaba más atención a los pequeños ruidos de la casa, los crujidos de la madera al dilatarse por el calor, el leve canto de un pájaro en el jardín... Allí, tendida en la cama y escuchando el rumor de aquellos sonidos, se sentía segura. Pero aquella tarde supuso que el motivo de que hubieran alzado la voz la concernía, por lo que dejó a un lado el pequeño tapiz de bordado y, en silencio, salió al pasillo. Bajó de puntillas las escaleras, con los pies descalzos, hasta que pudo escuchar con claridad las voces que venían del salón.

—¡No puede quedarse aquí para siempre! —dijo su madre—. Y mucho menos volver a París.

Seguro que estaría paseando de un lado a otro de la sala, porque era incapaz de discutir sentada.

—¿Y qué pretendes que hagamos? —respondió su padre con voz cansada, posiblemente desde uno de los sofás de terciopelo azul, las piernas cruzadas, las gafas algo caídas sobre la nariz, el habitual tono de derrota.

—Debemos llevárnosla fuera.

—Porque la última vez salió muy bien...

—Fue un error enviarla a esa escuela, pero pensé que allí aprendería a comportarse. Nunca debí acceder a sus estúpidos caprichos.

—Nadie se imaginó que llegaría tan lejos.

Su madre soltó un suspiro largo y pausado, melodramático, y Ava supo que estaba preparando el discurso para convencer a su marido de sus deseos.

—He oído hablar de un sitio —dijo por fin—. Un convento cerca de los Pirineos. Las monjas están acostumbradas a tratar casos como el suyo, y me han asegurado que es un lugar precioso, en el campo. Tal vez la naturaleza le venga bien para calmarse. Acogen a chicas como ella y todas ayudan en las tareas domésticas: recogen los huevos de las gallinas, hacen pasteles de miel y rezan el rosario.

—No sé... ¿Un convento y rezar el rosario? ¿De verdad crees que eso solucionará algo? Además, ¿desde cuándo te has vuelto tan religiosa?

—No lo entiendes. Se trata de disciplina, y las monjas se encargarán de todo.

Se hizo un breve silencio. Tal vez intercambiaran alguna mirada cargada de significado: determinación en los ojos de su madre, remordimiento y lástima en los de su padre. Ambos compartirían el sentimiento de fracaso por la hija malograda.

—¿Crees que allí estará bien? —insistió su padre.

—Por Dios, Marcel, son monjas. ¿Qué mal podrían hacerle?

—A mí me educaron en un colegio de monjas, y puedo asegurarte que la mayoría no eran demasiado dulces.

—Tu hija no necesita dulzura, necesita desaparecer.

Ava había escuchado suficiente, así que regresó a la habitación. Sentada de nuevo con la aguja en la mano, sopesó sus posibilidades. Podía huir, pero no sabía a dónde, y Francia no era Venecia, nadie sería benevolente con ella: estaría sola y perdida como un gato mojado bajo la lluvia. Quizá no fuera tan horrible vivir en el campo y preparar pasteles junto a unas religiosas, al menos habría silencio y nadie le impediría pintar. Sin embargo, no era aquello lo que le inquietaba, sino lo que ocurriría después.

Su madre irrumpió en la habitación cuando daba las últimas puntadas a una de las patas traseras del perro. Sin llamar ni anunciarse, empujó la puerta con la displicencia de quien se sabe dueña de la casa.

—Tenemos que hablar —dijo con su habitual concisión, pues, al contrario que Ava, no perdía el tiempo en ornamentos ni distracciones.

Ava mantuvo la vista aún clavada en las delicadas patitas de su sabueso.

—¿Me has oído?

—¿De qué quieres hablar, madre? —susurró ella, que temía que si la miraba a los ojos pudiera adivinar que conocía ya su fatal destino.

—De tu crisis nerviosa.

Ava no pudo contener una leve sonrisa. Así que eso era lo que le había contado a la familia, a los amigos y conocidos. Su hija sufría de los nervios. No resultaría difícil de creer porque todos pensaban ya que era una criatura extraña y distraída en exceso, demasiado volátil y soñadora para las maldades del mundo material. Supuso que aquello era mejor que la verdad.

—¿Acaso pensabas que podrías seguir con tu vida como si nada? —continuó su madre—. Estás muy equivocada. Pero por suerte tu padre y yo hemos pensado algo. Pasarás un tiempo en los Pirineos, en un convento.

No incluyó la imagen bucólica de vacas y pastelillos que le había dado a su marido.

—¿Cuánto tiempo?

—El necesario. Ahora debes preparar tus cosas. Nos vamos mañana.

Ava se sintió sobrecogida ante la inminencia de la partida. No quería dejar la casa, donde los rincones y los sonidos le eran familiares. En aquel lugar remoto se sentiría abandonada, cuidada por unas monjas piadosas que, bajo sus gruesos hábitos, la juzgarían, sin una amiga como Manuela.

—No quiero ir... —dijo entonces con voz infantil, la determinación de aquellas semanas destrozada. Le hubiera gustado que su madre la abrazara por una vez, que le diera una taza de leche caliente, ser de nuevo una niña y oler la tarta que su abuela sacaba del horno.

—Eso deberías haberlo pensado antes —murmuró su madre con frialdad.

Entonces, se oyó un golpe contra la ventana y ambas se giraron sorprendidas. En el alféizar, un cuervo negro golpeaba suavemente el cristal con su pico. Al verlo, Ava sonrió. No estaba sola, su abuela la protegía.

43

San Sebastián, 1952

Mario Mondragón se dejó esposar mudo de asombro, con los ojos detenidos en algún punto del infinito. Se lo llevaron tan rápido que apenas hubo tiempo para hacer preguntas, que se quedaron flotando en el aire tras su marcha. Manuela se sorprendió al ver que Pedrito parecía ser el más afectado por la detención. Estaba rojo de rabia y siguió a los coches patrulla hasta la entrada de la casa, como si esperara poder detenerlos con la mirada. Julien permaneció estático, convertido en una versión en cera de sí mismo, y Dafne caminaba por el invernadero intranquila, cargando el gato negro en brazos.

—¿Qué ocurrió esa noche? —preguntó Manuela, que a pesar de que dudaba de la culpabilidad de Mario, estaba convencida de que Julien y Dafne sabían más de lo que habían contado.

—Nada en especial —dijo el duque.

Permanecía inmóvil, sumido en una especie de trance contemplativo.

—Antes de que llegaran, ¿qué es lo que quería decirme? —le susurró Manuela a Dafne.

Pero ella no respondió.

—Sea lo que sea, creo que ahora no es el momento —intervino Julien con frialdad—. Tal vez debería comprobar que Pedro Ortiz se encuentra bien, parecía preocupado.

—Julien tiene razón, quizá es mejor que se marche —murmuró la médium.

Ella le dedicó una última mirada y partió en busca de Pedrito. Le encontró detenido en la explanada frente a la villa, con los ojos llorosos y el cabello revuelto.

—Es inocente —dijo con convencimiento.

Manuela empezaba a sospechar que Mario y él se conocían desde tiempo atrás, mucho antes de que el duque los presentara.

—¿Vas a contarme qué pasa?

—Tenemos que irnos de aquí.

Pedrito buscó al chófer con rapidez y se negó a regresar al invernadero, aunque Manuela supuso que ni Julien ni Dafne echarían de menos su despedida.

—¿Qué hay entre Mario y tú? —insistió cuando estuvieron sentados en los asientos traseros del coche.

—Somos amigos.

Sabía que aquella no era la verdad, o al menos no toda, pero no le presionó. A pesar de que el chófer fuera de confianza, entendía que Pedrito no quisiera hablar de su relación con Mario en su presencia. Cuando llegaron al hotel parecía haberse serenado y, con paso ligero, la guio hasta su habitación.

—Necesito una copa —dijo después de asegurarse de que había cerrado la puerta con llave.

—¿Vino?

—Whisky.

Manuela se sentó en una de las sillas y esperó con paciencia a que se sirviera, con las manos aún temblorosas, una copa de whisky sin hielo. No recordaba haberle visto nunca tan alterado, como si acabara de sobrevivir a un cataclismo.

—Nos conocimos a principios de verano —dijo él entonces—. Fue una de esas cosas que parece que no se convertirán en nada más, que no pasarán de ser un romance fugaz.

—¿Por qué no me lo contaste?

—No lo sé —confesó—. Temía que si lo contaba se volvería demasiado real, demasiado complicado.

—¿Más complicado?

Pedrito soltó un largo suspiro y apuró de un trago el vaso de whisky.

—Nunca pensé que fuera a llegar tan lejos. Supongo que he estado engañándome a mí mismo todo este tiempo. Pensaba que habría aprendido algo después de tantos años y, ya ves, dos noches de amor y pierdo la sensatez.

Ella percibió en sus ojos el miedo, ese que se agarra a la garganta como una superstición cuando te das cuenta de que podrías perder a un ser amado. Esa clase de miedo que va acompañado de remordimientos sobre un pasado irrecuperable, sobre todo lo que pudo ser diferente, los besos que se quedaron perdidos en el limbo y las caricias que ya nunca hallarán la piel.

—Todo saldrá bien —dijo.

Se trataba de un consuelo banal y vacío, pero, no obstante, albergaba algo que Pedrito necesitaba en aquel momento: esperanza.

—Supongo que no tienes ni idea de por qué le han detenido —continuó Manuela.

—No lo sé, pero si de algo estoy seguro es de que Mario es inocente. No tenía nada que ver con Teté, apenas la conocía.

Manuela estaba en esencia de acuerdo con él, aunque un pensamiento le rondaba la cabeza de forma molesta.

—Y... ¿La Serpiente Escarlata? Si Mario es tan amigo de Julien tal vez tenga algo que ver.

Pedrito negó con la cabeza y se dispuso a rellenar el vaso.

—No lo sé —respondió—. ¿Crees que no lo he pensado? Quería hablar con él hoy, cuando terminara la cena, pero ahora no será posible.

—Tal vez podamos buscarle un abogado.

Él reprimió una risa mordaz.

—A donde le van a llevar no sirven de mucho los letrados, pero haré unas cuantas llamadas. Tengo la sensación de que esa vieja bruja de Cristina Altuna ha tenido algo que ver en su detención.

—¿Estarás bien?

—Sí, solo necesito acabar un par de botellas como esa y unas cuantas tisanas relajantes.

Manuela le dejó después de hacerle prometer que la llamaría si la necesitaba y subió un piso hasta su propia habitación. Sin embargo, fue incapaz de conciliar el sueño. Después de horas revolviéndose en la cama, se levantó y encendió la lámpara de la mesilla, donde el reloj marcaba las tres de la madrugada. Sin saber muy bien por qué, rescató la cajita de fotografías que habían encontrado en el sótano de Bauer y la colocó sobre la cama.

En aquellas instantáneas se condensaba un mosaico de recuerdos y momentos detenidos en el tiempo. Bauer en la playa de la Concha, sosteniendo una pipa en los labios, con dos jóvenes vestidas de lentejuelas frente a la puerta del Gran Casino o rematando una bola en el club de tenis. Algunas de las fotografías tenían inscripciones en el reverso que indicaban la fecha, el nombre de los retratados o el lugar donde se habían tomado. Manuela observó una imagen en la que Frédéric aparecía sentado en la terraza del restaurante La Perla, una idílica postal con el mar y el Igueldo de fondo. Sobre la mesa reposaban algunas copas y platos a medio terminar, y, si se esforzaba lo suficiente, casi podía escuchar el rumor de las risas y las conversaciones en el aire. Junto a Bauer, un hombre moreno y flaco sonreía. Al principio, pensó que podía tratarse de una coincidencia, pero tras examinar con detenimiento el rostro enjuto estuvo segura de su hallazgo. Volteó la fotografía con curiosidad y leyó, incrédula, el nombre y el apellido del acompañante de Bauer. Recordó entonces la esquela de Bauer que Roger había encontrado en el periódico, la cual firmaba un tal José Andrés.

Estuvo tentada de telefonear al librero, pero se impuso la cordura y decidió esperar a la mañana siguiente. La calidez de la noche dio lugar a una tormenta que se desató con furia sobre la ciudad, y las primeras luces del alba la alcanzaron sentada en el balcón, ya vestida y con los pies descalzos mojados por la lluvia. Buscó en el horizonte un sol ardiente que la cobijase, pero el único signo del astro tras la densa cortina de nubes fue un leve fulgor naranja. Cuando el cielo se tornó de un limpio gris perla, se levantó y buscó en el armario los zapatos de tacón. Sobre la mesilla reposaba el libro del doctor Yuste, que todavía no se había atrevido a abrir. Sin pensarlo demasiado, lo cogió y guardó entre sus páginas la fotografía de Bauer antes de salir de la habitación.

A aquellas horas en el hotel reinaba el silencio, interrumpido tan solo por el ir y venir de las camareras de planta y los botones, que trajinaban como arañas laboriosas mientras los huéspedes dormían. Manuela bajó al comedor, donde aún estaban montando la mantelería blanca y las cucharillas grabadas para el desayuno, y se dirigió hacia la recepción; sabía que Roger estaría despierto, porque aprovechaba las horas anteriores a la apertura de la librería para ordenar las estanterías, quitar el polvo de los ejemplares que acumulaban ya meses sin venderse y colocar las nuevas adquisiciones. Estaba a punto de cruzar la puerta de la sala cuando vio a su hermano apoyado en el mostrador del *concierge*. Intentó dar media vuelta, pero ya era tarde, Hernán la miraba con curiosidad.

—¿A dónde vas tan temprano? —preguntó.

—A pasear por la playa.

Él asintió despacio y se acercó más a ella. Olía a loción de afeitar y humo.

—¿No crees que me debes una disculpa? —dijo con satisfacción.

—¿Por qué?

—Por tus absurdas acusaciones. He oído que el asesino de Teresa ya está detenido.

—Será el juez quien deba decidir si es el asesino.

—Por supuesto. ¿Crees que no me he enterado de que estabas allí?

Manuela le miró desafiante, el libro apretado contra el pecho con tanta fuerza que podía sentir como sus esquinas se le clavaban en la carne.

—Una casualidad.

Hernán esbozó una sonrisa condescendiente.

—Cuando muchas casualidades se juntan pasan a ser otra cosa —susurró.

Temió que la amenazara con mandarla a casa, pero su hermano se limitó a mirarla en silencio. En el fondo, tenía miedo de que Manuela pudiera revelarle sus secretos a Mari Tere si la dejaba a solas con ella.

—Tengo que irme —dijo.

—Claro, la playa espera —respondió él con cierta sorna.

Manuela le dio la espalda y, sin volver la vista atrás, salió del hotel. Cuando llegó a la librería Fortuna, la verja aún estaba bajada y, a pesar de que llamó un par de veces, no obtuvo respuesta. Oteó la calle con la esperanza de encontrar al sereno, pero era demasiado tarde y ya había terminado su turno. Derrotada, se sentó en el escalón de la puerta y esperó. Veinte minutos después, las luces de la tienda se encendieron. Entonces, zarandeó con fuerza la verja de la puerta hasta que un despeinado y sorprendido Roger apareció tras el cristal.

—¿Por qué has tardado tanto? —le espetó Manuela—. Pensaba que ordenabas la tienda antes de abrir.

—Y lo hago, los días de diario, pero hoy es domingo —respondió mientras levantaba la cancela.

Ella se dio cuenta de que había estado tan absorta en los últimos acontecimientos que había perdido la noción de los días de la semana. Con un gesto rápido, se agachó bajo la verja a medio alzar, entró en la tienda y sacó la ajada fotografía del interior del libro de Yuste.

—Necesito hablar con Pepe Arteta —dijo mientras se la tendía a Roger.

Él examinó sorprendido el rostro de Bauer y el del ahora afable anciano y comprobó varias veces la inscripción del dorso: «Almuerzo en La Perla con José Andrés Arteta, julio del 32».

—Qué demonios...

—¿Puedes llamarle? Invéntate una excusa para que venga a la librería.

Roger se frotó los ojos, aún inflamados por las horas de sueño.

—A veces merendamos churros —dijo con lentitud—. Podría pedirle que viniera a mi apartamento esta tarde.

—Muy bien; churros, entonces —murmuró Manuela.

44

San Sebastián, 1952

Tal y como habían acordado aquella mañana después de su visita a la librería, Manuela regresó al apartamento de Roger a las cinco. La tormenta nocturna había dado paso a una tarde fresca y gris y el librero la recibió vestido con un jersey azul de alpaca y unos pantalones grises de lana fría.

—Bienvenida —la saludó, con su habitual sonrisa.

La casa combinaba el olor del chocolate que se calentaba en un cacillo con el de los churros cubiertos de azúcar que reposaban sobre la mesa en una fuente plateada. Manuela le acompañó a la pequeña cocina y se dejó envolver por aquel aroma dulce y cálido. Le gustaban las cenefas de frutas de los azulejos y la sencilla mesa de madera, la forma en que los antebrazos de Roger se tensaban mientras sostenía la cuchara de palo para darle vueltas al oscuro brebaje, formando remolinos de cacao.

—¿Estás más tranquila? —le preguntó él.

Manuela se acercó por detrás y le rodeó la cintura con los brazos, sintió el tacto suave del jersey y se dejó invadir por su fragancia a sándalo y papiro, por aquella calma que parecía traspasar su piel para pegarse a la de ella.

—Ahora sí —murmuró.

—¿Has sabido algo más de Mario?

En su encuentro matutino, Manuela le había puesto al corriente sobre lo ocurrido la noche anterior.

—No. Supongo que Pedrito estará intentando enterarse de algo.

Se quedó allí, abrazada a él como un animal pequeño que aún no puede utilizar las patas, los brazos cerrados alrededor de su abdomen, formando un mágico círculo de sal que los protegiera de lo ajeno. Pero el embrujo duró poco y el timbre de la casa anunció con su estridente sonido la llegada de Pepe Arteta.

—No le presiones demasiado, es muy mayor —le pidió Roger antes de separarse con delicadeza de su abrazo.

Arteta entró en la cocina sosteniéndose en su bastón de empuñadura de nácar, con la mata de cabello blanco peinado con esmero y un traje color tabaco que le quedaba demasiado grande.

—Buenas tardes, querida, qué agradable sorpresa.

Ella le ofreció una sonrisa, a pesar de que dudaba sobre qué se escondía bajo el inocente aspecto del anciano.

Roger terminó de calentar el chocolate y lo sirvió en tres tazas de loza que llevaron a la mesa del salón, donde tomaron asiento alrededor de la bandeja de grasientos churros.

—Nunca rechazaría una tarde de churros —dijo el anciano mientras atacaba los dulces con sus manos huesudas—. Pero no puedo más que preguntarme a qué se debe la repentina invitación, ¿noticias de boda, quizá?

A Manuela se le colorearon las mejillas y Roger clavó la mirada en su chocolate.

—No, no se trata de eso... —respondió.

—En realidad, era yo quien quería hablar con usted, señor Arteta —intervino Manuela.

Estaba impaciente y no tenía demasiado sentido retrasar la conversación, así que sacó la fotografía del almuerzo en La Perla y la depositó sobre la mesa.

—Es usted, ¿no es cierto?

Arteta se limpió con esmero las manos en la servilleta de tela antes de tomar la instantánea entre los dedos. Después sacó unas gafitas doradas del bolsillo de la chaqueta y se las colocó sobre el puente de la prominente nariz.

—Así es —respondió tras mirar brevemente la imagen—. ¿De dónde la ha sacado?

Roger y Manuela cruzaron una mirada y ella decidió omitir su visita nocturna al sótano de Bauer.

—¿Dónde conoció a Frédéric Bauer? —le preguntó.

—Eso fue hace mucho tiempo.

—Pero estoy segura de que aún puede recordar La Serpiente Escarlata.

El anciano devolvió la fotografía a la mesa y Manuela observó que la mano derecha le temblaba de forma descontrolada. De pronto le pareció muy arrugado e indefenso, la piel plagada de manchas, los ojos henchidos de recuerdos.

—Siento la emboscada —se lamentó Roger mientras colocaba la mano en su hombro con dulzura—, pero necesitamos tu ayuda.

—Se trata de Julien Leroy-Benoit —añadió Manuela.

Arteta controló entonces el temblor y colocó ambas manos alrededor de la taza de loza, como si el calor del chocolate tuviera el poder de curar los espasmos y disipar las sombras del pasado. Un remedio sagrado azteca para los males que aquejan los huesos y los pensamientos.

—Por supuesto que se trata de Julien —respondió al fin—. Siempre supe que daría problemas. Quizá sea hora de abrir la caja de memorias, no creo que pueda hacer ya ningún daño.

Hizo una breve pausa, tal vez para rescatar de algún lugar remoto aquellos recuerdos, y prosiguió:

—Conocí a Frédéric Bauer en 1930, a través de un comerciante de vinos con el que trabajé en algunas ocasiones. Por aquel entonces yo vivía en Madrid y enseñaba en la universidad, pero siempre volvía a San Sebastián en los veranos. Cuando Frédéric se enteró de que me interesaban la sabiduría del mundo antiguo y el ocultismo, me invitó a una reunión en su casa.

—La Serpiente Escarlata... —murmuró Manuela.

—Así es. El nombre se le ocurrió a Frédéric, por supuesto: para él, la figura de la serpiente significaba el renacimiento, el uróboros, que devora su propia cola en un ciclo infinito. En uno de sus viajes a Estambul, le compró un anillo de oro con forma de serpiente a un comerciante de lámparas de aceite que le aseguró que era mágico. Bauer se obsesionó con el anillo y con aquel hombre, que se hacía llamar el maestro Escarlata. Una historia ridícula, supongo, pero él creía a pies juntillas en que aquella alhaja había sido una señal y aquel árabe un alquimista disfrazado.

—Entonces, ¿Bauer fundó la secta?

—¿Secta? Tal vez eso sea decir demasiado. Había ritos iniciáticos, claro está, porque era una forma de que sus miembros se comprometieran a mantener el secreto sobre lo que ocurría allí, y es cierto que algunas reuniones podían descontrolarse bastante, pero Frédéric era un buen tipo.

Manuela se inclinó sobre la mesa y miró con curiosidad los ojillos descoloridos del viejo.

—¿Y en qué consistían aquellas... reuniones?

Arteta esbozó una ligera sonrisa y seleccionó cuidadosamente un churro.

—Buscábamos lo que los hombres han olvidado. Eso es todo lo que puedo decirle, señorita Duarte.

A ella le costaba imaginarle sumido en misas negras y orgías, con las manos manchadas de la sangre de una virgen o devorando las entrañas de un cabrito, pero sabía que todos los humanos eran capaces de tales vilezas a fin de conseguir lo que ansiaban: dinero, pasión, conocimiento, poder.

—¿Eso es todo? —insistió.

Arteta se limitó a masticar en silencio.

—¿Por qué sabías que Julien daría problemas? —le preguntó Roger.

—Frédéric era un adelantado a su tiempo, un estudioso metódico y un gran amigo; tenía un problema con el juego, pero ese es otro tema. Julien, en cambio, representaba la juventud: rubio, espléndido..., pero de moral demasiado distendida para mi gusto. Por eso, cuando Frédéric murió y Julien se quedó al frente, decidí marcharme para siempre. Para entonces ya hacía un tiempo que me había unido a una logia, aunque había continuado asistiendo a las reuniones de La Serpiente en San Sebastián por mi amistad con Frédéric.

—Podría apostar a que no fue el único a quien no le gustó la decisión... —dijo Manuela.

—Siempre abrazamos la dualidad del alma humana, sus luces y sus sombras, pero él parecía capaz de ir más allá. Aunque la alternativa tampoco era brillante: Dafne Vasileiou, una médium de dudosa reputación que ansiaba el poder que Julien ostentaba por derecho de nacimiento.

—¿Y nunca volvió a saber nada de ellos?

—Cuando Bauer murió, se nos echó encima la guerra civil y el grupo se reorganizó en Borgoña, yo me quedé en Madrid. Los siguientes años tuve bastante con sobrevivir a la guerra y que nadie descubriera que era rojo y masón, algo que conseguí por mentiroso y cobarde. Me enteré hace unas semanas de que Julien había regresado y había comprado Villa Allur, pero no sabía qué había sido de La Serpiente.

—Julien sigue al frente —aseguró Manuela—. ¿Cree que pueden haberse convertido en... algo más oscuro?

Pepe se encogió de hombros.

—Con el duque Leroy-Benoit todo es posible...

Manuela no se molestó en preguntarle por Ava, pues él había abandonado el grupo antes de que ella ni siquiera se marchara de Florencia.

El anciano había levantado la taza de chocolate y paladeaba el líquido, ya tibio, a sorbitos. Sopesó la posibilidad de presionarle más, pero Roger le lanzó una certera mirada de advertencia que la disuadió de intentarlo. En cualquier caso, tenía la impresión de que les había contado toda la verdad.

Terminaron de merendar en un ambiente incómodo que el librero intentó suavizar con anécdotas sobre libros perdidos y encontrados en la librería y clientes extravagantes, pero Arteta parecía afectado por aquellos viejos recuerdos que habían desempolvado y se marchó tan pronto como se acabaron los churros fríos. Al cruzar la puerta, Manuela le vio tan frágil que temió que se le quebraran los huesos al bajar por las escaleras.

—¿Tienes lo que querías? —dijo Roger cuando estuvieron a solas.

—Aún sigo sin saber qué trama Julien, no entiendo por qué ha regresado a San Sebastián después de tantos años.

—Tal vez solo sea un nostálgico —bromeó él—. No en vano dicen que esta es la ciudad más hermosa de España.

A Manuela le hubiera gustado pasar el resto de la tarde con Roger, pero temía que Hernán estuviera vigilándola de nuevo, y después de alargar la despedida todo lo que fue posible, no tuvo más remedio que regresar al Continental, donde no había rastro de su hermano, pero sí de Pedrito, quien la esperaba en la recepción con un sombrero y una maleta en la mano.

—¿Qué ocurre? —preguntó extrañada.

Él la cogió del brazo y la arrastró hasta una de las esquinas.

—Me voy unos días —susurró—. No van a soltar a Mario, al menos de momento. Por lo visto presionaron tanto a Cristina Altuna que acabó por decir que Mario había amenazado a Teresa el día de la cena.

—¿Amenazarla?

—Hizo un maldito chiste sobre la guillotina y la Revolución francesa, pero en este país eso es suficiente para detenerte. La muy necia está arrepentida y me ha prometido que se retractaría, pero...

—Entonces tendrán que soltarle, no tienen ninguna prueba en su contra.

—Ya es demasiado tarde. No tienen nada con lo que acusarle del asesinato de Teté, pero están nerviosos y necesitan un culpable. Además, han registrado su habitación de hotel y han encontrado propaganda comunista, así que se lo han llevado los de la Brigada Político-Social; y ya sabemos cómo se las gastan esos.

Manuela había oído hablar de Núñez Espeche, el jefe de la brigada de Guipúzcoa. Un tipo patizambo, de corta estatura y ojos porcinos que se desquitaba con los prisioneros que llegaban al cuartel. Se contaban por docenas los que habían perdido dientes y guardaban quemaduras y cortes como recuerdo de sus encuentros con él. A dos pescadores que habían puesto una ikurriña en el puerto los habían sometido a aquella tortura del saco, tapándoles con él la cabeza y vertiendo agua sobre ellos hasta que estuvieron convencidos de que los habían lanzado al Cantábrico.

—Me iré a Francia un par de días, hasta que la situación se calme un poco —continuó Pedrito—. Aprovecharé para gestionar unos asuntos de negocios y seguiré moviendo los hilos que pueda.

—Por favor, cuídate —le suplicó ella.

—No te preocupes, Manuelita, que volveré, igual que las golondrinas.

Y a pesar de que intentó sonar firme, Manuela le notó el miedo escondido en la voz.

45

Sare, 1952

Pedrito estaba convencido de que había tres cosas por las que la vida merecía la pena: los placeres del comer, la naturaleza y el amor. Y mientras huía de las consecuencias de una de ellas, tuvo al menos la oportunidad de reconciliarse con las otras dos. El cielo sobre Sare se mostraba de un límpido azul y la mañana traía con ella un aire fresco que barría los malos pensamientos. Estaba alojado en una de las pensiones de su pequeña red de refugios franceses, lugares seguros para comerciantes de cuestionable legalidad, peregrinos con las rodillas ensangrentadas de tantos padrenuestros y los pies cubiertos de pústulas, republicanos, anarquistas y estafadores de viudas adineradas. Todos ellos estaban en paz en aquel lugar, donde se imponía la máxima de que cada uno se dedicara a sus propios asuntos, ya fueran rezos y flagelos o planes para que los americanos reconocieran el Gobierno vasco en el exilio. A la hora del desayuno se podía respirar en el patio de la posada, entre susurros de conspiraciones y ventas, el aroma del verdor exuberante que rodeaba el pueblito, con sus casas blancas de postigos rojos y los balcones cubiertos de hortensias.

Pedrito estaba sentado en una de las mesas del restaurante frente a una bandeja de madera con huevos escalfados, mantequilla batida a mano, jamón curado, pan de hogaza, leche recién ordeñada, higos negros y melocotones del huerto del dueño de la posada, un vasco rubicundo llamado Eusebio que hablaba en un euskera tan cerrado que a Pedrito le costaba a veces entenderle, pues tantos años de represión le habían llevado a guardar la lengua materna para ocasiones seguras y había terminado por olvidar palabras del anciano idioma.

—Terminarán por borrarnos —decía Eusebio en su euskera de caserío—. Eso es lo que quieren, que seamos todos españolitos de bien, de gomina y misa a las doce. Pues que vengan a buscarme, que venga Franco si tiene agallas, que lo voy a estar esperando aquí sentado.

Eusebio era, además, y en sus palabras, un orgulloso pagano. Y cuando caía la noche, contaba a quien quisiera escuchar que él veneraba a Mari, a Sugaar y a Urtzi porque eran los dioses en que creían su abuela y su bisabuela, que habían sido *sorgiñas* de las que curaban los males con hojas secas, miel y palabras recitadas en voz baja, y los únicos a los que respetaban los animales, que agachaban las cornudas cabezas ante la madre Mari y sus risueñas lamias cuando estas sacaban sus pies palmeados de los ríos.

Mientras untaba el pan con mantequilla, Pedrito se esforzaba en analizar la cadena de hechos que le habían llevado hasta allí, empeñado en descubrir en alguno de sus eslabones la explicación a tanta muerte y catástrofe. Todo giraba en torno a Villa Allur, porque estaba convencido de que sobre aquella casa pendía un embrujo inquebrantable que se había cobrado primero la vida de su propietario original, Gregorio Allur, y había continuado después por arruinar la de quienes se acercaban demasiado a ella. Ramón Ortigosa se había colgado de un árbol, Manuela había enloquecido en su búsqueda de Ava, que había muerto entre llamas y que, de alguna manera, estaba conectada, a través de un cuadro, con los secretos del duque, quien pertenecía, junto con Dafne, a una enigmática sociedad secreta; Teté Chapman había perdido la vida tras pasar la noche en aquella casa y Mario, la libertad.

—¿Cómo está el desayuno? —dijo entonces una voz femenina en francés.

Al levantar la cabeza, se encontró con Manon Amiel, la cocinera de la pensión, una mujer de rostro limpio y edad indefinida que llevaba el cabello grisáceo cortado a la altura de la mandíbula. Tiempo atrás había sido monja, pero había terminado abandonando los hábitos después de enamorarse de una de sus compañeras y comprender que no era su amor a Dios lo que la había llevado a la vida de religiosa, sino la culpa por aquel deseo que no había sabido identificar hasta entonces. Había pasado años horneando dulces en el convento y, cuando se marchó, se empleó como cocinera en varios hogares; inventó un pasado de viudedad y trabajó para tres familias antes de conocer a Eusebio, sobrino de uno de sus jefes, que después de probar su sopa de cebolla le rogó que se fuera con él a la pensión. Allí descubrió la auténtica libertad e hizo las paces con Dios a base de preparar desayunos y leer bajo la sombra de la higuera del jardín.

—Como siempre, todo lo que preparas está exquisito —respondió Pedrito.

—Tantos años de práctica en el convento sirvieron para esto.

A Pedrito, la mención al convento y el recuerdo de su pasado como monja le trajeron a la cabeza un pensamiento que merodeó por su cabeza como una moscarda molesta, zumbándole en los oídos.

—¿Hace cuánto tiempo fue eso?

—Diez años.

Él intentó librarse de aquella idea que le había asaltado, disiparla como a una nube de humo, pero no fue posible, no podía dejar de pensar en su visita al hospital del Cedro y en las palabras de aquel antiguo conserje, Fulgencio Barrena, que había asegurado que, antes de acudir al sanatorio, Ava Braud había pasado un tiempo en un convento en Francia, cerca de los Pirineos. Era cierto que la muchacha estaba muerta y que el propio Pedrito había criticado la obsesión enfermiza de Manuela por descubrir su vínculo con Julien, pero ahora que sabía que Mario podía estar implicado en aquella sociedad secreta él también sentía la necesidad imperiosa de unir los fragmentos de la historia.

—Dime, ¿dónde estaba tu convento? —le preguntó a Manon.

Ella se sentó frente a él en la mesa y cogió distraída uno de los higos.

—Cerca de Burdeos.

—¿Alguna vez oíste hablar de algún convento por los Pirineos donde acogieran a muchachas jóvenes?

—¿Novicias, quieres decir?

Pedrito negó con la cabeza.

—No, estoy bastante seguro de que la joven que busco no era novicia. Más bien una chica con problemas: sus padres querían internarla.

—¿Qué clase de problemas?

—De rebeldía... Puede que se fugara con un amante mayor.

—No estoy segura de que ninguna orden acogiera a chicas así, aunque sé de algún convento que en secreto escondía a chicas embarazadas de buena familia a cambio de dinero; después se encargaban de dar a los bebés en adopción.

Pedrito recibió aquellas palabras con la fuerza de la revelación, de la luz repentina que alumbra lo que antes estaba oculto. No había pensado en lo más obvio desde el principio: ¿por qué unos padres burgueses querrían ocultar a una hija adolescente del mundo? No era suficiente que creyeran que estaba loca o que se hubiera escapado de una escuela, pues la locura era frecuente entre los ricos y o bien se ignoraba o bien se trataba con baños termales y tisanas. Pero el embarazo antes del matrimonio era una deshonra, una mácula imperdonable.

—¿Recuerdas algo más?

—Nunca pensé que en tu caso tuvieras que preocuparte por muchachas embarazadas —respondió ella con una sonrisa pícara que iluminó su rostro pecoso.

—No se trata de eso, estoy buscando a una joven que creo que estuvo encerrada en un lugar así.

—Se hablaba de unas benedictinas en Lacommande. Puedes ir allí, pero jamás te dirán nada, ninguna traicionaría a sus hermanas.

Pedrito terminó el desayuno y, poco después, se encontró montado en su Ford camino de Lacommande. El viaje era relativamente largo, así que prefería pasar la noche cerca del pueblo, aunque, por desgracia, debería hacerlo en alguna pensión fuera de su red de confianza. Llegó a Lacommande acompañado por un suave sol que refulgía en los tejados grises de las casas y las verdes praderas. Se detuvo en una iglesia de aspecto románico que atesoraba una torre de gran altura cubierta de hiedra. Allí, tan solo un par de curiosos rompían la paz de la tarde, peregrinos de camino a Santiago, tal vez, pero pronto se fijó en una anciana de falda negra que caminaba con las manos a la espalda. Pedrito bajó del coche y se aproximó a ella.

—Muy buenas tardes —dijo en su más elegante francés—. Busco el convento de las hermanas benedictinas.

—No admiten visitas.

—Mi hermana se encuentra ahí.

La anciana le dedicó una mirada de indiferencia y con un dedo enjuto le indicó una dirección en el horizonte.

—Siga el camino de tierra y lo encontrará —dijo—. No tiene pérdida, no podría ser nada más que un convento.

Pedrito condujo despacio en la dirección que la mujer había señalado hasta encontrar un sendero sin asfaltar que le llevó, entre huertas y árboles, hasta un edificio de muros de sólida piedra, un empinado tejado gris y ventanas de arco de medio punto. Reinaba el silencio en el lugar, y supo que no tendría demasiado sentido llamar a la puerta de madera que se cobijaba bajo un pórtico. Las monjas no esperaban visitas ni estarían dispuestas a responder preguntas indiscretas. Dejó el coche junto a unos matorrales y recorrió, caminando, el perímetro del convento, que estaba protegido por un grueso muro que separaba con eficiencia a las religiosas del mundo terrenal. Entonces vio, a unos cien metros, a un hombre que recorría con tranquilidad una huerta frente a una pequeña casa tras la que pastaban unas ovejas. Con cuidado de no estropear sus zapatos italianos, se acercó a él.

—Buenas tardes —saludó—. Perdone la intromisión, pero ¿podría hablar con usted?

El hombre, fornido y con la camisa arremangada sobre unos velludos antebrazos, no levantó la mirada de unas gigantescas calabazas que asomaban entre la tierra.

—Querría hacerle unas preguntas, es sobre el convento —insistió.

El labriego le miró por fin con indiferencia.

—¿Quiere comprar queso? —dijo.

Pedrito se quedó desconcertado durante unos instantes, pero pronto comprendió que se trataba del peaje que debía pagar por las respuestas.

—Es de oveja, elaborado aquí mismo —insistió el hombre.

—Me encantaría —cedió Pedrito—. Pero antes, ¿podría ayudarme?

Él asintió satisfecho.

—¿Alguna vez ha visto llegar o marcharse del convento a muchachas jóvenes? No me refiero a las monjas.

—¿Habla de las niñas embarazadas? —dijo con naturalidad—. Llegan y se van cada pocos meses.

—¿Cómo lo sabe? —preguntó Pedrito, sorprendido ante la indiferencia que el tema parecía causar en el hombre.

—Porque a veces intentan escaparse. Una vez tuve que sacar a una de ellas de entre las ovejas.

—¿Y qué pasa con los bebés? ¿Sabe qué hacen con ellos?

—No lo sé, eso es cosa de las monjas, yo solo les vendo queso.

Comenzó entonces a relatarle, sin escatimar en detalles, su trabajo en la granja y los cuidados que les daba a sus ovejas, que eran su única familia. Quince minutos después, Pedrito consiguió escapar y regresó al coche con una gran rueda de queso y unos cuantos francos menos en el bolsillo. Antes de marcharse, observó de nuevo la estructura del convento. No tenía forma de saber si Ava había estado encerrada allí, pero de lo que estaba seguro era de que se había quedado embarazada de aquel profesor de dibujo que Manuela tanto detestaba. Se preguntó por qué habría acabado en el sanatorio del doctor Yuste, y, sobre todo, qué habría ocurrido con la pobre criatura que había albergado en su vientre.

46

Lacommande, 1939

Ava quería llamarla Louise. Sabía que era una niña porque, como tantas otras cosas, lo había visto en sueños, una revelación prístina mientras dormía en el duro camastro de la celda. Al principio sintió pánico, porque eso significaba que la criatura heredaría su don y tendría una vida apartada de los demás, entre ensoñaciones y visiones terroríficas, pero, al fin y al cabo, aquel don no resultaba tan terrible, pues era el legado de su abuela y gracias a él su hija podría cruzar puertas cerradas para el resto del mundo.

—Louise, tú y yo estaremos siempre juntas —murmuraba—. Yo te guiaré.

Había adquirido el hábito de hablarle en la oscuridad de la minúscula habitación, porque desde que había llegado allí había comprendido que no podría confiar en nadie más. Su padre se había despedido de ella en la puerta del convento, la cabeza gacha y los ojos desbordados de vergüenza, con unas pocas palabras de consuelo vacío. Su madre, por su parte, la había acompañado hasta la celda, con sus zapatos caros repiqueteando en las piedras centenarias y el olor de su perfume de bergamota eclipsando el del sórdido incienso.

—Aquí estarás bien —aseguró cuando depositaron su baúl bajo la cama—. Dios cuidará de ti.

La monja que las acompañaba asintió complacida, pero a ella le pareció ridículo que su madre se adjudicara de pronto la autoridad de nombrar a Dios, cuando sus visitas a la iglesia eran cuando menos escasas. Se despidió de Ava con un calculado beso en la mejilla para mantener la imagen de madre dedicada y religiosa y se marchó sin volver la vista atrás, aliviada de salir de aquellos inhóspitos muros.

A Ava le costó acostumbrarse a la rutina del convento, donde los días parecían alargarse y deformarse, como si estuvieran hechos de azúcar caliente. Al principio, las monjas intentaron que las acompañara en los rezos de laudes, así que la despertaban con un toque en el hombro y la llevaban hasta la capilla. Allí todas se ponían de rodillas y entonaban despacio los salmos, pero Ava dormitaba sobre los bancos o se dedicaba a hacerle acuciantes preguntas a la hermana que se situara a su lado, por lo que terminaron por dejarla en la cama, de manera que ella descansaba con placidez y las demás podían rezar sin interrupciones. El resto del tiempo las hermanas lo repartían entre sus tareas, las oraciones y el estudio de los textos sagrados, y Ava vagaba como un pájaro desorientado por las salas vacías del edificio, acompañada tan solo por el eco de sus pasos.

Pronto las monjas entendieron que Ava no era del todo un ser de este mundo y la madre superiora, curtida en el manejo de jovencitas problemáticas, prohibió a las novicias que se acercaran a ella, pues le asustaba que pudiera contagiar a las que aún no habían tomado sus votos con aquella curiosidad innata y con sus murmuraciones sobre sueños proféticos. Para mantenerla controlada, le encargó a la hermana Clémentine que la vigilara. Sor Clémentine era la responsable de la cocina, una mujer afable y redonda como una col que tenía siempre las manos manchadas de harina y llevaba un delantal sobre el hábito negro. Ava se sentaba en una silla de mimbre en la cocina y seguía tejiendo animalitos para aumentar su colección de servilletas mientras la monja cortaba zanahorias.

—Ayer Louise me dio una patada —le decía Ava, concentrada en bordar las orejas de un pequeño cerdo.

Sor Clémentine se persignaba, porque las hermanas habían pactado sin palabras fingir que aquellas huéspedes pasajeras no estaban embarazadas. Ignoraban los vientres hinchados bajo las camisas de lino y los tobillos doloridos y cuando llegaba el momento de la verdad, tan solo la madre superiora y una partera local entraban en la habitación a presenciar el nacimiento. El resto rezaba en la capilla, las manos juntas y las rodillas clavadas en el frío suelo, cada una pidiendo en silencio el bienestar de las jóvenes madres y sus pequeñas criaturas.

—Pásame unos puerros —respondía entonces ella, y se mordía la lengua para no decirle a Ava que no debía ponerle nombre a aquella niña que nunca sería suya, ya que la madre superiora, temiendo su reacción, había pedido que nadie le contara que darían el bebé en adopción.

Así, Ava se había ido adaptando, a su manera, a la plácida vida del convento, dejándose mecer por aquel sosiego que creía que duraría para siempre. A pesar de que tan solo hablaba con Louise y la hermana Clémentine, se sabía acompañada, porque a veces se posaba en su ventana o en uno de los manzanos del claustro un cuervo negro que la miraba con complicidad, y en el fondo de su baúl reposaba el lienzo de *Lo que habita en los sueños*.

—Esto es lo que solía hacer antes —le susurraba a Louise cuando contemplaba el cuadro bajo la luz de un candil en la madrugada—. Algún día te enseñaré a pintar.

Tan solo perturbaban su rutina los recuerdos ocasionales de aquella funesta noche de Año Nuevo en la villa florentina. Volvían a su mente el sabor a tabaco de los labios de Andrea, el champán, los fuegos artificiales, la insistencia de él, que había terminado con ella cediendo por fin a sus deseos, el dolor punzante entre las piernas y el arrepentimiento inmediato, la vergüenza, la culpa. También pensaba en Manuela, en cómo la había perdido porque había sido incapaz de compartir su dolor con ella, porque se sentía indigna de su amistad y creía que no podría comprenderla, porque le había revelado aquella imprecisa pero fatídica premonición que la había visitado en sueños. Y ahora su amiga la temería para siempre, se había convertido para ella en un monstruo, en una tejedora de pesadillas.

—Pero tú, Louise, serás como yo. Tú me entenderás.

Un miércoles cualquiera, cuando ya empezaba a pesarle el vientre y andaba por los pasillos envuelta en una somnolencia que era incapaz de sacudirse en todo el día, pues el embarazo le había acentuado la intensidad de los sueños y ahora veía dragones y súcubos sobre los dinteles de las puertas y entre las lechugas del huerto, se sentó junto a la hermana Clémentine en la cocina. La monja trajinaba en los fogones picando cebolla y desplumando pollos con sus manos de estibador y Ava contemplaba sin mucho convencimiento su bordado de cebras, porque se sentía sin fuerzas para sostener la aguja.

—Creo que Louise nacerá en una noche de luna llena —le dijo a la cocinera.

Y la mujer resopló, porque sentía dentro el dolor de la mentira, que iba en contra de sus votos y de los preceptos cristianos. Por la noche la atormentaba el candor de Ava, su aprecio por su hija nonata, la visión de la madre superiora arrebatándosela ensangrentada de las manos.

—Ava, no deberías encariñarte tanto —dijo por fin, porque creyó de forma inocente que si la chica estaba preparada el golpe sería menos duro.

—¿Qué quieres decir?

Ella cortó de un tajo el pescuezo del pollo para el guiso y se dio la vuelta.

—Eres muy joven, y tienes aún toda la vida por delante —comenzó—. Y es la voluntad de Dios que tu hija tenga otros padres.

Pensó que la mención a la voluntad divina zanjaría la discusión, porque había confundido la abstracción natural de Ava y sus dones de clarividencia con devoción cristiana. Incluso había llegado a mencionarle a la madre superiora que tal vez tuvieran entre ellas a una heredera de Bernadette, que convertiría el convento en el nuevo Lourdes.

—Pero yo soy su madre, la única —respondió la muchacha desconcertada.

—Entonces debes dejar que se vaya con una familia, los niños deben educarse así.

Ava permaneció en un silencio que la monja interpretó de forma errónea como aceptación y, satisfecha por su trabajo, retomó sus labores con el ave.

Durante toda la mañana Ava no dijo una sola palabra más, y se retiró a su dormitorio con la excusa de un terrible dolor de piernas. Pero había descubierto que estaba llena de rabia, un sentimiento nuevo para ella, que se movía siempre entre lo irreal, que no abrazaba nunca los excesos. Lloró de frustración ante la recién descubierta ira, ante el miedo a que le arrebataran a esa hija que era tan suya como el corazón que le palpitaba ardiente en el pecho. Y así, entre lágrimas, agazapada bajo las sábanas, esperó a que llegara la noche.

Quiso el destino que a la hora de vísperas se desatara una tormenta terrible, como si los rezos de las monjas, con sus voces monótonas y afinadas para sonar como una sola, hubieran invocado un diluvio ancestral. Ava salió de su celda cuando creyó que todas estaban dormidas, con una falda, una blusa y un pequeño petate, resignada a dejar atrás su baúl y sus posesiones. En el mayor de los sigilos recorrió los fríos pasillos, amparada por el rumor constante de la lluvia y los rugidos de los truenos, consiguió alcanzar la puerta principal y salió al exterior, donde tardó tan solo unos segundos en empaparse el corto cabello y las ligeras ropas. Rodeó el convento y comenzó a andar sin rumbo entre el lodo, que le llegaba a los tobillos, y los espinos blancos, que le laceraban la piel. Caminó de forma penosa hasta que escuchó su nombre como una sentencia en las sombras. La hermana superiora la había descubierto y ahora varias monjas la buscaban. Intentó correr, pero pronto una de ellas le dio alcance, su rostro oculto en las sombras, sus dedos cerrados con firmeza alrededor de su brazo. Ava notó entonces que aquella rabia que sentía se transformaba en una fuerza desconocida.

—¡Suéltame! —gritó, y se zafó con brutalidad, lanzando a la religiosa al suelo.

Después, corrió desesperada sobre el barro hasta que vislumbró una pequeña casa de adobe, donde descubrió un rebaño de ovejas. Con rapidez, se ocultó entre ellas, que la acogieron silenciosas, como si se tratara de una más. Respiró el olor profundo a lana mojada y se sujetó con fuerza el vientre.

—Estamos a salvo —le murmuró a Louise.

Pero su ilusión fue pasajera, porque pronto vio una silueta masculina en la penumbra, un hombre robusto que la miraba sorprendido. Ella se agazapó aún más y deseó que el agua la borrara para siempre de la tierra, pues cada vez escuchaba más cerca las voces de las monjas.

—¡Está endemoniada! ¡Está endemoniada! —gritaban desesperadas.

Y a pesar de la derrota, Ava no pudo contener una sonrisa en la oscuridad.

47

San Sebastián, 1952

El agua del Cantábrico se mecía en tranquilas olas y Manuela jugaba a adivinar formas irreales en la espuma que el agua dejaba sobre la arena. Caminaban por la orilla mujeres descalzas que cargaban niños en brazos y caballeros trajeados con los pantalones arremangados hasta las pantorrillas. Junto a ellos marchaba una carreta tirada por una mula donde dos *baserritarras* guardaban las algas que el mar había escupido durante la noche y que servirían después de abono. Ella observaba con la precisión de un cazador, parapetada bajo la sombrilla que la protegía del sol cansado de finales de septiembre. Desde que Pedrito partiera la noche anterior se sentía más desprotegida que nunca, angustiada por las torturas que Mario estaría viviendo en el cuartel mientras el verdadero asesino de Teté seguía suelto, tal vez incluso oculto tras los muros de Villa Allur, frente a un desayuno suntuoso en el salón verde, entre muebles chinescos y pastas de té.

Sobre su regazo reposaba el libro de Yuste, que seguía acompañándola como una carga maldita de la que era incapaz de desprenderse. Dentro del tratado de eugenesia, que proponía la mejora de una supuesta raza hispana, se escondían las perversiones de aquel hombre que había visto los últimos días de Ava, las palabras de su verdugo. Se llenó al fin de la fuerza para abrirlo, no porque le interesara leer su contenido, sino porque necesitaba ver las letras impresas, sentir que lo que había ocurrido era real. Observó el índice y pasó las páginas con temor, como si se tratara de un grimorio satánico, hasta llegar finalmente a un breve apartado de agradecimientos.

El doctor nombraba a sus padres y a Dios misericordioso, también a un par de colegas, científicos de su misma calaña, y a unos cuantos amigos. La nota no hubiera llamado su atención si no fuera porque uno de aquellos nombres le era de sobra conocido: «Gracias a mi querido amigo Rodrigo Monterreal, por su confianza ciega en este trabajo avanzado a nuestros tiempos».

Manuela cerró el libro de golpe y lo dejó a un lado. Por una parte, no le sorprendía la amistad entre el doctor y el actual gobernador, ambos cántabros, de buena familia y probablemente de edades similares; sin embargo, por otra, le inquietaba esa relación, la confirmación de la vileza moral de Monterreal: la posibilidad de que hubiera participado en las torturas del supuesto sanatorio.

Cuando se levantó para regresar al hotel, arrojó el libro a una de las papeleras del paseo. Sería mejor olvidarse de aquello.

—Buenos días, señorita —la saludó José, el *concierge*, cuando entró al Continental con su cesta de mimbre y la pamela de paja—. Don Hernán la está buscando, se encuentra en la cafetería.

Manuela le agradeció al conserje el recado, se quitó las gafas de sol y se preparó para enfrentarse una vez más a su hermano.

Le encontró sentado en una de las mesas de mantel blanco, que casi parecía pequeña en contraste con su apabullante presencia. Bronceado por algún paseo en yate y bebiendo a sorbos un café mientras leía un ejemplar de *Unidad*, parecía haber dejado atrás cualquier duelo o remordimiento por la muerte de su amante.

—Hermana, me alegro de encontrarte —dijo sonriente.

Manuela no le respondió, pero se sentó junto a él, resignada.

—Quería despedirme de ti —continuó Hernán.

—¿Te marchas?

—Así es, me reclaman en las oficinas de Madrid, no puedo alargar mi ausencia. Además, los niños han regresado al colegio y debo estar en casa.

Ella asintió convencida, como si estuviera de acuerdo con lo imprescindible que era su hermano en la vida familiar, aliviada por librarse de su escrutinio.

—Qué hay de ti, ¿cuándo pretendes regresar?

—Me gustaría disfrutar un poco más de estos días de tranquilidad. La ciudad está casi vacía y sería una pena perderme la playa.

Hernán dobló con cuidado el periódico y acabó de un trago la taza de café solo.

—Bien, me gustaría que eso fuera todo lo que hagas —dijo—. Si vuelven a verte por la villa de ese duque francés, haré que te monten de vuelta a Madrid en el primer tren disponible. He tenido que defenderte después de que te juntaras con ese comunista de Mondragón. Recuerda que todo lo que hagas puede ensuciar el nombre de la familia.

—Eso no es cierto... —empezó a decir Manuela, pero su hermano se levantó con agilidad y la miró con su habitual condescendencia.

—Qué más da que sea cierto o no, lo que importa es si la gente cree que lo es.

—¿Ahora te preocupan los rumores?

—Ya deberías saber que aquí los rumores destrozan vidas. Mi tren espera, te veré pronto en Madrid.

Se despidió de ella con un escueto beso en la mejilla y Manuela le observó alejarse, con la espalda recta y la cabeza alta, el paso firme de oficial, el orgullo perenne de los vencedores. A pesar de su amenaza, cuando le vio atravesar la puerta del hotel se sintió relajada, como si se disipara una nube de tormenta. Después, le pidió por tercera vez al *concierge* que le avisara si había noticias de Pedrito y subió a su habitación. Allí la golpeó el desasosiego de la inactividad. Se sentía ajena a aquella calma que antes era habitual, como si precediera a algún cataclismo meteorológico. Y aunque se había prometido desterrar de su mente el libro de Yuste y sus agradecimientos a Rodrigo, se encontró pensando de nuevo en ellos, hasta que, pasadas unas horas, los pensamientos se tornaron obsesiones y las dudas certezas, y se convenció de que tenía que averiguar más sobre esa amistad. Le debía a Ava recomponer el puzle de su desaparición, y quizá Rodrigo pudiera aportar alguna de las piezas. Sin embargo, consideraba cuando menos poco prudente hablar con el propio gobernador, a quien apenas conocía, por lo que optó, muy a su pesar, por tratar con la única persona que podía ayudarle: su sobrino.

No había visto a Diego desde el cumpleaños de Martín Garmendia, pero sabía que continuaba en la ciudad. Estaría alojado en casa de su tío, aunque Manuela descartó llamarle allí, y se preguntó dónde podría encontrarlo aquella tarde intrascendente. La búsqueda no debería ser muy ardua, pues Diego empleaba la mayoría de su tiempo en beber, quizá cócteles en el tenis, vino en el María Cristina o whisky en el club náutico. Decidió empezar por el club de tenis y descolgó con rapidez el teléfono de la mesilla.

—Real Club de Tenis, ¿en qué puedo ayudarle? —respondió una voz femenina.

—Me gustaría saber si se encuentra en las instalaciones el señor Diego Monterreal.

—¿De parte de quién?

Manuela dudó un instante.

—De su mujer —dijo por fin.

—Deme un minuto.

La recepcionista se ausentó unos segundos que se le hicieron eternos.

—El señor Monterreal no se encuentra hoy en nuestras instalaciones. Lamento no poder ayudarla.

—No se preocupe, muchas gracias.

Era demasiado arriesgado llamar a todos los locales de la ciudad haciéndose pasar por la mujer de Diego, por lo que la siguiente visita la haría en persona. Se despojó del traje de baño y eligió un conjunto verde de blusa y falda que se ajustaba con precisión a sus curvas. Diego la había utilizado durante años sin remordimientos, ahora era su turno.

Salió del hotel al paseo de la Concha y caminó bajo la sombra de los tamarices hasta el parque de Alderdi Eder, frente al ayuntamiento, situado en el edificio del antiguo Gran Casino, que dejó a su derecha para dirigirse al Club Náutico. El Náutico era una construcción con forma de barco situado frente al mar que solía ser lugar de encuentro entre Martín Garmendia y otros amigos del círculo de Diego que navegaban. A Diego no le interesaban las criaturas marinas ni la pesca de pargos como a Martín, pero era incapaz de rechazar una jornada de juerga en alta mar.

Manuela subió hasta la terraza cubierta del edificio, que disponía de unas espectaculares vistas de la bahía, y no tardó demasiado en distinguir la cabellera rojiza de Martín en una de las mesas.

—¡Tenía el tamaño de una sirena! —escuchó que gritaba.

—¡Si hubiera sido una sirena, en lugar de un atún, al menos habría sido divertido! —respondió otro de los ocupantes de la mesa.

Manuela reconoció de inmediato la voz de Diego. Con actitud despreocupada, se sentó en una mesa cercana y se limitó a esperar. Y a pesar de que los hombres estaban enzarzados en una conversación sobre atunes, cantos de sirenas y sus atributos, no tardaron en notar su presencia. Garmendia se apresuró a levantarse para saludarla, pero Diego colocó una mano en su hombro con gesto certero y el muchacho volvió a sentarse. En su lugar, fue él quien caminó, despacio, al encuentro de Manuela.

—¿Champán? —preguntó.

—Prefiero agua, gracias.

—Una pena —dijo mientras se sentaba junto a ella—. Eres mucho más divertida cuando bebes champán.

—He venido a buscarte.

—Pensaba que no querías volver a verme.

—Dime, ¿podrías ayudarme con algo? —continuó ella con voz suave, sin prestar atención a su provocación.

Diego se colocó en la silla, henchido y victorioso.

—Estoy a tu disposición.

—¿Conociste a un tal Nicolás Yuste? Era psiquiatra, tenía un sanatorio en Santander, en la isla de las Golondrinas.

Él cruzó las manos sobre el regazo, la mirada perdida en el mar, posiblemente rebuscando en los rincones esquivos de la memoria, donde van a parar las cosas a las que no se les da demasiada importancia.

—¿El loquero? —dijo al fin—. Puede que alguna vez le viera, pero creo que murió hace años.

—Sí, aunque he oído que era amigo de tu tío.

—¿A qué viene esto? —preguntó él, que parecía incómodo hablando de Rodrigo.

—Tuve una amiga que estuvo allí por una crisis de nervios, pero le perdí la pista, y tengo curiosidad por saber cómo era el sitio. ¿Crees que tu tío estuvo allí alguna vez?

Diego suspiró.

—Es posible que fuera de visita. Sé que él y Yuste se veían a menudo cuando estábamos en Santander, pertenecía a su grupo de amigos. Pero no creo que eso sirva de nada, si tu amiga estuvo allí es mejor que la olvides: por lo poco que recuerdo era un lugar para dementes incorregibles.

—Gracias por tu ayuda —dijo ella dispuesta a marcharse.

Pero antes de que tuviera tiempo de levantarse, Diego la sujetó con firmeza del brazo.

—Ahora soy yo el que quiere hablar contigo —dijo con una sonrisa.

Ella sospechó que aquel sería el precio que debía pagar por sus escuetas respuestas, una serie de fanfarronerías y delirios románticos.

—Lo cierto es que me ha sorprendido verte aquí —continuó—, pero creo que es una señal del destino; yo mismo pensaba buscarte.

—¿Para qué?

—Para hablar de Roger Foss.

La mención del librero pilló a Manuela desprevenida, que de pronto se encontró anclada a la silla como si sus pies fueran de hierro.

—Verás —dijo Diego con regocijo—. Me preguntaba si te ha hablado ya de su esposa.

—No está casado —dijo ella con un hilo de voz.

—Lo cierto es, querida, que lo está. No me ha costado mucho averiguarlo, tan solo un par de llamadas a un amigo. Según el registro civil, contrajo matrimonio con una tal Isabel Aguirre en 1939.

Manuela intentó convencerse de que Diego mentía, pero vio en sus ojos verdes el brillo de quien se sabe ganador de una apuesta.

—Aunque temo decirte que esto no es lo más escabroso del tema —continuó.

Ella había perdido la capacidad de hablar y tan solo escuchaba, con los ojos abiertos y los músculos rígidos, el corazón desperdigado en mil trocitos por el pecho.

—Lo peor es que ella desapareció de la noche a la mañana y nunca se la volvió a ver. Ni viva ni muerta, simplemente se esfumó. Y, por lo que veo, nuestro apreciado librero decidió hacer como si nunca hubiera existido.

48

San Sebastián, 1952

Manuela decidió seguir aquel sabio consejo popular que sugería encomendar las penas a la almohada y, tras marcharse del Club Náutico ante la mirada de satisfacción de Diego, que se sabía vencedor de aquella batalla, regresó al Continental y se refugió bajo las sábanas de la cama, de donde tan solo salió cuando se hubo extinguido la luz del día. Amparada por las sombras deambuló por la habitación como un ánima, y dejó que se desataran las lágrimas que había contenido ante Diego. A ratos juraba que todo era un burdo invento para jugar con ella, pero en otros momentos estaba segura de la verdad de sus palabras y entendía todos los silencios de Roger. Se dijo que la única forma de descubrir si aquello era cierto sería mirándole a los ojos.

Pasó la noche entre delirios de desamor y un llanto sofocante, hasta que, con la luz del alba, se quedó dormida durante unas horas. Al despertarse, descubrió sorprendida que el sueño había cumplido su función y se sentía recompuesta y con la fuerza necesaria para enfrentarse a Roger. Era la hora de la comida y la librería estaría aún cerrada, por lo que empleó el tiempo hasta la tarde en darse un baño y comer una manzana arrugada que había traído algún día del desayuno del hotel.

Cuando el reloj marcó por fin las cinco menos cuarto, abandonó el Continental y caminó serena hasta la librería Fortuna. La visión de la pequeña puerta de madera hizo que le flaquearan las fuerzas, e incluso estuvo tentada de dar media vuelta, pero antes de que pudiera hacerlo, Roger la saludó sonriente al otro lado del cristal.

—Vamos, pasa —dijo.

Y Manuela cruzó la entrada como un héroe las puertas del Hades, con plena conciencia de que daba igual en qué condiciones saliera, si conseguía sobrevivir, porque la vida no volvería a ser nunca la misma.

—¿Por qué has venido tan pronto? —preguntó él, y acercó las manos a su cintura, los labios a su cuello.

Manuela se apartó con suavidad y pensó en todos los libros de romances que habría en aquellas desvencijadas estanterías, porque del amor se había escrito demasiado. Algunos habían ensalzado la dicha del corazón, otros habían purgado con tinta sus pesares, y muchos habían querido inmortalizar sus pasiones entre las páginas. Sin embargo, daba igual cuántas veces hubiera visto sufrir a Jane Eyre, morir a Julieta o esperar a Penélope, nada la había preparado para aquel momento.

—¿Te encuentras bien? —preguntó Roger, que empezaba a intuir que algo se escondía tras su silencio.

—¿Estás casado? —preguntó a su vez ella, porque al verle tan cerca había perdido el aplomo y el miedo se le agarraba al alma con garras afiladas.

Él la miró con tristeza y Manuela supo que todo era verdad.

—Manuela... —murmuró—. Puedo explicártelo.

—Tengo la sensación de que no sé quién eres en realidad.

Las lágrimas derramadas la noche anterior habían dado paso a una rabia incontrolable.

—Hay cosas de mi pasado que son complicadas.

—¿Como esa historia de Mary Hadaway y las drogas? Dime, ¿era siquiera verdad?

—Sí, lo era. Pero hay más... Hay momentos que son difíciles de recordar.

Ella no pudo contener una risa sarcástica.

—¿Prefieres olvidar que estuviste casado y que tu mujer desapareció?

—Eso no es del todo cierto.

Manuela suspiró, exasperada ante las evasivas y las imprecisiones.

—¿No confías en mí? ¿Es eso?

Roger bajó la mirada y se pasó una mano por el cabello desordenado. Unos instantes que a Manuela se le hicieron eternos.

—Así que es eso...

—Vamos, Manuela...

—Yo confié en ti. Te hablé de Ava, de todo lo que había ocurrido entre nosotras.

Se sentía confusa y vulnerable, avergonzada por haberse dejado engañar de nuevo, por haber permitido que la ilusión por su romance con Roger cegara aquella impasibilidad de la que tanto se había vanagloriado.

—Podemos hablar —dijo Roger conciliador.

Se acercó a ella y colocó las manos sobre sus hombros. Manuela notó la firmeza de su tacto, y a punto estuvo de dejarse mecer por ellas, de entregarse a él sin condiciones, pero el miedo a sus mentiras, a terminar de nuevo rota, fue más fuerte.

—Ahora ya es tarde para hablar —sentenció.

Y sin darle la oportunidad de convencerla de lo contrario, se alejó de él y se marchó de la librería. En la calle, se detuvo unos segundos, de espaldas a la puerta de la tienda, y contó mentalmente hasta cinco, pues en el fondo deseaba que Roger la siguiera, que la detuviera y la estrechara con fuerza contra su pecho. Pero no ocurrió nada, y cuando se quedó sin números que repetir, aceptó lo inevitable y caminó despacio por la calle Fuenterrabía. Al llegar a la avenida tenía la sensación de estar caminando por una tierra desconocida, pues era incapaz de identificarse con las caras distraídas de las muchachas que compraban sombreros en Hermanas Múgica o joyas en Epelde o con los hombres que caminaban con un cigarro colgado en los labios y el periódico del día.

—Manuela, querida, ¿estás bien?

Se giró asombrada de escuchar su nombre, como si en aquellos escasos minutos lo hubiera olvidado. Tras ella se encontraba Lucía Font, que sostenía en sus manos una amalgama de cajas de varias tiendas.

—Creo que me he mareado —respondió, y era verdad, pues le parecía que el suelo de la avenida estuviera hecho de arena blanda y no de adoquines.

—Deberías sentarte.

—En realidad, ya volvía al hotel.

—Iré contigo, entonces.

Manuela se resignó a aceptar la compañía de Lucía. Estaba más delgada que en su último encuentro y unas leves arrugas se marcaban en su rostro bronceado.

—Has oído lo de ese Mario Mondragón, ¿verdad? —preguntó Lucía mientras caminaban.

—Sí, pero no creo que él tenga nada que ver con el asesinato de Teté.

—Dijeron que podría haberle quitado las joyas para que pareciera un robo, pero yo tampoco creo que haya sido él.

—¿Qué hay de Cristina Altuna, has vuelto a verla?

—Está muy alterada desde entonces, apenas sale de casa.

Manuela se dijo que tal vez debiera hacerle una visita a la viuda, pues, al fin y al cabo, ella era la única que podía contarle lo que había ocurrido aquella noche en Villa Allur.

—¿Conoces mucho a Elena Celaya? —le preguntó a Lucía.

—Lo cierto es que no demasiado, aunque sé que Teté y Cristina tenían más trato con ella.

Lucía había oído que Elena era una buena mujer, aunque muy reservada, y que apenas salía por los problemas de su marido con el juego. Tenía dos niñas y, al parecer, desde que el padre murió, la mayor había tenido problemas de salud.

—Me pregunto por qué el duque la invitaría a cenar aquella noche con Teté y Cristina, no parece encajar en el tipo de amistades que frecuenta —dijo Manuela.

Lucía contempló ensimismada una de las cajas, que parecía contener varios pares de zapatos de Ayestaran, antes de aventurar una respuesta:

—Tal vez le tenía compasión, después de lo de su marido. Parece que este mes ha sido funesto para todos. Creo que volveré pronto a Barcelona, ya es hora de cerrar este terrible verano.

Hicieron el resto del trayecto en silencio. Cuando llegaron frente a la puerta del Continental, Lucía se despidió para continuar caminando por el paseo, de vuelta a su villa en Ondarreta.

—Señorita Duarte. —El *concierge* llamó a Manuela en cuanto entró en la recepción del hotel—. El señor Ortiz está de vuelta, como me dijo que le avisara si había novedades suyas...

—Muchas gracias, José.

Manuela tomó el ascensor, subió a la segunda planta y llamó a la puerta de Pedrito, que abrió unos segundos después envuelto en un albornoz con sus iniciales bordadas y unas pantuflas blancas.

—¿Puedo pasar?

—Mi casa es tu casa.

Manuela entró en la habitación y se dejó caer en una de las sillas. Sobre la mesa había un jarrón lleno de lirios, pues Pedrito pagaba a uno de los botones para que le trajera flores frescas todos los días.

—Tienes un aspecto horrible —sentenció él después de examinar las ojeras, el pálido rostro sin maquillaje y el cabello encrespado.

Y Manuela, que se sintió por fin a salvo con la única persona del mundo en quien confiaba ciegamente, rompió a llorar. Pedrito escuchó, aún en albornoz, el relato de lo ocurrido con Roger e intentó consolarla mientras le acariciaba con suavidad la melena desastrada.

—Vamos, querida, tal vez su mujer lo dejara y se sienta avergonzado. Los hombres somos así, todo orgullo y fachada.

Ella se limpió los ojos con un pañuelo y luchó por serenarse.

—Dime, ¿has sabido algo más de Mario?

—Sé quc Cristina Altuna se retractó de su declaración, pero después de que encontraran esos folletos del Partido Comunista me temo que tardarán en dejarle ir. Es desesperante, la sensación de impotencia. En este país no hay justicia, solo verdugos.

Ambos se quedaron unos segundos en silencio, cada uno enredado en sus propias penas.

—Es posible que no sea el mejor momento para contarte esto —dijo entonces Pedrito—, pero creo que deberías saberlo. Se trata de Ava.

—¿De Ava?

Él cogió aire y relató de forma resumida sus descubrimientos en Lacommande y sus sospechas sobre el embarazo de Ava. Para su sorpresa, Manuela lo escuchó serena, las lágrimas ya secas y los ojos despiertos.

—Estaba embarazada... —murmuró cuando Pedrito terminó su relato, y él reconoció en su voz la misma sensación de revelación que había sentido escuchando a Manon, la constatación de la obviedad.

—Debería haberlo sabido —continuó Manuela—. Eso lo explica todo... Estoy segura de que pasó en la fiesta de Año Nuevo.

—Ahora ya no sirve de nada atormentarse, pero pensé que te gustaría saberlo.

—¿Qué ocurriría con el bebé?

—Es difícil de decir, no sabemos en qué momento acabó Ava en el hospital del Cedro, pero supongo que las monjas lo darían en adopción en algún lugar de Francia.

A Manuela le costaba imaginarse a aquella Ava adolescente y diminuta con una criatura en brazos, y sentía que cada pieza que añadían a su historia era más dolorosa que la anterior, que iban construyendo un mosaico de infortunios y terror. Sus cavilaciones se vieron interrumpidas por unos golpes secos en la puerta de la habitación.

—¿Quién diablos será? —dijo Pedrito mientras se levantaba de la cama para abrir.

—Disculpe la intromisión, señor Ortiz —dijo un

botones—, pero en la recepción hay un hombre que busca a la señorita Duarte. He llamado a su habitación pero no se encontraba allí, y el *concierge* me ha sugerido que tal vez estuviera con usted.

Manuela se acercó entonces a la puerta y observó al botones, un muchacho muy joven y flaco al que recordaba haber visto más veces por el hotel.

—¿De quién se trata? —preguntó.

—El señor dice llamarse don Diego Monterreal.

Manuela apretó los dientes con rabia. Diego era capaz de volver tan solo para regocijarse con su miseria.

—Dígale que no estoy disponible.

Él agachó la cabeza en señal de conformidad y desapareció por el pasillo. Sin embargo, unos minutos después, mientras Pedrito estaba en el baño cambiándose de ropa, llamaron de nuevo a la puerta. Manuela abrió y, sorprendida, se topó de nuevo con el escuálido botones.

—Siento de nuevo la intromisión, señorita. Pero don Diego es... muy insistente. No me gusta hablar mal de nadie, no me malinterprete, pero diría que se encuentra un tanto alterado.

—Está borracho, ¿no es cierto?

El chico asintió tembloroso.

—Ha insistido en que le diera esto —dijo mientras le tendía una servilleta doblada—. Y se ha negado a marcharse hasta que le confirme que se lo he entregado.

—Muy bien, dígale que ha cumplido con su recado.

Manuela cerró la puerta y observó aquel trozo de papel. Pensó en tirarlo a la papelera sin abrirlo, pero la curiosidad fue más fuerte. Al desdoblarlo, vio que Diego había escrito un mensaje con letra temblorosa:

Te espero dentro de una hora en nuestro sitio. Se trata de ese loquero.

Diego

—¿Era otra vez el botones? —preguntó Pedrito cuando salió del baño.

—Sí..., pero ya lo he solucionado —murmuró ella.

Y con cuidado, guardó la servilleta en uno de sus bolsillos.

49

San Sebastián, 1952

La vegetación del Urgull se alzaba a ambos lados del camino como una bóveda impenetrable. Fresnos, arces y sauces que concentraban la humedad del mar y transformaban el aire en una materia densa y difícil de respirar. Manuela se paraba cada pocos pasos, víctima del bochorno que los árboles magnificaban; notaba el sudor bajo la blusa, deslizándose sobre su piel, la respiración acelerada y el rostro enrojecido en aquella selva marítima. Recordó todas las veces que había recorrido ese mismo camino años atrás, para reunirse en secreto con Diego. Por aquel entonces aún no estaba terminado el Sagrado Corazón, aquel cristo de hormigón que bendecía la ciudad con la mano derecha y que habían colocado en la cima un par de años atrás, sobre el antiguo castillo, y el ascenso le parecía menos arduo, tal vez porque el enamoramiento hacía que no le pesaran las piernas y que los pulmones estuvieran henchidos como los de un alpinista experto.

Había estado tentada de no acudir a la cita con Diego, pero finalmente había podido más la curiosidad. Porque aunque quizá no se tratara más que de un truco para ganarse su atención, existía la posibilidad de que Diego, por una vez, tuviera algo relevante que decir, algo que la ayudara a comprender cómo habían sido los últimos días de Ava.

—Creo que me iré a descansar un rato a la habitación —le había mentido a Pedrito.

Después de unos minutos caminando, vislumbró las primeras tumbas, que aparecieron en la ladera como huesos de algún monstruo primitivo. Lápidas y sarcófagos de cuyos muertos ya nadie recordaba el nombre, borrado por el viento salado y la corta memoria de los hombres, que habían olvidado ya a aquellos soldados extranjeros fallecidos en otro siglo, en una guerra que había quedado sepultada por el peso de las siguientes.

¿En qué momento el cementerio de los Ingleses se había convertido en su lugar de encuentro? Puede que fuera idea de Diego, porque bajo sus ínfulas de literato había algo del espíritu de los poetas románticos; o quizá fuese ella misma quien hubiera sucumbido al encanto del silencioso lugar, inspirada por todos aquellos libros de historias trágicas de amor.

Continuó caminando hasta divisar el monumento dedicado a los soldados británicos que habían perecido en la primera guerra carlista, y que se incrustaba en las faldas del monte. Un estrecho sendero ascendía entre los matorrales y se internaba en la espesura hasta terminar frente a un monumento de piedra con forma de castillo. A sus pies, unos oficiales cubiertos ya de verdín y mutilados sostenían un timón. «Inglaterra nos confía sus gloriosos restos. Nuestra gratitud velará su eterno reposo», rezaba una inscripción en la roca.

Manuela se sentó en las escaleras entreveradas de musgo e intentó recuperar el aliento que le había robado el monte, con sus ínfulas de bosque tropical.

—Pensé que no vendrías —dijo entonces Diego.

Su voz le llegó de las alturas, y al girarse le encontró parapetado en la parte superior del pequeño castillo, bajo el águila de bronce que custodiaba orgullosa las almenas con sus alas detenidas en un eterno gesto de victoria.

—Dijiste que tenías algo que contarme sobre Yuste —respondió ella con sequedad.

Diego bajó entonces por las escaleras y a Manuela le bastó con observar sus tambaleantes pasos para saber que había bebido. Cuando llegó a su altura, se sentó junto a ella y pudo constatarlo.

—Hueles como una destilería.

—¿Ahora vas a darme sermones? No me digas que te has vuelto una beata, porque sería muy decepcionante.

Manuela le observó en silencio mientras sacaba una pitillera del bolsillo y, con pulso tembloroso, encendía un cigarrillo.

—¿No te parece que ha pasado toda una vida desde que veníamos aquí? —dijo.

Bajo la luz del atardecer, que se cernía poco a poco sobre ellos, a Manuela le pareció estar viajando en el tiempo, como si hubieran atravesado un portal mágico que les hubiera hecho retroceder años atrás. Diego fumando y ella agarrada a su brazo, las conversaciones que fluctuaban de la astronomía y los clásicos a los temas más absurdos y que daban lugar a besos apasionados con una rapidez apabullante.

—Quizá sea mejor así, hay cosas que están destinadas a acabar —se obligó a decir, pues se negaba a dejarse envolver en la traicionera niebla de la nostalgia.

Diego dio una lenta calada al cigarro y el humo se perdió despacio en aquella humedad que hacía que ambos sintieran los huesos mojados, las ropas tan pegadas a la piel que hubieran querido arrancárselas tan solo para sentir un ligero alivio. Manuela evitó mirarle en medio de aquel extraño calor que nublaba la razón.

—En tu nota decías que querías hablarme de Yuste —insistió.

Diego se pasó una mano por el cabello, que empezaba a perder la rigidez de la brillantina.

—Bien, puedo decirte algo. Era un sádico, y si tu amiga estuvo allí lo más probable es que disfrutara de una estancia de cinco estrellas en el infierno. El infierno de verdad, ese que huele a podrido y que destroza los huesos.

Ella apretó los dientes y sintió que le dolía la mandíbula.

—¿Qué hay de tu tío?

—Si ese sitio era el infierno, entonces él debía de estar allí.

Le sorprendió oírle hablar con ese desprecio de Rodrigo, a quien suponía que idolatraba.

—¿Qué quieres decir? —preguntó con cautela.

—Yo pensaba que todo lo que mi tío había hecho era necesario. No hay criminales en la guerra, solo soldados, y gracias a hombres como él teníamos un país mejor. Pero ya no sé en qué creer.

Al mirarle, a Manuela le pareció por primera vez vulnerable, abatido de esa forma en la que lo están los niños cuando descubren que las nubes no son más que vapor de agua y que no podrán estrecharlas con dulzura entre sus brazos.

—¿Qué has visto? —le preguntó con temor.

—Le he visto hoy en la comisaría, con ese tipo al que detuvieron por el asesinato de Teresa.

—Mario Mondragón.

—Manuelita, yo no sé si ese pobre desgraciado va a vivir para contarlo. Había oído hablar de Núñez Espeche y sus métodos, pero lo que he visto hoy... —Hizo una pausa, que empleó en aplastar el cigarro consumido en las escaleras—. Mi tío estaba allí, con la camisa manchada de sangre y las manos desnudas, no necesitaba nada más. Estaba disfrutando.

Ella sintió que se le revolvía el estómago al escuchar en voz alta lo que todos sabían pero ignoraban. La verbalización de la brutalidad que infectaba el país como una bruma invisible.

—Lo peor es que creo que siempre lo he sabido. Cuando era pequeño le tenía tanto miedo que una vez me meé en la cama y tiré las sábanas a la cocina de leña porque sabía que si me descubría me partiría la cara. La cocinera se dio cuenta, pero le tenía más terror que yo y nunca dijo nada.

—Tienes que ayudar a Mario —le suplicó Manuela.

Pero él negó desesperado con la cabeza, los ojos llenos de lágrimas.

—Yo no soy nadie sin él, lo único que podemos hacer es rezar para que lo suelten de una pieza.

El calor era tan sofocante que Manuela podría haberse desmayado: el estómago atenazado ante el horror, la piel caliente y la visión de los ojos verdes plagados de realidad de Diego.

—Manuela..., cometí un error contigo —murmuró entonces él—. No debí dejarte ir, porque nunca fui más feliz que en aquel tiempo. Pero soy un cobarde y me asusté, me asusté de quererte tanto.

Aquella excusa la habían repetido cientos de hombres, cientos de amantes antes que él. Pero en aquel momento le pareció que Diego era sincero. Y cuando se acercó a ella, no se apartó, quizá porque tenía embotados los sentidos o porque, en el fondo, sabía que aquel deseo la perseguiría hasta el fin de sus días, por mucho que amara a otro.

—Perdóname... —susurró Diego.

Y entonces la besó. Un beso largo y descuidado, un beso de desesperanza y de redención que hizo que el cuerpo le ardiera en anhelo y culpa, en llamas que le abrasaban los huesos y le hacían perder la razón. Recorrió con las manos su pecho firme y palpó entonces un pesado bulto en el bolsillo interior de la chaqueta. Se separó de él con la piel empapada, desorientada y arrepentida.

—¿Llevas un arma? —le preguntó.

Diego no respondió, y mantuvo los brazos alrededor de su cintura, atrapándola en un abrazo asfixiante.

—Contéstame.

Entonces la soltó y, aún en silencio, sacó la pistola del bolsillo, que bajo la luz rojiza del atardecer refulgió amenazadora.

Manuela se quedó inmóvil.

—¿Vas a matarme? —le dijo desafiante.

Pero Diego observaba el arma pensativo.

—Sería fácil acabar con el sufrimiento, ¿no crees? Disparar a mi tío, o dispararme yo... Si no hubieras venido tal vez lo hubiera hecho.

Con lentitud, Diego se acercó el arma a la sien y esbozó una leve sonrisa.

—A veces, cuando tengo un pequeño momento de epifanía, una de esas ocasiones en que crees entrever el sentido del universo, me pregunto si la muerte será la revelación definitiva, eso que nos pasamos la vida esperando.

—¡Basta! —gritó ella.

Sin embargo, Diego mantuvo la pistola pegada a su piel, la mirada perdida. Manuela se abalanzó sobre él y le retiró el revólver de la mano. Era pesada y fría como una roca y desprendía una fealdad inexplicable.

—¡Estás loco! —le gritó mientras se levantaba de la escalera.

—Vamos, Manuela..., solo era una broma. Perdóname.

Pero ella sabía que ningún hombre escondía un arma en la americana tan solo para bromear. Con cuidado, la guardó en su bolso negro y miró a Diego con detenimiento. Allí, rodeados de tumbas, le pareció que su historia era más real y a la vez más ridícula que nunca. Condenados a ser eternos amantes, siempre expectantes, siempre insatisfechos. Debía romper definitivamente la maldición y liberarse, liberarle.

—Te perdono —dijo—. Pero esto se ha terminado, debo seguir con mi vida y tú con la tuya.

Después, se dio la vuelta y bajó por las escaleras. Casi podía sentir la atenta mirada de los muertos mientras recorría el sendero de vuelta al camino principal.

—¡Manuela! —gritó Diego a su espalda.

Ella le miró una última vez.

—Esto es el fin, Diego.

—No lo entiendes. No hay fin para nosotros.

Pero ella continuó caminando, la mirada al frente. Pensó que Diego la seguiría, pero permaneció allí, a los pies del castillo, como si se hubiera convertido en uno más de aquellos soldados de piedra.

50

Santander, 1939

Desde su ventana, Ava estudiaba cada día los diferentes tonos de verde de la isla de las Golondrinas. El color intenso del musgo que se adhería a los troncos de los avellanos, el tinte desvaído de las delgadas hojas del sauce y el vivo matiz de las copas de los abedules. Había llegado al sanatorio del doctor Yuste unos meses antes, en una noche fría, guarecida bajo una manta en la barca de un pescador local que la había mirado con una lástima infinita reflejada en sus ojos de lobo de mar.

—Este no es lugar para una chiquilla... —murmuraba mientras surcaban las olas inclementes y una leve llovizna les mojaba los cabellos.

Ava estaba ya entonces demasiado cansada para hablar y había admitido una derrota que consideraba irreversible. Tras su huida nocturna en Lacommande, las monjas la habían declarado endemoniada. Se habían llevado las manos blancas a los crucifijos que llevaban prendidos al pecho y habían pedido a sus padres que se la llevaran, pues temían que el diablo encontrara en ella una puerta de entrada a su convento. Aquello había supuesto un alivio temporal para Ava, que pensó que podría regresar a la casa de campo y criar a Louise allí, entre los recuerdos de su abuela y las tablas sueltas del ático. Pero la ilusión de felicidad duró poco, porque si las monjas culparon al diablo de sus extravagancias y su huida, su madre, que había abandonado su fachada de mujer temerosa de Dios, decidió que la única culpable era su hija, y que no estaba poseída, sino demente.

—Hay un doctor español que puede ayudarte, dicen que obtiene resultados muy buenos con gente como tú. He hablado con él y ha aceptado ingresarte —anunció.

La llevaron hasta Santander por carreteras que discurrían bajo los árboles, parando en pensiones donde nadie los conociera. Una vez allí, la dejaron en manos del pescador en aquella madrugada glaciar. Su madre no se movió del muelle hasta que la vio partir en la pequeña barca y pudo asegurarse de que su única escapatoria sería saltar a las aguas.

El doctor Nicolás Yuste la recibió en la puerta del sanatorio, y Ava habría de recordar la primera vez que vio su rostro hasta el último de sus días. No era muy alto, pero tenía buena planta, cabello abundante y sonrisa fácil. Iba vestido con un traje y una pajarita que parecían fuera de lugar en aquella isla inhóspita donde solo habitaban los pájaros que perdían su camino: un traje de gala para vigilar a los locos, que se retorcían como insectos en las habitaciones de paredes acolchadas.

—Señorita Braud, bienvenida a mi humilde hospital —la saludó, con una cordialidad excesiva.

Con cierta reticencia, Ava estrechó la mano que le tendía, que resultó blanda y pegajosa como la de un niño que hubiera robado caramelos.

—Sígame, es muy tarde y necesita descansar.

Juntos atravesaron aquellos pasillos blancos y estrechos como brechas en una roca caliza. En ellos se conjugaba una amalgama de olores desagradables; orines y hierro, sudor y moho. Una advertencia fétida que golpeó a Ava con fuerza y que hizo que se palpara el abultado vientre con las manos, buscando desesperada el suave movimiento de Louise en sus entrañas.

—Estaremos bien —le prometió, pero lo cierto es que Ava ya empezaba a sentir la desesperación que inundaba ese lugar como un manso lago, que bañaba sus rincones, acumulada durante largos años.

Al llegar a la pequeña estancia, en la planta superior, los olores se mitigaron, y Yuste le descubrió una pequeña cama y una cuna de madera que ella miró con incredulidad.

—Es para el bebé —dijo el doctor, sonriente.

Ava podría soportar lo que fuera si estaba en compañía de su hija, si le dejaban estrecharla entre sus brazos cuando naciera, si le permitían arrullarla en su pecho y susurrarle al oído las historias que le contara a ella su abuela.

—Pero, hasta entonces —continuó él—, es mejor que permanezca en su habitación. Aquí hay internos de todo tipo y me preocupa que su comportamiento pueda afectar a sus nervios o al embarazo. No se preocupe, en esta planta solo estamos nosotros. Haré que le traigan la comida que quiera y podrá descansar. ¿Qué le parece?

Ella asintió y se dejó envolver por sus promesas, que tanto anhelaba creer, pues necesitaba pensar que habría una salvación para ella y para Louise.

Los días transcurrieron entonces de forma lenta e incluso apacible. Ava, vestida con un camisón blanco, pasaba la mayor parte del tiempo en aquella habitación de paredes desnudas y austero mobiliario. El doctor la visitaba a menudo, siempre ataviado con su traje de ópera y con aquella excesiva cordialidad, tratándola como si sus reuniones tuvieran lugar en un salón de té y no en un sanatorio mental. Se sentaba junto a ella y hablaba, a veces durante horas, de todos los trabajos que tenía en mente. Ava se limitaba a asentir, distraída en sus mundos de fantasía.

—Si todas las pacientes fueran como usted, mi trabajo sería más fácil —bromeaba Yuste—. Por desgracia aquí tenemos dementes de la peor calaña; aunque, por supuesto, yo creo que todos pueden curarse. Tan solo hace falta encontrar el tratamiento adecuado.

En sus visitas, le traía libros, cuadernos y lápices. Ava pudo regresar entonces a sus largas horas de dibujo y mantenerse alejada del desasosiego de aquel lugar estéril, de los gritos y lamentos que rompían las noches y de las gotas de sangre en las batas de los enfermeros que a veces la visitaban.

Una tarde, indistinguible del resto de las que pasó con los tobillos hinchados y el cuerpo pesado, como hecho de piedras, el doctor Yuste, como era habitual, la visitó. Pero en aquella ocasión no iba solo, le acompañaba un hombre alto y de hombros fuertes, con los ojos verdes y el rostro bronceado.

—Querida —la saludó Yuste—, quiero que conozcas a uno de mis mejores amigos y uno de los hombres más respetados de Cantabria. Rodrigo Monterreal.

Él esbozó una sonrisa cordial y, con cuidado, tomó una de las manos de Ava entre las suyas y depositó un beso húmedo sobre el dorso.

—Señorita —susurró.

—Rodrigo es un admirador de mi trabajo, le gusta conocer a mis pacientes —continuó Yuste.

Ava se sentía incómoda en presencia de aquel hombre, que le pareció aterrador, con su imponente estatura y esos ojos que se asemejaban al fondo de un estanque.

—Nunca pensé encontrar aquí a una dama como usted —dijo.

Y Ava, que quería mantener el favor de Yuste, se obligó a dibujar una sonrisa triste.

Rodrigo comenzó a visitarla a menudo. En algunas ocasiones le acompañaba Yuste y en otras acudía solo. Le traía lirios y bombones, que dejaba sobre la mesita y que Ava no se atrevía a tocar, pues cuando le tenía cerca sentía que le temblaban los huesos, e incluso Louise se revolvía intranquila en su vientre, como si quisiera avisarla del mal que traía consigo. Rodrigo, no obstante, era amable. Convenció incluso a Yuste para que permitiera a Ava salir a pasear al jardín y la acompañaba a caminar bajo los árboles.

—Te vendrá bien algo de aire fresco —decía.

Entonces ella perdonaba su presencia porque sentía la brisa moviéndole el cabello apelmazado y el rumor de las hojas de los árboles le susurraba canciones de tiempos mejores. Rodrigo parecía feliz de verla andar descalza por el césped como una niña, con la torpeza que le producía el peso de la tripa.

En uno de esos paseos, mientras contemplaba con interés una pareja de charranes que retozaban despreocupadas sobre la rama de un árbol, Ava sintió un intenso dolor en el vientre, una descarga en su interior que hizo que se doblara sobre sí misma.

—Louise —dijo con un hilo de voz.

Rodrigo la llevó entonces de vuelta a la habitación,

pero ella ya no podía ver nada, porque la realidad se había convertido en una niebla densa. Tan solo existía aquel dolor que la golpeaba en oleadas y le recorría los músculos, el tuétano, las vísceras, y era el preludio de algo desconocido, una hoguera prendida desde el comienzo de la humanidad. Pronto se vio rodeada de figuras vestidas de blanco, entre las cuales distinguió el rostro siempre alegre de Yuste, que le agarraba la mano. Después el tiempo regresó a su condición original y las horas dejaron de existir, medidas tan solo por la duración de cada empujón, cada esfuerzo, cada aliento, hasta que escuchó un llanto claro y supo que Louise había nacido, que había dejado de ser suya para pertenecerle al mundo.

La colocaron sobre sus brazos y la estrechó con fuerza, sintiendo su cuerpecito húmedo y resbaloso, sus frágiles huesos.

—Ahora somos tú y yo —murmuró—. Para siempre.

Las siguientes semanas las pasó observándola durante horas, embelesada con el tacto de pelusa de su cabello rubio y el azul intenso de sus ojos. La amamantaba mientras tarareaba canciones de cuna que no recordaba haber aprendido y su hija se dormía silenciosa con el latido de su corazón. Apenas lloraba, y las enfermeras que la visitaban se sorprendían, porque su rostro sereno y su mirada de mar la hacían parecer mucho mayor.

La noche en que todo ocurrió, Louise había cumplido casi dos meses y Ava se durmió con placidez. Solía dejar a la niña en la cama, junto a ella, pero aquella noche decidió ponerla en su cunita, que había llenado de mantas mullidas. Soñó que caminaba por un denso bosque cuyos árboles se movían tras sus pasos, borrando el sendero que recorría. Entonces se detuvo en el centro de un claro iluminado por una luna creciente y el viento le susurró, como si fuera un secreto, el nombre de su hija. Se despertó de golpe y buscó a la niña en la cuna, pero descubrió con espanto que estaba vacía.

La llamó, desesperada, porque sabía que solo había una explicación: Yuste la había engañado. Había triunfado donde las monjas habían fracasado, había dejado que cayera en la ilusión de que podría quedarse a su hija, había permitido que la amara y que la alimentara para arrebatársela en la madrugada. Salió de la habitación y recorrió el pasillo enfurecida, sus pies descalzos dotados de una nueva energía. Golpeó todas las puertas e invocó a todos los demonios, pero no encontró a Louise ni tampoco a Yuste. En su lugar, aparecieron dos hombres que la rodearon con brazos firmes y un doctor desconocido, que, sin mediar palabra, hundió la aguja de una jeringuilla en su brazo.

Se despertó con la boca pegajosa y la mente nublada, los miembros entumecidos e inmovilizados por correas, el cuerpo desnudo y húmedo. Lloró desesperada porque sabía que había perdido a su hija, que se quedaría atrapada en aquel lugar, vacía, incompleta. Entonces, Yuste apareció entre las sombras, y, con gesto paternal, le tomó la mano.

—Tranquila, querida, yo te curaré —dijo antes de pincharla de nuevo.

Perdió entonces el sentido de la realidad. Su existencia iba y venía entre aquella camilla, la visión del rostro de Yuste o la aparición de las enfermeras que la ayudaban a lavarse, que le acercaban a los labios algo de leche. En los momentos de lucidez, echaba tanto de menos a Louise que anhelaba la droga, la desaparición de la consciencia, convertirse en un ente ajeno, dormir para siempre.

Y en aquellos delirios, se despertó un día sintiendo una presencia que la observaba en la oscuridad de la habitación. Abrió los ojos esperando la muerte, a la que tanto le había suplicado que se la llevara, pero se encontró de frente con los ojos verdes de Rodrigo Monterreal, que acarició con delicadeza su rostro, las rudas manos cargadas de deseo.

—Ava —musitó, y en sus labios el nombre sonó como una maldición.

51

San Sebastián, 1952

A veces Roger aún pensaba en la guerra. En aquella necesidad de sobrevivir que eclipsaba todo lo demás, en los periodistas extranjeros como él que deambulaban por los hoteles entre conspiraciones y crónicas. Tiempos lejanos y oscuros, llenos de sangre, tifus, pulgas y hambre, y, sin embargo, también de esperanza. Porque entonces todavía había optimismo en los sucios rostros de los milicianos, con sus camisas remendadas y el *¡Ay, Carmela!* en los labios.

Ahora ya no quedaban ilusiones de victoria y los cánticos se entonaban en voz baja. Habían caído los últimos maquis, que habían permanecido ocultos en el monte porque habían decidido, desde el día en que cargaron un fusil, que habrían de morir con él en las manos, resistiendo con los dientes apretados en un largo acto de suicidio y dignidad.

Cuando llegó a Madrid llevaba un tiempo trabajando en la sección internacional de aquel periódico de segunda que le había contratado tras salir de la universidad. Por aquel entonces se manejaba a duras penas con el español, que había aprendido en sus años de estudiante, y cargaba en el macuto un gastado diccionario. El alzamiento se vivía con expectación en Estados Unidos, los diarios y agencias enviaban corresponsales e incluso muchos jóvenes simpatizantes de los republicanos habían viajado al país para unirse a las brigadas internacionales, formando un escuadrón americano al que más tarde se conocería como Brigada Lincoln.

Roger recordaba el entusiasmo de un antiguo compañero de universidad, el atolondrado e idealista hijo de un banquero, que se había enrolado en las brigadas para defender la democracia y combatir el fascismo.

—España representa ahora el mundo entero, Roger —le había dicho antes de partir—. Allí se decide el destino de los hombres.

Había muerto a los dos meses y a su familia le habían devuelto un cadáver manchado de orines y con los ojos aún abiertos en un eterno espasmo de terror.

Roger, igual que Hemingway, Dos Passos, Virginia Cowles, Martha Gellhorn o Gerda Taro, se había instalado en aquel hervidero en que se había convertido el hotel Florida. La mayoría de los corresponsales se implicaron con los republicanos de forma activa e intentaron reflejar la realidad de un país que se despedazaba mientras los civiles eran bombardeados por los sublevados y los alemanes. Presionaban a Estados Unidos o Gran Bretaña para que intervinieran, pero chocaban contra el muro de la indiferencia de sus Gobiernos o de los propios medios, que a veces censuraban o ignoraban sus noticias por considerarlas demasiado propagandísticas. Todos vivían bajo la amenaza permanente de la muerte y la sombra de los obuses, rodeados de las visiones pesadillescas de niños hambrientos y cadáveres desmembrados; y algunos de ellos, como Gerda Taro, habrían de fallecer en el frente.

A Roger le hubiera gustado poder presumir del mismo ánimo combativo que sus compañeros, pero él nunca llegó tan lejos. Como casi todos, condenaba la sublevación, pero sus crónicas, a petición del editor jefe del diario, católico y escéptico con la República, se mantenían en un tono más informativo que crítico.

El sonido de la campanilla de la puerta de entrada de la librería le devolvió a la realidad de San Sebastián, lejos de las memorias de los días del Florida y las bombas. Ante su sorpresa, comprobó que se trataba de Pepe Arteta, quien entró en la tienda apoyándose en su bastón de empuñadura de nácar.

—Buenas tardes, querido amigo —le saludó—. Espero que no te moleste mi compañía.

—Al contrario, siempre es un placer verte, aunque no sabía si volverías después de nuestro pequeño interrogatorio.

Arteta se acercó con paso renqueante al mostrador, donde Roger se encontraba parapetado tras una amalgama de facturas y cuadernos de inventario, libros con los lomos desgastados que necesitaban de su cariño y saber artesano y un par de tazas de café que empezaban a crear pequeños hongos.

—Hace falta algo más que eso para alejarme de un buen amigo —respondió.

Roger le devolvió una sonrisa triste.

—¿Ocurre algo? —preguntó el anciano, que le observaba con suspicacia.

—Estoy cansado, eso es todo.

—Se trata de esa muchacha, ¿no es cierto?

Él suspiró. Era inútil que intentara ocultarle nada, le conocía desde hacía demasiados años.

—Se ha enterado de que estuve casado.

—¿No se lo habías contado?

—No quería mentirle, pero tampoco me atrevía a contarle la verdad.

Arteta se acercó a una de las deslucidas butacas verdes y se sentó con un crujido de huesos.

—Debes perdonarte por lo que ocurrió, ya es hora de que te des otra oportunidad. A Isabel le habría gustado.

Roger había conocido a Isabel en el Café Molinero de la Gran Vía en 1938, no recordaba el día, pero había sido poco después de la derrota republicana en la batalla del Ebro, porque el tiempo se medía entonces en victorias y muertos. Isabel no se parecía en nada a la imagen exuberante de la española de tez morena y amplias caderas que muchos americanos dibujaban antes de conocer el país. Era menuda y su rostro lechoso estaba surcado por un sinfín de pecas que, ante la falta de espacio, se apelotonaban las unas contra las otras sobre el puente de su pequeña nariz, en su frente despejada, junto a sus suaves labios.

—Tú eres uno de esos periodistas, ¿verdad? —le había dicho sin remilgos, la bandeja sujeta con soltura bajo el brazo.

Y a él le costó encontrar las palabras, porque estaba fascinado ante el brillo cobrizo de su cabello.

—¿Qué pasa, que no hablas español? —había insistido ella, divertida.

Roger acudió desde entonces todas las tardes al local, donde Isabel le servía un café de achicoria y él la espiaba con el rabillo del ojo mientras escribía sus crónicas.

—¿Sabes que aquí le tenemos reservada una mesa a Mola desde hace años? —le dijo ella un día después de dejarle la taza sobre la mesa.

—¿Al general?

—El mismo. Cuando empezó el alzamiento estaba tan seguro de que los nacionales iban a tomar Madrid enseguida que se jactaba ante todos de que en unos días podría citarse con un periodista en una cafetería del centro. Así que aquí le reservamos una mesa. Aunque, yo creo que el café ya se le habrá quedado frío.

Roger se enamoró sin remedio de ella, y, con las semanas, el sentimiento fue recíproco: un amor que surgió entre los últimos estertores de un Madrid que agonizaba. Al año siguiente, a Roger le pidieron que regresara a Nueva York, pero ya era demasiado tarde, no habría vuelta a casa para él. Abandonó el trabajo en el periódico y, junto a Isabel, viajó a San Sebastián, donde vivían los padres de ella. Se casaron de forma apresurada y vivieron los primeros meses con miedo, aunque Roger tuvo que agradecerle a su antiguo editor que, gracias a su falta de posicionamiento, nadie le buscara. Encadenó varios trabajos de salario miserable hasta que conoció a Marcelino, el excéntrico propietario de la librería Fortuna, un anciano que se encariñó de Roger y que, a pesar de no necesitarle, le contrató por el simple placer de charlar sobre literatura. Juntos salvaron libros de la quema y empezaron a guardarlos en aquella trastienda oculta de la librería. Cuando Marcelino murió, un par de años más tarde, le dejó a Roger la tienda y su pequeño apartamento.

—Podríamos haber sido felices —le dijo a Pepe—, eso es lo que pienso muchas veces. Si Isabel se hubiera resignado a la derrota, podríamos haber vivido bien.

Él negó despacio con la cabeza.

—No tiene sentido pensar en lo que podría haber sido, eso no son más que laberintos de la mente.

Pero Roger no podía evitar imaginar otros finales. Isabel nunca aceptó el triunfo de los sublevados, ni los años de hambre y represión, y vivía esperando una revolución que nunca llegaba, un milagro, un rayo fulminante que borrara una oscuridad que empeoró con la guerra en Europa.

—He encontrado la forma de que podamos ayudar —le dijo un día a Roger cuando regresó a casa, los ojos brillando de ilusión.

—¿Ayudar a quién?

—A los aliados.

Desde Bélgica, una estudiante llamada Andrée de Jongh, conocida como Dédée, y Arnold Deppé habían puesto en marcha la red Comète, que buscaba sacar de la zona ocupada a los pilotos caídos, británicos en su mayoría. Su plan consistía en llevarlos hasta Gibraltar, pero para eso necesitaban cruzar España, que a pesar de ser oficialmente neutral colaboraba con los nazis. Los pilotos llegaban hasta San Juan de Luz, y después, con ayuda de los *mugalaris* vascos, cruzaban la frontera. A continuación atravesaban el Bidasoa, muchas veces guiados por Florentino Goicoetxea, un contrabandista de Hernani, y una vez en España, pasaban por varios caseríos hasta llegar a Rentería, donde cogían un tren a San Sebastián. Allí, Bernardo Aracama se encargaba de refugiarlos y de contactar con los diplomáticos británicos.

Al principio, Roger se opuso, y le recordó que si los descubrían los fusilarían sin miramientos. Pero terminó por ceder a las súplicas de su esposa, que necesitaba sentirse útil en aquel mundo que se desmoronaba. Así, empezaron a pasar por la Fortuna pilotos británicos que no hablaban ni una palabra de español y sonreían aliviados al poder conversar con Roger. Algunos querían volver cuanto antes al frente, otros habrían deseado poder desertar. Casi todos se despertaban ahogados en pesadillas en la madrugada.

Durante un tiempo, todo pareció marchar bien, pero Isabel se fue implicando más en la red. Ya no era suficiente cobijar a aquellos soldados heridos, así que empezó a colaborar también con los *mugalaris*, quienes conocían todos los recovecos de la frontera española, que, frecuentada por contrabandistas, informadores y desertores, estaba siempre vigilada.

Una noche, Isabel se aventuró a hacer de guía a un grupo que llegaba de Francia.

—Volveré en un par de días —le había asegurado.

Pero nunca regresó. La Guardia Civil sorprendió a la comitiva en la oscuridad y, antes de que tuvieran tiempo de reaccionar, dispararon a ciegas. Una de aquellas balas sin destinatario alcanzó a Isabel, que consiguió huir hasta un caserío cercano, donde le taparon las heridas con toallas y le dieron de beber licor para endulzar la agonía en la que ella repetía una y otra vez el nombre de Roger. Cuando él llegó, ya había muerto.

—¿Qué vamos a hacer? —preguntó en medio de la desesperación, mientras acariciaba su pelo ensangrentado.

No podía aparecer en San Sebastián con el cuerpo de Isabel lleno de balas entre los brazos, aquello suscitaría preguntas que los condenarían a todos.

—Puede quedarse aquí —murmuró la dueña del caserío.

Roger rechazó la ayuda y cavó solo durante horas, cumpliendo una penitencia autoimpuesta por haberla dejado ir, por abandonarla de nuevo allí, junto al tronco de un tejo en una noche lluviosa de luna llena.

—Perdóname —le pidió antes de cubrir su rostro con tierra.

Durante años, fue incapaz de volver a buscar aquel tejo. Todos pensaron que Isabel le había abandonado, que le había dejado por un francés, y él mismo alimentó aquella historia y se convenció de que no volvería a enamorarse, porque el corazón se le había quedado atrapado en la lluvia de aquella madrugada, en la tierra húmeda del caserío.

—Vamos, Roger —insistió Arteta—. Deberías hablar con ella, contárselo todo.

—¿Y si se va?

Él le miró con una sonrisa pícara.

—La vejez me ha otorgado varios dones, y uno de ellos es el de ver las cosas que son realmente importantes. Los amores de verdad no caen de los árboles como la fruta madura, aparecen muy de vez en cuando, y uno tiene que guardarlos entre las manos como a un pajarillo que todavía no vuela.

Roger cerró el libro de cuentas que tenía delante y apoyó los codos sobre el mostrador.

—Tendré que contárselo todo —dijo—. Y no solo lo de Isabel.

—Bueno, ¿y a qué estás esperando?

52

Borgoña, 1940

Julien caminaba por los corredores del *château* con un candil en la mano, bajo cuya luz danzante se acentuaban sus rasgos de criatura nocturna; las ojeras color malva, los labios carnosos, ahora contraídos en un gesto de disgusto. Cuando llegó a las escaleras que conducían a la bodega, inspiró con deleite aquel olor a moho y humedad que tanto echaría de menos. Allí abajo se encontraba uno de los mayores tesoros de su padre, una selección de vinos que aunaba clásicos de Borgoña con caldos de las fincas más prestigiosas de Burdeos, grandes Barolos y Barbarescos de Italia o las más finas añadas de champán de la Côte des Blancs. Julien acarició los cuellos polvorientos de las botellas.

—¿Quiere que las guardemos todas, señor? —preguntó Luc, uno de los trabajadores de la finca.

—Dejaremos algunas fuera. Quizá si los nazis encuentran algo que llevarse se darán por satisfechos y no buscarán más.

Luc y otro de los peones estaban terminando de levantar un muro en uno de los laterales de la bodega, una pared falsa tras la cual se esconderían la colección de curiosidades de Gérard, que habían sacado del gabinete del primer piso, y parte de los objetos que el propio Julien había añadido al conjunto; negruzcas reliquias de santos, grandes amatistas, dioses mesopotámicos y bajorrelieves griegos almacenados en cajas de madera, como si una banda de truhanes hubiera saqueado la trastienda de un mago. Junto a ellos irían a parar las botellas de vino, los retratos ecuestres, los candelabros de bronce, la cubertería de plata y la vajilla de la abuela de Julien. Un intento desesperado por salvar la herencia familiar.

—Algún día volverás —dijo una voz a su espalda.

Julien sonrió al ver a Mario Mondragón al pie de las escaleras, con aquel aire optimista que ni siquiera la guerra conseguía ensombrecer.

Mario había sido el último miembro en unirse a La Serpiente Escarlata. Julien le había conocido una noche de 1936 en el Café Madrid, en San Sebastián. Le había llamado la atención aquel joven de cabello rizado que le hablaba con pasión sobre Sócrates a uno de los parroquianos, quien le miraba con el mismo desconcierto que si hablara otro idioma. Le había invitado a una copa y, tras conversar con él hasta la madrugada, le había propuesto que acudiera a una de las próximas reuniones de La Serpiente Escarlata. Sin embargo, Mario no había tenido ocasión de conocer a Bauer, pues este falleció poco después. Fue una muerte anunciada, desprovista de sorpresa y dramatismo: se acostó una madrugada y no amaneció nunca más. Dafne Vasileiou encontró su cadáver amarillento hundido entre las sábanas, tan liviano que apenas le costó esfuerzo levantarlo en brazos y colocarlo sobre la mesa del sótano. Allí le velaron los miembros de La Serpiente que se encontraban en la ciudad. Le colocaron dos monedas romanas sobre los ojos, le rociaron con agua de rosas y le rodearon de velas de cera de abeja y pequeños escarabajos de lapislázuli. En sus últimos días de delirio, Frédéric había insistido en que lo momificaran al estilo egipcio y guardaran sus vísceras en vasos canopos, que secaran sus carnes y le frotaran resinas y aceites para después envolverle con vendas de lino, pero Dafne se había negado rotundamente.

—No te sacaré los sesos por la nariz —había sentenciado.

El velatorio se convirtió en el último encuentro de muchos de los miembros, que poco después, habrían de separarse para no verse nunca más. Y mientras todos hablaban en voz baja y degustaban el vino del difunto, José Andrés Arteta se había acercado a Julien. En la mano sostenía el anillo dorado que había arrancado, con gran esfuerzo, del dedo rígido de Bauer; la serpiente parecía brillar más que nunca bajo la luz de aquellas velas mortuorias.

—Como estaba estipulado, el anillo te pertenece —dijo Arteta mientras le tendía la sortija—. Sin embargo, hay algo más.

—¿De qué se trata? —preguntó Julien, que observaba ensimismado la joya.

—Frédéric ha dejado un testamento y yo soy su albacea.

El duque asintió distraído, pues pensaba que se trataba de un simple trámite para escuchar lo que ya sabía, que Bauer le había legado todo su patrimonio.

—Necesitaré que nos acompañe la señorita Vasileiou —aclaró Arteta.

Los tres subieron al despacho de la planta superior, donde Bauer solía guardar sus documentos y archivos privados. Julien y Dafne permanecieron de pie, ambos ansiosos por terminar con aquello cuanto antes, pero

José Andrés, que no parecía tener ninguna prisa, se sentó con tranquilidad en el sillón de piel tras el escritorio. Después, y con la misma parsimonia, sacó un sobre del bolsillo de la chaqueta.

—Como ya sabéis, os he reunido para la lectura de las últimas voluntades de Frédéric Bauer —dijo al fin mientras abría el sobre y desdoblaba el papel que había en su interior.

—¿Podría darse prisa? —preguntó Julien, impaciente.

—Bien, iré directamente a la parte que os concierne. La siguiente voluntad la recogí de mi puño y letra hace unos meses —respondió Arteta.

Después, comenzó a leer.

—«... Es mi deseo que mi casa en San Sebastián y todo su contenido pase a pertenecer a la señorita Dafne Vasileiou, con la excepción de mi colección de libros, la cual lego a mi querido amigo y ahijado Julien Leroy-Benoit.»

A Julien le costó unos segundos asimilar el significado de aquellas palabras. El rostro le enrojeció de rabia. La decisión de Bauer era una traición, pues aunque él no necesitara para nada la vivienda, aquella había sido la sede de las reuniones de La Serpiente Escarlata, y, como nuevo maestro de ceremonias, le correspondía heredarla.

—Muy bien —dijo, intentando parecer calmado—. Creo que Frédéric tomó una buena decisión. Al fin y al cabo, la señorita Vasileiou no puede ser una nómada para siempre, así tendrá un techo donde cobijarse.

Dafne, que parecía tan sorprendida como Julien ante la decisión, le devolvió una mirada cargada de rencor.

—Yo no quiero esta casa —respondió—. No necesito la caridad de nadie.

Arteta se levantó de la silla antes de que Julien tuviera tiempo de contestar.

—No enturbiemos el descanso de Frédéric con disputas absurdas, guardad vuestro ego. Al menos hasta que llegue la mañana —dijo.

Sin embargo, al duque le pareció que en realidad disfrutaba con la decisión de Bauer, pues siempre había sentido que no le tenía ninguna simpatía.

—¿Podría dejarnos a solas un momento? —preguntó con sequedad.

Arteta se encogió de hombros.

—Muy bien, vosotros veréis —dijo antes de salir del despacho.

Cuando estuvieron solos, Julien agarró a Dafne por el brazo.

—Pensé que me serías leal —susurró.

Ella se libró de su contacto y observó el anillo que le rodeaba el meñique.

—No sabía nada de esto —respondió—. No aceptaré la herencia.

—Deberías jurarme lealtad.

—Daría mi vida por proteger el trabajo de Frédéric, pero lealtad no es servilismo. No te olvides de que, a efectos prácticos, tu título es tan útil como tu ducado en Francia.

—Entonces, tal vez es hora de que te marches —dijo Julien.

Dafne se mantuvo impasible, el rostro altivo, los ojos ardientes.

—Algún día te arrepentirás —murmuró.

Cuando llegó el alba, ambos abandonaron la casa para no regresar más. Al día siguiente enterraron a Frédéric Bauer en una discreta tumba en el cementerio de Polloe; y, dos semanas después, empezó la guerra que marcaría para siempre el país. Dafne desapareció rumbo a Viena y Julien regresó a su casa de Borgoña, llevándose con él a Mario Mondragón, quien buscaba huir de aquella España sobre la que se abalanzaba la destrucción. Y allí, entre los viñedos y la soledad del *château*, habitado tan solo por un par de criados y una serie de discretos fantasmas familiares, se hicieron inseparables. Animales nocturnos, vivían de madrugada, siempre ebrios de vino y poesía, enzarzados en interminables charlas sobre la verdadera sustancia de aquel mundo que parecía haberse vuelto loco. Algunas noches de luna llena, dejaban la puerta entreabierta a la pasión, pero, por encima de todo, se forjó entre ellos una amistad inquebrantable.

Las reuniones de La Serpiente Escarlata en aquellos años disminuyeron, pues la guerra en España había hecho que muchos de sus miembros se exiliaran y que otros estuvieran inmersos en tareas que consideraban más importantes. Mary Hadaway, por ejemplo, empleaba la mayoría de su tiempo en sacar del país a artistas republicanos, a quienes conseguía documentación para huir a México o Argentina. Muchas veces, los miembros de La Serpiente la ayudaban, e incluso Julien y Mario daban cobijo ocasional a algunos de los artistas huidos.

—No será la única guerra —dijo la americana en una de sus visitas al *château*, envuelta en su estola de piel y con las gafas de ojo de gato ladeadas sobre la nariz por efecto del borgoña—. La sangre siempre llama a más sangre. Dentro de poco este será un continente de muertos.

Los años le dieron la razón, y cuando en septiembre de 1939 Francia le declaró la guerra a Alemania, Julien supo que tarde o temprano tendrían que huir. Con ayuda de Mario, pasó los siguientes meses catalogando las posesiones familiares. Así, cuando en mayo del año siguiente los nazis entraron en el país, tan solo le restaba colocar algunos ladrillos de su pared falsa, tras la que ocultaría sus pertenencias.

—Me llevaré una botella para celebrarlo —dijo Julien mientras retiraba del botellero un Romanée-Conti.

—¿Celebrar qué? —preguntó Luc desconcertado, con las manos cubiertas de argamasa.

—Que seguiremos vivos, espero.

Partieron dos días más tarde, uniéndose a un largo éxodo de hombres y mujeres que abandonaban sus casas y sus campos camino hacia un futuro incierto, y llegaron a San Sebastián unos días después, tras un viaje tortuoso en el que las noticias que recibían eran cada vez más desoladoras.

—Francia está perdida —murmuraba Julien cada vez que escuchaban la radio en alguna pensión.

En España se encontraron un país gris y hambriento que aún luchaba por recuperarse de la guerra civil. En las calles se olía el terror a aquella nueva contienda, y los santos estaban desbordados de peticiones para que el caudillo decidiera mantenerse al margen de la lucha en Europa. La sombra de preocupación llegaba hasta el palaciego hall del María Cristina, donde Julien y Mario habían llegado para alojarse.

—Bienvenidos al hotel María Cristina, les deseamos una feliz estancia —les dijo el *concierge* con una voz que revelaba el cansancio de toda una tierra.

Después de instalarse en su habitación, Julien se tumbó en la cama y esperó paciente hasta que el reloj marcó las ocho. Entonces, vestido con sus mejores galas, bajó al bar del hotel, que estaba casi desierto. Tan solo una mujer pelirroja, enfundada en un vestido rojo de seda, bebía una copa de whisky en la barra.

—En tiempos de guerra los enemigos se vuelven

aliados, ¿no es cierto? —dijo Dafne Vasileiou cuando Julien se acercó.

Él esbozó una sonrisa triste y se sentó junto a ella.

—Quizá me equivoqué.

Dafne bebió despacio un largo trago de su vaso.

—Quizá —respondió.

—Me temo que es el fin de La Serpiente Escarlata.

—¿Por eso me escribiste?

Dafne observó que estaba aún más delgado que en su último encuentro, como un animal salvaje. Había perdido los rasgos de adolescente y los huesos asomaban cortantes en su lívido rostro.

—He pensado en irme de Europa —dijo él—. A México, tal vez. Los miembros de la sociedad se han dispersado por todo el globo y ningún lugar del continente es seguro.

—Esto no tiene por qué ser el final —dijo la médium—. Puede que La Serpiente tan solo necesite dormir un tiempo.

—¿Dormir?

—Descansar hasta que todo pase.

—Y cuando todo termine, ¿me ayudarías a despertarla?

Julien la miraba suplicante con sus ojos de ámbar y Dafne sonrió, satisfecha ante su victoria.

—Sabía que volverías —dijo—. A pesar de todo lo que ha pasado, ya te dije que daría mi vida por proteger el trabajo de Frédéric.

—Entonces, ¿puedo contar contigo?

—Seré tu aliada, Julien, pero nunca tu sierva.

Él asintió, encajando el golpe con dignidad.

—El viento siempre cambia de dirección —continuó ella—. Solo tenemos que ser pacientes y esperar una señal.

53

San Sebastián, 1952

Manuela regresó del Urgull bajo un cielo malva en el que se adivinaba ya la noche impaciente. Aún le quemaba en los labios el beso de Diego y sentía el peso del revólver en el bolso, una carga perversa de la que pensaba deshacerse cuando llegara la madrugada. «La tiraré al mar», se dijo. Prefería que se hundiera con los peces abisales en esas profundidades donde solo existían tinieblas: «Aquí solo puede hacer daño».

Llegó al Continental exhausta y demacrada, la ropa húmeda por el sudor que todavía le cubría la piel. Al cruzar la puerta, observó con asombro que Roger la esperaba sentado en uno de los sofás de la recepción. Se detuvo en seco. Tuvo el impulso de salir corriendo y marcharse muy lejos, huir de aquella tarde en la que parecían haberse conjurado todos sus fantasmas.

—¿Qué haces aquí? —le preguntó.

Roger se levantó y se acercó a ella, las manos en los bolsillos y la cabeza gacha hicieron que Manuela sospechara que se trataba de una visita de rendición.

—Te debo una disculpa. Y una historia —respondió.

Ella dudó, guardaba aún en el pecho el rencor por

sus mentiras y su falta de confianza, y no olvidaba que la había dejado marchar de la librería sin detenerla.

—Quizá ahora no sea un buen momento —dijo, pues además estaba agotada tras su tormentoso encuentro con Diego.

—Ven a mi casa, te prometo que te lo contaré todo —suplicó Roger.

Manuela sabía que si le negaba aquella oportunidad tal vez jamás podrían volver atrás, porque ya había demasiados vacíos entre ellos. Y le parecía insoportable la idea de perderle, quizá porque el paseo por la selva del Urgull, entre aquellos muertos ingleses, había aclarado de forma extraña sus prioridades.

—Muy bien, iré contigo.

Caminaron hacia la librería en silenciosa compañía, como colegiales que acudieran a la misma aula, como si no habitara en ellos un amor incontrolable. Cuando llegaron, Roger le abrió la puerta del pequeño apartamento y mantuvo las distancias, un espacio que se hacía cada vez más difícil de contener.

—¿Quieres un té? —le preguntó después de que ella se sentara en el sofá, el bolso negro a buen recaudo sobre las rodillas.

—Prefiero vino.

Roger rebuscó en el mueble bar hasta encontrar una botella medio olvidada de rioja.

—No sé cuánto tiempo llevará aquí —dijo mientras examinaba la gastada etiqueta—. Pero supongo que no importa, el vino mejora con los años, ¿no?

—Solo el bueno.

Él sirvió la bebida en dos copas y se sentó junto a ella en el sofá.

—Creo que lo mejor será que empiece por el principio —murmuró.

Entre sorbos de vino y pequeñas pausas para contener la emoción, Roger le habló de sus años de corresponsal en Madrid y le contó la historia de Isabel. Aquel primer encuentro en el Café Molinero, su implicación en la red Comète y cómo murió una noche de lluvia inclemente.

—¿Por qué no me lo habías contado antes? —dijo Manuela cuando él terminó su relato.

—Tenía miedo de que fuera demasiado.

Ella cogió con cuidado la copa.

—¿Has vuelto a visitarla?

—A veces. No siempre encuentro las fuerzas para hacerlo. Pero lo peor de su muerte ha sido el silencio, la mentira que contamos para salvarnos los demás.

—Hacemos lo que debemos para sobrevivir.

—Lo sé, pero me gustaría que todo el mundo supiera su historia, ver su nombre en una lápida, grabado en letras doradas. Querría que los que la conocieron pudieran saber que no nos abandonó, que murió por salvar a otros.

—Lo importante es que tú la recuerdas; mientras lo hagas, su historia seguirá viva. Y algún día, cuando esto acabe, podrás sacarla de allí.

Roger buscó su mano con delicadeza y ella agradeció su tacto cálido y suave, tan diferente al roce febril de Diego. Se avergonzó de aquel beso tórrido bajo los árboles, de aquella pulsión absurda.

—A veces —dijo— es difícil despedirse, pero la vida debe seguir.

—Hay algo más... —dijo Roger—. Algo que ocurrió después de que Isabel muriera. ¿Recuerdas cuando me preguntaste por Mary Hadaway?

Manuela asintió.

—Lo que te conté era cierto, estaba pasando por un

mal momento tras la muerte de Isabel. Un año después de que todo ocurriera, un agente estadounidense contactó conmigo. Buscaban informantes para hacerse una idea de cuál era la situación en el país. Todavía temían que España pudiera intervenir en la guerra contra Alemania y querían saber hasta qué punto el Gobierno franquista ayudaba al eje. Al principio me negué, me parecía demasiado peligroso. Pero acabé cediendo. En parte porque sabía que a Isabel le hubiera gustado que lo hiciera, y en parte porque creí, ingenuamente, que podría conseguir información que convenciera a Estados Unidos de derrocar al régimen.

—Fuiste espía —constató Manuela con asombro.

Eso confirmaba los rumores sobre la villa de las flores. Influenciada por las películas y los libros, siempre había pensado que los espías tendrían un punto excéntrico, algo distintivo que los haría, de forma paradójica, reconocibles. Un sombrero absurdo, una gabardina con el cuello levantado o una estola de armiño.

—No duró mucho tiempo —continuó él—. Cada vez me exigían más, querían que fuera a fiestas, que hiciera nuevas amistades... Aguanté un tiempo, porque pensaba que cuando Hitler cayera Franco sería el siguiente...

—Eso es lo que todos pensábamos.

—Una ilusión que duró poco, por desgracia. Me di cuenta de que no les interesaba lo que ocurriera con España, solo miraban por sus propios intereses: si pasaba algo, nadie haría nada por mí. El tiempo me dio la razón. Varios españoles que trabajaban para la Office of Strategic Services fueron descubiertos y fusilados sin que ellos movieran un dedo por salvarlos. Y aquí sigue Franco, vivo y coleando, y al resto del mundo parece importarle cada día menos.

Manuela intentaba asimilar toda su historia, colocar cada pieza en cada lugar. Y mientras lo hacía, sentía que su encuentro con Diego se le atravesaba como una espina en la garganta, como una traición.

—Yo también debería contarte algo... —dijo, armándose de valor—. Se trata de Diego Monterreal.

Él negó con la cabeza.

—No tienes por qué contármelo.

—Te prometo que se ha acabado.

Roger esbozó una leve sonrisa y se acercó más a ella. Después entrelazó los dedos con su cabello y Manuela notó como la electricidad le recorría la nuca y la columna vertebral, una descarga que la unía de forma irreversible al mundo terrenal. Se besaron sin prisa y sin reproches hasta que se desdibujaron los contornos de sus cuerpos y se agotaron las caricias.

—Quédate —le suplicó Roger.

Ella no respondió a su ruego para no admitir que, aunque quisiera, jamás podría marcharse. Pegó los labios a su cuello y aspiró despacio aquella fragancia ya conocida que era capaz de cambiarle el ritmo de las pulsaciones. Roger apagó la lamparita de flecos que iluminaba el salón y la tomó de la mano, guiándola hasta su cuarto. Sobre la cama, los dos se miraron en esa nueva oscuridad, y entonces Manuela deseó que, por primera vez, la noche fuera eterna, y que el sol se olvidara de traer el alba.

Se despertó horas después, aturdida tras una noche de sueño profundo durante la que había conseguido burlar al insomnio.

Tardó unos instantes en reconocer unas formas que tan solo había visto en penumbras: el armario de teca, una silla en un rincón, las cortinas de crepé, el cabecero forrado en tela de la cama. Observó, con decepción, que la luz matinal se colaba entre las rendijas del balcón, cayendo sobre el pequeño despertador de la mesilla, que indicaba que habían pasado las diez de la mañana. Roger no estaba a su lado; en su lugar, descansaba una nota: «Hay café y churros en la cocina, tengo que abrir la tienda. Te veo abajo».

Una nota tan formal y escueta que, por un momento, Manuela temió que la noche anterior hubiera sido en realidad un sueño largo y vívido producto de su imaginación. Sin prisa, se levantó de la cama, recuperó las medias y las prendas que yacían esparcidas por el suelo y, tras vestirse, fue a la cocina. Se sirvió un café en una taza de loza y se decidió a bajar a la librería, pues, sin Roger, allí se sentía como una intrusa.

Al llegar a la tienda, le vio tras el mostrador, charlando con el que pensó que era un cliente. Sin embargo, al verle más de cerca, se dio cuenta de que se trataba de Pedrito.

—¿Pedro? —preguntó extrañada.

Él se acercó con paso rápido.

—La próxima vez que no duermas en el Continental avísame —le reprochó—. Después de todo lo que ha pasado, estaba preocupado.

—Estoy bien. ¿Por eso has venido tan temprano?

—Me alegra ver que estás tan feliz, pero no he venido por eso. Y que sepas que no soy el único que te busca: Diego Monterreal ha aparecido bien temprano por el hotel, dice que tienes algo que le pertenece.

Manuela bajó la mirada y dio un sorbo a su taza de café.

—Si le ves, dile que lo que busca lo tiré al mar.

—¿Hay algo que quieras contarme?

Manuela no se atrevía a decirle lo que Diego le había contado sobre Mario. A veces la ignorancia era el menos cruel de los remedios, así que decidió que sería mejor mantener su encuentro con él en secreto.

—No —respondió—. Ya sabes cómo es Diego.

—Bueno. El caso es que... me he enterado de algo y, aunque es probable que me arrepienta, pensé que te gustaría saberlo.

Manuela se acercó al mostrador y dejó la taza sobre él. Roger levantó la mirada de su libro de cuentas con curiosidad.

—Al parecer, la hija mayor de Elena Celaya, la viuda de Ramón Ortigosa, ha desaparecido —dijo Pedrito.

—¿Qué quieres decir con que ha desaparecido? —preguntó ella con cautela.

—Creen que se la han llevado.

—¿Un secuestro? —dijo Roger.

Pedrito se encogió de hombros.

—La niña estaba jugando con su hermana y la institutriz cuando le perdieron la pista. Al principio pensaron que se había escapado, porque no es la primera vez que hacía ese tipo de cosas, pero cuando vieron que no aparecía, empezaron a sospechar. Llevan toda la noche buscándola, pero no han encontrado ni rastro de ella.

—Otra vez Julien y La Serpiente Escarlata —murmuró Manuela.

Le resultaba extraño el interés de Julien Leroy-Benoit en Elena Celaya. Primero en la basílica de Santa María del Coro, después en la cena que había precedido a la muerte de Teté Chapman.

Pedrito suspiró.

—Tal vez por eso Julien haya regresado a la ciudad —continuó ella, que estaba sumergida en el hilo de sus propios pensamientos—. ¿Y si lo que le interesaba era esa niña?

—¿Por qué diablos iba a interesarle? —replicó Pedrito.

En el fondo él también desconfiaba del duque y de Dafne, pero le carcomía la posible implicación de Mario en todo aquel asunto.

—Pepe Arteta dijo que las reuniones de La Serpiente Escarlata eran inofensivas —intervino Roger.

—Y también que nunca le gustó Julien y que no sabía hasta dónde estaría dispuesto a llegar —dijo Manuela.

Se hizo un breve silencio entre ellos.

—Tenemos que hablar con Cristina Altuna —dictaminó Manuela—. Estuvo en Villa Allur con Elena Celaya la noche en que Teté murió.

—De todas maneras, aún es pronto. Quizá la niña solo se haya perdido —dijo Pedrito.

—Todos sabemos cómo acaban las historias de niños perdidos —respondió ella—. Siempre hay un hombre del saco.

54

Santander, 1940

Después de la visita de Rodrigo Monterreal, Ava se abandonó definitivamente a la muerte. La buscaba en las noches, ansiaba sus manos descarnadas palpando su pecho, cerrando sus ojos. Se volvió dócil y dejó de hablar, como si se hubiera olvidado del significado de las palabras. Los enfermeros no la ataban con las correas, pues ya nunca se resistía, y Yuste asentía satisfecho al verla, convencido de que había conseguido transformar su rebeldía en servilismo. Con el tiempo, fue reduciendo las inyecciones y le permitió disfrutar de ciertos privilegios, que, no obstante, no tenían ya ningún sentido para ella, que se había rendido al universo de los sueños, convirtiéndolos en su realidad, hasta que llegó a convencerse de que las horas que pasaba en el sanatorio no formaban parte de su auténtica vida, sino de alguna especie de delirio. Y al cerrar los ojos, volvía con Louise, la mecía entre los brazos en paisajes imposibles, en lugares donde el viento olía a espliego y menta.

—Creo que es hora de que te juntes con tus compañeros —le dijo Yuste una mañana—. Me preocupa tu tendencia a la soledad.

Ava se resistió, pues le daban miedo aquellos locos cuyos gritos escuchaba en la oscuridad, cuyos efluvios flotaban en el aire. No quería ser parte de ellos, enfrentarse a sus rostros, que le harían ser dolorosamente consciente de su situación. Pero Yuste, acompañado de uno de sus fieles enfermeros, la llevó hasta el jardín. Allí, bajo la suave luz que se filtraba entre los árboles, se reunía un variopinto grupo de personas. Todos vestidos de blanco, parecían niños que jugaban con timidez en el patio de la escuela. Formaban pequeños grupos y se intuían entre ellos las lealtades, las jerarquías de aquella pequeña sociedad olvidada del mundo.

—Eres nueva —dijo entonces una voz a su espalda.

Ella se giró sobresaltada y se encontró con un anciano que la observaba con curiosidad. Alto y delgado como un ciprés, tenía el escaso cabello plateado bien peinado y un broche dorado que representaba una rosa prendido a la solapa del pijama.

—Soy el doctor Julián Devaldes —se presentó.

Ava percibió un olor dulzón a perfume de lavanda.

—¿Cuál es su nombre? —insistió el hombre.

Pero Ava no sabía qué responder, pues dudaba de que su nombre siguiera siendo el mismo. ¿Cómo podía serlo cuando ella no se parecía en nada a la persona que solía ser? No, no se sentía Ava, aquel nombre no le pertenecía ya. Se había convertido en un recuerdo, en una mujer sin presente.

—Doctor —intervino otro de los pacientes—, tal vez debería dejarle algo de espacio a la chica, el primer día nunca es fácil.

El hombre asintió, respetuoso, y se alejó caminando despacio, la vista perdida en algún lugar del cielo grisáceo. Ava observó con recelo a su salvador, que era un hombre joven de ojos castaños y cabello rubio desastrado. Le pareció aniñado y melancólico, con la piel tocada por aquel tono gris que les otorgaba a todos el encierro.

—Tú eres la francesa, ¿no es cierto? Me llamo Alexander Swatch —dijo él en un francés con un fuerte acento alemán.

Alexander se convirtió en su único apoyo en el sanatorio. En aquellos momentos de esparcimiento por el jardín, el joven se ganó su confianza con una paciencia inquebrantable. Le habló de todos los internos: el doctor Devaldes, un antiguo y respetado catedrático de Medicina que había acabado encerrado por asesinar a uno de sus pacientes, que, según él, tenía dentro a un malvado espíritu; la señora Maruja, una mujer golpeada por la vida a quien su marido había acusado de histérica y adúltera; la joven Raquel, que era incapaz de hablar el lenguaje de los humanos pero se comunicaba con los animales, y sostenía siempre entre las manos alguna desorientada golondrina o un tímido ratón de campo.

Y poco a poco, pasaron los meses y Ava recuperó las palabras y se sintió calmada en compañía de Alexander. Le habló de Louise y de Florencia, de Manuela y de Andrea, de sus sueños y sus dibujos.

—Entonces, ¿puedes ver el futuro? —había preguntado Alexander, fascinado.

—Tan solo a jirones, como si estuviera hecho de tela —respondía ella.

Él le hablaba de su vida anterior, de su trayectoria como artista, de su pueblo en Alemania, cerca de la Selva Negra, del vino caliente que bebía en Navidad, de cómo había tenido que huir de allí por su ascendencia judía, de la familia que había dejado atrás.

—Expulsado de mi patria, perseguido como una

rata. Han muerto, ¿sabes? Todos... No debería haberlos dejado allí —se lamentaba.

A veces Alexander lloraba y murmuraba el nombre de sus abuelos como una oración, y en otras ocasiones, los llantos se convertían en gritos desgarradores, en visiones fantasmales y extrañas presencias que tan solo él percibía. Cuando eso ocurría, los enfermeros se lo llevaban y pasaba días sin verlo.

—Le dan Cardiazol —le explicaba el doctor Devaldes con su extraña cordura—. Un remedio terrible que produce convulsiones y que sientas que vas a morir. El cuerpo se te sacude como un trapo viejo.

Al regresar, Alexander tenía un color pardusco y la voz quebrada.

—Algún día voy a matar a Yuste —juraba.

Ava se sentaba junto a él bajo la sombra de un abedul y ambos se centraban en sus libretas. Alexander garabateaba poemas y ella dibujaba los espíritus que poblaban la isla, y que eran juiciosos y educados para no molestar a los locos.

Ava seguía durmiendo apartada de los demás, en su pequeño cuarto en la planta superior. Yuste se había llevado la cuna de madera y había dejado en su lugar una mesita de pino en cuyo cajón Ava guardaba sus libretas. Y si bien los días eran soportables gracias a la compañía de Alexander, las noches eran densas y temibles. Se agazapaba bajo las rígidas sábanas y miraba el techo durante horas, temerosa de que alguien apareciera.

A Rodrigo le gustaba visitarla las noches de tormenta. Llegaba empapado de agua salada y con la mirada desbordada de pasión enfermiza, de poder. Traía regalos, vestidos y dulces, claveles, camisones de seda y revistas de moda, que depositaba sobre la mesa como si de un altar se tratara. Una ofrenda para la diosa, una prenda por cada pecado de la carne, por cada caricia arrancada, por cada lágrima que ella derramaba, la boca tapada bajo las manos de él, el alma en algún lugar lejano donde el aire no oliese a su sudor, a su deseo.

—No te olvidaré nunca —susurraba, antes de marcharse, con un beso en la frente.

Ella apretaba los dientes y deseaba que su barca se hundiese bajo la lluvia, que descendiera a los infiernos en un fuego tan ardiente que le despegara la carne de los huesos, que le derritiera en las cuencas aquellos despiadados ojos verdes.

Después de una de sus ausencias, Alexander tomó a Ava de las manos y la miró con los ojos rojos a consecuencia de las inyecciones de Cardiazol y aguarrás.

—Voy a sacarte de aquí —anunció.

Y a pesar de que aquello parecía, a primera vista, imposible, sonó tan convencido que Ava decidió darle una oportunidad.

Alexander sacó con cuidado un arrugado papel del bolsillo del pijama y se lo mostró. En él había dibujada una serpiente roja que se enredaba sobre sí misma. Ella temió que se tratara de otro de los delirios de su amigo.

—¿Qué es esto? —preguntó.

—La Serpiente Escarlata.

Alexander le contó entonces cómo había conocido en Francia a Mary Hadaway, una poderosa mecenas americana. Hadaway, amiga de todos los surrealistas, había ayudado a muchos artistas a escapar durante la guerra civil española. Una noche, ebrios de Chardonnay en su suite en el Palace, la americana le había confesado que formaba parte de una sociedad secreta. Se trataba de un grupo de hombres y mujeres poderosos, filántropos y aficionados al ocultismo que buscaban recuperar el saber antiguo que el mundo había conocido tiempo atrás. Ella había dibujado aquel símbolo en una servilleta y había prometido invitarle a alguna de las reuniones, pero, por desgracia, Alexander había seguido su camino hasta España, donde le habían internado poco después de su llegada, antes de que tuviera oportunidad de verla de nuevo.

—Le hablaré a Mary de ti —dijo Alexander—, de tus pinturas, de tus premoniciones... Estoy seguro de que podrán ayudarnos.

Tanto insistió Alexander en sus teorías de libertad que Ava comenzó a creerlas y recuperó, de forma peligrosa, la esperanza perdida. Trazaba aquella serpiente en todas partes y empezó incluso a verla en sueños: imaginaba su cuerpo anillado retorciéndose sobre la garganta de Rodrigo Monterreal, sus colmillos hundiéndose en la flácida carne del pecho de Yuste mientras el veneno se acercaba con lentitud a su corazón.

Sin embargo, la idea de Alexander era arriesgada. Ninguna carta entraba o salía sin que Yuste o sus secuaces la analizaran, por lo que su única esperanza era el guardés, Fulgencio Barrena, un andaluz de carnes magras que ejercía de contrabandista para los enfermos. En su caseta escondía botellas de orujo, whisky rebajado con agua, cigarros y café, siempre dispuesto a negociar con los internos por algunas pesetas o, en su defecto, unas cuantas súplicas. Le traía hilos para tejer a la señora Maruja y libros de Góngora al doctor Devaldes. Si alguien podía sacar y traer correo a la isla era él.

—Tan solo necesitamos que la carta llegue a Mary Hadaway —decía Alexander—. Sé la dirección de su *palazzo*, en Venecia.

—¿Y cómo sabes que estará allí?

—No lo sé, pero es mejor que no intentarlo.

Alexander redactó durante días una carta para la americana y una tarde fueron a buscar a Fulgencio, a quien encontraron frente a la puerta de su caseta, jugando al ajedrez con el doctor Devaldes.

—¿Qué pasa, pareja? —saludó el conserje, sonriente.

—Señor Barrena —dijo Ava, cuyo español era mejor que el de Alexander—. Nos gustaría hablar de negocios con usted.

Él se levantó de la silla con un suspiro, como si supiera ya que iban a darle problemas.

—¿De qué se trata?

Ava le tendió con cuidado el sobre.

—Necesitamos enviar una carta muy especial sin que nadie se entere.

Fulgencio miró el sobre con desconfianza, casi como si temiera que contuviera alguna sustancia explosiva, y examinó la dirección.

—¿A Italia? Va a ser complicado...

—Es muy importante —insistió Ava—. Se trata de mi tía, está enferma.

—Tan solo lo haré porque me lo pides tú, francesita.

Los días pasaron lentos después de que Fulgencio se quedara la carta. Ava le buscaba cada día en su caseta, ávida de noticias.

—Muchacha, solo hay un pescador del que pueda fiarme para estas cosas y pasa por aquí una vez a la semana, ten paciencia.

Y mientras esperaba novedades sobre aquella salvación que ocupaba su mente día y noche, Ava empezó a pensar que tal vez su ilusión fuera en vano, que aunque huyera del sanatorio no estaría nunca a salvo. Temía a Rodrigo Monterreal porque había visto la obsesión en sus ojos, el cruel despliegue de su pasión, y sabía que esa clase de pulsiones no se apagaban con el tiempo, sino que se acrecentaban hasta hacerse imparables.

Por fin, una tarde, Fulgencio Barrena se acercó a Alexander en el jardín y le tendió con discreción un pequeño sobre que él abrió con avidez.

—Saldrás de aquí, Ava. Van a ayudarnos —murmuró Alexander después de leer la carta.

Ella entonces negó despacio con la cabeza, pues aquella idea que le rondaba había crecido hasta atormentarla.

—Nunca podré huir de Rodrigo. Me buscará si sabe que he escapado.

Alexander dobló con cuidado el papel y después lo rompió en varios pedazos que guardó en su bolsillo.

—Llevo tiempo pensando un plan —dijo—. Quemaremos este lugar hasta los cimientos.

—No servirá.

—Sí, lo hará. Rodrigo nunca podrá encontrarte porque estarás muerta.

55

San Sebastián, 1952

A Pedrito le costó un gran esfuerzo convencer a Cristina Altuna de que accediera a verse con ellos. Desde el asesinato de Teté y el exhaustivo interrogatorio de la policía, se había enclaustrado en su casa y nadie había vuelto a verla fuera. Sus empleados contaban a quien quisiera escuchar que pasaba las horas sumergida entre las sábanas de su cama adoselada y que tan solo salía para vagar lacónica por los pasillos, vestida con camisones traslúcidos de mujer de mala vida que dejaban poco a la imaginación y aún menos a la vergüenza.

—Temo que haya perdido el juicio —dijo Pedrito cuando colgó el teléfono de la librería—, pero he conseguido quedar con ella esta tarde en el María Cristina.

—¿Crees que se presentará? —preguntó Manuela.

—Confiemos en que sí.

Después de terminarse el café, Manuela se despidió de Roger con un beso tímido que hizo que Pedrito esbozara una sonrisa burlona y ambos abandonaron la tienda.

—Parece que, a pesar de todo, algo bueno ha salido de todo esto —le susurró Pedrito mientras caminaban de vuelta al hotel.

En el Continental, Manuela invirtió el tiempo en darse un baño y cambiar la ropa del día anterior por un traje de alpaca. Fuera, el otoño hacía gala de su presencia con esa melancolía que tienen los días que se extinguen cada vez antes, la luz había perdido el color vivo del verano y se había vuelto más anaranjada, llenando los atardeceres de tonos que recordaban a las cúpulas de Florencia. Cuando llegaron las cuatro y media, cogió el bolso de Loewe del aparador para salir a buscar a Pedrito, percibiendo el peso de la pistola de Diego. Debía deshacerse de ella, pero decidió que no sería buena idea hacerlo a plena luz del día, y en su lugar la envolvió en uno de sus camisones de seda y la escondió al fondo del armario. Después, se dirigió a la habitación de Pedrito y llamó a la puerta. Ante su sorpresa, lo encontró tembloroso y con un cigarro en los labios.

—Han soltado a Mario —le dijo.

Ella respiró aliviada porque en su interior había llegado a pensar que jamás le dejarían marchar, que lo encarcelarían o lo matarían a golpes como a tantos otros antes.

—¿Qué ha ocurrido? —le preguntó.

—Al parecer tiene un primo en Pamplona, un antiguo requeté condecorado en la guerra que ha movido algunos hilos para sacarle y llevárselo a casa. Eso es todo lo que he podido averiguar, ni siquiera sé... en qué estado está.

—Al menos ya ha pasado lo peor.

—Me iré a Pamplona —anunció Pedrito, que caminaba nervioso por la habitación, dejando que la ceniza del cigarro cayera al suelo—. Cuando hablemos con Cristina, me marcharé.

—Tienes que andar con cuidado.

—Necesito verle —musitó él.

Cuando Pedrito se tranquilizó, salieron del Continental y caminaron bajo la brisa otoñal hasta llegar al hotel María Cristina, que desplegaba su imponente fachada de aspecto parisino frente al río Urumea. Atravesaron los suelos de mármol, velados por los enormes espejos y las lámparas de cristal del hall, hasta llegar a la cafetería, donde se sentaron en una de las mesas. Manuela observó, desencantada, que no había rastro de Cristina Altuna.

—Como buena aristócrata, nunca ha sido puntual —dijo Pedrito mientras echaba un vistazo al reloj—. No perdamos la esperanza todavía.

Veinte minutos y dos tazas de té más tarde, la viuda hizo su aparición, ataviada con un ceñido vestido negro y guantes a juego, unas sandalias de tacón imposible, un tocado de red y un collar de perlas que le daba varias vueltas al cuello: la triste imagen de la protagonista de una ópera condenada a morir entre arias en medio de una multitud expectante.

—Disculpad el retraso —murmuró, cuando llegó a la mesa, mientras acomodaba sus opulentas carnes en la silla.

Tras la red del tocado, Manuela distinguió un maquillaje estridente que le rodeaba los ojos en diferentes tonos de azul. Daba la sensación de que en el tiempo que llevaba sin verla hubiera envejecido diez años. Con paciencia, Manuela esperó a que Cristina hubiera pedido una copa de Chardonnay antes de abordarla con preguntas.

—¿Cómo has estado estos días? —dijo cuando el camarero depositó el vino sobre la mesa.

Cristina negó con la cabeza y apuró el contenido de la copa como si se tratara de un jarabe para los nervios.

—Ha sido horrible —respondió—. Todavía tengo

la sensación de que estoy en una pesadilla. Cada día me despierto y espero que todo haya sido un sueño, que Teresita esté viva y me llame para desayunar frente a la playa. Y esos policías... Aún tengo miedo de que vengan a buscarme.

Manuela cruzó una mirada con Pedrito.

—Fueron muy insistentes, ¿no es cierto? —dijo.

Ella soltó un largo y exagerado suspiro.

—Querían saber qué había ocurrido esa noche en casa del duque Leroy-Benoit. Me hicieron tantas preguntas... A veces solo querían que les diera la razón en las cosas que proponían. Me volvieron tan loca que acabé por recordar un comentario que ese muchacho, Mario Mondragón, le hizo a Teté mientras cenábamos, algo sobre que los franceses la hubieran pasado por la guillotina por tener tantas joyas.

—¿De verdad creías que Mario había tenido algo que ver en lo que le había pasado a Teté? —preguntó Manuela.

—¡En absoluto! Fue una broma de mal gusto, es cierto, pero no pensé que le fueran a detener por eso. Cuando Pedro me llamó me retracté de mi declaración. Todo esto no habría pasado antes, ¿sabéis?

Manuela se fijó en que le temblaban las manos y las gotas de sudor le derretían la elaborada máscara de maquillaje.

—Con el rey, claro —continuó—. Primero fueron la República y las iglesias quemadas y después estos dichosos militares. No tienen modales, son rudos, ¡auténticas bestias!

—Vamos, Cristina —intervino Pedrito, que no parecía guardarle rencor por haber causado la detención de Mario—. La muerte de Teresa ha sido un golpe terrible para todos, pero tienes que calmarte.

—¿Qué más ocurrió aquella noche, en la cena? —continuó Manuela—. Me sorprendió que Elena Celaya estuviera allí.

Cristina abrió su bolso y sacó un abanico de flores adornado con encaje que movió frente a su rostro con energía.

—Yo tampoco entiendo por qué el duque la invitó, Elena es una paria social. Su marido se encargó de eso, y a ella nunca ha parecido importarle demasiado: solo le interesan sus hijas y la iglesia. Y ¿qué te puedo decir, querida? Esa noche se comportó como siempre, discreta, aburrida. Sin embargo... —Cristina detuvo de forma súbita el aleteo del abanico.

—¿Qué ocurre?

La viuda dudó un instante.

—Bueno, Teresita... sí actuó de una forma un tanto extraña —dijo al fin—. Pensé que se habría excedido con el champán. Lo que me dijo era tan absurdo que ni siquiera se lo conté a la policía, lo último que quería era que pensaran que estaba loca.

—¿Por qué habrían pensado eso? —preguntó Pedrito intrigado.

—Supongo que estamos en confianza —dijo Cristina, que parecía necesitar desahogarse después de sus días de cama y encierro—. Teresa estaba alterada, me dijo que había visto algo en la casa la noche de la sesión de espiritismo.

—¿Un fantasma? —preguntó Manuela. Era cierto que Teté se había comportado de una manera extraña tras regresar del lavabo.

Cristina se levantó la red del tocado y la miró con sus pequeños ojos porcinos.

—Una mujer vestida de blanco que cruzó el pasillo cuando ella iba al tocador. Creyó que se había sugestionado por el efecto de la *séance* y las palabras de esa médium tan extravagante. Pero no pudo dejar de pensar en ello.

—Estaba convencida de haber visto un espíritu en Villa Allur... —murmuró Pedrito, que parecía satisfecho de ver probadas sus teorías sobre la maldición que asolaba la casa.

Cristina negó con la cabeza.

—No. Estaba convencida de que se trataba de una mujer real. La última noche, aprovechó la excusa de ir al aseo para husmear en las habitaciones de la casa, y me contó que en una de ellas había descubierto un vestido blanco tendido sobre la cama.

Pedrito y Manuela intercambiaron una mirada de desconcierto.

—Quizá fuera de Dafne —apuntó él.

—Eso fue lo que yo le dije, pero ella insistió en que el vestido no era de la médium, en que nunca la había visto llevar algo así. Y creía que la mujer que había visto no era un fantasma, sino de carne y hueso, y que, por algún motivo, el duque la tenía oculta en la casa. Estaba muy alterada, y quiso que nos fuéramos de la villa. Después se fue a una cita, pero no me quiso decir con quien, y cuando regresó a su casa... ocurrió la desgracia.

Manuela sintió una sensación de cosquilleo en el estómago, como si su cuerpo comprendiera antes que su mente lo que ocurría. Las manos le hormiguearon, los oídos de pronto sumidos en un zumbido que parecía provenir de otro mundo.

—¿Encontró algo más en esa habitación? —dijo con una voz que le pareció ajena.

Cristina no se había percatado de que Manuela estaba lívida, las palmas sudorosas y los ojos llenos de una esperanza suicida.

—Nada más, solo unas pinturas —respondió sin darle importancia—. Unos cuantos óleos y algunos lienzos.

Entonces el hotel se sumergió en la penumbra, y se difuminaron el ancho rostro de Cristina Altuna y su maquillaje de opereta, desaparecieron las elegantes sillas y las tazas de porcelana y se extinguió la luz de aquellas lámparas de cristal.

Manuela despertó unos segundos después, recostada en la silla y con los gritos de Cristina clavándosele en las sienes como el estribillo de una copla. Pedrito estaba agachado frente a ella y movía con fuerza el abanico de encaje.

—¡Un médico!, ¡un médico! —seguía repitiendo Cristina, que estaba tan alterada que Manuela temió que fuera a desmayarse también.

—¿Se encuentra bien, señorita? —preguntó preocupado un camarero, que ante los aspavientos de la viuda había acudido corriendo.

Manuela asintió despacio. Tenía la piel cubierta de sudor frío y esa sensación de desconcierto que sigue a los momentos en que el cuerpo se rebela y deja de seguir las órdenes que la cabeza quiere darle.

—Vamos, querida —dijo Pedrito—, respira. Toma un poco de aire.

Pero no hubiera habido viento en el universo capaz de paliar sus nervios, porque aquella mujer de blanco que guardaba en su cuarto óleos tan solo podía ser Ava, aunque Ava hubiera muerto años atrás, calcinada en la isla de las Golondrinas.

—Es ella —le dijo a Pedrito—. Es Ava.

—Ahora no es el momento de pensar en eso —murmuró él, pero tampoco se atrevió a negarlo.

Por supuesto, si alguien podía resucitar de entre

los muertos esa era Ava. Y Manuela la imaginó vagando, con sus manos blancas, por los pasillos de Villa Allur con aquel rostro aniñado que se había ido opacando con el tiempo.

—Te pediremos un taxi para que vuelvas al hotel —intervino Cristina Altuna.

—Será lo mejor —coincidió Pedrito.

Ambos la acompañaron hasta la calle, sujetándola como si fuera un muñeco recortado en papel.

—Iré contigo —dijo Pedrito cuando el coche se detuvo frente a ellos.

—Tienes que ir a ver a Mario, yo estaré bien —respondió Manuela.

Él dudó. Parecía más preocupado por las decisiones imprudentes que pudiera tomar en su ausencia que por su estado de salud.

—Vete a Pamplona —insistió ella.

—Por favor, quédate en el hotel hasta que yo vuelva. Hablaré con Mario y descubriré qué sabe él de Julien y de esa mujer del vestido blanco. Estoy seguro de que todo tiene una explicación.

Manuela asintió y cerró la puerta del coche.

Cuando llegó al Continental, había recuperado el color en las mejillas y se había reafirmado en su convicción de que Ava estaba viva, de que Julien la ocultaba en Villa Allur como a un espectro.

—¡Señorita Duarte! —la llamó José, el *concierge*, cuando entró en el hall.

—Buenas tardes, José —respondió ella distraída.

—Está usted muy solicitada. He recibido otra llamada para invitarla a una cena.

—No creo que pueda asistir.

—Déjeme que al menos le lea el recado —dijo él mientras buscaba entre los papeles del mostrador—.

Aquí está. La señorita Dafne Vasileiou la invita a cenar en Villa Allur a las ocho.

Manuela apretó con fuerza el bolso entre las manos.

—¿Cuándo? —preguntó.

—Esta noche.

56

Santander, 1940

La tormenta había dejado la isla sumida en un silencio perezoso que los animales habían aprendido a temer. Los pájaros se secaban las alas y se cobijaban en sus nidos, los ratones se apretaban unos contra otros en sus madrigueras y los peces se mantenían lejos de la orilla: todos podían oler el preludio de la muerte en aquella sombría madrugada.

Alexander Swatch tenía las manos manchadas de barro, el pijama blanco salpicado de tierra alimentada por los muertos. Frente a él, se abría una fosa cavada con esmero durante horas y, en su interior, asomaba el armazón inconfundible de un ataúd.

—Es ella —dijo entonces el doctor Devaldes, que le acompañaba en aquella innoble tarea de profanación, pues, aunque La Serpiente Escarlata se había ofrecido a enviarles un marinero de confianza a buscarlos, el resto había quedado a su cargo.

—Muy bien, tenemos que sacarla de ahí —dijo Alexander, y de un salto descendió a la fosa.

Se ató un pañuelo en la nariz antes de introducir el cuchillo para untar mantequilla que había robado del comedor bajo la tapa del ataúd de madera. Le costó varios intentos, pero finalmente cedió, liberando un olor dulce a descomposición y humus, el hedor de la carne abandonada por el alma. Intentó no mirar demasiado al interior, pero entre la oscuridad sus ojos alcanzaron a distinguir las facciones cadavéricas de una mujer, el cabello ralo y la nariz devorada por los gusanos, los dientes amarillentos que escapaban entre los labios. Una náusea le recorrió el estómago con fuerza.

—Pásame las sábanas —le dijo a Devaldes, que le tiró de inmediato un par de telas sustraídas de la lavandería.

Con cuidado, Alexander rodeó el cuerpo con ellas, sintiendo como la humedad de los fluidos traspasaba el tejido y le empapaba las manos de una sustancia pegajosa. Cuando hubo terminado la tarea y el cadáver estuvo bien envuelto, Devaldes bajó junto a él y ambos movieron el bulto hasta sacarlo del nicho.

—Adelita Sánchez... —murmuró el malogrado doctor—. La metieron aquí por desviada; le gustaban las mujeres, ya sabes. Pero a Yuste se le fue la mano con los medicamentos, y al final se murió una noche mientras dormía. Era tan joven... Una pena.

—¿Crees que... servirá?

—A nadie le preocupa quién muere aquí, y el fuego hará el resto del trabajo. La meterán en una caja y se la mandarán a la familia, si es que la quieren. Nadie sospechará nada.

En la oscuridad de la noche, las discretas cruces del cementerio se recortaban como restos de una civilización olvidada. No había ángeles de mármol ni panteones, y algunas tumbas ni siquiera tenían nombre. Pacientes abandonados, algunos muertos por tuberculosis en el siglo pasado, otros bajo la guardia del doctor Yuste.

—¿Podrás taparlo solo? —le preguntó Alexander a Devaldes.

Él asintió, pues a pesar de su avanzada edad era un hombre sano y de gran envergadura.

—Vete ya, Ava te espera.

—¿Estás seguro de que no quieres venir?

—¿Y a dónde iría yo? No tengo nadie que me espere. Si cierran este sitio me llevarán a otro, y al menos tendré un techo y algo para comer. Buena suerte, muchacho.

Alexander se despidió de él con una inclinación de cabeza y, como pudo, cargó con el cadáver de Adelita, que, por suerte, convertida casi en esqueleto, era poco pesada. Le llevó unos veinte angustiosos minutos llegar a la puerta de servicio del sanatorio. Todos dormían. Los enfermeros solían hacer la vista gorda ante las salidas nocturnas de algunos pacientes, y, a cambio de unos cigarros, Alexander había conseguido que no cerraran la puerta. Con todo el sigilo del que fue capaz, subió hasta la habitación de Ava.

Ella le esperaba con una pequeña bolsa de mano en la que había guardado algo de ropa y con su cuadro, que llevaba siempre con ella. En el cajón de la mesa había dejado algunos cuadernos, incluyendo uno de poemas que Alexander le regalara, y en el armario reposaban el resto de sus posesiones, que se había visto obligada a abandonar, pues los muertos no se llevaban nada con ellos.

Observó el bulto húmedo que Alexander había dejado en el suelo y sintió que el estómago se le encogía.

—Me temo que voy a necesitar tu ayuda —dijo él.

Entre los dos depositaron a Adelita sobre la cama y la liberaron de las sábanas. Después, la vistieron con el camisón de Ava.

—¿Tienes la cadena? —preguntó Alexander.

Ava asintió. La Virgen de Lourdes era el último recuerdo de su abuela, pero entendía que era un sacrificio necesario. Su madre sabía que jamás se quitaba el colgante, sería la prueba definitiva de su muerte. Antes de tendérsela a Alexander, la besó y, en silencio, le pidió a la Virgen que la guiara en aquella nueva vida.

—Muy bien, ya está —dijo Alexander después de prenderle al cuello la cadena a Adelita—. Espera en el embarcadero, la barca llegará a las cinco en punto.

—No quiero que nadie salga herido —le recordó ella.

Alexander se frotó las manos sucias de tierra en el pijama y miró el reloj que llevaba en la muñeca.

—Empezaré el fuego aquí. Después Devaldes dará la voz de alarma abajo y yo aprovecharé el caos para ir al embarcadero.

—¿Qué hay de Yuste?

—Dejaremos que la suerte decida.

Ava se debatía entre su odio por el doctor y el hecho de que, probablemente, era el único que sabía cuál era el paradero de Louise.

—Vamos, cuando salgamos de aquí la encontrarás —dijo Alexander—. Te reunirás con ella, estoy seguro. Ahora debes irte.

Ava le abrazó antes de bajar las escaleras y dejarle en aquella habitación, que olía a descomposición, solo con Adelita, quien aquella noche moriría de nuevo.

Cuando Ava se hubo alejado, él abrió la puerta del armario y sacó la gasolina que habían conseguido a través de uno de los pescadores que iban a la isla a llevar víveres. Alexander se había gastado todos los ahorros, que guardaba en un calcetín desde su llegada al sanatorio. Aunque no le importaba.

Cerró los ojos mientras vertía el líquido sobre el cadáver; después se alejó y, ya en la puerta, contó hasta tres antes de lanzar una cerilla a la cama. El fuego prendió con rapidez y Alexander contempló embelesado aquella danza de llamas que consumía el lecho y lamía los jirones de piel de aquella mujer olvidada.

Poseído por el poder renovador del fuego, recorrió el pasillo dejando a su paso un reguero de gasolina. Era el momento de enfrentarse a la decisión que había tomado tiempo atrás, cuando aquella huida de llamas y falsas muertes había empezado a fraguarse. Había mentido a Ava, el destino de Yuste estaba decidido, él mismo se lo llevaría de la mano al infierno.

Se dirigió al despacho del doctor, que de forma habitual dormía en su diván para no cruzar el mar hasta Santander, y abrió la puerta con cautela. Escuchó la respiración tranquila de Yuste. Después, cerró tras él con la llave y la guardó en su bolsillo.

—Es hora de que estemos en paz —murmuró, y vació el resto del bidón sobre el diván.

El doctor se despertó sobresaltado, el cabello y el rostro húmedos de gasolina.

—¿Qué diablos haces aquí? ¿Qué es esto? —gritó.

En ese momento se oyeron en la planta inferior los avisos de fuego, y la madrugada quedó rota por las voces de pánico y los ruidos de la huida. Alexander percibió los pasos que subían por las escaleras, los esfuerzos por apagar el fuego de la habitación de Ava.

Yuste se levantó de un salto y se dirigió a la puerta. Intentó sin éxito abrirla y la golpeó con fuerza, llamando a aquel Dios al que tantas veces había ofendido.

—No hay salida, doctor —dijo Alexander sonriente.

El odio que le movía llevaba meses creciendo. Le

arañaba el interior con sus garras, como un pequeño animal alimentado por las convulsiones que le recorrían el cuerpo cada vez que Yuste le inyectaba Cardiazol, por el pánico que precedía a cada sesión, por la sonrisa despiadada del doctor y el vacío y la desesperación que le invadían después: la pulsión irreversible de muerte. Hacía tiempo que se había convencido de que no quedaba nada en aquel mundo nefasto para él, tan solo tierra baldía arrasada por las guerras, retratos de la familia que había perdido. Pero antes de irse había decidido salvar a Ava, porque creía que un último acto de amor le permitiría partir con la conciencia tranquila.

—Solo será un momento —le dijo a Yuste, que le miraba congelado en medio de la habitación, consciente de su inevitable destino—. Luego, la vida eterna.

Prendió la cerilla con un gesto certero y la sostuvo sobre su cabeza unos segundos, su luz brillando en la penumbra como un faro, como una despedida. Después, la dejó caer y levantó los brazos al cielo, buscando la liberación que creía que le traería el fuego. Cuando el dolor le devoró la piel y los huesos, soltó una carcajada que resonó en todo el edificio, pues en aquella pira infernal en la que se había convertido el despacho aún podía ver a Yuste arder.

Ava esperó en el embarcadero durante una hora antes de comprender que Alexander nunca acudiría. La lancha, como él le había prometido, había llegado a las cinco, tripulada por un joven pescador que debía de contar con pocos más años que ella.

—Tenemos que irnos —insistió el muchacho mientras Ava continuaba con la mirada perdida en el sanatorio, que ardía hasta los cimientos—. La policía llegará pronto.

Ella le rogó que esperaran. A pesar de que sabía que sería inútil, se mantuvo firme junto al muelle, con los ojos enrojecidos por el cada vez más irrespirable ambiente, hasta que el joven prácticamente la arrastró a la barca. Cuando se alejaban, el humo del incendio cubría la isla como una neblina, haciéndola desaparecer entre el oleaje. Un lugar fantasma, que iba y venía ante los ojos de los marinos como los barcos de las leyendas.

Ava pasó el resto del trayecto abstraída, y no sería capaz de recordar después más que fragmentos de su viaje en coche de Santander a Bilbao y después a San Sebastián, ni tampoco de su acompañante, un hombre joven cuyo rostro se perdería en la bruma de la memoria. Sus recuerdos regresaban en el momento en que, sucia y diminuta, con su pequeña bolsa de tela en una mano y su cuadro en la otra, puso un pie en el palaciego hall del hotel María Cristina. Podía evocar con precisión los detalles: las escaleras de mármol, las lágrimas de las lámparas de cristal, el olor a café y pastas que flotaba en el ambiente, el sillón rojo de terciopelo donde se sentó a esperar hasta que alguien la llamó en francés.

—Mademoiselle Braud —dijo una voz aterciopelada.

Al levantar la mirada, Ava se encontró con un joven vestido con un impecable traje burdeos que le pareció antiguo, el cabello dorado recogido en una cola de caballo y las facciones de un ángel vengador.

—Es un placer conocerla al fin —dijo él mientras le tendía una mano—. Soy el duque Leroy-Benoit.

57

San Sebastián, 1952

Manuela sabía que aquella noche no tenía elección. Había interpretado la repentina invitación de Dafne como una provocación, una llamada del enemigo que la conminaba a adentrarse en su territorio. Y sin embargo, no podía negarse, porque estaba convencida de que en la villa se escondía Ava, y el hilo que la unía a ella le tiraba del pecho con una fuerza que era inútil ignorar. Había esperado y temido aquel momento durante más de diez años, obsesionada y aterrada por esa Ava sobrenatural que ella misma había construido, que había dejado de ser una adolescente para transformarse en una criatura mágica.

Aún recordaba la mañana lluviosa en la que había vuelto a Madrid después de dejar Florencia. Se había topado con una ciudad pardusca y triste, enterrada entre hambre y cenizas, nada quedaba del lugar alegre que conociera antes de partir a Portugal. Incluso el piso de la calle Velázquez le había parecido extraño, con sus paredes inmaculadas y el retrato del caudillo que su hermano había colgado en el comedor. En muchas ocasiones, se sorprendía buscando en los rincones el piano de cola de miss Robinson, las letanías interminables de su tía. Su familia acusó la guerra como tantas otras, y, aunque no hubo escasez, una demencia soterrada se apoderó de la casa. Su madre se mostraba exageradamente feliz y ociosa, ocupada en recuperar las amistades perdidas, y pasaba los días bebiendo cócteles en Embassy o merendando en el Palace mientras fingía que el país no estaba devastado, indiferente a aquellos giros políticos que catalogaba de cosas de hombres. A su padre, en cambio, lo había encontrado flaco, con el cabello cobrizo plagado de canas y la mirada hundida. Había perdido su optimismo y se había vuelto aún más distraído, vivía avergonzado de su imparcialidad, de haberse enriquecido con la guerra, sumido en una resignación de la que tan solo le sacaban algunas disputas con Hernán, que se pavoneaba por la casa con su camisa de falangista y las palabras de los vencedores en la boca.

—Tanto aguantar para tener que escuchar el *Cara al sol* en mi propia casa —porfiaba su padre antes de encerrarse en el despacho.

—¡Ahora te olvidas de que quemaban iglesias y mataban a empresarios como tú! —respondía colérico Hernán.

En aquel ambiente asfixiante, algunas noches Manuela soñaba aún con la premonición que Ava le revelara y se veía nadando en un río interminable cuyas aguas le llenaban los pulmones y la despertaban de golpe, el corazón acelerado en la oscuridad de su cuarto.

Un año después de su vuelta a Madrid, sus padres prometieron llevarla a San Sebastián. Manuela preparó la maleta con entusiasmo, ansiosa por reencontrarse con la playa de la Concha y el cielo grisáceo de la ciudad.

—El tren saldrá el martes a las nueve —le recordó su madre aquel viernes fatídico, antes de que ella y su padre se marcharan a pasar el fin de semana fuera, invitados por unos amigos a su casa de Sevilla.

Se despidieron en la puerta sin demasiadas ceremonias, su madre con un vestido de lunares azul, su padre con la cabeza gacha, resignado. Cuando se marcharon, Manuela se retiró y se tumbó en la cama a ojear una de aquellas revistas de moda francesas que su madre dejaba desperdigadas por la casa. Era uno de esos días que no están destinados a grabarse en la memoria, una tarde que debía pasar inadvertida, olvidarse sin mayores acontecimientos, y sin embargo, no lo fue. Cuando el teléfono sonó, ella no le dio importancia y esperó a que el ama de llaves o su hermano, que estaba en el despacho de su padre, contestara. Unos minutos más tarde, Hernán entró en su habitación.

—Manuela —susurró.

Y fue solo una palabra, solo su nombre, ese que había oído miles de veces antes en sus labios, pero bastó para que supiera lo que había pasado, porque las malas noticias viajan antes con los pensamientos que con la voz. Mientras su hermano contaba que el coche de sus padres se había salido de la carretera y se había precipitado a un río, ella tan solo podía recordar las palabras de Ava, grabadas a fuego en su mente, y constatar, con horror, el cumplimiento de su profecía.

—¿Estás bien? —le preguntó Hernán cuando terminó de hablar, porque ella permanecía inmutable, con la mirada aún fija en las maniquíes de la revista.

Manuela no se atrevía a decirle la verdad, confesarle que había estado esperando y temiendo ese momento durante más de un año, que se sentía liberada de aquel terror que la sobrevolaba desde entonces, porque era más fácil afrontar la realidad que una amenaza invisible. Se convenció de que aquello era en parte culpa de Ava, que había creado en sus sueños la muerte y la había arrojado sobre ella como un embrujo, y fue dejando que, con el tiempo, esa versión cobrara fuerza.

—Estaré bien —le aseguró por fin a su hermano, y durante años se esforzó en cumplir aquella promesa.

Se miró una última vez al espejo antes de dejar la habitación del Continental. Había elegido un vestido color crudo de Balenciaga de corte palabra de honor cuya falda estaba bordada con flores negras que parecían trepar hasta su cintura. En la mano sostenía un bolso negro de raso que guardaba en su interior el revólver de Diego. Había llegado el momento de desenredar aquella madeja de hilos y plantarle cara a su pasado.

Salió del cuarto con pasos firmes y se despidió sonriente de José antes de montar en el taxi que la esperaba en la puerta. Por algún motivo, no estaba nerviosa, la ansiedad del último mes se había calmado, sentía el cuerpo ardiente, como tomado por una fiebre, y la mente despejada como si hubiera de jugar una partida de ajedrez.

Cuando el taxista se detuvo frente a la villa, bajó con decisión y contempló su ostentosa silueta al atardecer. En las escaleras de entrada, la esperaba el lacónico mayordomo de Julien.

—Buenas noches, señorita —la saludó—. La señorita Vasileiou la recibirá en la capilla.

Sin dar más explicaciones, bajó la escalinata y la guio por un pequeño sendero que se adentraba en el jardín. La luz perezosa de la tarde se colaba entre las ramas de los árboles y dibujaba sobre el suelo un mosaico de formas indefinidas, la hojarasca crujía bajo los tacones de Manuela y los helechos le acariciaban, como fascinados por la suavidad de la tela, la falda del vestido. Caminaron unos minutos, junto a querubines en paños menores cubiertos de verdín y alguna fuente convertida en morada de alegres ranas, hasta que llegaron a la capilla. El mayordomo se detuvo frente a la fachada ennegrecida por el moho y le indicó con un gesto que entrara. Después se dio la vuelta y desapareció silencioso entre los árboles, convertido en una criatura más de aquel pequeño bosque.

Manuela caminó hacia la puerta entreabierta, tras la cual parecían desfilar miles de recuerdos, a pesar de que nunca había puesto un pie allí. Dentro se extendía una penumbra tan solo rota por la luz de las velas que rodeaban a una virgen de rostro afligido y finas manos de madera pintada. Frente a ella, sentada en uno de los bancos, se encontraba Dafne Vasileiou. Se preguntó si estaría rezando o tal vez simplemente conversando en voz baja con los espíritus perdidos que buscaban redención. De forma instintiva, palpó el revólver que descansaba en el bolso y se sintió tranquilizada por el peso del metal.

—Disculpa el recibimiento —dijo Dafne entonces—, pero es mejor que nadie más sepa aún que estás aquí.

Manuela avanzó y se sentó tras ella.

—¿Te refieres a Julien? —preguntó.

—Me alegra ver que no me he equivocado contigo.

—¿Por qué me has hecho venir? —dijo Manuela, que prefería saber qué tramaba la médium antes de revelar sus cartas.

Dafne se giró y Manuela pudo observarla con detenimiento unos instantes. Parecía cansada, y, por primera vez, fue consciente de las finas arrugas que recorrían su rostro de porcelana. Sobre su regazo descansaba aquel ubicuo gato negro de mirada indescifrable, cuyo ronroneo sonaba como una misa en la pequeña capilla.

—Supongo que debería haber hablado contigo antes —respondió—. Lo intenté la noche en que detuvieron a Mario, pero ya hubiera sido tarde de todas formas.

—¿Dónde está Julien?

—Está fuera, buscando un marino lo suficientemente loco o desesperado como para sacarle del país a cambio de una pequeña fortuna. Ha perdido el control. Y tú eres mi única esperanza para acabar con esta locura.

Manuela se decidió a revelar la primera de sus cartas. La preferida de Ava era el arcano de la Luna: un lobo y un perro que miraban fascinados el astro, un lago que reflejaba los sueños y los miedos, los misterios.

—Tiene a la niña, ¿no es cierto? —dijo.

Dafne asintió despacio.

—¿Está... viva?

La médium acarició al gato y esbozó una sonrisa.

—Julien no es un monstruo, nunca le haría daño a esa chiquilla.

—Entonces, ¿por qué se la llevó? —preguntó Manuela desconcertada, pues estaba convencida de que el secuestro estaba relacionado con los rituales de La Serpiente Escarlata.

—Por amor —susurró Dafne—. Porque haría cualquier cosa para complacer a la mujer que ama.

Y ella comprendió que aquella era la verdadera explicación de la presencia de Ava en la villa. No era la rehén de Julien, era su amante.

—Entonces es cierto. Ava está aquí, lo ha estado todo este tiempo.

—Julien siempre supo quién eras —dijo Dafne con una sonrisa—. Aunque tuvo que reconocer que le sorprendió que encontraras el cuadro. Te invitó a esa fiesta para tenerte vigilada. Ava quería verte, pero él no lo permitió. Cuando se trata de ella no le gusta que nadie se acerque demasiado. Se excusó en que no confiaba en ti, en que tu hermano era un adepto al régimen y no sabíamos en lo que te habrías convertido.

—Por eso siguió invitándome a la villa...

—Quería tenerte cerca, averiguar si sospechabas algo. Yo le presioné para que te lo contara todo, para que dejara que vieras a Ava, pero se negaba. Y las cosas tan solo fueron empeorando... hasta que pasó algo terrible.

—Teté Chapman —murmuró Manuela.

—Se cruzó con Ava el día de la *séance* y ella se lo contó a Julien. Ambos creyeron que lo dejaría pasar, que se olvidaría de aquella visión; sin embargo, la última noche que acudió a Villa Allur, Teté Chapman estaba muy nerviosa e insistió en irse pronto.

—Y Julien fue a buscarla a su casa...

—Estaba fuera de sí, aterrorizado porque pudiera revelar la presencia de Ava. Ella le amenazó con ir a la policía y... ya sabes el resto.

A Manuela se le encogió el estómago al imaginar la escena.

—Lo hizo para proteger a Ava —dijo Dafne—. O al menos eso es lo que él cree. Por desgracia, cuando lo descubrí ya era demasiado tarde.

—Pero ¿por qué quería que permaneciera oculta? —preguntó Manuela, que aún no comprendía cuál era el propósito de todo aquel sinsentido—. ¿Y la niña?

—Creo que lo mejor será que ella misma te lo cuente.

Dafne se levantó del banco, caminó decidida hasta el altar y, para sorpresa de Manuela, desapareció tras él. Ella la siguió y descubrió que detrás de la sufriente virgen se abría una pequeña puerta que iba a dar a un túnel. Caminaron unos minutos en una húmeda oscuridad hasta que Dafne se detuvo en lo que parecía ser una bodega.

—Olie —dijo la médium—. Puedes salir.

Apareció entre las sombras, justo como Manuela la había imaginado todos esos años, y se volvió de nuevo tangible su rostro, menos aniñado, rodeado por ese resplandor etéreo que le partía de dentro, como a ciertas flores cuando las cruza la luz del sol.

—Ava —musitó, porque necesitaba escuchar su nombre en voz alta para darle vida a la aparición.

Ella sonrió como si nunca hubieran dejado de verse, dos adolescentes con la mente clara y el cabello mojado con olor a violetas, y se acercó tímida hasta tomarla de las manos.

—Hacía mucho que nadie me llamaba así —respondió.

58

Ciudad de México, 1951

—¿Estás segura de que quieres volver? —preguntó Dafne.

Ava buscó la mirada de Julien en aquella pequeña selva en la que, con los años, se había transformado el jardín. Iba vestido con un traje claro de lino, el cabello rubio desparramado sobre los hombros y una alegre cacatúa amaestrada posada en la mano izquierda.

—Dime, ¿qué piensas tú? —preguntó.

—Es tu decisión —respondió él, clavando en ella sus ojos de ámbar. Y a pesar de que hubieran pasado más de diez años desde su primer encuentro, Ava sintió que un hormigueo conocido le recorría la piel.

Se había enamorado de Julien Leroy-Benoit desde el momento en el que le había visto en el hall del María Cristina. Fue una de esas conexiones inexplicables que ella atribuyó a un recuerdo de otra vida. Él quedó igualmente fascinado por aquella muchachita menuda y desaliñada tras cuya mirada inocente podía intuir una fuerza mística y terrible. El romance se desarrolló de forma vertiginosa. Entre cafés en el hotel y algunos breves paseos junto a las fuentes Wallace del paseo de Francia, Julien logró derrotar las defensas de animal silvestre de Ava, y en las largas noches en la habitación se confesaron los secretos más oscuros y los anhelos más salvajes. Se convirtieron en lo que habrían de ser siempre, amantes, poseedores de uno de esos amores que no admite convenciones y que no acusa el paso del tiempo, que se revuelve siempre en el corazón, en las entrañas, como un mal incurable.

Sin embargo, Julien no fue el único en prendarse de Ava.

—Estoy convencida de que es una auténtica vidente —le dijo Dafne Vasileiou al duque poco después de que llegara—. Imagina todo lo que podríamos descubrir con su ayuda.

La médium había vislumbrado en la chica y su don el elemento que tanto habían buscado para salvar La Serpiente Escarlata.

Sin embargo, Julien se mostraba reticente a utilizar a Ava, pues desde que la conociera se había despertado en él un celo que le conminaba a protegerla como si se tratara de una exclusiva joya.

—No nos quedaremos en Europa —le recordó a la médium.

—Entonces iré con vosotros, puede que todos necesitemos un nuevo mundo.

Partieron a México unas semanas después, y Julien se despidió de Mario Mondragón, quien, terminada la guerra en España, había decidido regresar a su Pamplona natal.

—Iré a visitaros —aseguró el navarro, que ya sabía que nada volvería a ser como antes entre ellos.

Ava, quien constaba como fallecida, recibió un nuevo nombre y un pasaporte francés con el que salir del país. Así enterró para siempre a Ava Braud y se convirtió en Olie Durant. Confinó los recuerdos de los últimos años en un lugar oscuro de la mente, conservando tan solo en la memoria a Louise. Al principio, había insistido en que no se marcharía de España sin su hija, pero el duque había terminado por convencerla de que, con Yuste muerto, podría llevarles años encontrarla.

—Lo mejor será buscar a Louise desde un sitio donde estemos seguros, lejos de la guerra de Europa —le dijo Julien—. Solo debes tener paciencia.

Llegaron a México una tarde soleada de primavera y, al poner un pie en la bulliciosa capital, Ava pensó que había cambiado de planeta, porque era imposible que esas casas pintadas de colores, juntas como dientes en la boca de un dragón, y ese olor a fruta madura y a especias, a carne y flores, pudiera caber en el mismo mundo que su ordenado y grisáceo París. Se instalaron en una casa de fachada opulenta en la colonia Roma, donde colocaron las pocas antigüedades que el duque había conseguido llevarse de Borgoña. Ava se dedicó entonces, con el beneplácito de Julien, a convertir aquel palacete en un hogar. Pasaba las mañanas en los mercados locales y volvía cargada de telas de colores, almohadones de plumas, jarrones y flores de cempasúchil.

—Esas flores son para los muertos, *mija* —le decía Fernanda, la vieja ama de llaves, que llevaba toda una vida cuidando la casa, vacía después de que sus antiguos dueños emigraran a Estados Unidos.

—No pasa nada —respondía Ava sonriente—. Yo ya estoy muerta.

Así, fue llenando la casa de colores y dioses ancestrales, estatuillas que Julien conseguía en el mercado negro y que adornaban cada mueble de teca y se acumulaban en el patio interior, donde el gato negro de

Dafne dormía entre Quetzalcóatl y los lirios de agua de la fuente.

—¿Dónde pondrás tu estudio? —le preguntaba Julien a Ava.

Pero ella se mostraba reticente a pintar. Había colgado *Lo que habita en los sueños* en el salón, feliz de poder liberarlo al fin de la vida clandestina e itinerante, pero sentía que había perdido su conexión con la pintura.

—Desde que se llevaron a Louise no he podido pintar —le explicó a Julien—. Solo los garabatos de mis cuadernos.

Una mañana, cuando regresó con Fernanda del mercado, ambas cargadas de guayabas, bananos, maíz y carne de res, Julien la tomó de la mano, impaciente, y la condujo hacia una de las habitaciones. Era un cuarto luminoso que tenía salida al patio y que estaba adornado con un tapiz que representaba un enorme cocodrilo. Allí había colocado un caballete y una caja llena de pinturas al óleo, diversos pinceles y trementina. Ava, muda de asombro, acarició con cuidado el blanco lienzo que reposaba sobre el caballete.

—Quiero que vuelvas a pintar —dijo Julien—. Que seas feliz.

Ella se tomó su tiempo para reencontrarse con la pintura, y poco a poco volvió a mezclar los sueños con las criaturas fantásticas. Fascinada por la cultura maya y azteca, visitaba con Julien antiguos yacimientos y empezó a incluir serpientes emplumadas y bosques tropicales en sus obras.

Dafne, por su parte, iba y venía entre México y Estados Unidos, donde su *show* de espiritismo se había convertido en un éxito. En el tiempo que pasaba en la casa de la Colonia Roma, reorganizó La Serpiente Escarlata, y se encargó de integrar en ella a un selecto grupo de mexicanos y extranjeros que residían en el país. Pronto se reanudaron las reuniones, y Ava se convirtió en la estrella, pues todos escuchaban con embeleso sus historias sobre sueños premonitorios, a los cuales intentaban atribuirles siempre significados globales, hasta que muchos llegaron a ver en ella una especie de Nostradamus moderna. En aquellas veladas, conoció a diferentes artistas e intelectuales, muchos de ellos exiliados tras la guerra en Europa, como Berta Szabó, una antropóloga de padre húngaro y madre mexicana que vestía siempre pantalones, o Carmen Velasco, una escultora andaluza de alegres maneras y espesa melena negra. Sin embargo, y a pesar de que ellas le ofrecieron su amistad, Ava mantenía las distancias.

En una ocasión, la andaluza descubrió el estudio de Ava y quedó fascinada por sus oníricas pinturas.

—Deberías exponerlas, Olie —le dijo.

Pero Ava ya no anhelaba la fama ni convertirse en una gran pintora, como años atrás, y temblaba ante la idea de mostrar su arte en público, de convertirse en el centro de las miradas.

—Solo pinto para mí —respondió.

Poco después, instaló un candado en la puerta del estudio. El único que estaba autorizado a entrar era Julien, en quien confiaba ciegamente y que se había convertido en su mejor amigo y compañero. Empleaban las tardes lentas y cálidas en hacer el amor tras la mosquitera de la cama, leer las cartas del tarot y hablar de los astros o de aquellos dioses que dormitaban en la jungla y que ellos habían descubierto hacía poco.

Pero aunque la vida transcurriera apacible en apariencia, Ava no dejaba de pensar en Louise. Se despertaba en medio de la noche, con el cabello húmedo de sudor, tras soñar que la abrazaba de nuevo. Y, según pasaban los meses, se fue acrecentando el miedo a no reconocerla cuando la viera, o a que ella la mirara con los ojos de una extraña, sin saber que era en realidad su madre.

—Sabrá quién eres —le decía Julien cuando le confesaba sus miedos en mitad de aquellas madrugadas febriles—. La sangre siempre se reconoce.

Él se esforzaba en utilizar todos sus contactos en Europa para encontrarla, pero no conseguía averiguar nada, sin documentos ni testigos era prácticamente imposible seguir la pista de Louise.

Fueron pasando los años, de forma lenta e inevitable, y la esperanza de Ava se fue debilitando: lloraba cuando descubría que no recordaba ya el rostro de su hija, que se lo había arrebatado la niebla del tiempo, y llegó a pensar que no la vería nunca más. El destino quiso que no se volviera a quedar embarazada, y en secreto, y aunque no se lo confesaba a Julien, creía que se trataba de un castigo por haber dejado que le quitaran a Louise. La guerra en Europa terminó, pero ninguno de los dos pensó en volver a vivir al Viejo Continente, pues se habían acostumbrado a la vida tropical y a los cantos de los pájaros y los veranos eternos. Además, en México Julien había conseguido multiplicar su fortuna con negocios que Ava consideraba complejos y ni siquiera se molestaba en escuchar, pues se conformaba con tener dinero para comprar mango con sal y óleos para su estudio. Cuando Francia fue liberada, el duque recuperó su *château* e hizo un breve viaje a Borgoña para rescatar el gabinete de curiosidades y las botellas de Romanée que habían ocultado tras un muro falso, dejando al viejo Luc al cuidado del edificio y de los viñedos familiares.

Por un tiempo pensaron que la vida se quedaría así para siempre, entre las largas siestas en la hamaca del patio y las noches tórridas regadas con vino, hasta que Mario Mondragón llamó a Julien para notificarle que iría de visita a Ciudad de México.

—He encontrado a Louise —anunció poco después de su llegada, mientras Julien abría una de las botellas que había rescatado de Borgoña.

Se hizo entonces el silencio en el comedor, presidido por el cuadro de Ava, y ella detuvo el cuchillo y el tenedor pero no se atrevió a dejarlos sobre la mesa, como si se hubiera congelado.

—¿Dónde está? —susurró al fin.

—En San Sebastián.

Después de la revelación, Ava vagó por la casa sumida en uno de sus habituales mutismos, seguida de cerca por los lagartos que entraban por las ventanas siempre abiertas. Hasta que un par de días después, reunió a Julien y a Dafne en el patio.

—Tal vez sea mejor no remover las cosas —insistía la médium—. Han pasado muchos años y no puedes probar que eres su madre.

—Volveré a España —dijo Ava—. ¿Me acompañarás? —le preguntó a Julien.

Él dejó la cacatúa que tenía en la mano sobre la fuente de piedra y se acercó a ella. Después, la abrazó y enterró el rostro en su larga melena de sirena.

—Hasta el fin del mundo —susurró.

59

Pamplona, 1952

Pedrito condujo hasta Pamplona a la máxima velocidad que su Ford permitía, el pie anclado al acelerador y la cabeza lejos de la carretera. Cada pocos minutos buscaba con la mirada la *eguzkilore* y la Virgen de Begoña que colgaban del espejo retrovisor central y pedía, en silencio, que le protegieran de aquella maraña de mentiras y muerte en la que se había metido.

—Si salimos todos vivos de esta, me hago capuchino si hace falta —murmuraba.

Deseaba y al mismo tiempo temía ver a Mario. Se había resignado a reconocer que le amaba, pues los días que él había pasado detenido había sufrido como nunca antes lo hubiera hecho por nadie, pero también necesitaba descubrir cuáles eran sus vínculos con La Serpiente Escarlata y el duque.

Cuando llegó a la ciudad, tuvo que preguntar varias veces antes de dar con la calle donde Mario vivía. Él solía decirle que cuando acabara el verano, y ante la negativa de Pedrito de marcharse con él a una recóndita isla griega, debía visitarle en Pamplona.

Mientras aparcaba el coche en la avenida de Roncesvalles, Pedrito deseó que su visita hubiera ocurrido en otras circunstancias. Al bajarse, se enfrentó al siguiente de los problemas, pues aunque Mario había mencionado más de una vez que su piso se encontraba en aquella calle, desconocía el número del portal. Resignado a ejercer de nuevo de detective forzoso, recorrió varios portales y preguntó por él sin éxito a vecinos y conserjes. En el cuarto intento, se encontró con un portero de barriga prominente que barría la entrada con un cigarro en los labios y un bolero de fondo en la radio.

—Buenas tardes —saludó—. Busco al señor Mondragón.

El hombre levantó la cabeza y le observó con descaro.

—Tercero izquierda —dijo al fin.

Cuando se alejaba camino al ascensor, Pedrito casi pudo notar su mirada clavada en la espalda. Supuso que la historia de la detención de Mario habría llegado hasta allí y que los vecinos andarían entretenidos tratando de averiguar qué había sucedido y si aquel reservado hombre era un peligroso criminal.

Al llegar a la puerta del apartamento, notó que le flaqueaban las fuerzas. El amor le había convertido en una persona débil, en un desconocido, y le había quitado años de firmeza, de seguridad, en tan solo un par de noches ardientes. Se colocó las solapas de la americana cruzada de color pardo y llamó a la puerta. Todo permaneció en silencio. Temió que Mario no estuviera allí, sino en el hospital o en casa de algún familiar; no obstante, llamó una segunda vez.

—Mario, soy Pedro —dijo.

Escuchó el sonido de unos pasos lentos sobre el parqué, y después la cadena de la puerta y la llave girando en la cerradura.

—¿Qué haces aquí?

Mario abrió la puerta tan solo una rendija, lo suficiente como para que él viera un ojo hinchado del color de una ciruela madura.

—Déjame entrar —le rogó.

Él se echó a un lado, y, al verle de cerca, Pedrito comprendió la magnitud de las heridas que le habían causado en el cuartel, y que se reflejaban no solo en su carne, sino en el andar cansado y la mirada vacía. Llevaba un brazo en cabestrillo, tenía un labio partido, y, de haber dibujado una sonrisa, seguro que hubiera dejado a la vista el hueco de alguna muela. Se quedaron mirándose en doloroso silencio unos segundos, hasta que Pedrito reunió las fuerzas para acercarse y abrazarle. Le pareció, al estrecharle entre sus brazos, que su cuerpo había mermado, y pudo sentir la humillación, la rabia que le palpitaba ansiosa en el pecho.

—Ya ha pasado todo —le aseguró, a pesar de que sabía que ninguno de los dos volvería a dormir tranquilo en años, la mirada puesta siempre en la puerta entreabierta de la habitación, el oído sensible a los leves ruidos de la noche, creyendo escuchar en el roce de patas de un grillo la carga de un fusil.

—Me voy de España —anunció Mario.

Pedrito se separó de su abrazo y no pudo contener un suspiro. Quería preguntarle qué le habían hecho, qué había ocurrido en aquellos días de infierno, pero sabía que era demasiado pronto.

—Lo entiendo, estarás más seguro lejos de aquí.

Con un gesto de dolor, Mario se sentó en una butaca tapizada en terciopelo burdeos.

—Tengo que hablar contigo —dijo Pedrito despacio.

Él le miró con curiosidad.

—Muy bien, te escucho.

Pedrito permaneció de pie en medio del salón, y se tomó unos segundos para analizar la casa de su amante. Siempre pensó que la visitaría ebrio de vino, después de una cena agradable, entre besos y esas palabras absurdas que se dicen cuando uno se rinde a la pasión. Le pareció que todo en la sala reflejaba quién era Mario. Los muebles sobrios y elegantes, las fotografías de Grecia que reposaban sobre un escritorio de caoba, las botellas de vino ordenadas a la perfección en el mueble bar, la absurda colección de vasitos árabes de té tras el cristal de la vitrina.

—Háblame de La Serpiente Escarlata —dijo entonces.

Mario le miró desafiante.

—Si has descubierto su existencia, no sé qué más puedo decirte.

—¿Le debes lealtad a Julien? ¿O es que le tienes miedo?

Él agachó la cabeza.

—Muy bien, ¿qué quieres saber?

—Todo.

Mario comenzó a relatar, de forma concisa y parca en detalles, cómo Julien le había invitado a formar parte de La Serpiente Escarlata y le había sacado del país cuando estalló la guerra, sus años refugiado con él en Borgoña.

—¿Por eso no querías hablarle de mí? —dijo Pedrito, que se sentía de repente poseído por unos celos que le habían sido ajenos hasta entonces.

—No seas ridículo, no fueron más que unas noches de pasión hace años. Además, él solo tiene ojos para una mujer.

—¿Para quién? —preguntó Pedrito sorprendido.

Mario dudó. Jugueteaba con la venda que le cubría el antebrazo derecho y los rizos oscuros le caían como una cortina sobre los ojos.

—Nunca he visto a otra mujer con él en Villa Allur que no sea Dafne Vasileiou...

Mario levantó entonces la mirada.

—Supongo que ya es hora de que todo salga a la luz —dijo.

Pedrito se acercó hasta él y se arrodilló frente a la butaca.

—Dime la verdad —le suplicó—. ¿Qué diablos ha ocurrido en esa villa?

Mario liberó al fin las lágrimas que había contenido en los días de tortura en el cuartel, que le había negado a la barbarie, a Rodrigo Monterreal y Núñez Espeche; se las había guardado para Pedro, para el único que podría apreciarlas, porque había comprendido la traición en el momento en que le esposaron, la había visto en los ojos de Julien, en la vergüenza de Dafne. Estaba solo. Se había roto aquel pacto de sangre que hicieran años atrás y ya no eran más que una caricatura de lo que un día fueron. Para él, La Serpiente Escarlata había muerto esa noche, y con ella, sus lealtades.

—Conocí a la chica cuando la rescataron de un psiquiátrico —comenzó—. Julien se enamoró de ella y se marcharon a México.

—Manuela tenía razón —murmuró Pedrito—. Ava está viva...

—Pensé que no volverían, pero ella buscaba desesperada a su hija. Se la habían robado cuando aún era un bebé y sospechaba que la habían dado en adopción en algún lugar de España. Julien me pidió que le ayudara a encontrarla, y durante años no dejé de intentarlo.

—¿Y la encontraste?

Mario asintió.

—Hace poco más de un año recibí información de un contacto. Había localizado a un cura que se encargaba de encontrarles familia a los niños que les quitaban a los rojos o a las mujeres en las cárceles. Resulta que también había hecho lo mismo para el director de un sanatorio mental en Santander. Ava no había sido la primera...

—Dios mío...

—A cambio de una buena suma de dinero, al buen hombre se le refrescó la memoria. Se acordaba de haberse llevado a una niña de ese sanatorio en 1939. Le llamó la atención que el bebé nunca llorase. Nos confesó que se la había entregado a una familia de San Sebastián, pudientes, católicos.

—Ramón Ortigosa y Elena Celaya —dijo Pedrito, que comprendió por fin el interés del duque en aquella viuda y la desaparición repentina de su hija.

—Viajé a México y le conté a Julien lo que había averiguado. Entonces, decidieron volver y recuperarla.

—Secuestrarla —puntualizó Pedrito.

—No sé qué es lo que ha ocurrido desde que me detuvieron, pero sé que Olie..., Ava, llegaría hasta donde fuera necesario para recuperar a la niña. Y Julien haría cualquier cosa por ella —respondió Mario.

Pedrito se puso en pie y caminó por el salón, las manos a la espalda y la mente en llamas. Después se acercó al mueble bar, destapó una botella de whisky y sirvió un chorro generoso en dos vasos labrados.

—Dime, Mario. ¿Sería Julien capaz de matar a Teté Chapman?

Mario cogió el vaso con la mano sana y bebió un largo trago antes de contestar.

—Nunca hubiera pensado que..., yo confiaba en él. Pero cuando me detuvieron, todo cobró sentido. Supongo que Dafne ya lo había descubierto, porque después de la muerte de Teresa apenas volvieron a hablarse. Y ahora..., no sé en quién se ha convertido Julien.

—En un asesino —sentenció Pedrito mientras apuraba el vaso de whisky.

Mario hubiera querido rebatirle, defender al que durante tanto tiempo fuera su mejor amigo, su confidente, su compañero, pero intuía que ya no quedaba nada de ese Julien. Se había dejado devorar por las sombras que siempre había guardado en el alma, esperando a que las alimentara, a que se dejara tomar por ellas.

—Voy a necesitar tu teléfono —dijo Pedrito.

Aún mudo, Mario le señaló el aparato de color blanco que reposaba en una mesita cerca de la ventana. Él se aproximó con pasos rápidos y marcó de memoria el número del hotel Continental.

—Habla Pedro Ortiz, ¿podrían ponerme con la señorita Manuela Duarte? —dijo en cuanto José, el *concierge*, descolgó el teléfono.

—Don Pedro, me temo que la señorita Manuela ha salido hace rato.

Él suspiró, desesperado ante la terquedad de su amiga.

—¿No le habrá dicho a dónde, por casualidad?

—No dijo nada antes de marcharse, pero sé que tenía una invitación para cenar esta noche en Villa Allur.

—Gracias, José —murmuró Pedrito.

Cuando colgó, cerró los ojos y, ante la atenta mirada de Mario, se esforzó en buscar una salida. Había dejado a Manuela a solas con un asesino y tenía que tomar una decisión, aunque fuera desagradable. Sacó su agenda del bolsillo interior de su americana y, con dedos torpes, buscó el número de la librería Fortuna.

Después, marcó con rapidez y rezó por obtener respuesta.

—Librería Fortuna, buenas tardes —le saludó un formal Roger al otro lado de la línea.

—Roger, soy Pedro.

—¡Ah! Hola.

—Escúchame bien, lo que voy a decirte es muy importante. Creo que Manuela está en peligro y tengo que pedirte que hagas algo que no me gusta y que a ti tampoco te gustará.

—¿De qué hablas?

Pedrito sabía que era una opción desesperada, pero no tenían tiempo. Necesitaban a alguien que tuviera la influencia necesaria para que la policía actuara rápido.

—Quiero que contactes con Diego Monterreal —respondió.

60

San Sebastián, 1952

En el instante en que se tomaron de las manos, Manuela sintió que se desvanecía aquel miedo que la había perseguido durante tantos años, que se borraba el rencor, porque no existía ninguna Ava sobrenatural y oscura, tan solo la misma chiquilla asustada de ojos de luna que había sido siempre. Humana y triste, con el cabello trigueño rozándole la cintura y las señales del paso del tiempo marcadas en la piel. Quería decirle tantas cosas que las palabras no conseguían ponerse de acuerdo para abandonar sus labios y se le quedaban en la garganta, atrapadas entre recuerdos y estupor. Fue Dafne, más práctica, quien rompió finalmente aquel silencio religioso.

—Vamos, no tenemos tanto tiempo —dijo mientras encendía la luz de la estancia.

Descubrió una bodega ruinosa y descuidada donde el duque guardaba la reserva de vino para sus recepciones sociales. Había también varios toneles abandonados. Ava, sin soltar aún a Manuela, la guio hasta unas pequeñas escaleras que subían al piso superior y ambas se sentaron.

—La casa está llena de túneles —dijo con fascinación, tal vez porque le parecía importante o tal vez porque, después de tantos años, los temas triviales parecían los más fáciles de abordar.

—¿Por qué no me dijiste que estabas aquí? —preguntó Manuela, que había recuperado el control sobre sus palabras.

Ella agachó la cabeza y soltó un suspiro tímido.

—Tenía miedo de que te hubieras convertido en alguien diferente —confesó—. Y después de cómo terminó todo entre nosotras...

—Estabas embarazada, por eso te fuiste. Y yo no supe verlo...

—No, no podías saberlo. Nunca debería haberme alejado de ti.

—Y yo tendría que haberte ayudado... Pero te he estado buscando. Llegué al sanatorio y pensé que habías muerto.

Ava esbozó una sonrisa triste.

—Y lo hice —susurró.

Comenzó a contar entonces la historia de aquellos trece años. La noche de Año Nuevo con Andrea, su partida a Venecia al descubrir que estaba embarazada, su paso por el convento y por el sanatorio de Yuste, el nacimiento y la pérdida de Louise, cómo escapó de allí con ayuda de Alexander y se marchó a México con Julien. Le habló también de La Serpiente Escarlata y sus reuniones, que nada tenían que ver con las escenas siniestras que Manuela había imaginado.

—Pero ¿por qué fingir tu muerte? —le preguntó Manuela, que había escuchado con atención la historia, maravillada por el hecho de que Ava conservara intacta su habilidad como narradora, capaz de convertir en un cuento el relato de las turbulencias de su propia vida—. ¿Tanto te preocupaba que tus padres te encontraran?

Ella desvió la mirada y le soltó la mano. Después se alisó con cuidado la falda de seda de su sencillo vestido blanco.

—Hubo un hombre —respondió al fin, con un hilo de voz—. Se obsesionó conmigo. Yuste le permitió... visitarme en la habitación.

—Ese hombre la violó —intervino Dafne—. Y no debes avergonzarte de ello, él es el único a quien tienes que culpar.

—¿Cuál era su nombre? —preguntó Manuela, que empezaba a sentir un presentimiento nefasto.

—Se llamaba Rodrigo Monterreal —susurró Ava.

Manuela trató de contener la náusea que le contraía con fuerza el estómago al escuchar la confirmación de su sospecha mientras la ira y una profunda repugnancia cobraban vida dentro de ella.

—Por eso te escondiste en Villa Allur...

—Daba igual que tuviera una nueva identidad, si él descubría que seguía viva, iría a por mí. Es un hombre poderoso y sé que ni siquiera Julien podría mantenerle alejado. Pero tenía que venir a San Sebastián, tenía que recuperar a mi hija.

—La hija mayor de Ramón Ortigosa y Elena Celaya es Louise... —dijo Manuela.

Ella asintió.

—Cuando por fin la encontramos supe que tenía que regresar, que debía encontrarla. Yo no tenía ninguna prueba de que fuera mi hija, solo el recuerdo de haberla llevado en mi vientre y de haberla sostenido contra mi pecho durante unas semanas. Pero Julien investigó a los padres adoptivos y descubrió que Ramón Ortigosa tenía muchas deudas y problemas con el juego, que era vulnerable; así que pensó que quizá podría amenazarle con revelar la verdad sobre su hija y acabar con su reputación para siempre, hacer que entrara en razón y me la devolviera.

—¿Por eso compró Villa Allur?

Dafne resopló.

—Julien siempre hace las cosas a su manera. De forma grandilocuente y a veces absurda —respondió la médium—. Quiso volver a la ciudad por todo lo alto, mostrar su poder ante todos; en especial, ante Ortigosa. Pero las cosas no salieron bien.

—¿Qué ocurrió la noche de la inauguración? —preguntó Manuela con prudencia, consciente de su fatal desenlace.

—Julien invitó a Ramón a la fiesta y le llamó a su despacho. Habló con él y le contó que sabía que había comprado a su hija —dijo Ava—. Le amenazó con revelarlo, con crear un escándalo público que afectara a su mujer, pero a él le daba igual. Dijo que podía llevársela a cambio de una cosa.

—¿Qué es lo que quería?

—Dinero —intervino Dafne—. El muy sinvergüenza estaba dispuesto a vender a la niña igual que la compró en su día.

—Pero cuando salió de la Villa debió de arrepentirse —continuó Ava—. Supongo que incluso un hombre como él se dio cuenta de que era algo deleznable, porque lo siguiente que supimos es que se había ahorcado.

—Y ahí fue cuando todo debería haber terminado —susurró la médium.

Ava negó con la cabeza y colocó las manos sobre los hombros de Manuela. Fue en ese momento cuando ella vio que su mirada era la de una mujer desesperada que había emprendido un camino sin retorno.

—No podía rendirme, después de tantos años. Julien intentó acercarse a Elena, pero sabíamos que ella no querría separarse de su hija. Y nos vimos obligados a tomar otra decisión.

—Llevaros a la niña... —murmuró Manuela.

Ava retiró las manos de sus hombros y se levantó, nerviosa, y comenzó a caminar como un jilguero enjaulado por la bodega, con el vestido blanco ondeando en cada uno de sus breves pasos.

—Es mi hija y me necesita. Ella es como yo y nadie más puede comprenderla, nadie podrá guiarla, hablarle de su don. Sufrirá si está sola.

—Esta no es la manera —insistió Manuela.

—No existe otra.

—¿Qué hay de Teté Chapman? Dime, ¿esa era también la única forma?

—¡Fue un accidente! —protestó ella—. Julien fue a hablar con ella y discutieron, él la empujó, pero no pensó que fuera a golpearse la cabeza.

Manuela intercambió una mirada con Dafne. Ava no sabía cómo había muerto en realidad Teté, Julien se había encargado de mantener la verdad sobre el asesinato oculta.

—¿Y qué va a pasar ahora? —preguntó Manuela con prudencia.

Ava pareció tranquilizarse y cesó su frenética marcha.

—Julien está intentando hallar la forma de que salgamos de aquí, tal vez en barco hasta Inglaterra... Después buscaremos la forma de regresar a México con Louise.

Y aunque lo dijo como si se tratara de un trámite sencillo, Manuela sabía que era prácticamente imposible que pudieran desaparecer con una niña secuestrada: la huida estaba condenada al fracaso. Por eso Dafne la había buscado, quería que convenciera a Ava para que devolviese a su hija a Elena Celaya. Podrían regresar a México antes de que los detuvieran. Intentaba salvarla, pero tal vez era demasiado tarde.

—Manuela —dijo entonces Ava, que se había acercado de nuevo a ella y, acuclillada, la miraba con los ojos poblados de lágrimas—. ¿Se cumplió aquella premonición tan terrible que vi en sueños?

Manuela pensó en todos los años de rencor, en cómo la había responsabilizado de su pérdida. Siempre creyó que si algún día se veían, la enfrentaría por ello. Y ahora se daba cuenta de que era absurdo: Ava no había sido la culpable de su desgracia, tan solo una triste mensajera.

—No —mintió—. Nunca pasó nada.

Ella sonrió aliviada.

—Supongo que no puedo verlo todo —dijo.

En ese momento se escucharon pasos en el piso superior y llegó a ellas una voz masculina.

—¡Olie! —gritaba Julien—. ¿Dónde estás?

Dafne miró con pánico hacia la puerta que se abría al final de las escaleras.

—Quizá sea mejor que Julien no sepa que estoy aquí... —murmuró Manuela.

—¡No digas eso! —replicó Ava, que parecía feliz ante la vuelta de su amado—. Se alegrará cuando vea que estás de nuestra parte.

La puerta de la bodega se abrió con un chasquido y tras ella apareció la esbelta silueta del duque, que bajó las escaleras en silencio. Cuando llegó a su altura, a Manuela le pareció que había completado su transformación en un animal de negras fauces. Llevaba el cabello desordenado, cayendo en mechones del color del oro viejo sobre los ojos enrojecidos. Tan pálido que pensó que si alargaba la mano podría traspasar su piel, su cuerpo: un espejismo en medio del más abrasador de los desiertos. Y sin embargo, tan hermoso que cortaba la respiración, que obligaba a retirar la mirada como quien contempla demasiado tiempo el sol.

—Señorita Duarte —dijo con sequedad.

Si su presencia le había sorprendido, lo disimuló a la perfección, aunque probablemente el mayordomo le hubiera informado ya de que estaba allí. Ava se acercó a él, mansa como un cordero, y Julien enterró el rostro en su melena y rodeó su cintura con una intensidad que hizo que Manuela se sintiera incómoda ante aquella escena tan íntima.

—¿Estás segura de lo que haces? —le preguntó Julien a Ava, aún tan juntos que el calor de sus cuerpos parecía extenderse al resto de la estancia.

—Puedes confiar en ella.

Manuela había recuperado discretamente su bolso negro y lo sostenía entre las manos, palpando con disimulo la forma del revólver, que atenuaba la sensación de indefensión que le provocaban la presencia de Julien y aquella desesperación que se había adueñado de la casa, invadiéndola como un gas que arrastrara a todos sus ocupantes a una locura feroz e irreversible. Antes de que Julien tuviera ocasión de dirigirse hacia ella, otra voz se oyó en el piso superior. Se trataba del mayordomo, que asomó su atildado rostro por el marco de la puerta.

—Duque, hay un coche en la entrada —anunció.

Él se separó de Ava y ambos subieron con premura. Manuela se disponía a seguirlos cuando Dafne la detuvo.

—Ten cuidado con él —le susurró, y después subió también con sus andares de sombra.

Manuela la siguió, y las escaleras la llevaron a una pequeña puerta que se abría en una esquina de la biblioteca, donde se encontró con un Julien enfurecido.

—Tú los has traído, ¿verdad? —le dijo con desprecio, olvidados ya los modales de aristócrata.

Ella le miró desconcertada y Julien la sujetó con fuerza del brazo.

—Sabía que no se podía confiar en ti.

Manuela notó el ardor de su aliento, sus dedos clavándosele en la carne. Ava lo llamaba, le rogaba que la soltara. Manuela se liberó con brusquedad, abrió el cierre del bolso y buscó la pistola de Diego, pero Julien se abalanzó sobre ella y se lo arrebató de las manos.

—¿Pensaba matarme, señorita Duarte? —dijo mientras sacaba el arma del bolso.

—Aquí solo hay un asesino.

Julien esbozó una sonrisa seca.

—Dígales que se vayan.

Entonces Manuela se acercó despacio a una de las ventanas. Un Buick negro se había detenido a unos metros de la entrada, y observó, atónita, como de él bajaban Diego Monterreal y Roger Foss.

61

San Sebastián, 1952

La noche había caído sobre la villa cuando Manuela atravesó la puerta de entrada. Bajó las escaleras tratando de que su rostro no desvelara el horror que sentía, el peligro que pendía sobre sus cabezas como una cuchilla afilada. Roger corrió hacia ella al verla, pero Manuela le indicó con la mano que se detuviera.

—¿Qué hacéis aquí? —preguntó mientras se acercaba. Tal vez el destino se había propuesto ese día aunar su pasado y su presente, dejarla atrapada en las redes pegajosas de la memoria.

—Pedro me ha llamado —respondió Roger—. Me ha dicho que vendrías aquí y que podrías estar en peligro, que el duque había secuestrado a esa niña desaparecida y que llamara a Diego.

Diego, por su parte, fumaba un cigarro junto al coche, los ojos verdes ocultos en los claroscuros del crepúsculo.

—¿Estás bien? —dijo a modo de saludo.

Manuela asintió.

—Tenéis que iros, Pedro se ha confundido.

Roger la miraba indeciso, y Manuela se dio cuenta de lo absurdo de la situación, vestida de gala ante los dos únicos hombres que había amado mientras parecía que su vida se desmoronaba como uno de esos castillos de arena que construía de niña.

—No podemos irnos —respondió entonces Diego—. He llamado a mi tío y está de camino junto al teniente Urrutia y unos cuantos agentes. Si esa niña está aquí, la encontrarán.

Parecía satisfecho por su diligencia, pero Manuela palideció al oírle mencionar a Rodrigo. Se quedó en silencio porque sabía que Diego acababa de condenarlos a todos. Julien le había pedido, a punta de pistola, que los convenciera de que no pasaba nada y de que debían irse.

—Vamos —insistió Roger—. Lo mejor será que entremos a ver qué pasa.

Manuela intentó detenerle, pero no tuvo tiempo. Roger comenzó a subir las escaleras y, antes de que llegara a la puerta, esta se abrió. Julien apareció en el umbral como un golpe de viento, sosteniendo con firmeza la pistola en su mano derecha. Roger se detuvo ante aquella visión y contempló atónito el cañón del arma.

—Te dije que debían irse —murmuró Julien.

—¡No! ¡Por favor! —gritó Manuela.

Pero el duque había abandonado ya la senda de la razón y no llegaban a sus oídos los gritos de Manuela ni los ruegos de Ava: apretó el gatillo con el rostro impasible, convertido en una máscara mortuoria que habría de ser un presagio de aquella noche fúnebre.

Roger se desplomó ante la mirada impotente de Manuela, que le sostuvo la cabeza en el suelo, e inmediatamente presionó con manos temblorosas la herida del abdomen mientras salían de su boca palabras que después, como si las hubiera pronunciado una mujer ajena, no sería capaz de recordar. Arrodillada, tan aterrorizada que no podía llorar, distinguía la sangre, que le manchaba el vestido.

—Déjame —susurró alguien a su espalda.

Dafne la apartó con cuidado de Roger. La médium rasgó un trozo de su vestido negro y colocó la tela sobre la herida con más éxito que Manuela.

—Hay que llevarle a un hospital —dijo Diego.

Y como una respuesta a sus plegarias, se escuchó a lo lejos el sonido apagado de las sirenas de la policía.

—Estaré bien —musitó Roger.

—Debes irte —le dijo entonces Dafne a Manuela—. Hay un túnel en la sala de billar que os llevará fuera de la villa; tienes que conseguir sacar a Ava de aquí.

La médium seguía sosteniendo la tela ensangrentada sobre el vientre de Roger, cuya piel había adquirido un tono de ceniza, como sacado de un antiguo daguerrotipo.

—No puedo dejarle...

—Yo cuidaré de él —aseguró Dafne—. Te lo prometo.

Manuela se inclinó sobre el rostro de Roger y depositó un beso en su frente. Había oído que el amor curaba, y se esforzó en que sus labios fueran portadores de esa medicina ancestral.

—Volveré —le prometió.

Cuando entró de nuevo en la villa tuvo la impresión de que se había convertido en otro lugar, o tal vez tan solo revelaba su verdadera naturaleza tras la ofrenda de sangre. Le parecieron más altos sus techos, más gruesos los muros, y creyó ver una sombra de burla en los rostros de los cazadores que poblaban sus cuadros. Llamó a Ava con insistencia, la buscó en la biblioteca y en el salón de baile, y terminó por subir a la primera planta y recorrer desesperada las habitaciones, el salón de té verde, hasta que la encontró refugiada en uno de los cuartos.

Como en un retrato religioso, Ava estaba sentada en la cama y sostenía sobre su regazo la cabeza de una niña que dormía en un sueño que no parecía natural. Ava se asemejaba a una virgen doliente de ojos pintados y halo dorado; con miedo de romper la escena, Manuela se acercó a ella con lentitud.

—Tenemos que irnos —le dijo despacio.

Pero ella no se movió. Acariciaba con esmero el cabello de Louise, que tenía el mismo color trigueño que el suyo.

—Tuvimos que darle unas pastillas —dijo—. Estaba muy nerviosa.

Manuela evitó decirle que la niña echaba de menos a la que creía su verdadera madre, a aquella que la había criado durante tantos años.

—Pero es mejor así —continuó Ava—, porque las pastillas matan los sueños. Ella es como yo, tiene el don de las mujeres de mi familia.

—Rodrigo Monterreal está en camino —dijo entonces Manuela, que pensó que tal vez aquella era la única forma de imprimir en ella la urgencia de partir.

Ava levantó la mirada y sus ojos dejaron traslucir una furia desconocida que hizo que Manuela retrocediera un paso.

—No puedo irme sin Louise, me necesita.

—Volveremos a por ella, te lo prometo.

Manuela le mintió como se miente a los niños para que se vayan a la cama, con ilusiones que se olvidarán a la mañana siguiente.

—Si te quedas aquí, jamás podrás volver a verla, te llevarán detenida. Hazlo por ella.

Ava pareció dudar al fin.

—¿Dónde está Julien? —preguntó Manuela.

—Intentando pedir ayuda... Hablar con alguien de La Serpiente Escarlata.

—Creo que ya es muy tarde para eso. Dafne me ha dicho que hay un túnel, saldremos de la casa y nadie sabrá que has estado aquí.

El sonido de las sirenas se había intensificado, Manuela se acercó a la ventana y vio como dos coches patrulla se habían detenido en la entrada. Junto a ellos, estaban el teniente Urrutia y Rodrigo Monterreal.

—No hay tiempo. Tenemos que irnos ya.

Ava se levantó de la cama como quien despierta de una siesta y se inclinó sobre Louise para susurrarle al oído unas palabras que quedarían para siempre entre ellas, y que Manuela estaba segura de que la niña había podido escuchar, porque, igual que su madre, era una maestra de los sueños.

Ambas salieron al pasillo y Manuela intentó recordar cuál de todas aquellas puertas llevaba a la sala de billar, pero antes de que pudiera decidirse por una, alguien gritó tras ellas.

—¡Alto!

Se dio la vuelta esperando encontrarse a Urrutia, pero se trataba de Rodrigo, que estaba detenido en mitad del pasillo con un gesto de estupefacción. Su rostro denotaba la palidez de quien ha visto un espectro y la ilusión de un cazador que se encuentra de nuevo con una presa huida entre la espesura del bosque.

—Siempre tuve la esperanza de que estuvieras viva. Una criatura tan bella no podía morir —dijo con una media sonrisa.

Manuela se interpuso entre él y Ava, la cabeza alta y la mirada desafiante, pero su amiga la apartó con suavidad.

—Te equivocas —respondió Ava—. Tú me mataste.

Rodrigo soltó una breve risa, los ojos extasiados ante la contemplación de la musa que creía perdida.

—Entonces quizá podamos resarcirnos de nuestros errores, ahora que has resucitado.

Avanzó por el pasillo y Manuela retrocedió unos pasos. Identificó entonces cuál era la puerta de la sala de billar y, cuando se disponía a abrirla, Julien apareció al otro lado del corredor. Levantó con rapidez el arma hacia Rodrigo y disparó. El tiro impactó en su hombro, pero antes de que Julien tuviera oportunidad de disparar de nuevo, Rodrigo se lanzó sobre él con el instinto de una bestia salvaje y le lanzó al suelo. Ava intentó socorrerle, pero Manuela la detuvo, porque sabía que no había salvación para él.

—Tenemos que huir —dijo.

Rodrigo le arrebató el arma al duque con la precisión de quien está entrenado en la guerra. Julien era más alto, pero poco corpulento; sin afición de cazador ni matarife, y acostumbrado a la vida blanda y cómoda de la nobleza, nunca había tenido que batirse con nadie cuerpo a cuerpo más allá de alguna discusión de taberna venida a más. Manuela sujetó a Ava en un abrazo e intentó arrastrarla hacia la habitación, pero ella se revolvía con todas sus fuerzas, le clavaba las uñas en los brazos, la garganta desgarrada en gritos. Manuela la estrechó contra su pecho cuando Rodrigo sostuvo el arma contra la frente de Julien, que tenía la piel perlada de sudor y la extraña serenidad del que sabe que va a morir. Miró a Ava una última vez.

—*Je t'aime* —le leyeron en los labios, y resonó tan alto como si lo hubiera gritado.

Rodrigo disparó y las paredes se llenaron de sangre.

Villa Allur se había cobrado la deuda con su propietario y el dolor recorrió a Ava como un seísmo. Cuando notó que sus músculos se destensaban, Manuela la arrastró a la sala de billar. Cerró la puerta tras ellas, pero supo que aquello tan solo les regalaría unos minutos.

—¿Dónde está el túnel? —preguntó.

Ava temblaba como si estuviera detenida en medio de un glaciar, y tuvo que repetir la pregunta varias veces antes de que levantara un dedo tembloroso, señalando uno de los paneles de madera que cubrían la pared. Manuela tanteó con las manos y consiguió que se abriera, dejando al descubierto un agujero que se hundía en las entrañas de la casa. Al otro lado de la puerta, escuchó los pasos de Rodrigo Monterreal. Cogió a Ava de la mano y juntas entraron al estrecho túnel, que desembocaba en unas escaleras que llevaban hasta un corredor más amplio.

—Corre —le dijo en voz baja.

Con los dedos entrelazados, corrieron sin volver la vista atrás, envueltas en la negrura y sin destino, los pulmones ardiendo en el pecho y las piernas flaqueando a cada paso. Frente a ellas el túnel parecía expandirse hasta alcanzar unas proporciones inimaginables, sin principio ni final, un paréntesis en el tiempo y el espacio, un vacío que tan solo llenaban el sonido de sus respiraciones agitadas, sus pies golpeando sin descanso el suelo.

La luz de la luna las sorprendió como un relámpago y la brisa marina les desordenó el cabello, y, sin saber cómo, se encontraron bajo el amparo de las constelaciones y los lejanos cometas, en un terreno baldío en el que se escuchaba el rugido del mar. Manuela buscó señales de un camino, pero tan solo halló rocas y olas, un acantilado que se alzaba fiero sobre el océano.

62

San Sebastián, 1952

Manuela no dejó que la desesperación se apoderara de ella, se deshizo de los zapatos de tacón y caminó descalza sobre la tierra, dispuesta a correr entre las piedras hasta encontrar un sendero que las llevara de vuelta a la carretera o a la base del monte que les permitiera regresar a la ciudad.

—Vamos —apremió a Ava, pues temía la llegada inminente de Rodrigo.

Pero su amiga permanecía inmóvil, la cabeza inclinada como si oyera en el rumor del mar una música inaudible para los demás.

—Esto es el final —dijo Ava entonces.

—No digas eso, saldremos de aquí y volverás a México. Allí podrás reorganizar tu vida, volver a pintar. Y algún día, tal vez cuando Louise sea mayor, le contarás quién eres.

Ella negó con la cabeza.

—Antes de volver a España le regalé a Fernanda, mi ama de llaves, todos mis cuadros. Le pedí que los guardara, que los destruyera si quería, pero que nunca permitiera que los expusieran.

—Pero tú siempre quisiste ser pintora.

—Los sueños de adolescencia murieron en el camino. Entonces aún creía que podría cambiar el mundo, que era invencible.

A Manuela los guijarros se le clavaban en las plantas de los pies y el frío aire marino le erizaba la piel.

—Tenemos que irnos ya —insistió.

Pero Ava continuaba enterrada en sus pensamientos.

—Los años en México fueron un regalo y fui muy feliz con Julien, pero no volví a ser la misma, ni a pintar igual: echaba de menos a Louise. Cuando la encontramos, Dafne no creía que fuera buena idea que yo volviera a España. Quizá debería haberla escuchado, pero supongo que en el fondo nunca tuve elección, este era mi destino.

—¿Qué quieres decir?

Ava no tuvo oportunidad de responder, porque unos pasos rompieron la melodía de las olas, y, recortado bajo la leve luz de la luna, apareció Rodrigo Monterreal. Parecía fatigado, la sangre le manchaba la camisa blanca y se había hecho un vendaje provisional en el hombro con un trozo de la chaqueta.

—Gracias a Dios, estáis aquí —dijo—. Dejemos toda esta serie de sinsentidos y volvamos a la villa.

Su voz sonaba amable, como si de verdad deseara ayudarlas, pero ambas permanecieron inmóviles.

—Vamos... Ese maldito francés había secuestrado a una niña y me ha pegado un tiro por la espalda; solo he hecho lo que habría hecho la policía. Pero ya estáis a salvo: regresaremos a San Sebastián y hablaremos con el teniente Urrutia. Todo quedará en un susto y podréis volver a vuestras vidas.

Mientras hablaba, avanzaba con lentitud hacia

ellas; en la mano sostenía aún el revólver, que apuntaba al suelo.

—No te acerques más —le amenazó Manuela, convencida de que no dudaría en usarlo contra ellas.

Rodrigo se detuvo y levantó los brazos en el aire en señal de inocencia.

—Sé que estáis asustadas, pero no he tenido más remedio que hacerlo. Nos tomaremos un café bien caliente para que se os quite el frío; y tal vez podrías contarme dónde has estado todos estos años, querida Ava.

Ella dibujó una sonrisa cansada. Había superado los nervios y se mostraba extrañamente tranquila. Sin dejar de mirarle, dio unos pasos hacia atrás y se quedó tan solo a unos centímetros del borde del acantilado.

—No te pertenezco —respondió con voz calmada—. Nunca lo hice y nunca lo haré. No escucharás de mis labios más palabras ni habitaré el mismo mundo que tú.

—Me temo que no tendrás más remedio, ahora estás en mi ciudad, y algo me dice que si escarbo un poco en tu pasado encontraré una identidad falsa. Pero no te preocupes, estoy dispuesto a olvidarlo todo, a ayudarte.

Ava se giró hacia Manuela y, por un momento, fue la misma que cuando se vieron por primera vez aquella noche florentina de septiembre. Conservaba la misma aura de misterio que había fascinado a Manuela en ese encuentro, aunque con los años se había vuelto más volátil, como si hubiera ido dejando atrás su envoltura mortal.

—Cuando hemos salido del túnel lo he sabido —dijo Ava.

Manuela la miró desconcertada, y ella señaló con un gesto la luna árabe que adornaba la noche.

—Es aquí. Siempre lo ha sido. Sabía que lo entendería cuando llegara el momento.

Rodrigo las miraba sin escuchar sus palabras, que se perdían entre el ruido de las olas.

—Prométeme que cuidarás de Louise —le pidió Ava a Manuela.

Dio entonces un paso más hacia atrás y extendió los brazos, un ave blanca que se entregaba al viento. Y Manuela entendió lo que ocurría. Observó el océano y reconoció en su vaivén los caballos encabritados que Ava pintara años atrás, como si hubiera traspasado el lienzo y se hubiera hundido entre sus pinceladas, arropada por los colores vibrantes del óleo. Rodrigo levantó el arma hacia ella y gritó con todas sus fuerzas, como si la amenaza de la muerte pudiera disuadirla de saltar, o tal vez porque se negaba a dejarla apropiarse de su destino y quería ser él quien acabara con su vida.

Pero ya era demasiado tarde.

Ava se dejó caer como si su cuerpo fuera ingrávido, en los labios una última sonrisa, un aliento de satisfacción. Manuela corrió hacia ella e intentó agarrar la tela suave de su vestido, un mechón de cabello cobrizo, pero se le escurrió entre los dedos como un suspiro y su amiga se perdió en la negrura de la noche, entre los cánticos furiosos de las olas del mar. Manuela se quedó detenida frente al abismo, esperando que resurgiera como una sirena, que brotaran por fin de su espalda las alas de hada, pero no ocurrió nada. La vida siguió con su lento y doloroso curso, la luna permaneció impasible, y las estrellas, lejanas; bajo sus pies seguían las mismas rocas, los mismos insectos entregados a sus tareas de recolección.

—No puede ser... —murmuró Rodrigo, que, como ella, buscaba entre la oscuridad la presencia de Ava.

Después, como si la viera por primera vez, clavó sus ojos en Manuela.

—Todo el mundo sabrá lo que le hiciste —dijo ella—. Yo misma me encargaré de contarlo en cada fiesta, en cada periódico, hasta que alguien quiera escuchar la verdad. Y dará igual que lo niegues, porque nada tiene más fuerza que un rumor; y ese rumor crecerá, te perseguirá para siempre.

—No digas cosas de las que puedas arrepentirte, estamos a tiempo de arreglarlo todo como personas civilizadas. Piensa en lo que diría tu hermano...

—Hernán no tiene nada que decir...

Rodrigo levantó entonces el arma y dirigió el cañón hacia ella. Impasible, no parecía turbado por disponerse a matarla, tan solo hastiado de tener que cumplir con ese trámite.

Manuela cerró los ojos. Sería mejor enfrentarse a la muerte ciega, igual que los niños llegaban al mundo, y abrirlos al otro lado, donde todo lo que viera sería nuevo, desconocido. Fue consciente del funcionamiento de su cuerpo: la sangre bombeada una y otra vez a velocidad frenética por el corazón, los impulsos nerviosos que activaban el temblor de sus piernas, el mecanismo de defensa del cerebro, que la transportó a memorias felices de la infancia. Un rayo de sol en la Concha, el sabor de un helado de fresa, el primer beso bajo un sauce, una caricia en el pelo de su madre.

El disparo sonó con fuerza en la noche y ella esperó el impacto. Sin embargo, no sintió nada. Desconcertada, palpó su cuerpo buscando la herida y abrió de nuevo los ojos. Entonces vio que Rodrigo estaba en el suelo y que la pistola había caído a sus pies. A su espalda, sosteniéndole por el cuello, se encontraba su propio sobrino.

—¿Te encuentras bien? —le preguntó Diego.

Manuela asintió, aún confusa, y él recogió el arma del suelo.

—Diego... —musitó Rodrigo.

—Sabes que tengo que hacerlo —le dijo él a Manuela.

Y sin que ella tuviera tiempo a replicarle, a decirle que arruinaría su vida y se condenaría a la prisión o al garrote vil, pegó el cañón a la nuca de su tío y disparó. Manuela recordaría toda la vida aquel sonido sordo, el impacto de la sangre y los sesos en el rostro de Diego, su suspiro de liberación.

—No hubiera podido vivir de otra manera... —dijo simplemente.

Ella le dio la espalda y se acercó despacio al filo del precipicio. Por unos instantes, tuvo la absurda pulsión de saltar, esa que siempre se siente cuando se está en las alturas, el deseo inexplicable de experimentar la caída, el vacío. Observó la superficie del mar con anhelo. Sin embargo, allí no quedaba ya nada de Ava, se había evaporado como el sueño que siempre había sido, aunque en medio de aquella ilusión, a Manuela le pareció percibir en el viento un recuerdo de su aroma, una caricia de despedida.

San Sebastián, 1953

El gato negro se colocó, de un grácil salto que desentonaba con su tamaño, sobre una pila de libros. Roger Foss le rascó las orejas con un gesto distraído, sin levantar la mirada de la novela que reposaba abierta en el mostrador. Era una mañana clara y Manuela terminaba su taza de café antes de que llegara la hora de abrir las puertas de la tienda. Al observar al animal, se preguntó, una vez más, qué habría sido de su dueña original, Dafne Vasileiou. Había encontrado al felino en aquella noche de llanto y muerte en Villa Allur, esperándola sentado en la puerta de la casa, cuando la vio, se frotó con insistencia contra sus piernas hasta que ella observó que llevaba una nota prendida del collar:

> Cuida de Abraxas.
> D.

Manuela había preguntado por la médium a los policías, que recorrían las habitaciones atolondrados, pero nadie recordaba haberla visto. Durante meses, buscó anuncios de espectáculos de espiritismo en todos los periódicos extranjeros que pudo conseguir, pero nunca halló nada, y al final terminó por aceptar que Dafne había desaparecido para siempre. Quizá hubiera adoptado una nueva identidad en algún país tropical o hubiera volado a Hollywood y trabajara para alguna actriz supersticiosa en el ocaso de la vida. Se resignó a cuidar del gato, que se había proclamado guardián de la librería, donde dormía junto a los disparatados cachivaches de Roger. Pepe Arteta insistía en que Dafne ya tenía a Abraxas mucho antes de que él la conociera, a pesar de que Manuela y Roger sostenían que era imposible que se tratara del mismo animal.

—¿Vas a salir ya? —le preguntó Roger a Manuela.

Ella dejó la taza de café sobre el mostrador y se inclinó para besarle en los labios, inspirando con anhelo el aroma que desprendía su piel.

—Sí —respondió—. En cuanto venga Pedrito. Después volveré para ayudarte.

—Sabes que no hace falta.

—A veces hablas como mi hermano.

Roger encajó el golpe con una sonrisa y levantó las manos en señal de disculpa.

Manuela no pensaba demasiado en Hernán desde que le diera la noticia de que se marchaba a vivir con un americano que regentaba una librería y que, además, estaba ya casado. Para su sorpresa, su hermano aceptó la deshonra sin muchos aspavientos, porque en el fondo deseaba poder desvincularse de ella, declararla expulsada de la familia y librarse así de tener que excusarse por sus actos. Le permitió regresar al piso de Madrid a por la maleta y no la llamó más. Se encerró en ese muro que se había construido alrededor y, con el tiempo, se fue tornando cada vez más gris; tanto que la última vez que se cruzaron en San Sebastián parecía que su cuerpo se había convertido en algo sólido, pétreo, como si se hubiera endurecido hasta volverse mineral.

Unos golpes sonaron en la puerta y el rostro de Pedrito apareció al otro lado del cristal, con el sombrero en la mano, el bigote peinado con cera y los ojos chispeantes de los enamorados.

—Buenos días —saludó cuando Roger le abrió—. Querida, ¿estás preparada?

—Supongo que sí.

Manuela cogió con cuidado el lienzo, que, enrollado sobre sí mismo, había guardado en un portaplanos de cuero, se despidió de Roger con un nuevo beso y siguió a Pedrito al exterior.

El incipiente verano le daba a la ciudad un aire limpio, como si estuviera por estrenar, y los primeros visitantes se paseaban por las calles con sus sombreros de paja y sus cestas de playa. A Manuela todavía le costaba asimilar que hubiera pasado casi un año desde la muerte de Ava y aún se despertaba en medio de la madrugada buscando su cabello entre las olas o temiendo encontrar sangre en su camisón, sobresaltada por el ruido del disparo de Diego.

Había ido a visitarle alguna vez a la prisión de Martutene y le había encontrado cambiado. Desprovisto de su habitual coquetería y sobrio por obligación, parecía haber encontrado una calma que se explicaba por sus privilegios dentro de la cárcel, aunque a pesar de ellos se había enfrentado a una realidad que desconocía: se había hecho amigo de unos cuantos anarquistas y había comenzado a escribir su ansiado libro. Conservaba la sonrisa de actor de cine y el brillo en los ojos verdes, y cuando Manuela iba a verle le expresaba su gratitud de forma sincera, pues gracias a su declaración había esquivado el garrote vil. Le sacarían pronto de allí, porque a todo el mundo le incomodaba el relato de esa noche extraña, en el que había ciertas lagunas que nadie parecía poder despejar.

—Pensé que tendría remordimientos —le había dicho Diego, en una de sus visitas, mientras disfrutaba de un cigarro de contrabando—, pero ya ves. Quizá en el fondo el villano siempre fui yo.

Manuela y Pedrito siguieron caminando hasta llegar al paseo de la Concha. Les llevaría un rato llegar hasta las villas de Ondarreta, pero a ninguno de los dos le importaba. Andaban cogidos del brazo mientras Pedrito le hablaba de su vida en Francia con Mario, del pequeño chalet atiborrado de flores que habían comprado en Sare.

—Nadie me dijo que sería tan difícil cuidar las malditas begonias —protestaba.

Manuela sonrió y observó la silueta del Igueldo, que se recortaba orgullosa en el horizonte. Buscó de forma instintiva Villa Allur, pero encontró tan solo un pequeño claro entre los árboles del monte.

—Fue mejor que la derruyeran —dijo Pedrito—. Era la única forma de acabar con esos fantasmas.

Tres meses después de que la casa quedara abandonada de nuevo, un magnate hotelero la compró y decidió, tal vez bien aconsejado, tirar hasta la última pared. Las máquinas se llevaron los escombros y dejaron el solar tan vacío que Manuela llegó a preguntarse si la villa había existido en realidad.

Elena Celaya los recibió en la puerta de su casa vestida con un sobrio vestido azul marino y una expresión de cansancio. A Manuela le había costado meses de ruegos que accediera a aquella visita, que le permitiera ver a Louise en el más absoluto secreto, cumpliendo así la promesa que le había hecho a Ava. Después de que cedieran sus defensas, Elena le había contado que la idea de adoptar a la niña había sido de su difunto marido, que había insistido ante sus dificultades para quedarse embarazada.

—Siempre ha sido muy difícil —confesó—. De pequeña nunca lloraba, y creo que desde que nos miró a los ojos supo que no éramos sus padres.

Cuando Manuela entró en la habitación, Louise se encontraba sentada en la cama. Estaba cerca de cumplir catorce años, y con el cabello largo y suelto le recordó a Ava cuando se conocieron en Florencia.

—Hola, Aurora —la saludó, aunque se le hacía extraño llamarla por el nombre que Ramón y Elena le habían dado—. Soy Manuela, era... amiga de tu madre.

La muchacha la observó con curiosidad, pero no respondió.

—Te he traído algo, pensé que te gustaría tenerlo. Es un cuadro que ella pintó, era su preferido, y creo que el único que queda —dijo mientras le tendía el lienzo de *Lo que habita en los sueños*.

Ella lo cogió y lo sostuvo en las manos indecisa.

—Dime, ¿te gusta pintar?

Negó con la cabeza y se hizo entre ellas un breve silencio.

—Lamento mucho su muerte —dijo Manuela—. Fuimos muy buenas amigas.

—¿De verdad crees que está muerta? —preguntó entonces Louise.

—¿Qué quieres decir?

Sintió que el corazón se le encendía en el pecho. El cuerpo de Ava nunca se había encontrado, pero parecía imposible que nadie pudiera sobrevivir a semejante caída.

—Yo creo que está viva —respondió Louise.

Manuela la observó enmudecida. Se negaba a aceptar la esperanza, porque había asumido que el océano había reclamado a Ava, llevándosela con él, transformándola en espuma de mar.

—¿Cómo lo sabes?

—Porque lo vi en un sueño.

Agradecimientos

Dice Delphine de Vigan en su magnífica novela *Las gratitudes*: «¿Os habéis preguntado alguna vez cuántas veces en la vida habéis dado realmente las gracias? Unas gracias sinceras».

Quizá los escritores, aunque en muchas ocasiones hoscos, otras tantas lunáticos y siempre solitarios, tengamos algo bueno después de todo: solemos agradecer lo recibido, guardamos siempre un huequito entre las páginas para hacerlo. Este es uno de mis momentos preferidos, cuando ya terminada la historia, puedo sentarme con una taza de té y simplemente dar las gracias.

Gracias a Leonora Carrington, a Remedios Varo, a Maruja Mallo y a todas esas artistas —que no musas— que pintaron mundos imposibles y me han ayudado a darle vida a la maravillosa Ava. A Peggy Guggenheim, quien inspiró a mi mecenas favorita, Mary Hadaway.

Gracias a mi madre, por tener siempre fuerzas para las dos, por regalarme el amor por los libros y llevarme de la mano por todos los caminos.

A Edu, por el optimismo, por la luz en los momentos de zozobra. Por ver siempre lo invisible.

A Pablo y a David, por defender esta historia desde el principio, por cuidarla y cuidarme. A Anna, a Juan y a todo el equipo de Destino que creyó en mí, que han trabajado con cariño para que esta novela llegue a los lectores en su mejor versión.

A mi abuela y a mi tía Janire, por las historias de brujas y las noches de verano en Navarra, por hacerme creer en lo fantástico. A mi tía Ana, mi tío Pedro y mis primos, por ser la familia que todos querrían tener.

A Ana, Vero, Alba, Irina, Carmen, Marina, Amanda, María, Itziar... Y a todas mis amigas brillantes y maravillosas. Gracias por todo lo que me enseñáis, os elegiría una y mil veces.

A Katherine K., amiga, compañera y confesora en este incierto mundo de la escritura.

A Santi, César, Eli y Miguel, por todas las madrugadas, las carcajadas y los consejos.

A Jon, a Rebeca, a Marina, a Lydia, por ayudarme a no perder el norte.

Y gracias a vosotros, queridos lectores y lectoras. Esta ha sido una novela difícil de escribir, pero Ava y Manuela se empeñaron en encontrarme incluso en medio de la tempestad, espero que también os hayan encontrado a vosotros. Sin vuestra imaginación este libro no sería nada más que palabras, nada más que papel.

Nos vemos en los sueños.